LEAH RUTH ROBINSON

Leah Ruth Robinson est technicienne médicale au service des urgences de St. Luke Hospital. Mariée à l'écrivain John Rousmaniere, elle partage son temps entre Manhattan et Stanford, dans le Connecticut.

UNE ATTENTION VÉNÉNEUSE

DU MÊME AUTEUR
CHEZ POCKET

SOUPÇONS AUX URGENCES

LEAH RUTH ROBINSON

UNE ATTENTION VÉNÉNEUSE

Traduit de l'américain par Michèle Garène

JC Lattès

Titre original :
UNNATURAL CAUSES

Publié par Avon Books, Inc.

ISBN 2-266-11670-3

À mes merveilleux beaux-fils,
Will et Dana Rousmaniere
avec toute mon affection.
Et en mémoire de trois amis chers,
morts pendant la rédaction de ce livre :
le révérend Raymond E. Brown, Ann Walker,
et le révérend James M. Washington,
deuxième du nom.

1

Même la mort peut s'ennuyer.

C'est une personne très occupée. Ouvrez donc le journal à la page des rubriques nécrologiques et vous verrez. Elle fauche les agonisants victimes d'une chute, d'une longue maladie, d'une courte maladie, d'un cancer, du sida, de la maladie d'Alzheimer. Elle guette aussi ceux qui font des crises cardiaques, des crises d'asthme, des accidents cérébraux, des embolies. Les possibilités sont infinies.

Mais, de temps à autre, à la lecture d'un avis de décès, vous vous demandez si la mort ne s'est pas réveillée un matin en proie à un ennui tel qu'elle a eu envie de varier un peu.

Ce qui pourrait expliquer pourquoi elle arriva peu avant 7 heures du matin, par un samedi humide et frais d'octobre, au volant d'une voiture... mais il nous faudrait des jours avant de l'apprendre.

Plus précisément, elle pénétra dans le garage, au soussol du Pavillon Storrs de l'University Hospital, dans l'Upper West Side, à Manhattan. Elle se gara et descendit de voiture. Elle ouvrit, à l'aide d'une clé réservée au personnel soignant, une porte pare-feu donnant sur le tunnel souterrain qui relie le Pavillon Storrs au bâtiment principal de l'hôpital, de l'autre côté d'Amsterdam Avenue. Peu après, elle revint dans le garage, à présent revêtue d'une blouse blanche, un badge de médecin accroché à sa poche de poitrine. Elle ouvrit le coffre de la voiture – un break, nous l'apprendrions plus tard –, en sortit une étrange perruque de qualité douteuse, se l'enfonça sur le crâne et chaussa également des lunettes de soleil très sombres.

Ainsi harnachée, un grand panier en osier à la main, la mort reprit le tunnel pour rejoindre une autre porte pare-feu donnant, cette fois, dans le sous-sol de la résidence des médecins. Nouvelle porte, nouvelle clé.

Le panier contenait, entre autres, des champignons vénéneux et hallucinogènes.

Mais nous l'ignorions à l'époque.

Six heures après l'entrée de la mort dans le garage, voilà ce que nous savions : un calme plat régnait au service des urgences.

Ce qui rend toujours toubibs et infirmiers très nerveux.

Oh ! bien sûr, nous avions des malades. En fait, je jonglais avec quatre d'entre eux. Mais ils s'étaient présentés tout seuls. Nous n'avions pas vu l'ombre d'une ambulance depuis le début du service à 7 heures du matin. Pas de blessures par balle. Pas d'agressions à l'arme blanche, ni d'agressions tout court, pas d'accidents de la circulation. Pas une seule tentative de suicide. Pas de crises cardiaques. Pas d'accidents cérébraux.

Pas encore.

Mais les médecins des urgences sont tout sauf des couards. Même si nous jetions des regards anxieux vers les portes du parc des ambulances, nous travaillions comme à l'accoutumée, comme si nous croulions sous les agressions à l'arme blanche, les agressions tout court, et les accidentés de la circulation. On pouvait entendre les habituelles conversations paisibles et les non moins habituels échanges houleux. Et ceux d'entre nous qui avaient d'autres soucis en tête continuaient à les ressasser, calme plat ou non.

— Ev, merci encore d'avoir pris ma défense l'autre jour quand j'ai failli tuer ce malade, me répéta le

Dr Mark Ramsey pour la cinquième ou sixième fois de la matinée. J'apprécie vraiment.

Soupir de ma part. Ramsey était l'un des nouveaux internes placés sous ma responsabilité de médecin-résident en troisième année de spécialisation.

— Un, tu n'as pas failli tuer le malade. Et deux, ce qui est fait est fait. Tâche simplement de faire un peu plus attention la prochaine fois.

— Tu as des soucis ?

— Non.

Du moins, rien dont j'eusse envie d'entretenir Mark Ramsey.

Mes soucis ! Le premier : mon petit ami, Phil Carchiollo. Ce jour-là, c'était l'anniversaire de notre premier rendez-vous. Afin de fêter ça, mon frère Alan, étudiant à l'Institut culinaire, devait préparer un dîner fin pour un petit groupe d'amis dans mon appartement, à la résidence des médecins. L'ennui, c'était que Phil et moi nous étions querellés une fois de plus au petit déjeuner et que nous nous adressions à peine la parole. Il voulait m'épouser. Je ne me sentais pas prête pour le mariage, ce qui le blessait profondément. Et la célébration de cet anniversaire ne servait apparemment qu'à remuer le couteau dans la plaie.

Le deuxième : les futurs pourparlers de fusion de l'hôpital. L'University Hospital faisait de l'œil à deux partenaires de fusion potentiels, le Mount Scopus et le St. Eustace. Tout notre personnel, jusqu'au dernier homme de ménage, prenait fait et cause pour l'un ou l'autre. Mon enjeu, en l'occurrence, était le programme de spécialisation en médecine d'urgence. Chez nous, il était de trois ans, chez Mount Scopus de quatre. Je refusais même de songer aux problèmes que cette fusion entraînerait.

Le troisième : la grève de vingt-quatre heures des infirmiers, prévue pour le lundi suivant. Mon meilleur copain aux urgences, Gary Seligman, était leur représentant syndical. Certains membres du corps médical, notamment ceux en cours de spécialisation, montraient leur soutien aux infirmiers en arborant des badges disant : « Certaines coupures ne cicatrisent jamais ». Nous avions l'intention de nous joindre au piquet de grève pendant notre pause-déjeuner. Mais de nombreux médecins s'opposaient bruyamment aux infirmiers. Comme si nous n'avions pas déjà notre dose de divisions et d'échanges aigres avec les pourparlers de fusion.

Ensuite il y avait eu ce mot inquiétant glissé sous la porte de mon appartement le jeudi de la semaine précédente : *Ut quod aliis cibus est aliis fuit acre venenum*, en d'autres termes : « Ce qui est délices pour certains est un poison amer pour d'autres », ou encore « ce qui guérit l'un tue l'autre ». Qui en était l'auteur ? Pourquoi ce mot ? Je l'ignorais toujours. Mais cela avait des accents plutôt peu sympathiques.

Tout ça et ce calme de mauvais augure aux urgences. Dans le genre, cela suffisait, non ?

— Tu as des soucis, insista Mark. Ce n'est pas à moi que tu vas faire avaler le contraire.

— Je peux toujours essayer.

— Peut-être. Mais cela t'avancerait à quoi ?

Je ris, pris le dossier qu'il me tendait et lus ses notes :

— « Thomas Kennaugh. Un homme d'affaires charmant, genre yuppie superélégant. Montre Rolex, costume Armani, serviette griffée, tout le toutim. Trois jours de faiblesse extrême, de nausées, de vertiges. Éveillé et orienté, avec légers troubles de l'élocution. Signale une ou deux crises d'apnée dans la voiture en venant ici. Très anxieux, et pas seulement parce qu'il a des problèmes respiratoires. Se pique à l'héroïne "occasionnellement". » Bon. Ton avis ?

— Il a pris de cette héroïne trafiquée de Mott Haven dont parlent les flics.

— Pas mal comme hypothèse. La plupart des cas sont allés au Lincoln dans le Bronx ou au Harlem Hospital. Mais il est possible qu'on commence à en voir débarquer ici. Avec quoi l'héroïne est-elle coupée, d'après eux ?

— Du Fentanyl. Sature les récepteurs opiacés dans le cerveau, provoquant une dépression respiratoire.

— Tu as l'air de maîtriser la situation, dis-je en lui rendant le dossier. Qu'est-ce que tu as l'intention de faire ?

— Antagoniste des opiacés et renvoi au bercail. Tu trouves que c'est calme ici ?

— Non, je crois que c'est en train de reprendre.

— Vraiment ?

— Absolument. On a droit à la foule habituelle.

Ramsey et moi étions collés épaule contre épaule dans le poste des infirmiers. Autour de nous s'agitait un flot régulier de médecins, malades, infirmiers, proches de malades, aumôniers, au choix – parlant, pleurant, gémissant, criant, jurant, murmurant, plaidant, s'excusant, se confessant, absolvant. Un pompier passa, muni de tous ses accessoires, hache comprise. Comme d'habitude, je gérais plusieurs trucs à la fois. Écouter le topo de Ramsey. Ajouter une remarque au dossier du malade un. Attendre que le médecin du malade deux veuille bien me prendre au téléphone. Tenter de mettre la main sur les résultats d'analyse du malade trois. Étudier la radio du malade quatre.

Ce n'est pas du tout le calme plat, estimai-je en regardant ma montre. Quatre minutes. Il restait soixante secondes au médecin du malade deux pour venir en ligne. Cinq minutes étaient ma limite.

— Les flics sillonnent le quartier des camés avec des haut-parleurs : « On vous a peut-être vendu de l'héroïne toxique, consultez un médecin sans attendre ! » Tu sais ce que cela signifie.

— Oui, fit Ramsey. Ensuite on va hériter de ceux qui ont entendu dire qu'elle était pure et puissante et qui se sont empressés d'en acheter un paquet.

— Appelle le bureau de contrôle du crime organisé. Ils ont des stats. Et parlons-en au briefing du matin.

— Je ne sais pas si je pourrai attendre aussi longtemps, répliqua Mark. Je pense que je vais prendre les devants et en discuter maintenant.

Je secouai la tête en voyant Ramsey se diriger vers Kennaugh, tout en répétant dans sa barbe ce qu'il savait du Fentanyl. Peut-être qu'une petite dose n'aurait pas fait de mal à Ramsey. Pendant mon année d'internat, j'avais marmonné pas mal, moi aussi, mais Mark n'arrêtait pas. Il lui arrivait souvent de continuer à parler, que quelqu'un écoute ou non. Parfois, il faisait les questions et les réponses, les premières de sa voix normale de ténor agréable, les secondes avec des intonations de baryton solennel.

— Vous n'avez jamais entendu parler de la thérapie par la parole ? demandait-il aux gens qui s'en étonnaient. Ou on parle, ou on avale du Prozac. Je ne suis pas partisan de l'automédication.

Comment diable avait-il réussi à sortir diplômé de Yale ? Et à y entrer, d'abord ? Bien qu'il fût parfaitement à sa place à l'University Hospital de Manhattan, l'antre de la médecine de pointe ! Camés sidéens, héroïne trafiquée, contrôle du crime organisé. Probablement pas ce à quoi songeaient les fondateurs lorsque, au début du siècle, ils avaient posé la première pierre sur un promontoire dominant Harlem. Leur projet prendrait la forme des cinq bâtiments aux façades inspirées du Palais du Luxembourg, alors que l'intérieur était, selon un commentaire de l'époque, *simple à l'extrême comme il convient dans un lieu où l'on fait la guerre aux microbes.* Je n'aurais pas refusé un peu de leur idéalisme à l'ancienne pour mener les guerres des temps modernes contre la drogue, le sida, les maux sociaux. Le dévouement ne me faisait pas défaut. Au contraire. Mais...

Dring ! Mon alarme interne anticynisme se déclencha.

Il était temps de renouveler mes vœux.

Je fermai les yeux un instant, et me rejouai mon vieux film concocté en faculté de médecine :

Battements de cœur. Halètements. Un bruit de course. Un couloir d'hôpital carrelé de vert, au crépuscule. Une grande femme mince jaillit d'un virage et entre dans la dernière ligne droite. Au-dessus de sa tête, le système de sonorisation craque de tension : « Docteur Evelyn Sutcliffe aux urgences ! » Evelyn Sutcliffe, c'est moi. Cheveux châtain clair coupés court mais drus, yeux noisette, lunettes à monture d'écaille. Mon stéthoscope tressaute sur ma poitrine. Comme mon badge accroché à ma poche. Ma blouse blanche flotte autour de moi telle la cape de SuperWoman. La musique des *Chariots de feu*...

— Docteur Sutcliffe ? Un appel pour vous sur le 1813.

C'était chaque fois pareil. Juste à l'instant où j'allais faire un bouche-à-bouche à George Clooney, il fallait qu'on me tire de ma rêverie...

Le toubib du malade deux me gardait toujours en attente. Je lui raccrochai au nez et pressai le bouton clignotant du 1813. Evelyn F. Sutcliffe, médecin des stars. Sauf que les stars n'étaient pas au courant. Pas encore.

— Docteur Sutcliffe à l'appareil.

— C'est vrai que Ramsey a perdu le guide souple en essayant d'installer une voie de perfusion ? demanda le Dr Diana Clausson sans préambule. Et qu'il a fallu opérer pour le retirer ?

Dans une autre vie, Clausson aurait pu être tireuse d'élite : on pointe, on vise, on tire. En attendant, elle tuait le temps en dirigeant le service ORL de l'hôpital et en se tenant « informée », comme elle aimait à le répéter.

— Tu as des espions ? Ou tu as planqué des micros partout ?

— Les deux. Il paraît que Mikey Wells voulait coller Ramsey en mise à l'épreuve, mais que tu as intercédé en sa faveur.

Le Dr Michael Wells était un des attachés des urgences. Il estimait de son devoir de ficher au moins un interne par an à la porte. Pour maintenir le niveau, disait-il.

— Ramsey est honnête. Quand il merde, il le dit.

— Ouais, mais perdre un guide souple... c'est grave. Et s'il arrive le pire ? Tu vas défendre Ramsey ?

Quelles pouvaient bien être les ramifications politiques d'une défense de Ramsey ? Clausson avait généralement ce genre de truc en tête lorsqu'elle voulait savoir quelque chose. Elle haïssait Vittorio von Laue, l'administrateur qui présidait la commission de contrôle de la qualité des soins de l'hôpital – devant laquelle je devrais défendre Ramsey si on en arrivait là. Von Laue, comme Ramsey, sortait de Yale et ils avaient fréquenté le même pensionnat. Julian Case Hamilton, président du conseil d'administration, sortait de Yale, lui aussi, et avait lui aussi fréquenté le même pensionnat. Et Hamilton était le principal défenseur d'une fusion avec Scopus au conseil...

— Allô, insista Clausson au creux de mon oreille.

Ou peut-être s'intéressait-elle seulement à Ramsey pour des raisons personnelles. Nous nous remettions tout juste de l'histoire Clausson-Ramsey de l'été. Et l'été avait été torride.

— Bien sûr que je vais le défendre. Il est habilité à placer un guide souple.

— Qui l'a habilité ?

— Moi.

— Pour sa compétence ou pour avoir fait un effort méritoire ?

Soupir de ma part.

— Il a raté la veine à plusieurs reprises. Mais il a fait cinq tentatives sous surveillance, alors je l'ai habilité. La politique du conseil me permet de le faire.

— Épargne-moi tes soupirs, ordonna Clausson. Et laisse tomber le ton plaidoyer.

— Où veux-tu en venir, Di ? Je passe en Cour suprême ?

— Pas la peine de t'énerver non plus. Il faut que tu fasses comprendre ta volonté de les aider.

Je posai le téléphone : on tend la jambe gauche en arrière, puis on recommence avec la droite. Histoire de se calmer. Je repris l'appareil :

— « Les » ?

— Les membres de la commission de contrôle de la qualité des soins. Au cas où ils auraient connaissance de cette affaire. D'accord ? Voici la suite de ton argument. Tu es consciente qu'il est grave de perdre un guide, mais des positions de repli sont prévues pour gérer ce genre d'accident. En l'occurrence, la surveillance mise en place par les lois Bell a donné exactement le résultat escompté. Parce que tu surveillais de près le travail de l'interne, tu as aussitôt pris conscience du problème, ce qui a évité des conséquences négatives.

Et elle me raccrocha au nez. Clic.

— Pourquoi cette bonne femme est-elle toujours aussi énigmatique, nom de Dieu ? gémis-je à haute voix en feuilletant le dossier du malade deux pour retrouver le numéro de son toubib. Elle ne saura donc jamais que la moindre des politesses était de dire bonjour et au revoir ?

Une seconde.

Le mot en latin.

— C'est toi qui m'as envoyé ce mot, hurlai-je quand j'eus de nouveau Clausson en ligne. *Ut quod aliis cibus est aliis fuit acre venenum.* C'est censé être quoi, une façon de tester mon niveau en latin ?

— Tu pourrais dire bonjour, non ?

— Pourquoi ? Tu ne le fais jamais.

— Je suis un patron, toi, non.

— Patronne, non ? Mais ne change pas de sujet. Phil a dû téléphoner au curé de sa paroisse pour savoir ce que ce foutu truc voulait dire. Ce qui guérit l'un, tue l'autre.

— Je ne vois pas de quoi tu veux parler.

— Allons, c'est bien ton genre d'envoyer des messages énigmatiques de ce type.

— Exact, mais cela ne veut pas dire que je l'ai envoyé.

Je comptai jusqu'à dix :

— D'accord. Cela veut dire quoi, à ton avis ?

— Bon, j'extrapole peut-être, mais cela pourrait avoir un lien avec les pourparlers de fusion. Ce qui guérit la faction St. Eustace tue celle de Mount Scopus. Et vice versa.

— Mais pourquoi m'envoyer ce message à moi ? Je ne participe pas aux pourparlers.

— Non, mais Vittorio von Laue, si. Et il est le petit ami de ton frère Alan.

— D'accord, mais pourquoi me l'envoyer à moi ?

Clausson réfléchit une minute :

— Le message pourrait-il avoir un rapport avec Phil ? Il n'a pas une patiente complètement givrée qui est amoureuse de lui et qui lui envoie des mots délirants ?

— Une ancienne patiente, rectifiai-je. Phil est psy. Ce sont des choses qui arrivent. Mais comment es-tu au courant, Di ?

— Tu sais que je ne révèle jamais mes sources.

— Bien, tu ne pourrais pas aussi t'abstenir de révéler la substance ? Rien qu'une fois ? Tu as entendu parler du secret médical ? Ou est-ce un concept nouveau pour toi ?

Clausson adorait pousser les gens à bout. Je l'entendais presque sourire au téléphone.

— Motus et bouche cousue. Mais réfléchis-y. Ce qui guérit l'une, tue l'autre. Phil t'est peut-être bénéfique, mais il est un poison pour son ancienne patiente. Ou vice versa.

Re-clic. Je raccrochai violemment à mon tour. Le plus agaçant avec Diana Clausson, c'était qu'elle avait presque toujours raison.

Mais les malades et anciens malades de Phil étaient son affaire. Il n'avait pas besoin de mes conseils pour soigner ses patients aux « transferts délicats », comme il les appelait.

Je ne savais pas alors combien j'avais tort. Pas plus que je ne savais qu'il arrivait à la mort de mettre une horrible perruque et de porter un grand panier.

Pendant l'heure suivante, les malades se succédèrent.

Puis, comme le calme était revenu aux urgences, je pris vingt minutes pour un déjeuner très tardif.

En tentant le destin.

2

C'était déjà moins calme dans mon appartement.

Des casseroles et des poêles s'entrechoquaient. La bouilloire sifflait. De l'ail grésillait, emplissant toute la maison de sa forte odeur. La table de la salle à manger croulait sous des victuailles rapportées d'un marché provençal : morceaux de fromage, petits paquets d'herbes fraîches, gousses d'ail, oignons, échalotes, plusieurs sortes de vinaigre, œufs, lait, farine, une bouteille de marsala, une autre de cabernet sauvignon, des cubes de bouillon de bœuf, de bouillon de poule...

Dans la cuisine, Gary Seligman, le meilleur infirmier-chef des urgences, chantait à tue-tête des airs de cabaret :

— Alan ? C'est toi ? hurla-t-il en enchaînant avec un air sirupeux d'une voix de crooner.

— Gary ? dis-je en sentant mon visage s'éclairer. Tu es déjà rentré ? Je te croyais à ta réunion d'anciens élèves ?

Gary sortit de la cuisine dans son costume d'assistant du chef cuisinier pour les festivités de la soirée. Économe à la main, drapé d'un long tablier rouge saupoudré de farine, il fit mine d'être gêné d'avoir été surpris en pleine déclaration d'amour chantée à Alan.

— Je suis allé à ma réunion, me dit-il en m'embrassant sur la jouc – j'ai même tenu jusqu'au dîner, en fait. Mais là, cela a viré à la réunion de vieux : ils ont commencé à sortir les photos des gosses. J'ai donc prétexté que je devais repartir tôt le lendemain matin, avant le petit déjeuner, afin de rentrer en ville à temps pour préparer un dîner.

— Tu as l'air déçu.

— Oh ! tu sais ce que c'est. Tu vas à ce genre de réunion avec des attentes qui ne se concrétisent jamais. Puis tu te mets à faire l'examen de ta vie, à te comparer aux condisciples qui ont mieux réussi, ou paraissent plus heureux, ou gagnent davantage, que sais-je encore. Tu finis par te rappeler les rêves que tu caressais à dix-huit ans et que tu n'as pas réalisés. Tu te dis que tu es passé à côté de ta vie. Bah ! Je préfère encore aider Alan en cuisine. Non qu'il ait besoin de mon assistance.

— Attends, cette réunion t'a vraiment bouleversé, n'est-ce pas ? Généralement, tu n'es pas si philosophe.

Mais, comme moi avec Mark Ramsey, Gary éluda habilement mes questions sur ses soucis :

— Parlons plutôt de choses agréables, reprit-il avec un entrain forcé. Alan est parti chez Zabars et Fairway pour des courses de dernière minute. Il va rentrer d'un instant à l'autre. En attendant, que madame me permette de lui présenter le menu du dîner : polenta grillée aux champignons sauvages revenus dans du marsala sec. Filet de canard arrosé d'une sauce à la crème et au porto, avec son confit de cerises aigres et d'échalotes. Crêpes épaisses de riz sauvage et sauté de carottes, céleri et oignons. Haricots verts. Salade tricolore et sa vinaigrette allégée au roquefort et noix.

— Mon Dieu ! Quel programme ! murmurai-je, les yeux toujours fixés sur lui.

— Et comme dessert, le clou : une marquise au chocolat et fruits secs nappée d'une crème anglaise !

Si Gary ne voulait pas me confier ce qui le préoccupait, ce n'était pas la peine d'insister.

— C'est fabuleux, merci.

— Remercie Alan. C'est lui qui a décidé du menu et fait les courses. Il a déjà préparé le confit et la polenta. Je suis juste le préposé au hachoir ; je coupe les carottes et les oignons. Qui sait ? ajouta-t-il en retrouvant son sérieux, après lundi, je pourrais très bien me retrouver de corvée de pluche permanente au lieu d'être infirmier-chef. Il y a une grève, tu sais.

Mais bien sûr. Voilà pourquoi Gary était à cran. La grève des infirmiers.

— Tu sais que les médecins-résidents soutiennent les infirmiers à cent pour cent.

Il secoua la tête.

— Tu as assisté aux visites, ce matin ?

— Oui.

— Le Dr Herrera a dit quelque chose ?

Keith Herrera, en troisième année de spécialisation en médecine interne, était le représentant syndical de la Commission des internes et des résidents.

— À propos de la grève des infirmiers ? Non, il était censé le faire ?

— Cette salope ! s'écria Gary. Elle l'a menacé.

— Qui ?

— Clausson, bordel. Herrera devait annoncer pendant les visites que les internes et les résidents étaient en droit de prendre leur pause-déjeuner lorsqu'ils le souhaitaient et que s'ils voulaient le faire avec le piquet de grève, la commission les soutiendrait – l'hôpital ne peut s'y opposer. Clausson lui a déclaré : « Si vous voulez ce poste en ORL l'année prochaine, vous la fermez ! »

— Pourquoi ferait-elle cela ? questionnai-je, bien qu'habituée aux petites manœuvres de Diana Clausson. (Si elle avait vécu à l'époque de Machiavel, il n'aurait pas écrit *Le Prince*, mais *La Princesse*.)

Gary me lança un regard exaspéré.

— Clausson dirige le service ORL. Si l'University fusionne avec le St. Eustace, celui-ci fermera son service – ils ont le leur, prestigieux, ils n'ont pas besoin du nôtre. Mais si on fusionne avec Mount Scopus, Scopus va créer un nouveau centre de chirurgie ORL en associant leur service de neurochirurgie à celui de Clausson – et ils lui demanderont de le diriger. Le seul hic, c'est que Scopus fait pression sur l'University pour qu'ils réduisent leur staff d'infirmiers avant d'ouvrir les discussions. Donc Clausson milite contre la grève.

Cela me rappela l'échange haineux entre Gary et Clausson quelques jours plus tôt, aux urgences. Mais ils étaient toujours en bisbille, tous les deux.

Gary se rua soudain dans la cuisine pour retirer une poêle du feu.

— Un peu plus, l'ail brûlait, s'exclama-t-il.

Il jeta une poignée de champignons en lamelles dans la poêle et huma le parfum d'un air gourmand.

— C'est grave, ce remplacement des infirmiers par des aides-soignants ou des auxiliaires, reprit-il. On ne peut pas laisser l'hôpital faire ça – sinon, les lingères finiront par installer les perfusions. Un hôpital de Brooklyn a déjà institué un règlement interdisant aux infirmiers de porter des badges précisant leur titre – les administrateurs ne veulent pas que les malades sachent s'ils ont affaire à un infirmier ou à un auxiliaire. Bien entendu, Vittorio va débarquer ici ce soir et disserter jusqu'à plus soif des mesures de réduction des coûts pour enrayer le déclin accusé des recettes, le *managed care*, et la dérégulation des tarifications hospitalières, etc. Bon Dieu, je commence à en avoir marre de discuter de ça.

— Je suis sûre que tu peux désarmer Vittorio avec ton esprit scintillant. En fait, je compte sur toi.

Je comptais sur Gary pour beaucoup de choses, à l'intérieur et à l'extérieur de l'hôpital. Pour son humour. Son tact. Sa façon de rire de tout sans se départir de sa compassion pour autrui. J'appréciais notamment son sens de la psychologie et sa patience. Sentiment partagé par tout le monde, notamment les internes et les étudiants en médecine qui travaillaient sous ses ordres. Pour son dernier anniversaire, les toubibs des urgences lui avaient chanté une version modifiée de *Let it be* des Beatles, dans laquelle c'était Mère Gary qui distillait sa sagesse.

Plus qu'aucun toubib de l'hosto, Gary Seligman était mon mentor. Nous avions le même âge, trente-cinq ans.

Mais je le jugeais plus vieux et plus sage de plusieurs années.

Raconte, à quoi il ressemble ? me demandaient mes copines quand je délirais à son propos. Cheveux blond-roux qui ont l'air d'avoir des mèches même en plein hiver. Taches de rousseur, un hâle quasi permanent entretenu par de fréquentes visites à la grand-mère en Floride, un visage de gentil juif, et un corps musclé entretenu grâce au jogging, aux abdos et aux pompes.

Et vous savez, ajoutais-je avec une admiration narquoise : il cuisine !

Il est célibataire ? entonnaient mes copines à l'unisson. Tu nous le présentes ?

Ben euh !

Oh ! soupir. *Les meilleurs le sont toujours.*

Oui, mais ils font des amis incomparables.

Une grande enveloppe en vélin sur la table de la salle à manger attira mon attention.

— Qu'est-ce que c'est que ça ?

— La carte qui accompagnait le panier.

— Quel panier ?

— Celui qui est dans le réfrigérateur. J'ai pris deux champignons. J'ai pensé que tu ne m'en voudrais pas.

Parcourue par une drôle de sensation, j'ouvris l'enveloppe doublée de papier argenté. J'en tirai le bristol : JOYEUX ANNIVERSAIRE, XXX.

Sur l'étagère du haut du réfrigérateur, coincé sous le freezer, se trouvait un énorme panier cadeau de légumes de chez McNeely & Wang, la nouvelle épicerie chic de SoHo. Et quels légumes ! Je ne vous dis pas. Des tomates rondes et rouges sentant la tomate. De minces haricots verts. Des poireaux. Des poivrons jaunes et rouges. Plusieurs sortes de champignons exotiques. Des carottes naines. Des radis.

— Génial ! m'exclamai-je en riant de plaisir.

Phil avait surmonté sa colère du matin et il me souhaitait un bon anniversaire après tout.

— J'ai pris la résolution à Rosh Hashanah de manger plus sain, expliquai-je à Gary en prenant une petite botte de carottes, un morceau de fromage suisse et quelques crackers. Il faut que je reparte travailler.

J'allais sortir quand quelque chose me retint. Je me retournai.

Gary versa du vin blanc sur les champignons, posa la bouteille, s'appuya à la table, la tête dans les épaules, puis lâcha un gros soupir, les yeux rivés au sol.

— Tu as l'air si résigné, si vaincu. Tu es sûr que tu ne veux pas me raconter ce qui ne va pas ? En dehors de la réunion, de ta dispute avec Clausson et de la grève des infirmiers ?

Il détourna les yeux, secoua la tête, puis afficha un sourire des moins convaincants :

— Quoi ? Tu trouves que cela ne suffit pas comme soucis ?

— Gary, tu soupires comme si tu voulais me dire quelque chose.

— Exact. Je te raconterai. Mais pour l'instant, je ne peux pas.

Nous échangeâmes un long regard.

— D'accord, je prends rendez-vous. Tu me le diras plus tard.

Puis, sans chercher plus loin, je retournai à l'hôpital.

À mon retour aux urgences, le Dr Jasmine Washington enfilait un tablier de protection contre les rayons X.

— Il s'est passé quelque chose dans le métro. On ignore quoi au juste. On a peut-être tiré sur un flic.

— Tu as appelé la traumatologie ?

— Ils descendent.

Je me harnachai à mon tour. Robe de style médiéval, tablier genre armure, viseur genre bouclier, prévu contre les éclaboussures, gants. Comme d'habitude, je me dis qu'il ne me manquait plus que la lance et le cheval caparaçonné. Mon cœur se mit à battre. En rejoignant mes confrères aux portes donnant sur le parc des ambulances, je jetai un coup d'œil à ma montre : 15 h 15.

L'attente commença.

Rien.

Une brise fraîche soufflait. Les vestiges de la dernière tempête tropicale en date ; il ne pleuvait plus, mais les trottoirs luisants étaient jonchés de feuilles et de branches. Je relevai ma visière pour avaler goulûment une bouffée d'air frais et humide.

Mark Ramsey vint se joindre à nous :

— L'automne est ma saison préférée.

— Moi aussi, murmurèrent deux voix.

— Je déteste l'été en ville, continua-t-il. L'automne me donne toujours l'impression d'être au début de la nouvelle année. En fait, je songe à devenir juif comme Ev pour pouvoir prendre mes bonnes résolutions en octobre et non en janvier.

— Ramsey, vous racontiez autant de conneries avant de prendre ce coup sur le crâne dans votre accident ? demanda un chirurgien du service de traumatologie.

— Et comment ! Sauf quand j'ai fait mon externat ici.

— Comment avez-vous fait pour réussir à la fermer ?

— Je me suis hypnotisé.

— Ah oui ? Vous pourriez peut-être recommencer ?

Ramsey éclata de rire. Les taquineries glissaient sur son dos comme l'eau sur le plumage d'un canard. Il était de bonne composition.

Beau mec. Vingt-sept ans, environ de ma taille, châtain, mince, avec de superbes mains de pianiste. Défiguré dans un accident un an plus tôt, il était encore entre les mains des plasticiens. Mais, à le voir, on aurait aussi bien pu penser qu'on lui avait brisé une ou deux bouteilles de bière sur la tête au cours d'une dispute de bar. Il était vraiment très séduisant – notamment pour des urgentistes cyniques et revenus de tout.

Deux semaines après le jour de la transition – le 1er juillet de chaque année, quand tous les médecins au diplôme tout neuf débarquent dans les hôpitaux du pays pour prendre leurs fonctions de nouveaux internes –, Gary avait entraîné Ramsey dans le placard de fournitures des infirmiers pour une petite conversation.

— Le malade ne vous connaît ni d'Ève ni d'Adam, lui aurait-il dit. Le malade ignore, contrairement à moi, que la plupart du temps vous savez exactement ce que vous faites et que ce baratin du moi-qui-ne-sais-rien n'est justement que du baratin. Le malade voit un médecin avec des cicatrices faciales, qui a peut-être pété un plomb ou deux en se faisant ces cicatrices.

— J'ai effectivement pété un plomb ou deux. Mon meilleur ami est mort dans cet accident et c'est moi qui conduisais. Vous le savez.

— Oui, je le sais, mais vous n'avez pas pété de plombs, répliqua Gary. Vos plombs émotionnels, à la rigueur. Je suis sûr que votre ami vous manque toujours. Mais rien ne cloche dans vos plombs mentaux, et je ne comprends pas pourquoi vous insistez pour faire croire le contraire.

— Culpabilité du survivant, expliqua Ramsey.

— Si vous le savez, vous pouvez compenser. À moins que ce ne soit exclusivement de l'entêtement.

— Ça aussi.

— Je ne pense pas qu'il puisse tuer un malade, me dit ensuite Gary, lorsqu'il me rapporta sa conversation avec Mark. Il a effectivement fait un externat aux soins intensifs quand j'étais infirmier-chef là-bas, et il a un bon flair médical. Il est dérangé, mais pas plus que certains des internes que nous avons vus défiler ici. Et il panique et se bloque encore, mais c'est dans l'ordre des choses, ils font tous ça les deux premiers mois. Il a besoin d'une thérapie pour surmonter son deuil. Mais, là, je te confie le bébé, Ev, c'est toi qui es maquée avec un psychiatre. Tâche de le convaincre d'aller en voir un.

— Je ferai de mon mieux.

15 h 18. Nous entendions maintenant toutes sortes de sirènes à une ou deux rues de là. Elles palpitèrent, plus près, puis s'évanouirent. Pas l'ombre d'une ambulance en vue.

— Julio, vous pouvez vous renseigner, s'il vous plaît, finis-je par demander à 15 h 20.

— On parle de blessés, de troubles civils, nous informa le secrétaire du service hors d'haleine, un instant plus tard. Jusqu'ici, deux flics et une femme enceinte touchés par balle et un suspect qui tire au hasard dans le tunnel du métro.

— Où cela ?

— Broadway et 110e.

À deux rues de là.

— Vous avez prévenu Cabot ?

Notre chef sans peur et sans reproche, le Dr Christopher Randolph Cabot, troisième du nom, directeur des urgences.

— Je le bipe.

— Faites-le venir sur-le-champ. On nous en envoie combien ici ?

— Je ne sais pas, docteur. Je me renseigne.

Un instant plus tard, les premières ambulances arrivaient et déchargeaient leurs blessés : un officier de police touché à la cuisse et un homme saignant d'une lacération au front. Suivaient la dizaine de flics et les galonnés qui accompagnent toujours un flic abattu. Les urgences bourdonnèrent d'adrénaline dès que nous inhalâmes l'odeur ambiante de sueur et d'exaltation. Le temps qu'on comprenne que les premiers rapports d'un trouble civil à blessés multiples étaient infondés – qu'il n'y avait pas de second flic blessé par balle, que la femme enceinte était indemne, qu'elle avait seulement perdu connaissance, qu'il n'y avait jamais eu de suspects pour tirer au hasard dans le tunnel du métro –, nous étions dopés et cela n'avait pas d'importance. Nous pouvions jouir du calme après la tempête de l'urgence sans culpabilité.

— Qui sait ? dit un flic quand nous examinâmes la victime du tir. (Sa blessure n'était guère plus qu'une égratignure et, à présent, il gloussait d'embarras.) On nous dit qu'il y a un homme armé sur le quai. On répond. Les gens sortent en hurlant du métro, en désignant des directions contradictoires, et on leur demande : « Que s'est-il passé ? Qui a le flingue ? Où sont-ils ? » Là, on entend des coups de feu. Et on apprend qu'il s'agit d'un 10-13, une assistance à un officier de police. En attendant, on nous raconte que le suspect se cache dans le train, à moins que ce ne soit dans le tunnel, mais peut-être qu'il s'est enfui de la station. C'est le week-end de Columbus Day, le métro est bondé de gens encombrés de sacs de soldes, mais il faut qu'on ferme les portes du métro pour procéder à une fouille des lieux. Les gens crèvent de chaleur. Une chaleur d'enfer. Ils avaient mis le chauffage dans les wagons.

— Vous avez arrêté le type ?

— Ouais, un petit pickpocket. Il a perdu son arme Dieu sait où, on la cherche.

Le temps que je finisse de nettoyer la plaie, il était cinq heures passées. J'enlevai mes gants et, renfilant ma blouse blanche, allai appeler Phil.

— Quels légumes ? De quoi tu parles ?

Phil n'avait pas mis le panier de légumes dans le réfrigérateur.

Il n'avait pas non plus écrit la carte.

— Oh, mon Dieu !

La phrase latine me revint en mémoire.

Ni Gary ni Alan ne répondaient au téléphone.

Je fonçai chez moi à la vitesse de l'éclair. Il pleuvait de nouveau, et l'odeur du trottoir humide de New York me montait aux narines. Je fourrai mes mains dans les poches de ma blouse pour empêcher leur contenu de tomber : minitorche, otoscope, ophtalmoscope, mon mémento écorné. Je courais comme une dératée, comme en cas d'arrêt cardiaque.

Je ne courus pas assez vite. Je trouvai Gary dans ma salle de bains, devant le lavabo.

— Ne m'embrasse pas, Ev, me dit-il quand je me figeai, haletante sur le seuil. Je viens d'être malade... je suis désolé. J'étais ravi à la perspective de ce... superbe dîner, je crains de devoir m'abstenir.

Il ouvrit l'armoire à pharmacie et en sortit un flacon de Listerine.

— Je me rince la bouche.

— Où est Alan ?

— Pas encore rentré.

Gary avait l'élocution pâteuse.

Il transpirait à grosses gouttes.

Son bras eut un tressaillement convulsif lorsqu'il leva le verre de Listerine à ses lèvres. La moitié du verre atterrit dans sa bouche, l'autre s'étala sur sa chemise. Mais il ne parut pas le remarquer.

Et il avala le gargarisme au lieu de le recracher.

— Gary ? Gary ?

Il leva les yeux vers moi : ses pupilles ne se dilataient plus malgré l'éclairage tamisé.

— Qu'est-ce qui m'arrive ? Je ne vois plus mes pieds.

— Gary... tu as mangé ces champignons ?

Il resta silencieux un long moment.

— Tu n'es pas toi. Tu es toi d'il y a deux minutes.

Je fonçai téléphoner aux urgences.

3

Dieu sait pourquoi, Gary était persuadé que nous nous rendions au Rainbow Room où le spécialiste des desserts devait nous initier à la manière de flamber l'omelette norvégienne... à moins qu'il ne s'agisse du spécialiste du poisson qui entendait nous montrer comment découper le Nova dans les règles de l'art – est-ce que je savais que ces types se faisaient soixante-quinze mille dollars par an rien que pour découper du poisson ? Peut-être aurait-il besoin de la toque d'Alan. Si nous allions au Rainbow Room...

Mon cœur battait la chamade. Il cognait contre mes tympans. Une main serrant le bras de Gary et l'autre la poignée du panier de légumes, je poussai mon confrère en plein délire dans l'ascenseur. L'hôpital se trouvait sur le trottoir d'en face. Il nous suffisait d'emprunter l'ascenseur, de traverser le hall de la résidence des médecins, le trottoir, Amsterdam Avenue, et de franchir les portes du parc des ambulances pour nous retrouver aux urgences. Simple, à première vue, mais dans ces circonstances ?

Les portes de l'ascenseur se fermèrent. Dans un sursaut, la descente commença. Les eaux de l'adrénaline se refermèrent au-dessus de ma tête. Telle une femme se muant en sirène, je plongeai de la terre ferme de la réalité dans un monde où tout était en suspens. Rien que des battements de cœur, le souffle de la respiration, les sens aiguisés, et une progression en avant.

Faire le point de ce que je savais, de ce qu'il me fallait découvrir, décider des mesures à prendre.

Pendant les rares moments de pseudo-lucidité de Gary, j'avais réussi à établir quelques faits : il avait mangé les champignons qu'il cuisinait pendant ma visite en coup de vent – des champignons provenant du panier de légumes. Une heure et quarante-cinq minutes plus tard, il vomissait. Maintenant, il était délirant et hyperactif ; il transpirait ; il présentait une contraction des pupilles ; et il avait des problèmes d'élocution. Je savais que par « champignon vénéneux », on entendait n'importe quel champignon provoquant une réaction indésirable – dont des hallucinations – et que « l'intoxication par des champignons » couvrait n'importe quoi : du simple trouble gastrique à l'insuffisance hépatique et à l'anurie sécrétoire, fatales toutes les deux.

Qui avait placé le panier de légumes dans mon réfrigérateur ?

Je n'en avais pas la moindre idée. Alan avait-il acheté lui-même le panier chez McNeely & Wang ?

Ce dernier était-il arrivé bourré de champignons hallucinogènes ? Quelqu'un avait-il voulu faire une blague ? Alan était passé par l'appartement de Phil pour prendre mes clés. Ensuite, Gary l'avait rejoint chez moi. Alan était aussitôt reparti chez Zabars et Fairway pour des courses de dernière minute. Gary avait ouvert le réfrigérateur et découvert le panier.

Mais Alan n'aurait pas signé XXX une carte d'anniversaire adressée à Phil et moi.

Ce qui nous ramenait au mot sous ma porte, *Ut quod aliis cibus est aliis fuit acre venenum.* Cela ne venait manifestement pas de Diana Clausson. Ça, au moins, c'était clair. Celui qui avait glissé le mot sous ma porte devait certainement avoir déposé les légumes dans le réfrigérateur – mais qui lui avait ouvert ? Le gardien ? Oui, bien sûr, si le livreur lui avait fait valoir qu'il avait besoin de mettre son cadeau au frais – c'était concevable. Tout le monde faisait confiance au gardien et l'appréciait, et nous lui versions tous des pourboires somptueux en échange de faveurs.

— Oh, mon Dieu ! il fonce droit sur nous ! hurla soudain Gary. On va se rentrer dedans ! (Il tourna un volant imaginaire, puis se jeta contre moi, et me fit perdre l'équilibre.) On part en tonneau !

— Pas du tout, répliquai-je fermement, coincée contre les portes qui allaient s'ouvrir d'une seconde à l'autre pour nous lâcher au rez-de-chaussée. Nous sommes dans un ascenseur. Nous ne partons pas en tonneau. Laisse-moi me relever, s'il te plaît.

Quel type de champignons Gary avait-il mangé ? Impossible de parvenir à le convaincre de se concentrer sur cette question. Une espèce hallucinogène, visiblement. Mais le panier en contenait quatre ou cinq variétés, et il pouvait avoir mangé la totalité de l'une d'elles (ne nous laissant aucun spécimen à identifier) ou un peu de l'une et un peu d'une autre, mais rien d'une troisième. Ou bien n'avoir consommé que des champignons « magiques » – dont les effets finissaient par se dissiper sans séquelles – ou encore une espèce mortelle. Je n'avais jamais traité de cas d'intoxication de ce genre et, comme ça, à froid, je ne voyais pas qui, dans mon entourage, en aurait eu l'occasion. Case Hamilton – le président du conseil d'administration de l'hôpital – s'y connaissait très bien en champignons sauvages, dont les hallucinogènes. J'étais partie en expédition dans les bois une ou deux fois avec lui, mais le peu que j'y avais appris ne me servait à rien pour soigner Gary. En outre, Case n'était pas exactement infaillible lui-même – sa femme Jackie et lui s'étaient empoisonnés accidentellement une fois, heureusement sans gravité. Au moins, Case saurait qui contacter. Jackie et lui avaient cet ami mycologue qui enseignait à l'université...

Il valait mieux commencer par appeler le centre antipoison. Puis McNeely & Wang. Trouver le gardien.

Et probablement convoquer la police.

Mais d'abord, le plus urgent : faire un lavage d'estomac à Gary.

Le premier pouls à prendre, c'est le tien.
Cool, ma fille.
Soigne le malade, pas le poison.
Lavage, absorption, catharsis.

Les portes de l'ascenseur s'ouvrirent : Gary et moi en sortîmes en titubant. Tandis qu'avec le pied j'empêchais les portes de se refermer, afin de récupérer le panier, Gary s'éloignait déjà en courant.

Heureusement, Lauren Sabot entrait justement dans le hall, jonglant avec sa serviette, un fourre-tout en toile et un parapluie.

Je lâchai le panier et rattrapai Gary. Le tenant fermement d'une main, je retins la porte du pied et récupérai à nouveau le panier. Avec trois pieds et trois mains, j'avais peut-être une chance de faire traverser la rue à mon malade pour le conduire aux urgences.

— Craig a dû enregistrer des aveux, dit Lauren en nous voyant. (Craig était mon autre frère et le petit ami de Lauren.) Il sera là pour le dîner, mais...

— Nous allons à la Rainbow Room, mais tu as besoin de ta toque, lui annonça Gary.

— Il a mangé quelque chose.

Lauren prit en un clin d'œil la mesure de l'état de Gary, son élocution difficile et son expression hallucinée. Il faut dire que pas grand-chose ne lui échappait. Spécialiste des litiges avec statut d'associée dans un cabinet juridique prestigieux, elle comprenait vite. Elle vit mon air grave, puis le panier de légumes.

— Il a mangé quoi ? demanda-t-elle pendant que Gary continuait à monologuer sur le Rainbow Room.

— Des champignons. Hallucinogènes.

Les yeux de Lauren s'écarquillèrent :

— De ce panier ?

— Exact.

— Qui vient d'où ?

— De chez McNeely & Wang. Il y a une carte dedans.

— Qui l'a envoyé ?

— Pas la moindre idée. Comment s'appelle ton ami mycologue ?

— Robert Held.

— Tu sais où le joindre ?

— Bien sûr.

Les dialogues entre Lauren et moi ressemblaient toujours à ça. De la sténo. Droit au but. Pas de fioritures. C'était ainsi que je m'adressais à mes confrères pendant les visites ou au chevet d'un malade, et elle devait parler comme ça à ses confrères en réunion ou pendant les préparatifs d'un procès. Néanmoins, je l'aimais bien – la plupart du temps.

Chevelure brun-roux, élancée, vive, elle s'habillait genre femme d'affaires et ne portait ni maquillage ni bijoux (à part une montre Cartier en or). Je lui enviais son assurance et j'admirais son intelligence. La plupart du temps, j'espérais sincèrement que Craig l'épouserait, bien que cela ne risquât pas d'arriver de sitôt. Mon frère était au beau milieu d'un divorce plutôt houleux.

Et le reste du temps, je m'inquiétais – un peu – de la camaraderie croissante entre Lauren et mon petit ami Phil. Si j'épousais Phil comme il l'espérait et si Lauren épousait Craig comme je l'espérais, Phil et Lauren deviendraient beau-frère et belle-sœur. S'agissait-il seulement d'une affection familiale naissante ou de quelque chose de plus fort ?

Lauren glissa au creux d'un bras les anses de son sac en toile – lequel contenait des bouteilles de vin pour le dîner que nous ne risquions plus guère de partager – et coinça sa serviette sous l'autre. Calquant son rythme sur le nôtre, elle parvint, Dieu sait comment, à nous protéger sous son parapluie – il s'était remis à pleuvoir – pendant que nous sortions avec force embardées de la résidence.

— Une fois aux urgences, j'aimerais que tu jettes un coup d'œil aux champignons qui restent. Peut-être pourras-tu en identifier certains.

Lauren Sabot était la nièce de Case Hamilton, et elle était également un amateur éclairé de champignons.

— Bien sûr. C'est quoi McNeely & Wang ?

— Un traiteur de SoHo. Comme Balducci's ou Dean and DeLuca.

— Ah ! On va aux urgences ?

— Oui.

— Mais est-ce que ce genre d'hallucination ne se résorbe pas d'elle-même ?

Je n'avais pas le temps d'expliquer. Gary, qui parut soudain remarquer la présence de Lauren bien qu'il n'ait cessé de lui parler, lâcha un petit cri. Se dégageant de mon emprise, il partit comme une flèche. Droit dans la circulation d'Amsterdam Avenue.

Mon cœur fit une embardée.

— Oh, merde !

Tout en m'efforçant de ne pas renverser le contenu du panier, je me ruai à la poursuite du fuyard. Crissements de freins. Hurlements de pneus. Cacophonie de klaxons. Par miracle, nous arrivâmes indemnes de l'autre côté. Et, en plus, Gary filait tout seul dans la direction des urgences.

— Arrêtez-le ! hurlai-je à deux ambulanciers debout sous la marquise du parc des ambulances.

Ils regardèrent ma blouse blanche, le panier, Gary qui cherchait à décrocher une médaille d'or olympique et, jetant leur cigarette, maîtrisèrent ce dernier.

— Il a perdu quelque chose ?

— Il ne court pas, il vole !

À eux deux, ils retenaient Gary sans problème. Ce dernier continuait à courir sur place, marmonnant toujours : « Tu sais que chaque uniforme est différent, les barmaids, le serveur dans la salle à manger... »

— Merci, c'est Gary Seligman, l'un des infirmiers-chef des urgences. Il a avalé une substance inconnue et a besoin d'assistance médicale.

— Oh ! désolé, docteur.

— Il te faut ta toque ! cria Gary.

— Mangé ou fumé ? demanda l'ambulancier quand Lauren nous rejoignit, malgré la jupe étroite de son tailleur rayé et ses talons hauts.

Mais comment faisait-elle ?

— Mangé des champignons, venant de ce panier cadeau.

— Oh, nom de Dieu ! quelqu'un lui a glissé dedans des champignons magiques et il l'ignorait ?

Les urgences grouillaient toujours de flics et de blessés. Des chariots et des brancards traînaient çà et là. Julio, le secrétaire, généralement imperturbable, hurlait au téléphone. Mauvais signe.

— C'est la piscine ? demanda Gary.

Lauren me prit le panier des mains et, jouant des coudes, se dirigea vers le poste des infirmiers. L'infirmière-chef Kathy Haughey s'apprêtait à lui en interdire l'accès lorsqu'elle aperçut Gary.

— Oh, mon Dieu ! Gary !

— Elle est avec moi, lui expliquai-je en désignant Lauren. Elle a besoin de téléphoner. Gary a mangé quelque chose – Dieu seul sait quoi. Probablement un genre de champignon hallucinogène. Mais c'est peut-être pire et je ne veux pas prendre de risques.

Kathy fixait Gary, horrifiée. Le visage collé contre le carrelage vert du mur, il évoquait avec animation les Poissons volants, apparemment le nom de son équipe de natation au lycée.

J'aperçus un flic avec une poche de glace collée sur l'œil. La chemise de son uniforme était tachée de sang.

— Qu'est-ce qui se passe ici ? Je croyais que l'affaire du métro était réglée ?

— Non, répondit Kathy. Un car de police se rendant sur les lieux a heurté un bus et fait un tonneau. Onze officiers, dont un seul portait sa ceinture. On est en train de faire le tri. Sans parler des passagers du bus. Je vais t'aider à t'occuper de Gary. Bon Dieu, mais tu l'as vu ? Il ne sait même pas où il est. On prépare un lavage ?

— Lavage, charbon activé. Analyses habituelles, urines, ECG... Il faut surveiller le niveau d'oxygène... perfusion, soluté.

— Il se déshabille... Gary !

En caleçon, Gary « nageait » en direction de la salle de transit, avec des mouvements de brasse et des gargouillis de bulles. Je laissai le soin à Kathy de le rattraper.

— Ev ? me dit Lauren Sabot.

Je baissai soudain la garde :

— Je ne sais pas s'il faut rire ou pleurer.

— Il n'y a pas de quoi rire.

J'entendis le tremblement dans sa voix avant de voir son visage. Elle était livide. Depuis que je la connaissais, jamais je ne l'avais vue chercher ses mots. Elle respira un grand coup et me montra deux grands champignons blancs.

— Amanites phalloïdes.

— Oh, mon Dieu !

Mon cœur s'arrêta et repartit.

Je me ruai à la poursuite de Gary et de l'infirmière.

4

Un lavage gastrique n'a rien d'une procédure agréable quelles que soient les circonstances, et c'est encore pire quand vous êtes obligé de faire subir ce supplice à un confrère que vous aimez tendrement.

— Je sais que c'est une épreuve horrible, Gary, mais il faut que tu nous aides.

Me plaçant à gauche du chariot, je fis signe à Mark Ramsey de se poster à droite. Je levai la sonde gastrique, un tuyau en caoutchouc de gros calibre :

— Tu sais ce que c'est, Gary. Il faut que tu l'avales.

— Serpent ! Serpent ! hurla Gary en s'agitant. Une pelle ! Tuez-le.

— Il va nous falloir un mors, soupirai-je en remontant mes lunettes sur le nez avec mon poignet.

Non seulement j'étais en train de torturer Gary, mais j'avais quatre personnes pour m'assister : Mark Ramsey, Kathy Haughey, l'étudiant en médecine et la stagiaire. Tous connaissaient Gary personnellement. Leur émotion se lisait sur leur visage pendant qu'ils s'efforçaient de le maîtriser à l'aide de sangles en cuir hyperrésistantes, équipées de cadenas de vélos, semblables à celles que l'on met à Hannibal Lecter dans *Le Silence des agneaux*... Mark était tellement bouleversé qu'il en avait cessé de blablater. Kathy aboyait. L'étudiant en médecine avait l'air plus arrogant et plus hautain que jamais et la stagiaire semblait impressionnée par l'atmosphère pesante qui régnait dans la salle. Ils avaient réussi à attacher les sangles des poignets et ils luttaient à présent pour les fixer à la ceinture. L'étudiant en médecine, un Eurasien de Hong Kong au regard vif du nom de Nicholson, tenait les pieds de Gary.

Gary libéra un de ses bras, et fit valser une perche de perfusion que la stagiaire rattrapa au vol avant qu'elle ne s'écrase par terre.

— Attachez-le serré au brancard.

— Haldol ? suggéra Nicholson dont le flegme commençait à donner des signes de faiblesses devant les cris de Gary. Cela pourrait éliminer l'agitation.

— Non, criai-je, plus fort que Gary.

— Un, cela a une action trop prolongée, dit Ramsey, ouvrant la bouche pour la première fois depuis son entrée dans la salle. Deux, c'est un neuroleptique. Il faut que nous restions en mesure d'évaluer son état mental. Et trois, nous ignorons ce qu'il a ingéré. Mais on pourrait envisager un truc à action plus courte, Ev, continua-t-il en immobilisant le bras de Gary. Les anesthésistes aiment bien le Tropofil...

— Pas question de le droguer davantage. Commençons par essayer ça et on avisera ensuite.

— Tu ne vas jamais réussir à lui faire avaler cette sonde de son plein gré, dit Haughey. Tu vas avoir besoin d'un mors.

— Pas de requins, pas de requins ! cria Gary.

Et, en plus, nous avions un public. Outre le fiasco du métro et le tonneau du car de police, c'était une soirée de samedi normale aux urgences ; à 18 heures, l'auberge affichait complet. Les malades s'entassaient à deux, trois par salle. Ce soir-là, nous partagions le bloc 3 avec un policier d'État en uniforme de Smokey l'ours – chapeau inclus – et le « cas » qu'il escortait, un personnage louche en costume trois-pièces tape-à-l'œil, qui s'était lacéré la main je ne sais plus comment. « Main lacérée » était assis sur un tabouret avec sa main blessée posée devant lui sur un plateau en acier inoxydable ; on avait hérissé sa profonde entaille à la paume de tiges hémostatiques destinées à enrayer l'hémorragie en attendant l'arrivée d'un chirurgien. Bras croisés, Smokey l'ours se tenait à ses côtés. Les deux hommes ne perdaient pas une miette de nos faits et gestes : ils avaient l'air de se croire à la télé.

— Essayez de l'enfoncer quand il ouvre la bouche pour crier, suggéra « Main lacérée ». Il s'est enfilé de l'acide, faut pas espérer le calmer.

— Non, dit Smokey, il ferait que refermer la bouche sur le tube.

Deux chirurgiens de passage, appelés pour donner un coup de main avec les flics, ajoutèrent à leur tour leur grain de sel. Plantés sur le seuil, ces anciens soixante-huitards se mirent à évoquer leurs expériences de LSD :

— En plein mois de juin et j'étais persuadé que les lampadaires luisaient de givre et que la terre était en train de mourir, dit l'un.

— Ouais, acquiesça l'autre en riant. J'ai eu des flash-back pendant dix ans. Et ça m'arrive encore. Selon la dernière théorie en date, le cerveau emmagasine le LSD dans les tissus graisseux et le libère en période de stress. Ça me rappelle cette patiente qui pleurnichait que son lit se soulevait – elle faisait du *delirium tremens* –, et c'est tout juste si je ne voyais pas moi-même le lit se soulever. C'est moi qui avais dû déclencher cette émission de LSD. J'ai décidé qu'il était temps que je sorte de la chambre.

— Et il serait temps que vous sortiez de cette salle ! leur lançai-je par-dessus mon épaule.

— On vous souhaite bien du plaisir !

Je serrai les dents. Kathy Haughey me tendit le mors. Sorte de spéculum buccal, il s'agit d'un gadget en acier inoxydable avec un capitonnage en caoutchouc et des manches de ciseaux ; on enfonce la partie en caoutchouc entre les molaires du fond du patient, on presse les poignées, la bouche du patient s'ouvre et se coince dans cette position. Théoriquement du moins ; je ne m'étais jamais servie de ce genre d'engin.

Suivant le conseil de « Main lacérée », j'attendis que Gary se remette à hurler pour mettre le mors en place :

— C'est bon ! C'est coincé ?

Gary ressemblait maintenant au personnage du *Cri* de Munch. Nous remontâmes le plus haut possible le dossier de son chariot.

— Ça va ? me glissa Kathy.

Je me sentais au bord des larmes.

— Finissons-en. Gary, il va falloir que tu avales cette sonde. Je suis désolée... Si tu savais combien je suis navrée.

Tout en lubrifiant l'extrémité de la sonde avec du gel, je vérifiai que l'autre extrémité était bien dans le seau. Évaluant rapidement la longueur à enfiler, je respirai profondément, et glissai une main gantée à l'arrière de la bouche de Gary pour me guider. Ce dernier poussait à présent de longs gémissements aigus dont le carrelage vert du bloc 3 renvoyait l'écho dans l'ensemble des urgences. Je ne cessai de lui parler, de lui débiter un discours censé être apaisant et qui se coinçait dans ma gorge.

— Bon, tu es prêt ? lui demandai-je comme s'il coopérait. On y va ; avale, avale... cela ne prendra qu'une seconde. Avale !

Gary se mit à tousser violemment et je retirai la sonde :

— Ne serait-il pas plus facile de provoquer des vomissements ? demanda la stagiaire.

— Aujourd'hui la tendance est contre le vomissement provoqué, expliquai-je en attendant que Gary cesse de tousser. Le temps que cela fonctionne, le malade risque de tomber dans un état de léthargie et d'aspirer son vomi. Aspirer le contenu de son estomac dans les poumons.

— Qu'est-ce qu'on fait quand cela se produit ? Quand le malade aspire ?

En temps normal j'encourageais les questions. Mais ce soir-là, je ne relevai pas.

— Gary, est-ce que tu pourrais pencher davantage la tête en avant ? Il faut qu'on fasse un nouvel essai. Je t'en prie, essaie de m'aider.

Gary gémit faiblement. Il commençait apparemment

à se fatiguer – ce qui faciliterait peut-être les choses. Lui glissant les bras sous les aisselles, Kathy Haughey le redressa et le poussa un peu en avant. Je me blindai pour un second essai.

— Une aspiration peut provoquer une réaction inflammatoire aiguë, expliqua Nicholson à la stagiaire, saisissant l'occasion d'impressionner la seule personne dans la salle qui soit son inférieure hiérarchique. Ensuite se produit une détresse respiratoire. L'acide gastrique attaque rapidement les poumons et peut être fatal. Généralement cela provoque une brûlure chimique et une infection bactérienne massive. Et même pris à temps, un SDRA a un taux de mortalité de cinquante pour cent.

— Nicholson !

Il rougit et s'excusa.

— Bien, Gary, on y va... (Je glissai la main gauche au fond de sa gorge, guidai la sonde de la main droite et l'enfonçai rapidement dans l'œsophage.) On avale, on avale...

Je retins mon souffle.

Je regardai la sonde s'enfoncer dans la bouche béante de Gary. Je crus que le tour était joué quand Gary eut un haut-le-cœur.

Aussitôt Ramsey le poussa en avant ; je retirai la sonde. Mais trop tard. Gary parut vider l'intégralité du contenu de son estomac en un seul jet – et dans une grande respiration sifflante, il aspira.

Nom de Dieu !

— Stridor ! hurlai-je. Il nous faut un stridor.

En aspirant, Gary s'était obstrué le larynx, bloquant sa respiration.

Ma perception de la réalité s'altéra. Le cœur battant contre mon sternum, chacune des cellules de mon corps soudain chargée électriquement, je plongeai dans le flot d'adrénaline. Le temps se ralentit. Soudain il semblait ne plus rester dans le bloc que ma peur, mon adrénaline, mes cinq sens et mon corps – et Gary. Gary toussa, siffla comme une grue qu'on étrangle, la bouche toujours béante autour du O en acier inoxydable du mors. Il me suppliait du regard.

— Aspiration.

Haughey me colla la sonde d'aspiration dans la main. Je l'enfonçai dans le nez et le rhinopharynx de Gary, visant cette fois la trachée. Gary haletait. Moi aussi. Le son de sa respiration pénible m'entaillait le cœur tel un rasoir. De précieuses secondes passèrent pendant que Gary virait au bleu et luttait pour se libérer. Je cherchai frénétiquement la trachée, tendant l'oreille en quête d'un bruit d'air dans la sonde qui indiquerait que j'avais atteint les poumons.

— Baisse du rythme cardiaque, me prévint Haughey, l'œil sur le moniteur. Pouls à 84...

— J'y suis, m'écriai-je à l'instant même où Gary perdait connaissance.

Je retirai la sonde d'aspiration et débloquai le mors. Arrachant l'Ambu des mains de Ramsey, je collai le masque sur les lèvres violettes et le nez bleu de Gary et le branchai à la bouteille d'oxygène fixée au mur. J'avais l'impression de me regarder agir. Gary reprit miraculeusement un peu de couleurs. J'oscillais entre l'espoir et la terreur. Je m'entendis vaguement réclamer l'assistance respiratoire en hurlant. Haughey cria les chiffres. Nicholson fit une prise de sang pour les gaz, pendant que la stagiaire courait chercher de la glace. Derrière moi, Smokey l'ours vomissait bruyamment dans le lavabo.

— Ah ! Nom de Dieu ! Nom de Dieu ! répétait « Main lacérée ».

— Ça vient, bordel, cette assistance respiratoire ? beuglai-je, en soulevant le masque à oxygène pour permettre à Ramsey d'aspirer le contenu de la bouche de Gary. Filez-moi cette foutue sonde orotrachéale.

Nicholson me la tendit. Je la glissai dans la gorge de Gary et dans sa trachée.

— VC de 700, fréquence 12, ordonnai-je.

Haughey régla le respirateur en le branchant :

— FIO2, cent pour cent ?

J'acquiesçai. Le respirateur se mit à bourdonner et à

siffler. Haughey retira sa blouse souillée du vomi de Gary. J'écoutai sa respiration : gargouillis dans les poumons. Gary faisait du bronchospasme. Annonciateur de la détresse respiratoire tant redoutée. Pas bon. Pas bon du tout. Les mots de Nicholson résonnèrent dans ma tête : peut être fatal... et même pris à temps, un SDRA a un taux de mortalité de cinquante pour cent. J'enlevai mon stétho, le nettoyai avec un tampon d'alcool. Bon Dieu ! grognai-je angoissée. Oh ! Gary, je suis tellement désolée.

Je détournai les yeux pendant que Haughey le nettoyait. Une avalanche de « si seulement » s'abattait sur moi. Si seulement j'avais écouté Ramsey et Haughey qui prônaient la sédation. Si seulement Gary n'avait pas régurgité. Si seulement je l'avais aspiré plus vite et mieux. Si seulement il ne faisait pas de bronchospasme. Le mélange des regrets, de l'adrénaline et de l'odeur de vomi aidant, je tanguai jusqu'au lavabo. Repoussant Smokey l'ours d'un coup d'épaule, je dégueulai avant de savoir ce qui se passait.

— Nom de Dieu ! Nom de Dieu ! continuait de psalmodier « Main lacérée ».

5

— Il a été admis en soins intensifs. Il est conscient mais sous sédatifs. Alan est à son chevet.

Vittorio von Laue se redressa sur son lit d'hôpital et me jeta un regard incrédule par-dessus ses lunettes de lecture.

Je déglutis. Vittorio ne facilitait jamais les choses.

— Il ne peut pas parler, bien sûr, à cause de l'intubation...

— Je ne comprends pas. Tu es en train de me dire que Gary Seligman a mangé des champignons hallucinogènes ?

— Oui, provenant du panier cadeau.

— Ce qui est déjà difficile à croire en soi...

— Je suis sûre qu'il ne savait pas ce qu'il mangeait, Vic.

— ... et qu'en plus, tu t'es plantée en lui faisant un lavage d'estomac...

— Vic, je t'en prie.

— ... et que tu as failli le tuer ? C'est ce que tu es en train de me dire ? Et qu'à cause de cette bourde inqualifiable, Seligman risque de mourir ?

— Il est stabilisé. Ils mettent le paquet – stéroïdes, bronchodilatateurs, le nouveau traitement au Surfactant. La bronchoscopie n'a pas révélé de...

— Doux Jésus ! (Vittorio repoussa ses draps et s'assit au bord de son lit.) Gary est le représentant syndical le plus respecté du corps infirmier... Mais pourquoi as-tu attendu une heure et demie pour me prévenir ?

Et je vais briser le cou de Lauren Sabot pour s'être contentée de me dire qu'il y avait un problème avec le dîner quand elle a appelé. Elle est incroyable. Toi aussi.

— Je suis désolée.

— Passe-moi ma robe de chambre, m'ordonna-t-il en désignant le placard. Donne-moi mes chaussons.

Vittorio et mon frère Alan vivaient ensemble depuis près de deux ans. À la veille de la cinquantaine, d'une beauté époustouflante avec des yeux bleu acier et des cheveux poivre et sel, Vic était élégant, digne, riche et prospère... ou bien dandy, pompeux, d'une richesse puante, opportuniste, selon votre interlocuteur. Je ne l'avais en fait jamais beaucoup aimé. Mais il était un membre respecté du conseil d'administration de l'hôpital et un généreux donateur. Nous avions de bons amis en commun. Et Alan avait l'air très amoureux de lui, malgré leurs problèmes récents et leurs querelles explosives. Je m'efforçais donc de rester polie.

Je lui tendis sa robe de chambre. Il décrocha sa poche d'IV [1] de sa perche et la fit passer dans la manche droite de sa robe de chambre. Puis il enfila l'autre manche avec plus de délicatesse pour ménager son bras gauche.

Au début de la semaine, Vittorio avait fait une chute de cheval lors d'une chasse à courre à Westchester. Il avait voulu franchir une barrière en bas d'une colline, mais sa monture avait heurté la planche du haut. L'homme et l'animal s'étaient effondrés et Vittorio avait eu de la chance que son cheval ne soit pas tombé sur lui. Résultat : fracture ouverte du poignet gauche et blessure infectée au contact de la terre. Heureusement, un médecin de l'University Hospital qui participait à la chasse était arrivé sur ces entrefaites. Il lui avait posé une attelle de fortune avec sa cravache et sa lavallière et l'avait ramené en ville dans sa voiture. Mais la blessure était dans un tel état que les chirurgiens qui la

1. Intraveineuse.

nettoyèrent avaient dû éliminer des tissus contaminés sans espoir de retour.

Au bras gauche, Vittorio portait un fixateur externe, un appareil qui immobilise la fracture avec des broches métalliques enfoncées dans l'os à travers la peau. Il restait hospitalisé pour recevoir un traitement antibiotique carabiné par intraveineuse en attendant que les médecins décident d'une éventuelle opération.

Vittorio n'était pas ce que l'on pourrait appeler un patient conciliant. Cavalier et bon vivant, il avait tendance à trop manger, trop boire, trop travailler, trop jouer et à trop peu dormir. Sans parler de sa fâcheuse manie de chercher sans cesse de nouvelles méthodes originales pour se tuer accidentellement. Non seulement il pratiquait la chasse à courre, mais il skiait, faisait de la voile et de la planche à voile. Il n'empruntait que les pistes noires (fracture du tibia et du fémur à deux reprises). Pour lui, la voile signifiait partir au large à bord d'embarcations qui ne devraient jamais quitter le port de plaisance. Jusque-là, il avait été hospitalisé pour hypothermie (baisse de la température) et une autre fois pour contusion (coup de bôme sur la tête qui l'avait envoyé par-dessus bord). Quant à la planche à voile, il avait trouvé le moyen d'emprunter des voies de navigation par un vent de trente nœuds à San Francisco. Il était sorti indemne de l'expérience parce qu'il avait eu la chance de ne pas croiser de supertanker.

Depuis deux ans que je connaissais Vittorio, il s'était cassé la clavicule et quatre côtes (désarçonné par son cheval) ; luxé l'épaule, abîmé l'acromion (sa monture avait refusé un obstacle que Vittorio avait franchi tout seul) pour conclure par cette fracture ouverte du poignet. La plaisanterie qui circulait à l'hosto, c'était qu'il faisait partie du conseil d'administration et donnait d'énormes sommes d'argent à l'hôpital parce qu'il voulait être sûr de recevoir les meilleurs soins possibles en cas de besoin – ce qui lui arrivait souvent.

Il lissa sa robe de chambre sur son pyjama de coton frais et noua sa ceinture à glands. Je ne l'aidai pas. Il avait tellement l'habitude d'être handicapé qu'il pouvait presque tout faire d'une seule main. De plus, il avait horreur qu'on l'aide – l'un des principaux reproches que lui adressait Alan. Vic était d'une indépendance exaspérante. En le regardant glisser ses pieds nus dans ses pantoufles de velours, la description détaillée par Alan d'une de leurs récentes disputes me revint en mémoire. Elle s'était envenimée au-delà de toute proportion, jusqu'à ce que Vittorio hurle et balance des objets, exigeant qu'Alan disparaisse de sa vue et ne revienne que lorsqu'il aurait appris à converser avec civilité !

Explication d'Alan : « Vittorio ne sait pas demander de l'aide lorsqu'il en a besoin. » Ma riposte : « Vous devriez rencontrer un conseiller conjugal. Il balance des objets par terre ! Et tu le laisses faire ! » Ce à quoi Alan avait répliqué : « Au moins, nous, nous vidons notre sac. Mieux vaut s'affronter qu'éviter les conflits. Phil et toi, vous auriez bien besoin d'apprendre à mieux vous engueuler et à vider votre sac quand c'est nécessaire. Il boude comme le Sphinx et toi, tu le laisses faire ! »

Jeu, set et match, avantage Alan.

Vittorio prit sa perche d'IV dans la main droite.

— Ev ! aboya-t-il. Reprends tes esprits. Ce n'est pas le moment d'entrer en transe, nom de Dieu. Alan doit être dans un état indescriptible.

Le bras cassé collé contre son ventre, il sortit de la chambre et enfila le couloir. Je lui emboîtai le pas. Il refusa un fauteuil roulant et envoya sur les roses une infirmière qui le suppliait de ne pas se rendre aux soins intensifs à pied.

— C'est à trois rues d'ici, monsieur von Laue.

— Merci, je le savais.

— Il faut que vous preniez l'ascenseur jusqu'au quatrième, que vous empruntiez la passerelle, que vous preniez deux autres ascenseurs et que vous parcouriez quatre cents mètres à pied.

— Quatre cents mètres ne me font pas peur ! Bonsoir.

L'infirmière me lança un regard mauvais. Je haussai les épaules.

Nous pénétrâmes dans le premier ascenseur.

— Explique-moi à nouveau comment tu as ouvert le réfrigérateur pour trouver ce panier de champignons hallucinogènes qui attendait comme dans Alice avec un signe : MANGEZ-MOI – et comment tu es tranquillement repartie à l'hôpital sans rien soupçonner.

— Je te le répète, j'ai cru que le panier venait de Phil.

— Phil a l'habitude de t'offrir des paniers de champignons hallucinogènes ?

— Enfin ! Vic ! j'ignorais qu'ils étaient hallucinogènes. Tu sais, Gary est aussi mon ami, et je l'aime beaucoup. Je suis malade d'inquiétude.

Cela le fit taire deux secondes, le temps que les portes de l'ascenseur s'ouvrent au quatrième.

— Je n'arrive pas à croire, reprit-il en vitupérant, que tu as failli tuer l'infirmier qui a organisé tout seul la grève de lundi, sans parler du fait que c'est le meilleur ami d'Alan et...

— Vic ! s'il te plaît...

— Et en plus il faudrait qu'on la plaigne ! Nom de Dieu !

Je poussai la porte et sortis sur le trottoir, le visage en feu. Qu'est-ce que j'avais fait pour récupérer un beau-frère pareil ? Il pouvait être la grâce et le charme incarnés...

— Ce n'est pas le moment de donner dans les faux sentiments.

... ou mesquin et pète-sec au plus haut point.

Je regrettais d'avoir emmené Alan à ce fichu bal de l'hôpital où il avait rencontré Vittorio.

Cela datait d'exactement deux ans. Par une superbe et chaude soirée d'octobre. L'University Hospital et la faculté organisaient une soirée pour une ultime collecte de fonds afin de terminer la construction du nouveau Pavillon Storrs.

J'étais tendue. Je me faisais l'effet d'une Cendrillon-interne, éclaboussée de sang, de vomi et d'urine attendant d'être transformée d'un coup de baguette magique en princesse-médecin du bal. J'avais été choisie par Case Hamilton, alors vice-président du conseil d'administration de l'hôpital, pour m'asseoir à sa table, avec Mme Hamilton, le Dr Christopher Randolph Cabot, troisième du nom, et sa femme, M. et Mme Vittorio von Laue, ainsi que la légendaire bienfaitrice de l'hôpital, Mme Storrs. Une compagnie triée sur le volet. Chris Cabot était mon patron, le directeur des urgences. Et Vittorio von Laue siégeait au conseil avec Hamilton. Les Hamilton avaient également invité des donateurs potentiels, un magnat de l'immobilier et sa femme, qu'ils espéraient convaincre d'entrer au conseil. Nous autres médecins étions chargés de vanter les mérites de l'hôpital auxdits donateurs.

Toutes les fenêtres de mon appartement à la résidence des médecins étaient ouvertes et je goûtais à la douce brise qui soufflait après plusieurs jours de trombes d'eau, inhabituelles pour la saison. Il devait faire dans les 19-20 °C à l'extérieur. La ville étincelait dans le crépuscule, les lumières s'allumaient partout à cette heure où les gens rentraient du travail. Je venais de prendre ma douche, je m'étais lavé et séché les cheveux, j'étais maquillée et je me détendais quelques minutes en combinaison sous mon peignoir en sirotant une tisane. J'admirais ma ravissante robe de cocktail neuve – de la soie vert pâle bordée de dentelle – qui attendait sur un cintre accroché à la porte du placard. Ma mère m'avait entraînée chez Bloomingdale la semaine précédente et me l'avait offerte « pour faire ressortir les paillettes vertes de tes yeux ». Je m'étais acheté une nouvelle ombre à paupières et j'avais aussi craqué pour du rouge à lèvres et du blush.

Je posai ma tisane et retirai mon peignoir pour enfiler soigneusement ma robe. Je contemplai la femme sublime dans le miroir qui me renvoya mon regard, un peu ébahie.

Normalement, je m'estimais modestement séduisante et j'espérais qu'on me trouvait l'air intelligent et compétent. À l'hosto, sous ma blouse blanche, je portais le plus souvent un pantalon en toile et une chemise et me déplaçais en confortables chaussures de bateau. Chaque matin, j'avais beau me mettre un peu de crayon sur les yeux et de rouge sur les lèvres, le tout disparaissait généralement avant midi.

Qui était donc cette créature dans le miroir ? Je reconnaissais certains traits : elle était grande et mince, comme moi ; elle avait des cheveux châtains coupés courts mais drus, comme moi ; des yeux noisette, des lunettes à monture en écaille, comme moi. Mais comment avait-elle fait pour obtenir ce maquillage parfait ? Et, ouh là là !... Où avait-elle déniché cette robe ?

Le téléphone sonna.

— C'est Phil Carchiollo. Nous avions parlé de partager un taxi pour aller à la soirée. Mais j'ai une patiente suicidaire sur les bras et il va falloir que j'annule.

Phil Carchiollo, attaché au service de psychiatrie, que je connaissais depuis mon stage, devait être placé à la même table que moi au dîner.

— Oh ! quel dommage ! Je me faisais une joie de vous revoir. (J'en avais dit plus que je ne voulais. J'aimais beaucoup Phil et j'étais secrètement déçue qu'il ait une petite amie.)

— Oui, moi aussi.

— Vous serez en retard ou vous ne viendrez pas du tout ?

— Je crains de ne pas pouvoir venir. Il faut que je fasse hospitaliser cette patiente et qu'ensuite je parle à ses parents.

Je me contemplai dans ma jolie robe verte et réprimai un soupir.

— Je n'arrive pas à joindre les Hamilton, reprit Phil. Vous pensez avoir une chance de me trouver un remplaçant ?

Je tentai de réfléchir.

— Tous ceux que je connais y vont déjà.

— Et votre frère Alan ?

J'avais emmené Alan à la soirée de Noël des infirmiers l'année précédente, et Phil et lui avaient eu une longue conversation. Phil avait de la famille à Florence et Alan y avait passé son année de fin d'études.

— Bonne idée. Alan et Case Hamilton pourront parler cuisine et, si mes souvenirs sont bons, Mme von Laue a un diplôme d'art quelconque.

— C'est ça ! Alan peut évoquer son séjour à Florence. Détendre un peu la conversation. Personne n'a envie de passer la soirée entière à écouter des toubibs vanter les mérites de l'hôpital à des donateurs potentiels.

Nouveau silence.

— Je vais appeler Alan.

Je raccrochai avec un sourire narquois. Gary Seligman venait aussi à la soirée. Mme Storrs avait apparemment demandé pourquoi on ne voyait jamais d'infirmiers à ce genre d'occasions et Case s'était dit qu'il ferait bien d'en asseoir un à sa table.

J'allais devoir veiller à ce qu'Alan et Gary se tiennent bien.

6

Je téléphonai à Alan pour l'inviter au bal.

— Attends, laisse-moi deviner, tu as besoin d'un déambulateur.

— Un quoi ?

— Allons, Ev, ne sois pas aussi naïve ! Tenue habillée ?

— Oui.

— Je passe te prendre dans une heure. Quarante-cinq minutes plus tard, Alan passait me prendre en taxi. S'il ne s'était pas agi de mon propre frère, je me serais crue avec le Prince charmant. Comme d'habitude, il se montrait à la hauteur des circonstances. Resplendissant dans son smoking avec gilet en soie noire, il ouvrit une demi-bouteille de champagne – eu égard au fait que c'était la première fois en deux ans que je mettais une robe (« Il faut que tu me donnes l'adresse de ton couturier, chérie ») –, et m'épingla un petit bouquet de freesias au corsage. Il arborait une boutonnière assortie. Notre ressemblance me frappa une fois de plus. Bas du visage excepté, nos visages sont les copies conformes de celui de notre mère : même nez, mêmes pommettes, mêmes yeux noisette, même front. Nous devons notre bouche et notre mâchoire à nos pères respectifs. Mon propre père, Evan Farley Sutcliffe, est mort dans un accident de voiture peu avant ma naissance ; ma mère s'est alors remariée avec le Dr Sandy Berman, qui avait été son amoureux au lycée, et avec lequel elle a eu deux fils, mes demi-frères Alan et Craig. Mais personne ne s'attardait sur le fait que j'avais un père biologique différent. Je considérais Sandy Berman comme mon « vrai » père et Alan et Craig comme mes frères « à part entière ». J'étais contente que Alan me ressemble à ce point.

— Je ne voudrais pas gâcher ta bonne humeur, Ev, mais il faut que je te dise quelque chose, lâcha soudain Alan. (Il vida ce qui restait du champagne en une gorgée, sortit une serviette à thé et essuya son verre :) Gary et moi, c'est fini.

— Fini ? Depuis quand ?

— Mardi.

— Oh ! Alan, je suis navrée.

— Oui, moi aussi, fit-il en s'étranglant.

Je posai une main sur son genou :

— Tu veux me raconter ce qui s'est passé ?

— Oui, mais pas maintenant.

— Cela va aller, ce soir, avec Gary à notre table ?

— Tout ira bien. Nous avons décidé d'un commun accord de rester amis. Et... euh... je tenais à te le dire. Je sais combien tu l'apprécies, Ev, et combien tu espérais certainement que cela marcherait entre nous, et je suis désolé de te décevoir.

— Tu n'as pas à t'excuser.

Mais il avait raison : égoïstement, j'étais très déçue. J'avais bien aimé certains de ses précédents petits amis, mais Gary était le seul dont j'espérais qu'il se révélerait être le bon. Je sirotai mon champagne qui semblait ne plus avoir de bulles.

— Je croyais que vous voyiez un conseiller ?

— Effectivement. Nous avons rompu dans son bureau.

— Qui a eu l'initiative ?...

— Moi. Mais je crains de m'y être plutôt mal pris... apparemment, ce fut une vraie surprise pour lui, il est tombé des nues. Il n'a rien vu venir.

— Y avait-il quelque chose...

Mais nous arrivions à destination. Le temps que je règle la course, que nous descendions du taxi et qu'Alan nettoie et range mon verre, la discussion était terminée. Le bal avait lieu sous plusieurs grandes tentes blanches installées pour l'occasion au Lincoln Center, dans un petit parc voisin du Met. Nous traversâmes l'esplanade, jouant des coudes à travers la foule qui attendait l'heure des différents spectacles. Je sentais le cafard me gagner. Mais Alan semblait bien décidé à profiter de sa soirée. Lorsque nous tombâmes sur Gary pendant l'apéritif, ce dernier me parut avoir pris la même décision. Les deux hommes se serrèrent la main, puis conversèrent poliment comme s'ils se connaissaient à peine. Et une fois tous assis à table, Gary et Alan se mirent à faire assaut de politesses, histoire de manifester leur détachement.

Placé auprès de Mme Storrs, Gary entreprit de lui faire la cour en l'interrogeant sur sa passion pour les hôpitaux ; avant même les amuse-gueule, la grande dame nonagénaire gloussait comme une collégienne.

Quand je présentai Alan à Case et à Jacqueline Hamilton, il les bombarda immédiatement de questions sur les donateurs potentiels qui se faisaient encore attendre. À quoi s'intéressaient-ils ? Comment avaient-ils connu l'hôpital ? Quelles autres œuvres caritatives soutenaient-ils ? À l'entendre, on aurait pris Alan pour un collecteur de fonds professionnel plutôt qu'un opérateur de saisie dans une société de courtage suivant des cours du soir à l'Institut culinaire. Il charma les épouses, impressionna les maris et éblouit tout le monde avec son esprit. Il réussit même à mettre Vittorio von Laue à l'aise. J'avais toujours considéré ce dernier, malgré sa beauté à couper le souffle, comme un fat parfaitement creux. Et voilà que je le voyais rire des plaisanteries et des anecdotes de mon frère !

J'avais plusieurs fois rencontré les von Laue à des dîners. Je connaissais Case Hamilton depuis des années, et nous nous étions beaucoup vus récemment parce que sa femme Jackie et lui invitaient souvent des étudiants en médecine et de jeunes toubibs de l'hôpital dans leur spacieux appartement de West End Avenue. Certains d'entre nous avaient même connu la faveur d'être conviés à des week-ends dans leur immense propriété de Long Island. Vittorio et Patricia von Laue, les plus proches amis des Hamilton, s'y trouvaient souvent. Ils possédaient un appartement dans le même immeuble de West End Avenue ainsi qu'une maison proche de celle des Hamilton à Cold Spring Harbor.

D'une beauté discrète, Patricia von Laue était très, très mince, avec de grands yeux verts et de hautes pommettes. Son exotisme m'avait déjà frappée : Mimi dans *La Bohème*, chantant son dernier air avant de mourir, ou peut-être la Violetta de *La Traviata*. Le soir du bal, le changement qui s'était opéré en elle depuis notre dernière rencontre me choqua. Elle paraissait ravagée, affaiblie et légèrement éméchée. En outre, elle portait une robe en soie rouge, or et bleu à col haut avec turban assorti – le tout affreusement révélateur. Elle était en train de mourir. Un genre de cancer foudroyant, telle fut mon hypothèse, impliquant une chirurgie du thorax ou de la poitrine (le col haut était là pour dissimuler les cicatrices) et une chimiothérapie (le turban servant à dissimuler la chute des cheveux). Et j'eus aussi l'impression qu'elle s'offrait une automédication à la marijuana.

— Nous n'avons jamais eu l'occasion de bavarder, docteur Sutcliffe, me dit Mme von Laue au café pendant que l'orchestre s'accordait. (Elle se glissa sur la chaise voisine de la mienne qu'avait occupée le magnat de l'immobilier.) Case me dit que vous étiez à deux doigts d'un doctorat en anglais.

Quel âge pouvait-elle bien avoir ? Elle devait friser la cinquantaine.

— Effectivement, il ne me restait plus qu'à rédiger ma thèse.

— Qu'est-ce qui vous a incitée à vous tourner vers la médecine ?

— C'est une longue histoire. Mes parents m'avaient toujours destinée à une carrière médicale. Ma mère dirige le service des soins infirmiers dans un grand centre hospitalier du New Jersey où mon père est neurologue pédiatrique. Pour leur faire plaisir, j'ai pris anglais et biologie comme matières principales. Ensuite j'ai étudié ce qui me plaisait. Je travaillais à ma thèse sur l'androgynie dans les pièces de Shakespeare quand mon père dut subir un pontage à la suite d'une crise cardiaque. Il fallait que je comprenne ce qui se passait. J'ai trouvé un vieil exemplaire tout corné du livre de DeBakey sur la chirurgie cardiaque destiné aux néophytes et je l'ai lu. Bien entendu, je n'ai pas quitté le chevet de mon père, ni cessé d'observer tout ce que faisaient médecins et infirmières. Je découvrais combien la médecine pouvait être passionnante. La littérature ne manquait pas d'intérêt, mais ce n'était pas une question de vie et de mort.

— Je ne m'étonne plus que Case se sente aussi proche de vous, répondit Mme von Laue avec un sourire. Vous savez, il prétend souvent que vous êtes son *alter ego.* Il a toujours voulu lâcher le droit pour la médecine.

— Oui, je sais. Il avait déjà son diplôme d'ambulancier quand je l'ai rencontré, il y a des années, en chimie organique. Nous travaillions dans le même laboratoire. À l'université, j'avais un faible pour les calmes et il m'a tout de suite attirée. Il avait l'air tellement douloureux à l'époque, tellement...

Je m'interrompis, comprenant soudain que j'en disais beaucoup trop. D'autant que Jackie, la femme de Case, était assise juste en face de moi. Gênée, je pris mon verre.

— Malheureux, compléta tranquillement Mme von Laue.

Nos yeux se croisèrent et elle soutint mon regard. J'avais déjà vu cette expression chez les agonisants. « Eh oui, on n'a plus le temps de déconner. » Se penchant vers moi, elle poursuivit à voix basse :

— Il déteste le droit. Depuis toujours. Quand nous étions plus jeunes, il mourait d'envie de faire de la médecine, c'était évident. Mais il était le seul héritier mâle présent pour reprendre le cabinet familial, comme vous le savez. Devoir filial, abnégation. Tous ces trucs typiquement bcbg côte Est, comme il le dit lui-même.

Jackie Hamilton se leva discrètement et s'excusa avec un sourire digne. Elle partit en direction des toilettes.

— Ne prenez pas cela pour vous.

— Je suis désolée, je n'aurais pas dû aborder ce sujet.

— Pas la peine. Case parle souvent de cette année avec vous en chimie organique. Cela irrite Jackie au plus haut point – elle a pris le parti de ses beaux-parents. C'était le cabinet familial et Case était le seul fils. Bien entendu, ses sœurs auraient fait d'excellentes juristes si on les avait encouragées dans ce sens. Mais non... c'était le fils qui devait reprendre le flambeau.

Alan et Gary n'étaient pas les seuls convives de notre table à faire comme s'ils étaient parfaitement indifférents l'un à l'autre. Une seconde, j'envisageai de dire la vérité à Mme von Laue : Case Hamilton avait été pour moi davantage qu'un simple condisciple à l'époque.

J'étais amoureuse de lui.

Bien entendu, je le dissimulai de mon mieux ; il était marié, après tout. S'il le remarqua, il fit mine de n'avoir rien vu. Ce qu'il ressentait pour moi – s'il s'agissait d'autre chose que d'une affection fraternelle – fut un mystère alors et le restait encore. Cette année-là, j'ai été première partout : on sublime comme on peut.

Nous avons eu un rendez-vous. Il m'emmena dîner après notre ultime TP pour fêter nos bonnes notes – et pour me dire qu'il avait décidé de faire son droit, selon les vœux de sa famille.

Et un baiser – pour nous dire au revoir.

Des choses comme ça ne laissent pas indifférentes les jeunes filles émotives. Je ne l'ai jamais oublié. En bonne romantique, je pensais que je ne le reverrais jamais. Lorsque je tombai sur lui des années plus tard à l'hôpital, le choc me laissa sans voix. Lui aussi. Il me serra dans ses bras sous le nez de six ou sept membres du conseil qui contemplèrent la scène avec curiosité.

— Toi ! s'exclama-t-il en me tenant à bout de bras. Ma muse et *alter ego* perdue depuis si longtemps ! et en blouse blanche !

Nous retrouvâmes tout naturellement nos habitudes

d'antan. Il me consultait fréquemment lorsqu'il avait besoin de ce qu'il appelait « l'opinion de la base ». Nous étions à l'aise ensemble. De vieux camarades. Il était tel que je me le rappelais : poli, cérémonieux, un peu guindé. Gentil et attentif. Son air de martyr s'était un peu estompé, peut-être sous le coup de la résignation. Il prétendait être satisfait de son rôle de membre du conseil de l'hôpital.

Mais je n'en croyais pas un mot.

— Eh bien, quand, on parle du loup, dit Mme von Laue.

Je sursautai en sentant des mains se poser sur mes épaules. Case Hamilton se pencha, sa joue frôlant la mienne :

— On s'amuse ?

— Oui, merci, dis-je en respirant une faible bouffée de son eau de Cologne. (Son visage était suffisamment près pour que je l'embrasse. Je n'en fis rien.) Je bavardais avec Mme von Laue.

— Excellent, dit-il en se redressant. Ah ! Te voilà, ma chère, lança-t-il à sa femme de retour à table. Dansons.

— J'aurais tellement aimé pouvoir changer de place avec lui quand nous étions à l'université, continua Mme von Laue. J'ai fait propédeutique. Pour faire plaisir à mes parents. J'ai même travaillé comme bénévole à l'hôpital de ma mère à New Haven, deux étés de suite et pendant les vacances de Noël. J'avais horreur de ça. Je voulais étudier l'histoire de l'art, mais mon père a annoncé qu'il refuserait de financer des études artistiques. C'était pour les dilettantes sans cervelle, selon lui.

— Que s'est-il passé ?

— Eh bien, d'abord, j'ai épousé Vittorio. Ce qui a fait plaisir à mes parents. Ils l'avaient toujours bien aimé. Ainsi, je ne dépendais plus financièrement de mon père, contrairement à Case. J'avais un petit héritage de ma grand-mère, juste assez pour couvrir les frais de mes études. J'ai donc obtenu mon doctorat en histoire de l'art, comme je le désirais. Et j'ai été très heureuse de travailler comme conservatrice du musée...

Du coin de l'œil, je surpris un échange de regards entre Gary et Alan. Gary avait beau s'efforcer de le cacher, il était bouleversé. Mme von Laue contemplait rêveusement sa tasse.

— Il a fallu que vous réduisiez vos activités ?

— Oui, hélas.

— Désolée.

Elle prit sa cuiller et remua son café :

— C'est revenu me hanter, finalement. Vous savez pour quelle raison je ne suis pas devenue médecin, en fait ? lâcha-t-elle avec un rire amer.

Alan détourna brièvement mon attention. L'espace d'une seconde. Au-dessus de l'épaule de Pat von Laue, je le vis absorbé dans une conversation avec Vittorio.

— Les malades me dégoûtaient. Et voilà que j'en suis une.

Je cherchai Gary du regard. Heureusement, il semblait avoir quitté la table avec Mme Storrs. Vittorio me tournait le dos. Mais j'apercevais le visage d'Alan, ainsi que ce qui se passait entre eux.

— Je suis désolée, madame von Laue.

— Appelez-moi Pat.

Trois mois plus tard, Patricia Langhorne von Laue mourait dans son sommeil, chez elle, d'un cancer du sein foudroyant. À ce moment-là, nous étions devenues amies. Vittorio et Alan étaient devenus plus qu'amis.

Et Vic et moi – malgré nos dénégations véhémentes – étions devenus ennemis.

Nous arrivions aux soins intensifs quand Vittorio me tira par la manche.

— Ev ?

Je m'arrêtai.

— Soyons amis. Pour Alan.

Mon cœur s'adoucit. J'eus un faible sourire :

— Tu veux dire que tu es désolé.

Il me tendit la main.

Je l'acceptai. Vittorio et moi, nous nous serrions la main environ une à deux fois par mois. Pour Alan. Nous devions avoir envie de nous apprécier, mais cela nous était impossible.

— Je suis désolée.

J'étais prête à présenter des excuses ; lui, jamais.

Mais là il me surprit.

— Je t'absous, dit-il avec une intensité inhabituelle.

Je retins mon souffle. Je savais que Vittorio parlait du lavage raté, mais un instant je crus qu'il me pardonnait tout. Mon animosité contre lui. Toutes ces fois où j'avais pensé : *tu as trahi ta femme à l'agonie et tu l'as quittée pour mon frère.* Ou encore : *je ne me suis jamais remise de ma déception de voir Alan avec toi et non avec Gary.*

Dans un brouillard d'émotions, je compris soudain combien je me sentais coupable de n'avoir jamais accepté Vittorio, de lui en avoir voulu pendant tout ce temps. Même si Gary et Alan avaient fini par garder des relations chaleureuses et amicales. Même si Vittorio avait depuis longtemps accepté Gary comme son propre ami. En fait, Vittorio traitait Gary comme un membre de la famille.

— Merci. Je n'ai pas toujours nourri les plus affectueuses pensées à ton égard, mais j'aimerais...

— On donnera dans le sentiment plus tard, grommela-t-il. Pour l'instant, j'ai besoin de ton aide pour découvrir qui a envoyé ce fichu panier.

7

— Il risque de mourir ? me demanda, soucieux, le détective Richard Ost de la police de New York.

— Oui.

Je sentis mes yeux s'emplir de larmes. J'avais été d'un stoïcisme tout professionnel pendant la stabilisation de Gary après sa mésaventure thérapeutique – pour reprendre le jargon médical – et son transfert en soins intensifs. Et d'un calme relatif pendant la bronchoscopie, puis la discussion avec le pneumologue et le directeur adjoint des soins intensifs. Mais j'avais l'intuition que stoïcisme et calme n'allaient pas tarder à me lâcher.

Alan avait fini par arriver en agitant le mot que je lui avais laissé sur la porte de mon appartement : *Gary peut-être empoisonné. L'ai emmené aux urgences.* NE MANGE RIEN. *Bipe-moi immédiatement. Ev.* Il débarqua au moment même où nous transférions Gary en soins intensifs. Pas un joli spectacle et un choc affreux pour Alan qui avait déjà eu sa dose pour la journée. Apparemment, il s'était fait piéger dans le métro, pendant l'échange de coups de feu. Il avait dû rester accroupi une heure et demie dans l'obscurité d'un wagon bondé, coincé entre deux stations, où régnait une chaleur étouffante, pendant que la police cherchait des tueurs présumés de flics dans le tunnel.

J'avais chargé Nicholson d'appeler le centre antipoison. Après son topo (le centre antipoison nous recommandait de consulter le professeur Robert Held, le mycologue local), je l'avais dépêché à la bibliothèque de l'Université de médecine ouverte vingt-quatre heures sur vingt-quatre pour éplucher la littérature sur les champignons toxiques et hallucinogènes. D'autre part, puisque Lauren Sabot connaissait personnellement le professeur Held, je l'avais envoyée le consulter, munie d'un échantillon de chacune des espèces de champignons.

J'avais parlé à Phil, deux fois.

J'avais laissé un message sur la boîte vocale de mon patron, Chris Sabot.

J'avais appelé Shirley Seligman, la mère de Gary, pour tomber sur le message suivant : *Du 1er au 11 octobre, je serai en train de faire le voyage de mes rêves en Chine et à Hong Kong. En cas d'urgence, contactez Gary à New York.*

J'avais appelé Judy Seligman, la sœur de Gary. Même message. Génial !

Et j'avais demandé au fameux chirurgien qui avait évoqué ses expériences avec le LSD s'il avait déjà pris des champignons hallucinogènes. Réponse : oui. Des psilocybes, à l'université. Les effets duraient entre douze et vingt-quatre heures. Géant !

Ost me tendit un mouchoir en papier :

— Prenez votre temps, docteur. Il n'y a pas le feu.

Nous étions assis dans l'office des soins intensifs, une petite salle multi-usages où les infirmiers papotaient, où les médecins complétaient les dossiers, et où la police, en cas de nécessité, interrogeait les parents des malades. Ost et moi avions évoqué tant de cas depuis les deux ans et demi que j'exerçais à l'University Hospital que nous avions renoncé à les compter.

La quarantaine, grisonnant, gentil, Ost avait selon moi les traits de monsieur tout le monde jusqu'à ce que mon frère Craig, le fou de ciné, me fasse remarquer sa ressemblance avec Harrison Ford – le sourire ironique en coin, le regard amusé, sans oublier cet air d'intelligence tranquille. Bien entendu, lorsqu'il travaillait, Ost dissimulait soigneusement tout cela et endossait l'impassibilité de rigueur dans la police.

Je le considérais comme un ami. Je l'appelais par son surnom « Ozzie ». Nous formions une bonne équipe. Nous blaguions. Il nous arrivait même de flirter. Et de temps à autre, nous échangions des confidences. Il connaissait l'existence de mon petit ami, Phil. Je savais que ce père de deux adolescents vivait séparé de sa femme depuis des années, sans avoir réussi à en divorcer, bien qu'elle entretînt une relation suivie avec un autre homme.

— Et si nous commencions par les données médicales ? me suggéra gentiment Ost. Dès que vous vous sentirez prête.

Je me mouchai et racontai comment, en rentrant chez moi, j'avais trouvé Gary en train de vomir. Je résumai la suite des événements d'une voix chevrotante :

— Il a aspiré un peu du contenu de son estomac – très acide, très nuisible pour les poumons. Nous sommes en train d'évaluer et de soigner l'atteinte pulmonaire. Le point positif, c'est qu'il était conscient lorsqu'il a aspiré : il a pu tousser. Et nous avons été en mesure d'intervenir immédiatement. Une chance aussi.

— Donc, en prenant les précautions d'usage, il va bien ?

— Non, les poumons sont un mécanisme délicat. En cas de lésion, vous pouvez vous retrouver avec une grave perturbation du rapport ventilation/perfusion...

— Ce qui veut dire ?

— L'eau dans le sang peut s'écouler dans les poumons. Lesquels se remplissent de liquide, et c'est la noyade. Inversement, si le sang ne s'oxygène pas en passant dans les poumons, le cerveau et les autres organes vitaux souffrent, et tout commence à se détraquer. Votre cerveau s'arrête, vos reins cessent de fonctionner. Et c'est la mort.

— Mais ce n'est pas ce qui est en train de se passer ?

— Pas encore. Cela prend généralement environ vingt-quatre heures.

— Et vous ignorez si cette... perturbation va se produire on non.

— Nous attendons, en croisant les doigts. Le pneumologue a noté la présence de nombreuses sécrétions, d'œdèmes... (Je m'interrompis, serrant les mâchoires pour m'empêcher de sangloter.) L'aspiration a un taux de mortalité élevé, mais la plupart des gens qui aspirent sont des épaves – ils sont très âgés et souffrent de dix autres trucs qui les tueront de toute façon, aspiration ou non. Difficile donc de se fier aux statistiques dans le cas d'une personne jeune et en bonne santé comme Gary.

Ost attendit que je reprenne mes esprits. Il m'observait avec intensité, tout en ayant l'air complètement neutre et sans opinion. Est-ce à l'école de police que les flics apprenaient à regarder les gens comme ça ? ou est-ce que l'école n'acceptait que les candidats capables de faire cela d'instinct ?

— Ne vous inquiétez pas pour moi. Ça va, insistai-je.

En fait, j'étais tellement bouleversée par les événements et la précarité de l'état de Gary que mes pensées et mes émotions semblaient clignoter comme un néon sur le point de rendre l'âme. Seuls les éléments médicaux paraissaient réels. Là, je comprenais. Sinon j'étais dans le flou total.

— Commençons par les données de base, suggéra Ost. Il a de la famille ?

— Une mère et une sœur qui, malheureusement, sont en voyage en ce moment. Et elles ne rentrent de Chine que le 20.

— Qu'est-ce qu'il a mangé exactement ?

— Je ne sais pas. L'analyse du contenu gastrique prend quarante-huit heures. On fait un diagnostic clinique – cela veut dire qu'on émet une hypothèse en se fondant sur l'état et les symptômes du patient. Notre diagnostic de travail, c'est qu'il a probablement mangé une sorte de psilocybe. Nous espérons qu'il n'a pas touché aux amanites phalloïdes.

— Psilocybe... les champignons hallucinogènes ? Ceux qui ont les mêmes effets que le LSD ?

— Exact. Le LSD est une drogue synthétique voisine de la psilocybine.

— Oui, je sais. Parlez-moi plutôt des amanites phalloïdes.

— Elles tuent apparemment pas mal en Europe, notamment en Allemagne. Ce genre d'empoisonnement est plus rare ici. Uniquement parce que les Américains consomment peu les champignons sauvages. Si vous mangez des amanites phalloïdes, vous êtes pris de violentes nausées au bout d'environ douze heures et ce, pendant une ou deux heures, puis vous vous sentez mieux. Deux ou trois jours plus tard, vous tombez raide mort. Insuffisance hépatique et rénale foudroyante. S'il ne meurt pas... le consommateur d'amanites phalloïdes a besoin d'une greffe du foie et il restera sous dialyse à vie. (Nicholson venait juste d'apprendre tout cela de Lauren Sabot et du centre antipoison. Nous étions devenus incollables sur le sujet.) Nous espérons donc qu'il n'en a pas mangé. Ou que si c'est le cas, le lavage l'a évacué. Nous surveillons ses fonctions hépatiques.

— Quand pourrai-je lui parler ?

— Pas avant demain. On va alléger sa sédation pendant la première visite des médecins pour permettre une évaluation neurologique. Mais, ensuite, on le remettra sous sédatifs. Bien entendu, il ne pourra pas vous parler. Peut-être pourra-t-il communiquer par écrit. Mais il arrive souvent que des patients sous sédatifs aient une écriture illisible.

Ost hocha tristement la tête :

— Bon. À votre avis, qui essaie de vous empoisonner ?

— Je n'en ai pas la moindre idée. Généralement les patients mécontents vous agressent aux urgences ou vous poursuivent pour négligence. Bien sûr, Phil côtoie de vrais dingues.

— Mais le panier vous était bien adressé. Et il a été livré chez vous ?

— Exact.

— Et le Dr Phil Carchiollo a son propre appartement.

— Exact, sur Riverside Drive.

— Est-ce de notoriété publique, ou pense-t-on qu'il vit avec vous ?

— Quiconque savait que c'était notre anniversaire ne pouvait ignorer que Phil a son propre appartement... Quel patient mécontent saurait que c'était notre anniversaire ?

— Peut-être ne s'agit-il pas d'un patient mécontent. De quel genre d'anniversaire s'agit-il ? Celui de votre première rencontre ?

— Oui.

— Combien de personnes sont au courant ?

— Ma famille, la sienne, quelques amis. C'est assez cocasse, en fait. Je l'ai invité à dîner ce soir-là parce que je savais qu'il se sentirait seul : sa petite amie de l'époque se trouvait à Londres pour affaires et c'était l'anniversaire de leur premier rendez-vous. Pour moi, ce dîner n'avait pas de signification particulière et pour lui non plus. Les gens qui nous connaissent nous taquinent beaucoup à ce sujet : « Au bout de combien de dîners avez-vous pris conscience que vous sortiez ensemble ? » Mais s'ils se rappellent l'anecdote, je doute qu'ils se souviennent de la date.

— En tout cas, il y en a un qui la connaît. Qui était convié au dîner ?

— Gary, Alan, Lauren Sabot, mon autre frère Craig Berman...

— Le procureur adjoint ?

— C'est ça.

— Je le connais.

— Nous six et Vittorio. Alan et Gary étaient censés faire la cuisine et je devais ramener Vic de l'hôpital pour le dîner et l'y reconduire après. Il peut se déplacer en poussant sa perf. En fait, il devrait sortir demain si l'on décide de ne pas l'opérer de nouveau.

— Vittorio est le petit ami d'Alan.

— Exact.

— Chute de cheval, fracture du bras.

— Exact.

— Donc les convives prévus, c'était vous, Gary Seligman, le Dr Carchiollo, vos deux frères, Craig et Alan, Lauren Sabot et Vittorio von Laue. Allemand ?

— Son père était un Américain d'origine allemande de la deuxième génération ; sa mère est italo-argentine.

— Cosmopolite. Il a été élevé ici ?

— Oui. En fait, il est né en Argentine. Mais il est citoyen américain.

— Profession ?

— Spécialiste du capital-risques. Après avoir travaillé pour Morgan Stanley, il a créé son propre cabinet.

Ost acquiesça et changea de sujet :

— Redites-moi comment ce panier est entré en votre possession ?

Ledit panier était à présent posé sur la table entre nous, enveloppé de papier Kraft et couvert d'autocollants de la police et de l'hôpital prévenant qu'il s'agissait de « déchets dangereux » constituant des preuves. Je racontai alors comment je l'avais trouvé.

— Nous pensons que quelqu'un a graissé la patte du gardien afin qu'il le mette dans le réfrigérateur.

— Qui ça, nous ?

— Phil et moi.

— Le nom du gardien ?

— Sava Hadzic, répondis-je en épelant le nom. Il vit dans l'immeuble. Mais le samedi soir, il va généralement chez sa sœur dans le Queens. Phil est en train de chercher le nom de la sœur...

— Quelqu'un d'autre a les clés de votre appartement ?

— Juste Phil et mes parents.

— Et Phil a passé les siennes à Alan pour que ce dernier puisse entrer.

— Exact.

— Ensuite Alan a fait entrer Gary et il est parti faire des courses. Gary est le représentant syndical des infirmiers. Il a peut-être des ennemis ?

— Personne ne savait que Gary serait chez moi. Il devait assister à la réunion des anciens élèves de son lycée. Apparemment il s'est arrangé pour rentrer plus tôt et donner un coup de main à Alan. Mon frère en saura plus long là-dessus... Demandez-lui.

— Je n'y manquerai pas. C'est juste histoire de faire le point. Où se trouve ce lycée ?

Je lui donnai le nom de la petite ville du New Jersey où Gary avait grandi.

— Il s'y est donc rendu hier, mais il est rentré suffisamment tôt pour que vous le trouviez aux fourneaux chez vous. À quelle heure déjà ?

— Un peu avant 15 heures. Mais Ozzie... personne n'a n'essayé d'empoisonner Gary ! C'est moi que l'on essayait d'empoisonner. C'est à moi que le panier était adressé.

— Oui, mais c'est lui qui a mangé les champignons. Il faut que je commence par lui.

Nous passâmes en revue la vie privée de Gary. À ma connaissance, il n'avait pas d'amant en ce moment. Ses amis intimes étaient Alan, Vittorio et moi. Comme je ne voyais aucune raison de préciser qu'Alan et Gary avaient été amants, je m'en abstins. Nous étudiâmes ensuite l'emploi du temps de Gary. Je ne savais pas grand-chose de ses derniers faits et gestes à l'exception de la réunion. Comme tous les infirmiers en chef, Gary faisait des permanences de douze heures, trois ou quatre jours par semaine, selon les semaines. Il avait travaillé pour la dernière fois mercredi et devait reprendre son service aux urgences dimanche.

Ost revint sur les fameux « ennemis » éventuels de Gary. Cela m'exaspéra. Des ennemis ! Gary n'en avait pas. À l'exception peut-être de Di Clausson... Mais jamais celle-ci n'aurait tenté de l'empoisonner, que diable !

— Bien. Ce type est un ange. Tout le monde l'adore, il ne se querelle avec personne, il n'irrite personne... Pas la moindre zone d'ombre. C'est ça ?

Je levai les bras au ciel.

— Les internes et les médecins-résidents l'apprécient parce qu'il est patient. Mais la patience peut être exaspérante. Si vous êtes patient et que l'autre explose, c'est vous qui êtes gagnant. Si bien que ceux qui ont un sale caractère ne l'aiment pas trop. Ensuite, il milite pour la justice. Cela devient littéralement assommant, on finit par se lasser d'entendre parler de l'exploitation des *maquilladoras* en Amérique centrale, voire à Harlem. En outre, on se sent coupable parce qu'on devrait se sentir aussi concerné que lui par l'injustice sociale, mais ce n'est pas le cas. Cela veut dire qu'on se fiche en rogne contre lui parce qu'il culpabilise tout le monde. Et aussi parce qu'il a raison. Quoi encore ? Comme il est plus intelligent que la plupart des toubibs, les plus lourds l'ont dans le nez. Ils le provoquent régulièrement pour tenter de lui damer le pion. Alors Gary gagne, et ils l'ont davantage dans le collimateur. Enfin, Gary prend le parti des malades, et certains bureaucrates de l'hôpital interprètent ça comme une trahison de l'esprit de corps. Oh, et puis, il ne respecte pas la hiérarchie, il s'adresse directement aux médecins s'il a un problème avec eux : d'ailleurs il s'est déjà fait réprimander pour cela une ou deux fois.

Ost me considéra longuement avant de reprendre :

— Les toubibs un peu lourds ne doivent pas être assez malins pour empoisonner quelqu'un. Il y a quelqu'un avec qui Gary aurait des rapports particulièrement tendus ?

— Le Dr Diana Clausson, finis-je par admettre. Mais elle a dû avoir des mots avec pratiquement tout le monde à l'hôpital. On la surnomme Supergarce.

— Et quelle est la cause de leur désaccord ?

Je songeai à la dispute que Di et Gary avaient eue quelques jours plus tôt – ce devait être mercredi, puisque Gary était absent jeudi et vendredi.

J'étais au bloc 1 des urgences avec une de mes internes, le Dr Jasmine Washington, qui m'avait signalé un problème avec le tube pleural d'un malade. Accroupies près du brancard, nous étions en train de tenter de comprendre la cause du bouillonnement continu dans le récipient de drainage quand nous entendîmes soudain la voix de Clausson, dure et caustique :

— Appelons un chat un chat. Me menaceriez-vous de chantage, infirmier Seligman ?

Washington et moi échangeâmes un regard.

Puis la voix de Gary, tout aussi coupante :

— Je trouve que c'est un marché équitable, docteur. Pas vous ? répliqua Gary d'un ton tranchant.

Malgré leur colère, ils maîtrisaient leur voix. Aucun des deux ne paraissait nous avoir aperçues.

— Herrera, pour Noël, fit Gary. Ça marche ?

— Il faudra d'abord me passer sur le corps. Ou sur le vôtre.

— Hé, les toubibs ! Au lieu de vous balader à quatre pattes, vous pourriez pas faire quelque chose ? s'écria notre malade. Je souffre, bordel !

Le temps que je me relève, Gary et Diana avaient disparu. Si Jazz n'avait pas été avec moi, j'aurais cru avoir rêvé ce dialogue.

Keith Herrera. Représentant syndical des internes et des résidents, il était censé annoncer pendant les visites que le personnel avait le droit de soutenir la grève des infirmiers du lundi – voire qu'on les y encourageait. Mais il n'en avait rien fait.

Et Gary pensait que Clausson avait menacé Herrera. Keith rêvait d'un poste de chef de clinique ORL l'année suivante. Il était en lice, mais la concurrence était rude à cause du prestige de la fonction. Herrera avait besoin de Clausson pour appuyer sa candidature.

Si vous voulez ce poste en ORL l'année prochaine, vous la fermez.

Mais qu'est-ce que Gary avait bien pu vouloir dire avec son Herrera pour Noël ? Gary avait besoin qu'Herrera soutienne la grève des infirmiers et qu'il convainque internes et résidents d'en faire autant maintenant ! Nous étions à deux mois et demi de Noël !

— Doc ?

Je décidai de ne pas évoquer le différend de Di et de Gary avant d'avoir eu l'occasion d'en discuter avec elle.

— Cela concernait la fusion de l'hôpital.

Ost prit le temps de relire ses notes.

— Revenons au mot en latin. Qu'est-ce qu'il disait déjà ?

Je sortis l'enveloppe de ma poche et la posai sur la table.

— Il est arrivé sous enveloppe ?

— Non, c'est moi qui l'ai mis là-dedans. Après que Gary a mangé les champignons. À force de travailler aux urgences d'un hôpital new-yorkais, vous finissez par savoir comment conserver des preuves. Quand on l'a poussé sous ma porte, il était simplement plié en deux.

— Sous la porte de votre appartement, à la résidence des médecins ?

— Exact.

— Vous étiez chez vous quand c'est arrivé ?

— Oui. J'étais assise à mon bureau en train de rattraper mon retard en lecture de revues quand j'ai entendu qu'on glissait quelque chose sous ma porte. J'ai cru que c'était un livreur chinois qui distribuait des pubs.

— Quel jour c'était ?

— Jeudi, il y a une semaine.

Ost ouvrit l'enveloppe et fit tomber la feuille sur la table. Du papier jaune rayé, arraché à un bloc, sur lequel figurait la fameuse phrase écrite en capitales. À l'aide de deux crayons, Ost déplia la note et l'étudia.

— Plusieurs personnes y ont touché. Moi, Phil et le prêtre de l'église de Phil. Phil lui a demandé de nous la traduire.

— Vous n'avez pas appris le latin en fac de médecine ?

— Des bribes, seulement. Surtout des préfixes et des suffixes, ce genre de truc. Mais pas à lire le latin, non. Je savais que *cibus* voulait dire aliment, comme dans *ad cib.*, à prendre pendant les repas. Et j'étais pratiquement sûre que *venenum* signifiait poison. Mais mes connaissances s'arrêtaient là. C'est pour cela que Phil l'a montré au prêtre.

Ost replia la note avec les crayons et la reglissa dans l'enveloppe à l'aide d'un mouchoir en papier.

— Bien entendu, on n'a pas besoin de connaître le latin pour trouver cette citation, il suffit de consulter une anthologie. C'est ce qu'on a fait après que le père Barrie nous l'a traduite. En regardant l'anglais, vous trouvez le latin.

— Et qu'est-ce que vous avez pensé en lisant ce mot ? Votre première réaction.

— Au départ, j'ai cru à une blague, mais cela ne tenait pas debout. Le Dr Clausson a suggéré qu'il s'agissait peut-être d'une sorte de commentaire sur les pourparlers de fusion de l'hôpital – pour la faction St. Eustace, Mount Scopus est un poison, et vice versa. Mais cela ne tient pas vraiment la route non plus.

Pour Dieu sait quelle raison « j'oubliai » la seconde hypothèse de Clausson, à savoir qu'une ancienne malade de Phil avait envoyé la note.

— Passons à McNeely & Wang...

— Lauren Sabot les a appelés. Ils proposent effectivement des paniers cadeaux, mais pas avec des légumes. Dès qu'ils ont entendu le mot poison, ils ont mis fin à la conversation. Leur avocat prendra contact lundi matin.

— Hum ! Parlez-moi de Lauren Sabot.

— Elle est spécialiste des litiges chez Bennet Archer Ayer. Elle sort avec Craig.

— Comment se fait-il qu'elle en sache aussi long sur les champignons ?

— Elle a appris à les reconnaître et à les cueillir quand elle était petite. Son oncle – Julian Case Hamilton, le président du conseil d'administration de l'hôpital – est un amateur. En outre, un vieil ami de la famille est un botaniste spécialisé dans les champignons. En fait, ce botaniste est le mycologue que le centre antipoison m'a recommandé. Il travaille régulièrement comme conseiller pour eux. Robert Held.

— C'est à lui que Lauren a montré les échantillons ?

— Exact.

— Qui hérite de Vittorio s'il meurt ? demanda soudain Ost.

Donnait-il dans la provocation ou essayait-il d'être drôle ? Non. Visiblement il était sérieux.

— Alan. Peut-être pas la totalité. Mais j'ai cru comprendre qu'il figurait sur son testament.

— Vittorio a des enfants ?

— Non.

— Des parents ?

— Décédés tous les deux.

— Des frères et des sœurs ?

— Il est fils unique.

— Des tantes, des oncles ?

— Il faudra le lui demander. En tout cas, Vic a des grand-tantes. L'une d'elles a épousé un grand-oncle de Case – encore Case Hamilton, l'ami d'enfance de Vic. Vic est toujours très proche de Hamilton et de sa femme Jacqueline. En plus, Vic est le parrain de Lauren Sabot, la nièce de Case et de Jackie Hamilton. Les Hamilton, les Sabot et les von Laue sont intimes depuis des générations. Il serait logique qu'ils figurent sur son testament.

— Donnez-moi le temps de noter tout ça.

Pendant qu'il écrivait, je songeai à cette histoire de testament. Si Alan figurait dessus, cela voulait dire que Vittorio avait modifié son testament depuis leur rencontre. Ce qui signifiait que les bénéficiaires du précédent testament avaient été lâchés au profit d'Alan. Voire déshérités.

— Finalement le clan von Laue-Hamilton-Sabot est doublement lié à vous maintenant, non ? Votre frère Alan avec von Laue et votre frère Craig avec Sabot ?

— Je n'y avais jamais songé, mais c'est vrai, murmurai-je, la tête ailleurs.

Ces héritiers, peut-être déshérités – Case et Jackie Hamilton, Lauren Sabot –, étaient justement des mycologues amateurs. Mais aucun d'entre eux n'avait besoin de l'argent de Vittorio : ils possédaient tous une fortune personnelle.

Et puis c'était trop flagrant. Case adorait emmener

ses invités en expédition de cueillette. Avec Phil, nous savions qu'à certaines saisons, si nous étions conviés par Case et Jackie à passer une journée ou deux sur l'île, nous avions intérêt à emporter des chaussures de marche. Parce que, qu'il pleuve ou qu'il vente, nous ferions certainement une sortie en forêt en quête de champignons.

Est-ce qu'un mycologue amateur aussi notoire irait empoisonner quelqu'un avec des champignons ? Je n'y croyais pas.

Évidemment, il y avait cette histoire embêtante du cuisinier de la famille Hamilton.

Et le fait que Case, bien qu'affirmant apprécier Alan, ne supportait visiblement pas sa liaison avec Vittorio.

— Doc, c'est byzantin, votre truc. Encore plus compliqué que les familles royales d'Europe. Comment j'entre en contact avec votre gardien ?

— Il vit au sous-sol de la résidence des médecins.

— On va lui laisser un mot sous sa porte le priant de nous téléphoner, conclut Ost en rangeant son carnet et son stylo. Où se trouve le Dr Carchiollo ?

— Essayez de le biper, lui conseillai-je en lui donnant le numéro.

Ost se leva, et saisit son imperméable.

— Rendez-moi service, attendez avant de nettoyer votre appartement. En fait, pourriez-vous vous abstenir d'y entrer ?

— Combien de temps ?

— Disons jusqu'à demain. De toute façon, vous n'aurez pas envie d'y aller ce soir après ce qui est arrivé, non ? Avec tous ces préparatifs pour le dîner. Pourquoi ne pas passer la nuit chez le Dr Carchiollo ? Je vous y appellerai demain matin. Donnez-moi le numéro.

J'obtempérai. Je sentais les larmes me monter de nouveau aux yeux. D'un côté, j'étais à bout. De l'autre, je me soupçonnais de sous-réagir comme d'habitude. Après des années d'études de médecine et de travail aux urgences, mes émotions ressemblaient toujours au porridge de papa ou maman ours. Trop chaud ou trop froid. Jamais comme il fallait.

Ost me regardait.

— Les trois mobiles habituels d'un meurtre ou d'une tentative de meurtre sont l'amour, la vengeance et l'argent, dit-il songeur, presque pour lui-même. Il est fort improbable qu'on ait affaire à un tueur en série. Mon intuition, c'est que vous connaissez le coupable. Pourrait-il s'agir d'un obsédé qui vous suit, d'un admirateur lointain... D'une vengeance, peut-être ?

Cette phrase me ramena à la réalité. La voix de Di Clausson, qui n'avait cessé de murmurer toute la soirée aux limites de ma conscience, sonna soudain fort et clair : est-ce que Phil n'a pas une patiente complètement givrée qui est amoureuse de lui et qui lui envoie des mots délirants ?

— Mon Dieu ! Mais où ai-je la tête ? Effectivement, il y a une admiratrice lointaine – Elise Vanderlaende, une ancienne patiente de Phil. On l'appelle « Alice au pays des merveilles ». Elle fait une fixation sur Phil, elle est persuadée qu'il est amoureux d'elle. Elle ne cesse de lui écrire des lettres d'amour.

C'est alors que la colère me submergea. Contre Elise Vanderlaende. Contre moi-même pour ne pas y avoir pensé plus tôt. Pour une fois, l'émotion ne paraissait ni trop chaude, ni trop froide. Juste bien.

8

La première fois que j'avais vu Elise Vanderlaende, elle avait tellement de sang dans les cheveux que j'aurais été bien en peine de dire leur couleur.

— Tout va bien ! hurlait-elle. Fichez-moi la paix ! Il ne s'est rien passé !

Nous étions dans la première semaine de juillet, juste après la transition. Ce qui signifiait qu'en tant que résidente entamant sa troisième année de spécialisation, j'avais de nouvelles responsabilités et, bien entendu, j'étais à cran.

La journée était inhabituellement fraîche pour la saison. Mais, malgré les 15 °C ambiants, la jeune femme hurlante ne portait qu'un jean et un soutien-gorge : la vingtaine, avec un corps svelte parfait, sorti tout droit d'une pub Calvin Klein – à cela près que le soutien-gorge était rouge de sang.

— Je n'ai rien fait ! Lâchez-moi !

— Je ne pense pas qu'elle soit touchée, cria un des flics au-dessus du tumulte. Elle se trouvait à côté du gardien quand il a pris la balle. Sa tête lui a explosé à la figure comme pour JFK et Jackie. Elle a littéralement arraché son chemisier et elle a foncé à l'extérieur de la banque si vite que l'agresseur n'a même pas eu le temps de lui tirer dessus. Nous lui avons proposé une couverture, mais elle n'en a pas voulu.

— La Chase Bank sur Broadway, expliqua un autre flic. On ne vous a pas prévenus ?

— Si, mais on ne nous a pas précisé ce qui s'était passé, criai-je en retour.

Tout ce que je savais, c'est qu'il y avait eu un hold-up et qu'il fallait qu'on se tienne prêt à accueillir un nombre non précisé de blessures par balle non précisées.

Les portes s'ouvrirent sur un chariot. Suivi d'autres flics. Du genre sérieux : vêtus de l'uniforme de brigades d'intervention, armés jusqu'aux dents. J'entendis la sirène d'une ambulance, puis une autre.

J'essayai de retenir l'attention de la femme :

— Madame ? Vous êtes à l'hôpital. Je suis le docteur Sutcliffe. Je vais vous aider. Regardez-moi. REGARDEZ-MOI !

— LAISSEZ-MOI TRANQUILLE !

Elle s'attaqua au flic qui la tenait par les biceps en martelant de coups de poing son gilet pare-balles. Du genre lourd et imperturbable, ce dernier ne broncha même pas :

— C'est le toubib, elle va vous aider, lui indiqua-t-il gentiment. Elle s'appelle Elise Vanderlaende, ajouta-t-il en se tournant vers moi : l'agresseur est entré dans la banque avec un fusil à canon scié et il a passé un mot à une caissière. Installée derrière une vitre à l'épreuve des balles. Elle a enfoncé l'alarme du pied. C'est là que tout a dégénéré. Le type a descendu le gardien de la sécurité, canardé tout ce qui bougeait. Environ six personnes à terre. Jusqu'à ce qu'un flic en congé descende le mec.

— On nous en envoie combien ?

— La moitié ici, l'autre à Roosevelt. Un type touché à la jambe, un autre traversé de part en part, dit-il en se tapotant le côté droit de sa main libre (il tenait toujours fermement de l'autre Elise qui se débattait). Apparemment, aucun organe vital n'a été touché. Il survivra.

— Le tireur ?

— Vous ne le verrez pas. Il a passé l'arme à gauche.

Tout en écoutant le flic, je m'efforçai d'attirer l'attention d'Elise Vanderlaende. J'eus gain de cause : elle tenta de m'envoyer son poing dans le nez. Je levai l'avant-bras à temps et je lui attrapai la main au vol.

— Elise, je vais vous aider. On va vous nettoyer pour voir si vous êtes touchée.

— JE NE SUIS PAS TOUCHÉE !

Elle ne devait pas être grièvement blessée – elle n'aurait pas pu faire ce cirque. Mais c'était difficile à dire avec tout ce sang. Il faudrait un examen minutieux pour s'en assurer.

Infirmiers et médecins des équipes de traumatologie affluaient de toutes parts, se cognant à des chariots, à des flics, à des aides-soignants, à des ambulanciers. Flics et médecins hurlaient. Au passage, je harponnai Gary Seligman occupé à répartir son personnel ; comme d'habitude, il savait ce qu'il fallait faire et prenait des initiatives.

— Bonjour, je m'appelle Gary, je suis l'infirmier, se présenta-t-il à Elise.

— FOUTEZ-MOI LE CAMP !

Un nouveau coup de poing visa cette fois Gary qui l'évita aussi.

— Vous avez mal quelque part ? demandai-je.

— Non ! J'ai dit non !

Elle me parlait.

C'était déjà un début.

— Nous allons juste nous assurer que vous n'êtes pas touchée, d'accord ? Prendre votre tension, vous donner quelque chose pour vous calmer. D'accord ? Je suis le Dr Sutcliffe.

— Peut-être que je peux vous aider, fit une voix derrière moi.

— Je vous présente le Dr Philip Carchiollo, précisai-je à Elise et au flic. Il est psychiatre. (Je me tournai vers Gary :) Vérifions ses fonctions vitales. Si sa tension le permet et qu'elle n'a pas d'antécédents, on lui filera un sédatif.

— Mon Dieu, mais c'est horrible ce qui vous est arrivé, s'exclama Phil à l'intention de la jeune femme. Quel cauchemar !

Surprise, Elise le regarda. Il y eut un long silence.

— Je n'ai pas besoin de vous ! cria-t-elle. Tout va bien.

Mais fixant Phil, comme fascinée, elle parut revenir à la réalité. Son visage se décomposa et elle fondit en larmes.

— Si j'avais du sang et de la cervelle plein les cheveux, je me sentirais moi aussi dans un triste état. Vous connaissez le Dr Sutcliffe ? Et l'infirmier, Gary Seligman ?

— Oui, sanglota-t-elle.

— Accepteriez-vous qu'ils vous examinent ? Pour s'assurer que vous n'êtes pas blessée ? Et ensuite nous pourrons parler tous les deux. Si vous le voulez, bien sûr, conclut-il en lui tendant un paquet de mouchoirs.

— D'accord.

Sanglotant toujours, elle se moucha.

— Faut que vous m'appreniez comment vous faites, Doc, fit le flic, admiratif, en relâchant Elise. Vous avez l'art et la manière, c'est sûr.

Gary et moi examinâmes rapidement notre patiente. Elle était effectivement indemne. Gary entreprit de la nettoyer le mieux possible pendant que j'allais jeter un œil aux blessures par balle.

D'abord, le type touché à la jambe. Il était perdu au milieu d'une mêlée de médecins de l'équipe de trauma qui avait répondu à l'appel. Comme on n'avait pas besoin de moi, je passai dans la salle voisine et au patient au flanc droit traversé « de part en part ». D'autres médecins de la trauma ; là non plus on n'avait pas besoin de moi. Dans le bloc 3, le troisième patient n'avait pas du tout été touché par balle ; mais il dégoulinait de sueurs froides en se plaignant d'une douleur à la poitrine. Lui aussi bénéficiait de toute l'assistance nécessaire.

Retour à Elise.

Pendant mes quelques minutes d'absence, elle s'était littéralement métamorphosée. Gary n'avait pas pu faire grand-chose pour ses cheveux, raides de sang séché. Mais il les avait frictionnés avec une serviette humide, démêlés avec un peigne à grosses dents avant de les retenir à l'aide d'une barrette qu'Elise avait dans son sac à dos, pour lui dégager le visage. On lui avait même dégoté une chemise de malade.

— Il y a quelqu'un chez vous ? lui demanda Phil, une fois qu'elle fut habillée. Quelqu'un qui peut attendre à côté pendant que vous prenez votre douche ?

L'effervescence se calma dans les urgences. Aucune des victimes de la fusillade n'était grièvement blessée. Le type qui avait pris une balle dans la jambe – dans la partie charnue de la cuisse, en fait – supportait stoïquement la douleur et semblait se régaler de son quart d'heure de célébrité. « Vous pensez que je vais passer à la télé ? » n'arrêtait-il pas de demander. L'autre, le transpercé, avait été touché non aux viscères, ce qu'on avait cru au départ, mais seulement aux « poignées d'amour » – comme il en informa sa femme au téléphone, en riant de soulagement.

Je retournai à mes autres malades, abandonnant Elise aux mains compétentes de Gary et de Phil. Nous avions droit aux cas habituels : accidents de voiture, chocs à la tête (des gens qui étaient tombés par terre ou qui avaient été assommés par quelqu'un), asthmatiques, difficultés respiratoires, douleurs à la poitrine. L'un des accidentés revint de la radio ; j'examinai le résultat et discutai avec le plasticien. Un choc à la tête était prêt à sortir. J'envoyai une douleur à la poitrine en cardio et eus une brève conversation avec une autre.

— J'ai pris trois cachets et ça m'a rien fait.

— Vous avez une migraine ?

— Non.

— Alors cela ne marche probablement pas.

De temps à autre, je passais devant le rideau derrière lequel Phil s'entretenait toujours avec Elise.

— Vous avez une profession ? Vous allez travailler demain ? Il y a des gens à qui vous pouvez parler ? Vous connaissez un bon thérapeute ?

Finalement, Phil prit congé d'elle. Elle pleurait de nouveau, mais se tamponnait les yeux en souriant à travers ses larmes. Mon cœur se gonfla de fierté. Phil avait effectivement l'art et la manière. Avec ses malades et avec moi.

Je ne me lassais pas non plus de le regarder. Avec

son teint pâle et ses taches de rousseur héritées du sang irlandais de sa mère, ses cheveux blonds et raides hérités de ses ancêtres d'Italie du Nord, côté père, son corps mince et élancé toujours nimbé de la grâce du gymnaste qu'il avait été vingt ans avant. Ce jour-là, il portait un confortable pantalon en popeline vert foncé et une chemise Lacoste d'une nuance discrète avec le col relevé sur son badge accroché à une chaîne. Aux pieds, chaussettes en fil d'Écosse et mocassins. Et sur le nez, des lunettes cerclées d'or.

Phil tendit sa carte à Elise et lui serra la main. Voyant que je le regardais, il me sourit.

Je lui envoyai un baiser.

Nous ignorions alors que l'art et la manière de Phil avec Elise Vanderlaende nous causeraient autant d'ennuis.

Une semaine après le passage d'Elise aux urgences, les lettres commencèrent à arriver.

D'abord une carte revêtue d'un caractère chinois traduit au dos par « cela ouvre de nouvelles portes ».

Phil me la tendit un soir au dîner. Épuisés par le tourbillon de la période de transition, nous dînions dehors pour ce qui nous semblait être la première fois depuis des semaines. Dans le restaurant grec au bout de la rue de la résidence des médecins, celui qui a un joli jardin éclairé de lanternes aux couleurs vives.

— Qu'est-ce que c'est que ça ?

Sourire énigmatique de Phil.

— Lis.

J'ouvris la carte et reniflai.

— Oh ! Oh ! charmant parfum.

Il avait l'air bizarre.

— D'accord, d'accord, je lis.

Cher docteur Carchiollo,

Je tenais juste à vous écrire pour vous remercier d'avoir pris soin de moi après la banque et pour vous dire combien votre attention m'a touchée. C'est fou, non, qu'on puisse rencontrer l'homme de ses rêves à Auschwitz ! À croire que l'amour s'épanouit même dans un contexte de mort : ce doit être le destin. Ce gardien a été tué mais je vous ai trouvé. Je me fais l'effet du Phénix renaissant de ses cendres.

Je suis rétablie et toute la fièvre est retombée. Dieu merci ! J'aurais l'impression d'avoir rêvé si vous n'étiez pas aussi présent dans mon esprit. Je pense beaucoup à vous et à l'aide que vous m'avez apportée. Vous avez été si gentil et si calme, cela a eu un effet très apaisant sur moi. Pardon d'avoir été aussi folle !

J'espère que vous m'autoriserez à vous inviter à déjeuner pour vous remercier et vous permettre de vérifier que je n'ai pas toujours du sang et de la cervelle dans les cheveux – ce serait génial, non ? En temps normal, j'ai bien meilleure apparence qu'à l'hôpital. Je relève généralement mes cheveux parce que j'aime danser. J'étudie la danse classique depuis mon enfance et je la pratique deux à trois fois par semaine pour rester en forme. Et au travail, j'emprunte toujours l'escalier. Savez-vous qu'en ce moment je travaille dans votre quartier aux inscriptions à l'université ?

Pendant l'année universitaire, je travaille au bureau de botanique, mais je préfère les inscriptions à cause du contact humain. J'aime les gens, apprendre à les connaître : nous avons donc un point commun !!!!

Voici mon numéro de téléphone. Faites-moi savoir la date qui vous conviendra pour un déjeuner et je vous invite ! Si je ne suis pas chez moi, laissez un message sur mon répondeur. L'annonce est plutôt drôle, vous devriez appeler rien que pour l'entendre.

Mes plus affectueuses pensées.

Elise Vanderlaende.

— Ouh ! la jeune femme de la fusillade de la banque. Tu vas l'appeler ?

— Certainement pas, répondit-il avec un rire nerveux.

Je remis la carte dans son enveloppe.

— Même pas pour entendre l'annonce drôle sur son répondeur ?

Phil grimaça :

— Ce n'était que la première. D'une longue série.

Il me tendit alors trois enveloppes bleu layette revêtues de la même écriture déliée et assurée.

Le même parfum délicat me monta aux narines.

— C'est un parfum très cher. Elle t'a écrit trois fois en deux semaines ?

— Quatre, si on compte la carte.

— Oh ! Oh ! Elle doit vraiment être mordue.

L'inquiétude de Phil me laissait perplexe.

Attaché au service psychiatrique, professeur assistant de psychiatrie et psychanalyste avec cabinet privé en ville, Phil n'avait rien d'un néophyte en ce qui concernait les bruissements intérieurs des patients les plus dérangés. Des malades lui déclaraient un amour éternel ou menaçaient de le tuer avec une régularité étonnante. Il recevait des lettres déplacées, des cadeaux bizarres et d'étranges coups de téléphone de patients à toute heure du jour et de la nuit. Il avait toujours des malades qui se prenaient pour Richard Nixon, ou Madonna, ou Dieu, ou les trois à la fois ; des patients qui arrêtaient leur traitement et pétaient les plombs ; des patients qui prenaient leur traitement et pétaient quand même les plombs ; des patients qui menaçaient de se suicider ou de se mutiler – il avait droit à tout.

— On dirait que cela t'inquiète ?

J'ouvris la première lettre bleu layette. Son contenu n'était pas très différent de celui de la carte ; en fait, il était pratiquement identique.

— Celle-ci a été déposée à l'hôpital, expliqua Phil. Elle a dû se dire, en voyant que je ne rappelais pas, que je n'avais pas reçu sa carte.

Je lus la deuxième lettre. Bavarde, ponctuée d'anecdotes sur son travail et bourrée de renseignements sur son compte. En septembre, Elise entamerait sa dernière année à l'université. Elle possédait son propre appartement dans le quartier, sur Claremont Avenue, entre la 122e rue Ouest et La Salle. Ses parents vivaient sur la côte Ouest. Elle avait un frère à l'école à Boston.

— Elle tient à te faire savoir qu'elle vit seule. Et que sa famille est loin. Comment l'interprètes-tu ?

— Qui sait ?

Re-rire nerveux.

— C'est sa jeunesse qui me surprend. Aux urgences, je lui aurais donné vingt ans passés.

— C'est le cas... Elle a vingt et un ans.

— Je ne sais pas, Phil, cela reste très jeune.

Visiblement il n'était pas d'humeur à se laisser taquiner à propos de cette jeune femme. J'ouvris la troisième lettre. Même topo.

— Elle dit qu'elle va suivre des cours de psychologie au second semestre, qu'elle a fait propé et qu'elle songe à devenir psychiatre. Elle veut savoir si tu peux la conseiller.

(Je repliai la lettre et pris mon verre de vin :) Comment vas-tu réagir ?

— Aucune idée.

Au cours des semaines suivantes, des lettres bleu layette continuèrent à arriver dans le casier de Phil au service de psychiatrie, sans que personne ne croise jamais une jeune femme répondant au signalement d'Elise. En moyenne une ou deux par semaine, mais parfois jusqu'à trois ou quatre.

— Tu ne m'as pas expliqué pourquoi cela t'inquiète. Généralement tu es tellement blasé, surtout lorsqu'il s'agit d'une unique visite aux urgences. Rappelle-toi ce malade qui croyait que tu avais implanté des électrodes dans son cerveau pour que la CIA puisse lire ses pensées – tu as prétendu que, s'il était aussi obsédé par toi, il le serait par quelqu'un d'autre avant la fin de la semaine et qu'alors tu aurais la paix.

— Oui, soupira Phil.

— Eh bien, tu avais raison. Il a décidé que sa voisine était un agent de la CIA, il lui a tiré dessus avec sa vieille arme de poing de l'armée toute rouillée et maintenant il est en garde à vue, en psychiatrie, à Bellevue en train de délirer sur elle, pas sur toi.

— Je sais.

— Et pas plus tard que l'autre jour, je t'ai entendu raconter à ton frère Sal que tu n'allais tout de même pas demander un permis de port d'arme parce qu'un malade avait déclaré qu'il allait te buter.

— Peut-être que je vais en toucher un mot à Gina.

Le Dr Gina Rizzuti-James, autre attachée au service de psychiatrie et amie de longue date.

— Elle ne m'a rien appris de nouveau, me rapporta-t-il par la suite. C'est visiblement un cas d'axe deux, limite histrionisme. Personnalité de type B.

Rien de nouveau sous le soleil. Il voyait des malades comme ça tout le temps. Gina et lui étaient d'accord.

Mais alors où était le problème ?

Il ne savait pas.

Mais visiblement cette affaire le mettait dans tous ses états. Une nuit, il se releva, se versa un bourbon et revint se coucher avec son verre.

— Qu'est-ce que tu fiches ? demandai-je, vaseuse. Il est 3 heures du matin.

— J'ai des crampes d'estomac rien que de penser à elle.

Le lendemain il écrivit une lettre à Elise.

Chère Ms. Vanderlaende,

Merci pour votre récent courrier. Permettez-moi d'être parfaitement clair en vous répondant que nous ne pouvons nous rencontrer en dehors du cadre professionnel. Vous m'avez dit à l'hôpital que vous voyez une psychothérapeute. Je vous suggère de continuer ce travail et d'évoquer avec elle les lettres que vous m'avez envoyées. Avec mon meilleur souvenir.

Philip Carchiollo.

Deux jours plus tard, la voix calme de Vanderlaende s'échappait du répondeur personnel de Phil : « Docteur Carchiollo, j'ai bien reçu votre lettre. Je ne suis pas satisfaite de ma thérapeute et j'aimerais prendre un rendez-vous professionnel avec vous. »

Phil demanda à Faith, la secrétaire du service de psychiatrie, de laisser un message sur le répondeur d'Elise : « Le Dr Carchiollo me prie de vous dire qu'il regrette de ne pas disposer de séances libres en ce moment. En revanche, il se permet de vous recommander les trois confrères suivants que vous pourrez consulter de sa part. »

Elise envoya à Phil un stylo Mont Blanc. Il le lui renvoya.

Merci de m'avoir envoyé ce stylo. Je ne peux malheureusement le garder, parce qu'il serait inopportun que j'accepte des cadeaux de vous. Je continue à vous recommander d'en parler avec votre thérapeute.

— Ce vieux mot de Mark Twain, marmonna-t-il en cachetant l'enveloppe. J'aurais écrit une lettre plus courte si j'avais eu plus de temps.

Ensuite, Phil cessa de parler d'elle.

Retour au week-end de Labour Day. Au crépuscule, des nuages noirs filaient dans le ciel et le vent se levait – signes annonciateurs d'un orage – quand Phil et moi traversâmes au pas de course le campus pour assister à un dîner de fin d'été donné par un ami psy de Phil, au séminaire. Phil m'énumérait les gens qui seraient là, me rappelant où je les avais déjà rencontrés, qui avait été analysé par qui, qui était freudien, qui était jungien, qui faisait de la relation d'objet – quand soudain une silhouette drapée d'une cape comme la femme du lieutenant français sembla se matérialiser devant nous.

Phil s'en étrangla et serra mon bras.

J'entrevis le visage de la femme suffisamment longtemps pour remarquer son expression choquée.

Phil me tirait littéralement :

— C'est elle, me siffla-t-il à l'oreille. Ne te retourne pas.

Je me retournai quand même.

— Qui ?

À ce moment-là, je l'avais oubliée. La femme nous regardait nous éloigner, les deux mains devant la bouche, comme pétrifiée d'horreur. Le vent gonflait ses cheveux et faisait claquer sa cape. On se serait cru dans un roman gothique.

— Alice au pays des merveilles.

— La fille de la fusillade de la banque ? Elle te harcèle toujours ?

— Ne regarde pas ! Je ne veux pas l'encourager. (Il jeta un coup d'œil nerveux par-dessus son épaule.) Elle ne nous suit pas, hein ? Oui, elle me harcèle toujours.

Je me retournai une seconde fois.

Elise Vanderlaende était toujours figée au même endroit, comme transformée en statue.

9

22 h 30. Au lieu de lever mon verre à l'un des célèbres toasts de Vittorio, sur fond de petite musique douce à la lueur des bougies, je surveillais le respirateur de Gary.

Debout à son chevet dans la lumière spectrale des soins intensifs, je lui tenais la main. À chaque inspiration mécanique, sa cage thoracique se soulevait comme si la surprise lui coupait le souffle. Suivait l'exhalation forcée, tel un immense soupir.

On lui avait retiré ses sangles, mais ses mains étaient attachées aux montants du lit pour éviter qu'il n'arrache sa sonde endotrachéale ou son intraveineuse dans son état d'inconscience causée par les sédatifs. Outre le respirateur, il était relié à un moniteur cardiaque et à une pompe à perfusion ; on lui avait mis une sonde urinaire ; et le responsable des prélèvements sanguins lui avait installé une voie de perfusion dans l'artère radiale pour permettre à l'aide-soignant de prélever toutes les heures du sang destiné à l'analyse des gaz sans avoir à le piquer chaque fois.

Pour la énième fois, je contemplais les chiffres clignotant sur les écrans de contrôle des diverses machines. La saturation oxyhémoglobinée était toujours de soixante-quinze pour cent, pas bon. Mais pas aussi mauvais qu'on aurait pu le craindre. Son déficit en oxygène le mettait en tachycardie sinusale, avec une fréquence cardiaque de 146 par minute. Pas bon non plus, mais cela aurait pu être pire. Sa tension était normale, comme aux urgences. Je remerciai Dieu pour ses petits dons du ciel.

De temps en temps je serrais la main de Gary. Parfois il répondait faiblement à la pression. Quand je lui demandais d'ouvrir les yeux, il clignait des paupières, s'efforçant de reprendre conscience. Mais tel un homme que des algues ou des ondines retiennent au fond de l'eau, il ne réussissait jamais vraiment à fendre la surface. Après quelques vains essais, il replongeait dans les profondeurs de la sédation.

Je savais que j'aurais dû le laisser dormir, mais j'avais besoin de m'assurer qu'il réagissait toujours.

Que je ne l'avais pas tué.

Ma colère, qui avait semblé si tangible une demi-heure plus tôt, avait fait long feu. À présent je pataugeais dans la culpabilité. Dans la cuisine des soins intensifs, Phil parlait d'Elise Vanderlaende avec le détective Ost. J'avais vu la collègue d'Ost, l'inspectrice Jude Rainey, arriver et je ne doutais pas une seconde que justice serait faite. Les flics arrêteraient Elise Vanderlaende. Elle avouerait avoir envoyé le panier. Il y aurait un procès. Elle serait condamnée pour son rôle dans cette histoire.

Son rôle.

Moi aussi j'en avais un. Vanderlaende avait peut-être envoyé le panier. Mais c'était moi qui avais raté le lavage.

Et si Gary mourait, ce ne serait pas pour avoir mangé des champignons hallucinogènes, voire des amanites phalloïdes vénéneuses.

Ce serait parce que j'avais raté le lavage d'estomac.

Je posai une main sur le front de Gary et repoussai doucement ses cheveux en arrière, suivant du doigt sa vieille cicatrice. Je n'avais pas la moindre idée de son origine – personne n'en savait rien. Une année, à la fête de Noël des infirmiers, quelqu'un lui avait posé la question. Profitant de ma présence à ses côtés, il avait aussitôt inventé une explication : « Demandez donc au Dr Sutcliffe, avait-il dit, l'air sombre. Ah ! vous ignoriez que notre histoire remontait si loin, n'est-ce pas ? En vérité, nous partageons un passé secret – elle est ma jumelle du mal. » Selon lui, j'avais multiplié les tentatives de le

« tuer » pendant « notre » enfance. Cette cicatrice datait du jour où je l'avais poussé de son vélo.

Inutile de préciser que l'anecdote fit un tabac aux urgences. Et que je m'empressais de renchérir : je « rappelais » à Gary d'autres « incidents » symptomatiques de mes mauvaises intentions qui faisaient pleurer de rire l'assistance.

— Tu ne peux pas mourir, Gary. Je ne supporterais pas l'ironie de la situation.

Soudain les vannes s'ouvrirent : je me mis à sangloter. « Oh ! Gary, je suis tellement désolée », ne cessais-je de lui murmurer tout en m'efforçant de réprimer mes sanglots pour ne pas le bouleverser. J'étais désolée qu'il ait mangé des champignons hallucinogènes chez moi. Désolée qu'il soit peut-être empoisonné à cause d'amanites qui m'étaient destinées. Désolée d'avoir bousillé le lavage d'estomac. Désolée qu'à cause de ma connerie il se retrouve branché à un respirateur, luttant pour la vie aux soins intensifs. Je ne tardai pas à être désolée pour une masse de délits à la fois réels et imaginaires. Gary avait paru si préoccupé quand j'étais passée en coup de vent à la maison pour déjeuner – lui avais-je dit quelque chose de blessant ? J'aurais dû essayer de le faire parler en voyant qu'il était soucieux. Je n'étais pas une amie digne de ce nom. Et quand il avait eu besoin de mon assistance médicale, je n'avais pas été un médecin digne de ce nom.

Je pris soudain conscience que j'aurais pu me retrouver à sa place. J'aurais pu manger les champignons, subir un lavage d'estomac raté.

J'avais l'impression que Gary avait pris la balle qui m'était destinée.

Fermant les yeux, j'agrippai les barreaux du lit. Il ne m'arrivait pas souvent de prier, mais là je recourus à une prière depuis longtemps oubliée que m'avait enseignée ma grand-mère Hazel – qu'elle repose en paix – quand j'étais petite : regardez, le Gardien d'Israël ne sommeille ni ne dort jamais. À ma droite, Michel, à ma gauche, Gabriel...

Anunzionata Thomasson, l'infirmière en chef des soins intensifs, m'effleura le coude. Je sursautai.

— Il faut que nous le laissions tranquille, Ev. Toi comprise. Je suis sûre qu'il te pardonne.

Je hochai la tête et m'essuyai les yeux.

— Juste une minute.

— Moi aussi, je te pardonne. (Elle glissa un bras autour de ma taille. Philippine compacte, Nuncie m'arrivait à peine à l'épaule.) Viens maintenant, ajouta-t-elle doucement.

Je la suivis. Elle m'emmena au poste des infirmiers et m'assit sur une chaise.

— Cela aurait pu arriver à n'importe qui, me dit-elle en me tirant un gobelet d'eau à la fontaine. Et tu dirais la même chose à un autre toubib si cela lui était arrivé.

— J'aurais dû le mettre sous sédatifs.

— C'est ce que tu te dis avec le recul. Dans le feu de l'action, tu as choisi de ne pas le faire. Tu n'as pas à justifier ta décision.

— Le Dr Ulrich est dans les parages ?

Le grand chef du service de réanimation. À cette heure de la nuit, Ulrich était le « senior » de garde aux soins intensifs.

— Il vient juste d'aller manger un sandwich sur Broadway ; il sera de retour dans quelques minutes.

— Je peux voir le dossier ?

— Tu sais que ce n'est pas possible. C'est aussi pour te protéger ; ainsi personne ne pourra t'accuser d'avoir modifié le dossier ou supprimé une donnée.

Phil poussa les portes des soins intensifs avant que je ne comprenne pleinement le sens de ces paroles. Je courus lui sauter au cou. Oubliée la dispute que nous avions eue le matin. Comme le fait que nous ne nous entendions plus si bien depuis quelque temps. En le serrant contre moi, je sus qu'il serait là pour moi et moi pour lui. Nous traverserions cette épreuve ensemble.

Nuncie autorisa Phil à passer quelques instants au chevet de Gary avant de nous bouter dehors.

Dans le couloir, un petit groupe s'était réuni. À notre

apparition, les conversations se changèrent en murmures avant de s'interrompre. Tous les regards se braquèrent sur moi. Pitié, gêne, hostilité. Tous m'accusaient : comment cela a-t-il pu se passer ? Il a mangé ces champignons chez toi ! ! ! Comment as-tu pu t'abstenir de le mettre sous sédatifs ? Mark Ramsey qui arrivait eut droit à des regards aussi peu amènes.

Pour une fois, il oublia d'être effacé. Il vint se planter à côté de nous deux et fit face à la foule :

— Que celui qui n'a jamais péché lui jette la première pierre.

— Oh ! ça va, marmonna une femme.

Ramsey ne broncha pas.

— Il a raison, murmura une autre voix. Ne jetons pas la première pierre.

Puis, se tournant vers moi, Mark me prit la main :

— Si je peux faire quoi que ce soit, Ev, fais-le-moi savoir.

Quand Mark entra dans les soins intensifs, je sentis les portes se refermer sur ma honte et ma culpabilité. Plusieurs personnes vinrent m'assurer de leur soutien.

La foule se dispersa. Phil me prit par les épaules. Au bout d'un moment, je finis par le suivre dans la salle d'attente.

Je sentais la colère monter de nouveau, se substituer à la culpabilité. En l'occurrence, le coupable n'était pas moi. Le coupable, c'était Elise Vanderlaende.

Colère, pensai-je soudain. *Chante la colère, déesse.* Pour citer la phrase d'ouverture de *L'Iliade.*

— Qu'est-ce que tu veux dire, tu ne penses pas que ce soit elle ? hurlai-je.

— Je ne dis pas qu'elle ne l'a pas fait, répondit Phil avec un calme exagéré, je dis que je ne sais pas.

Il se mit à marcher de long en large.

Endroit petit et intime, la salle d'attente des soins intensifs était conçue pour apaiser. Elle était décorée de couleurs sombres, reposantes, comme la bibliothèque d'un érudit : deux canapés sur lesquels les parents inquiets pouvaient dormir si nécessaire, deux fauteuils, deux petites lampes diffusant une lumière douce et réconfortante. Le placard renfermait un minuscule évier et un réfrigérateur, une fontaine et une machine à café. Sur l'étagère au-dessus de la machine à café s'alignaient des dizaines de romans de poche, des magazines récents, ainsi qu'un Coran, une Bible juive et une Bible chrétienne. Plus une collection de textes d'inspiration *new age*. On avait pensé à tout.

Sauf que ce n'était pas ça qui allait nous révéler l'identité du livreur de panier.

Faisant craquer ses phalanges une par une, ce qui ne lui arrivait que dans les moments de grande anxiété, Phil gémit :

— Je ne sais pas, c'est tout. Si c'est elle, je me suis planté sur toute la ligne. C'est classique. L'une des premières malades du Dr Clérambeault s'est arrangée pour découvrir la marque des chocolats préférés de son épouse et les lui a fait livrer empoisonnés par ses soins... (Il s'interrompit, une ombre passant sur son visage :) Ev, j'ai l'impression de perdre les pédales. Je ne suis plus à la hauteur. J'égare des trucs. Mes clés. Des documents importants. Je n'arrive pas à me concentrer en séance. Parfois, il m'arrive même de déconnecter quand mes patients me parlent – je perds le fil. Et maintenant Gary est aux soins intensifs, et je ne peux même pas dire si je pense que cette folle a peut-être essayé de t'empoisonner.

Là, c'était Phil qui passait par la phase culpabilité.

— La culpabilité est de la colère intériorisée.

— J'ai tout de suite pensé à elle, continua-t-il sans m'entendre, mais après je me suis dit, merde, qu'est-ce que j'en sais ? Je ne suis qu'un psy. Et les psy sont connus pour être incapables de prédire un type de violence ou un autre. Un passé de violence est le meilleur et unique signe indicateur que la personne sera violente à l'avenir, mais c'est comme si on disait qu'un problème cardiaque déjà diagnostiqué est le meilleur indice d'une future crise cardiaque...

— Phil...

— ... et il y a toujours une première fois, un début. Ce type qui a descendu John Lennon, il n'avait pas de passé de violence !

Il arpentait la pièce de long en large.

Avant, il me laissait le réconforter. Mais c'était fini. Et cela faisait des mois que cela durait. Nous avions passé si peu de temps ensemble ces derniers jours, et les rares fois où cela s'était produit, il avait été si lointain. Je me rappelai avec un pincement au cœur la réplique acerbe d'Alan : « Il boude comme le Sphinx et tu le laisses faire. »

Mais était-ce bien le moment de provoquer une bagarre ? Avec Gary sur respirateur qui luttait pour vivre ?

— Elise n'a fait qu'écrire des lettres, exact ? demandai-je en remplissant la bouilloire pour faire du thé.

— De temps à autre, un message sur mon répondeur, mais pas souvent. (Nouveau craquement de phalanges.)

— Elle ne te suit pas ; elle ne vient pas chez toi ?

Il secoua la tête.

— La seule fois où je l'ai vue depuis que je l'ai soignée aux urgences, tu étais avec moi, le week-end de Labour Day. Je suis sûr que si elle me suivait, je la verrais.

— Il y a quelque chose à son sujet que tu ne m'as pas dit ?

— Tu connais toute l'histoire, répondit-il en détournant les yeux. Elle était dans la banque...

— Je veux dire, les lettres. Tu n'en parles plus beaucoup.

— Je te les ai montrées...

— Phil. Les lettres de maintenant. Les récentes.

Il se ferma comme une huître.

— Phil. Tu n'as pas les idées claires. C'est une malade. Elle a peut-être essayé de m'empoisonner – de nous empoisonner – et tu es là à te tordre les mains. Où est passée ta sagacité professionnelle ?

Il cessa ses allées et venues et fourra ses mains dans ses poches.

— Tu as raison.

— Tu n'as jamais dit pourquoi cette femme t'inquiète autant. Mais comme elle t'inquiète, tu ne réfléchis pas bien.

— Tu as parfaitement raison, Ev. Je suis désolé.

— Ne t'excuse pas. Aide-moi. Et ne refuse pas mon aide. Pourquoi te laisses-tu de nouveau pousser la barbe ?

Il me jeta un regard anxieux :

— Qu'est-ce que ma barbe t'inspire ?

— Une pensée en passant. Peut-être que tu l'as laissée pousser pour qu'Elise ne te reconnaisse pas.

— Continue.

— Je ne sais pas, Phil. C'est à toi de me le dire. Je n'ai pas vu les lettres. En fait, tu ne m'en as pas montré une seule depuis les premières.

Il attendit que je poursuive.

— Peut-être que tu t'es laissé repousser la barbe pour te masquer parce que tu lui en veux de projeter toutes ces conneries sur toi. Ou peut-être pour acquérir une nouvelle identité qu'elle ne connaîtrait pas. Ou alors tu te déguises parce que tu la crois dangereuse ?

— Je n'étais pas conscient qu'elle était dangereuse, dit-il lentement.

— Oui, tu ne pensais pas non plus que ce malade aux urgences était dangereux, celui qui avait le flingue...

— Je pensais qu'il l'était.

— Et comment ! Nous sommes tous planqués derrière les chariots en train d'appeler la sécurité et tu débarques et tu lui dis : « Vous êtes sûr de vouloir brandir cette arme comme ça ? À cause de vous, tous ces gens sont morts de trouille – c'est ce que vous voulez ? »

Phil se mit à rire.

— Ben oui. Il a regardé autour de lui, il a vu qu'il terrifiait tout le monde et il a posé son arme. Donc ?

— Donc combien de patients as-tu vu cette semaine qui ont exprimé le désir de te tuer ? demandai-je en souriant.

— Seulement trois, glousse-t-il.
— Seulement trois ?
— Ouais, il n'y en a pas eu tant que ça cette semaine. Yorba Linda a dit qu'elle aimerait – peu importe. Elle aimerait me tuer toutes les semaines. Mais elle est bien trop désorganisée pour réussir. Et j'ai deux malades avec des transferts psychotiques. L'un me prend pour sa mère et l'autre pour le capitaine Jack. Je n'ai pas encore tout à fait compris qui était ce capitaine Jack.

Comme d'habitude, quelques minutes de thérapie par le rire contribuèrent à détendre l'atmosphère. Cela nous aida aussi à revenir à l'essentiel.

— Qu'est-ce que tu vas faire pour Elise ? dis-je en lui tendant une tasse de thé à la menthe.

— Rien. J'ai parlé d'elle au détective Ost, c'est à lui d'agir maintenant. S'il veut voir les lettres, je les lui remettrai. Elle n'est pas une de mes patientes. Nous n'avons pas d'alliance thérapeutique. Il n'y a pas de raison que je ne remette pas les lettres à la police.

Long silence.

— Ev, tu sais, je ne voulais pas t'infliger tout cela.

Je fus parcourue d'un petit éclair électrique.

— Bien, tu m'expliqueras pourquoi plus tard. Mais pour l'instant tu ferais mieux d'y aller franchement.

— Les lettres. Elles sont pires que ce que tu crois.

— Et ?

— Elle en sait très long sur nous deux. Des détails personnels. Je ne sais pas comment elle les trouve.

— Quoi, par exemple ?

— Où j'habite, où tu habites. Les noms de tes frères et ce qu'ils font, où ils vivent. Les noms de mes frères, ce qu'ils font, où ils habitent. Les livres que nous lisons ; la musique que nous écoutons. Elle sait que je connais Gina et elle s'est même présentée à elle à l'inauguration de la nouvelle bibliothèque de biologie, il y a une ou deux semaines.

— Et tu penses que cette femme n'est pas dangereuse !

10

— Où est Ulrich, nom de Dieu ! hurla soudain une voix. Qu'on le bipe, vite !

On s'agitait visiblement à l'autre bout du couloir. Les portes des soins intensifs n'arrêtaient pas de claquer. D'autres voix.

Des gens qui couraient.

— Oh, mon Dieu ! non, dis-je en me ruant à l'extérieur de la salle d'attente.

Une tornade me heurta de plein fouet, me faisant valser sur moi-même. Un éclair de cheveux blonds et une blouse blanche. Nous poussâmes les portes dans un même élan. J'étais vaguement consciente de la présence de Phil derrière moi ; des bribes de ses prières murmurées se mêlaient à mes « Mon Dieu ! Faites qu'il ne s'agisse pas de Gary ! ».

Hélas !

L'activité autour de son lit était parlante : un interne, deux infirmières et un étudiant en médecine s'agitaient dans les hurlements des alarmes des moniteurs.

— Atriale ou ventriculaire ?

— Sa tension est en chute libre !

— Étant donné le niveau d'oxygène, il fait peut-être de l'hyperexcitabilité atriale, il faut stimuler la décharge de...

— Non, ventriculaire.

— Massage de la carotide...

— Non, ça ne marche jamais, et c'est une ventriculaire !

Je m'approchai du lit. Gary gisait immobile, la tête rejetée en arrière. Il avait le visage aussi gris que le ciel avant un orage. Le respirateur tournait toujours, mais l'oxygène ne passait plus des poumons dans le sang. Je regardai les chiffres affichés sur les écrans des moniteurs. Fréquence cardiaque près de 200. Pression artérielle 40. Saturation en oxygène 70 et en baisse.

— Ventriculaire.

C'était de la tachycardie ventriculaire – le cœur de Gary battait si vite qu'il n'irriguait plus convenablement le cerveau et le reste du corps.

— Cent milligrammes de Lidocaïne, intraveineuse.

La course contre la montre ne faisait que commencer.

Je percevais les choses par flash. Les noms et rangs de mes confrères. Brett, interne ; Lanahan, spécialisation deuxième année, Nuncie Thomasson, infirmière en chef. Une autre infirmière. L'étudiant en médecine. En même temps, je faisais le point sur ce que je savais des atteintes pulmonaires caustiques, des gaz, du rapport ventilation/perfusion, des stéroïdes, des bronchodilatateurs, du nouveau traitement au surfactant et un millier d'autres sujets en rapport avec l'état de Gary.

Pas du genre à chercher à respecter la hiérarchie, Lanahan envoya la Lidocaïne dans l'IV de Gary. Elle se mit à aboyer des ordres.

— Dr Sachs au téléphone, tout de suite. Appelez la cardio. Faites venir le Dr Whitney. Où est Ulrich, bordel ?

— On le bipe.

— Qu'il rapplique immédiatement.

Je pris mon stétho pour écouter Gary.

Il avait les poumons pleins de liquide.

Il se noyait.

— Ces champignons ? dit Lanahan. Ils ont des effets anticholinergiques ?

J'allais répondre quand un hurlement m'interrompit. Tous les regards se braquèrent sur le moniteur cardiaque.

— Il fait un arrêt. Fibrillation ventriculaire ! hurla l'étudiant en médecine.

Une seconde je crus que mon propre cœur venait de s'arrêter. Au-dessus de nos têtes, le moniteur cardiaque ne montrait plus que le signe indubitable de la fibrillation ventriculaire : activité électrique aléatoire, oui, battements cardiaques, non.

Je réclamai un chariot d'urgence, rapprochai d'un coup de pied un marchepied, grimpai dessus et commençai les compressions cardiaques. Ma main gauche sur la droite, doigts entrecroisés, j'appliquai ma paume sur le sternum de Gary et procédai au mouvement compression-relâchement en comptant mentalement. Gary, je t'en prie, ne meurs pas. Je n'avais jamais posé les mains sur son torse nu et je n'aurais jamais imaginé faire une chose pareille ; je ne l'avais même jamais vu sans chemise. Il était trempé de sueur. Et froid. Je commençais à avoir froid moi aussi, mais je repoussai cette sensation parce que je savais que c'était le frisson de la mort, non, pitié, non.

L'infirmière revint avec le chariot d'urgence ; une seconde plus tard le défibrillateur était prêt. Je continuai les compressions pendant que Lanahan installait les électrodes.

— C'est bon, cria-t-elle.

Nous reculâmes tous. Après une petite étincelle bleue et un claquement, le corps de Gary se souleva du lit. Tous les regards se braquèrent sur le moniteur cardiaque, pleins d'espoir. Pendant une ou deux secondes, la ligne traça un pic et tressauta, comme nos cœurs. Mais ce n'était qu'artificiel.

— Nuncie, mettez l'horloge en route. Lanahan, poussez à trois cent soixante joules.

Une fois de plus le corps de Gary fit un bond. Une fois de plus nous implorâmes le ciel, une fois de plus la ligne traça un pic et tressauta. Puis elle forma de larges vagues, semblables à des ondes sinusales.

— Arythmie complète !

Le cœur de Gary s'était arrêté.

J'entendis Lanahan suffoquer – ou peut-être était-ce

moi. L'infirmière essuyait le gel sur le torse de Gary. Je remis mes mains en place et repris les compressions.

Nous commençâmes en même temps à lui injecter les médicaments, une seringue d'épinéphrine – l'équivalent pharmaceutique de l'adrénaline pure – poussée IV dans la veine, une autre dose de Lidocaïne, quatre cents milligrammes de Bretytium, puis une perf de Lidocaïne. Nuncie notait chaque dose et l'heure de son administration. Elle pleurait. Mes mains montaient et descendaient sur la poitrine de Gary, et j'avais envie de pleurer, moi aussi. Non, il fallait garder les idées claires, sinon Gary allait y passer.

Dans ma tête, j'entendais des voix murmurer, la mienne et celle de Gary, répétant des conversations que nous avions eues lors de notre première rencontre après ma deuxième année de médecine, quand j'étais la secrétaire du service médical et qu'il venait d'être promu infirmier-chef des soins intensifs. J'étais morte de trouille, à l'époque ; je ne savais pas comment m'intégrer, ni quoi faire, et personne ne prenait le temps de m'expliquer les choses à fond – personne, sauf lui. Je suis morte de trouille, Gary. Qu'est-ce que je vais faire sans toi ? Qui me donnera des conseils ? Tu te rappelles quand j'ai eu un différend avec mon interne et que tu m'as soufflé la manière de le résoudre ? Et quand je me faisais du souci pour mon entretien d'entrée en spécialisation, tu m'as donné les réponses, et je suis partie, rassurée par ta batterie de phrases bien pratiques : « J'ai le sentiment que je pourrais faire une meilleure contribution si... » et « je vois une bonne correspondance entre mes propres compétences et... ». Eh bien, je pourrai faire une meilleure contribution si tu restes avec moi, je vois une bonne correspondance entre mes compétences et les tiennes, ici-bas, sur terre, je t'en supplie, ne pars pas.

Mais j'étais en train de rater l'entretien ; il allait falloir recommencer la défibrillation.

Cette fois, nous obtînmes un tracé en ligne droite.

L'infirmière essuya de nouveau le torse de Gary, et je repris mes compressions. L'odeur âcre de chair brûlée aux narines. Lanahan n'avait pas suffisamment enduit les électrodes et elle avait frit la peau de Gary. À l'odeur, je me désengageai complètement. Mes émotions quittèrent le pays comme des réfugiés fuyant une armée d'invasion, emportant avec elles mon passé, mon avenir – tout sinon le moment présent, compression, relâchement, compression...

— Donnez-moi un peu d'atropine, dit Lanahan qui l'injecta dans la perfusion de Gary.

Le rythme s'accélérait. La coordination de notre équipe était telle qu'on aurait dit Shiva descendu du ciel pour prendre Gary dans ses bras paternels et divins. Lanahan injecta une nouvelle dose d'épinéphrine. Le Dr David Ulrich arriva enfin au galop de sa pause sur Broadway ; son haleine sentait encore le pastrami. Ensuite débarqua le chef de cardiologie, un homme au visage grave. Le Dr Whitney, le consultant pulmonaire. Conciliabules dans la chambre. Conversation téléphonique avec le Dr Sachs, sous-directeur des soins intensifs. Et pendant ce temps-là, les mains du dieu Shiva, les miennes, montaient et redescendaient sur le torse de Gary, ce que je contemplais du sommet d'une colline herbeuse, à la frontière du pays vers lequel fuyaient mes émotions. J'étais là sans y être. Je commençais à me dire que c'était aussi le cas de Gary.

Ulrich reprit la défibrillation. J'enlevai mes mains. Électrodes. Craquements, grésillements – ils ne pouvaient donc pas mieux étaler le gel ? Ma gorge se serra. Le corps de Gary se souleva et retomba.

Moniteur.

Tracé plat.

— On recommence, dit Ulrich d'une voix tendue. Gamin d'une ferme du Midwest, il avait grandi chez les Mennonites et il gardait encore un vague air de prophète de l'Ancien Testament exorcisant des démons. Peut-être ne peut-il pas exorciser ceux de Gary, pensai-je en compressant. Peut-être peut-il exorciser les miens. Oh ! Gary, je suis tellement désolée. J'avais le souffle court à cause de l'effort demandé par les compressions.

— Stop ! dit Ulrich. (Je levai les mains.) Électrodes.

Ulrich baissa le bouton. Le choc traversa le torse de Gary. Cette fois, il bougea à peine. L'infirmière essuya le gel et je repris mes compressions. J'imaginai Shirley Seligman, la mère de Gary, une jolie femme ronde qui ressemblait à l'actrice Shelley Winters, raccrochant son téléphone quelque part en Chine, le visage ruisselant de larmes. Je revis Alan aux urgences, criant : « Que s'est-il passé ? Que s'est-il passé ? » agrippé aux rails du chariot de Gary que nous poussions vers l'ascenseur, le visage tendu...

— C'est fini, disait Ulrich. (Le dos voûté, il enleva ses gants.) Quelle heure est-il ?

Tout le monde se figea. Tous les regards se portèrent vers l'horloge. En un clin d'œil, une heure et vingt-cinq minutes venaient de s'écouler. Incrédulité, angoisse et chagrin. Le moniteur hurlait comme une sirène annonçant un raid aérien.

— 12 h 53, sanglota Nuncie.

Mes mains gantées reposaient toujours sur le torse de Gary. Abasourdie, je les retirai, tombai du marchepied et titubai vers Phil qui me serra dans ses bras.

— Quelqu'un pourrait-il débrancher ce moniteur ? lâcha Ulrich.

À ce moment-là, Gary était parti depuis longtemps.

Personne ne savait précisément quand.

Et nous avions tous été trop occupés pour lui dire adieu.

11

Le moniteur à peine débranché, Dave Ulrich me prit à part :

— Ev, je sais combien Gary comptait pour vous, dit-il à voix basse. Ce qui s'est passé avec le lavage d'estomac aurait pu nous arriver à tous. Vous pouvez compter sur mon soutien en cas de besoin. Mais il y a eu un accident thérapeutique et le malade est mort. Il faut qu'on respecte les règles. Vous comprenez.

Par-dessus son épaule, je vis Nuncie Thomasson, les joues baignées de larmes, débrancher le respirateur.

— Qu'est-ce que vous voulez dire, Dave ?

— Je n'aurais pas dû vous autoriser à participer à cette tentative. Mais je savais qu'il était important pour vous de faire votre possible.

Je ne lui fis pas remarquer que jusqu'à son arrivée, le seul autre médecin sur les lieux était en deuxième année de spécialisation. Ni que c'était lui qui était en train de manger du pastrami sur Broadway. Non, je me demandais pourquoi j'avais l'œil sec, contrairement à Nuncie. Cette dernière coupa le tube d'une des intraveineuses de Gary et le noua à environ quinze centimètres du corps. Puis elle passa au tube suivant.

— Ev ?

En regardant Ulrich, j'eus l'impression de le découvrir. Environ mon âge, des cheveux châtains et des yeux bruns tristes qu'il s'empressa de détourner.

— Nuncie est en train de nouer les tubes, dis-je, comprenant horrifiée qu'elle préparait le corps de Gary pour l'autopsie, non pour la morgue de l'hôpital. Je rêve, ce n'est pas vrai. On va envoyer Gary chez le légiste ; on va parquer son cadavre dans le couloir sur un chariot métallique jusqu'à ce qu'un quelconque assistant finisse par pratiquer l'autopsie et...

L'image était trop sinistre. Un jour, j'avais vu un cadavre parqué dans le couloir de la salle de médecine légale, nu comme un ver, en pleine rigidité cadavérique, les avant-bras en l'air comme s'il s'apprêtait à soulever des poids.

— Ce n'est pas moi qui décide, Ev, reprit Ulrich avec un geste d'excuse. Un décès survenu dans les vingt-quatre heures...

— Bien sûr qu'il faut le conduire chez le légiste ! ripostai-je sèchement. On l'a assassiné !

Je me mordis la langue avant d'ajouter : pauvre cloche ! Nom de Dieu ! Est-ce qu'il croyait que je me préoccupais de mon propre sort ?

Derrière Ulrich, Nuncie détacha les électrodes du moniteur cardiaque, laissant les ventouses collées sur le torse de Gary. L'autre infirmière lui tendit une trousse à décès.

— Il ne faut pas penser une chose pareille, Ev, dit Ulrich en m'effleurant le coude. Personne ne va aller raconter que vous l'avez assassiné. Ne dites pas des choses pareilles.

Je le regardai l'air interdit. L'adrénaline pétillait toujours dans ma poitrine, mon cœur battait à environ cent vingt pulsations/minute. Gary était mort, j'aurais voulu pleurer comme je l'avais fait plus tôt, comme Nuncie, mais j'en étais incapable. Gary était mort, mort, et Nuncie était en train de lui lier les poignets avec de la gaze, de lui croiser les bras sur la poitrine, de lui emmailloter la tête...

— Je ne sais pas quoi vous dire, marmonnai-je en retirant mes gants d'un coup sec avant de les jeter dans la poubelle.

Je tournai les talons et sortis des soins intensifs, Phil courant derrière moi. Je ne sais pas non plus quoi te dire,

Gary. Je suis désolée, désolée. Tu me manques déjà. Je n'arrive pas à croire que tu sois mort, je te parlais encore cet après-midi. Je ne t'ai jamais dit à quel point je t'aimais, ni combien tu étais un ami merveilleux pour moi... Et je n'ai pas cherché à en savoir plus alors que tu étais visiblement soucieux et que tu voulais m'en parler. Maintenant je ne saurai jamais de quoi il s'agissait.

Les portes claquèrent derrière moi, puis claquèrent une seconde fois au passage de Phil. Il me rattrapa et me prit dans ses bras sans un mot.

Il me fallut une seconde pour penser à lui rendre son étreinte. J'étais un robot. Un automate.

Et qu'est-ce que j'allais dire à Alan ?

Le temps que j'arrive dans la chambre d'hôpital de Vittorio, j'étais dans un tel état de choc que j'annonçai la nouvelle à Vittorio et à Alan sans sourciller.

Je m'écoutai avec désespoir. On aurait dit qu'un patient parfaitement anonyme venait de mourir aux urgences et que j'annonçais la nouvelle à sa famille.

— À cause du déficit en oxygène, son cœur s'est mis à battre si vite qu'il ne pompait plus le sang efficacement, dis-je d'un ton froid. Il a fait un arrêt cardiaque. Nous avons essayé de le ranimer, mais il est mort malgré tous nos efforts.

— Oh ! Mon Dieu ! Non ! cria Alan. Non... Ce n'est pas possible...

Vittorio se leva de son fauteuil, me lança un regard furieux et prit Alan par le cou, pendant que je restais figée là, gauche, ne sachant même pas comment réconforter mon propre frère. *Alan a toujours été l'émotif de la famille, et moi, la stoïque. Même quand nous étions petits.* Voilà ce qui me passait par la tête. Honteuse, je le serrai dans mes bras dès que Vittorio le lâcha.

Nous nous assîmes au bord du lit, Vittorio, Alan et moi. Vic tenait la main d'Alan. Phil s'installa dans un fauteuil.

Alan finit par se moucher et s'essuyer les yeux. Vittorio, calme et glacé de colère, parla d'appeler la sœur et la mère de Gary en Chine.

— Elles ne voudront pas l'apprendre de ta bouche, Ev, après ce lavage d'estomac complètement salopé, dit-il carrément. Baldric Case a des relations d'affaires à Shanghai et à Pékin, je me demande...

— Pas question ! hurla Alan en se redressant. Ça ne va pas, la tête ? Pas question d'impliquer le cabinet de Case Hamilton là-dedans. Case est probablement celui qui a envoyé le panier !

Il y eut un silence stupéfait. Phil en resta bouche bée. L'étonnement se peignit même sur les traits de Vittorio que pourtant rien ne prenait jamais au dépourvu.

— Enfin, Alan, mais qu'est-ce que tu racontes ?

— Épargne-moi cet air sidéré, Vic. Je dis ce que j'ai toujours dit. Case me hait. Je ne suis pas Patricia. Je détonne. Tu ne peux pas m'emmener à tous ces charmants petits dîners en ville que vous fréquentiez Pat, Case, Jackie et toi. Et en plus, mon nom est couché sur ton testament maintenant, et dans l'esprit de Case, il aurait dû être ton légataire après la mort de Pat.

— Alan, je t'en prie, tu es bouleversé, dit Vittorio. Assieds-toi, chéri, nous...

— Arrête la condescendance. Tu réagis toujours comme si j'inventais tout. Ce n'est pas le cas.

— Case ne te hait pas, il te déteste. Cela s'estompera avec le temps. Patricia et lui étaient très proches.

Gloussement d'Alan.

— Case me déteste et il vient juste d'essayer de m'empoisonner. Quand vas-tu te décider à ouvrir les yeux ? Quelqu'un pourrait-il me dire pourquoi cela rappelle tant l'histoire du cuisinier des Hamilton ? Comment expliques-tu cela, Vic ?

C'est alors que la métamorphose eut lieu. Imitateur-né, Alan pouvait incarner n'importe qui. Il se lança dans une imitation si parfaite de Case Hamilton qu'on avait l'impression que ce dernier venait de se matérialiser dans la pièce :

— Maman avait une de ses crises, maussade, pleurnicharde, commença Alan dans le staccato typique de Case. Cloîtrée dans sa chambre dont elle ne sortait plus que pour agonir le personnel d'injures. Elle leur rendait la vie impossible, la bonne pleurait dans l'entrée, le chauffeur boudait au garage.

L'éclairage tamisé de la chambre d'hôpital rappelait le salon confortable des Hamilton où j'avais entendu Case raconter lui-même l'histoire des centaines de fois. C'était un incontournable. Quand Case était petit, le cuisinier servait des champignons à la crème sur toast à sa mère chaque fois qu'il avait l'intuition qu'elle était de nouveau bonne à enfermer.

— Monsieur le chef lui préparait un plateau avec la plus belle porcelaine, continua Alan avec la voix et l'air de stupéfaction aristocratique de Case. Petit vase de fleurs. Linge empesé. Son plat préféré, des champignons à la crème sur toast. Lui montait personnellement le plateau. Me disant en me croisant dans l'escalier : « Votre mère n'est pas bien, je suis navré. » Je voyais des champignons à la crème monter l'escalier, et crac, deux heures plus tard, papa avait l'air sinistre et le Dr Kingsley arrivait avec sa serviette noire, en secouant la tête. Papa disait : « Maman a une de ses crises, mon vieux. Elle a besoin d'un peu de repos pour ses nerfs, je le crains. » Et hop ! Elle partait pour la « maison de repos » du coin. Revenait trois mois plus tard un peu désorientée. Mais très soumise. Placide même. Le personnel avait du mal à la reconnaître tellement elle était aimable.

— Alan, l'interrompis-je, espérant lui faire entendre raison, d'abord, cette histoire concerne le cuisinier, pas Case. Et en plus, pourquoi la reproduirait-il aussi exactement, sachant qu'il ne cesse de raconter cette histoire à des dîners en ville et que nous la connaissons tous ?

— Parce qu'il s'est brouillé avec Vittorio, Ev, expliqua Alan, impatient. Il cherche une réconciliation, mais il me considère comme un obstacle. Il s'arrange pour que je mange des champignons hallucinogènes, on m'envoie chez les dingues, et Case sait que, pendant deux semaines, il aura toute l'attention de Vittorio, ce qui lui permettra de résoudre leurs différends. Sauf que je n'ai pas mangé les champignons. C'est Gary qui l'a fait.

— Alan, désolée, mais je ne suis pas convaincue.

Je jetai un coup d'œil à Vittorio pour voir sa réaction. Mais si Vic ressentait autre chose que du souci pour la détresse d'Alan, il n'en laissait rien paraître. Je regardai Phil. Il secoua légèrement la tête : ne parle pas encore d'Elise.

— Ev, tu veux bien cesser d'être incrédule deux secondes, s'il te plaît ? Essaie d'imaginer le tableau. Case achète un joli panier chez McNeely & Wang. Il l'emporte sur l'île, le remplit des champignons qu'il a cueillis la veille ou Dieu sait quand, paie un gamin pour te le livrer en lui donnant de l'argent afin de graisser la patte de ton gardien. Le panier se retrouve dans ton réfrigérateur. Et je suis censé débarquer d'une minute à l'autre pour me mettre aux fourneaux.

— C'est Gary qui s'est fait des champignons sur toasts, pas toi. Et comment expliques-tu les amanites phalloïdes ? Case ne va certainement pas prendre le risque de tous nous empoisonner pour t'envoyer chez les fous. Quoi qu'il en soit, on n'interne plus les gens comme on l'a fait pour Mme Hamilton. Nous ne sommes plus dans les années 60.

— Mme Hamilton était une alcoolique patentée, dit Phil, prenant la parole pour la première fois. Elle était instable sur le plan mental, elle avait été hospitalisée avant, et son médecin de famille yankee pur-sang n'avait probablement jamais entendu parler de champignons hallucinogènes.

— Je n'ai pas dit que Case était rationnel, répliqua Alan, contrarié.

— Soit, mais où veux-tu en venir ? repris je. Tu veux dire que Case fait une dépression nerveuse et qu'il n'est pas responsable de ses actes pour raison de démence ? Qu'il a mangé les champignons hallucinogènes lui-même ?

— Et s'il faisait de la dissociation ? répliqua Alan. Prenez par exemple cette fille qui a accouché dans les toilettes pour femmes pendant le bal de son lycée. Elle a fourré le bébé dans la poubelle, elle est retournée à la soirée et, sans rien dire du bébé à son petit ami, elle lui a demandé de la faire danser. Cette fille n'est pas folle, elle fait seulement de la dissociation. La grossesse a été trop stressante. Elle va faire comme si rien ne s'était passé : « Quel bébé ? Je n'ai pas eu de bébé ! »

— Quel rapport ? Case... ?

— Case a une brouille terrible avec Vittorio. Il fait de la dissociation. Exactement comme, pendant sa petite enfance, il dissociait en voyant le cuisinier monter avec le plateau de champignons sur toasts. Il ne posait pas de questions au cuisinier. Il n'empêchait pas sa mère de manger les champignons. Il ne disait ni à son père ni au médecin ce que faisait le cuisinier. Et adulte, que fait Case ? Il tire une histoire drôle de toute l'affaire, ce qui lui permet d'en rire, et il n'arrête pas de raconter l'anecdote aux dîners en ville. Comme ça, il peut se convaincre qu'il n'avait aucune part là-dedans. Il n'a pas eu de bébé et il ne l'a pas jeté à la poubelle. Finalement il craque. Il dissocie complètement. Il se regarde faire ce truc avec les champignons et le panier comme s'il se voyait en rêve. Quand c'est fini, il coupe. Mais maintenant, c'est trop tard. Gary est mort.

— Alan, tentai-je le plus gentiment possible. Je suis désolée, mais je ne...

— Ce n'est pas la théorie d'Alan, dit soudain Vittorio. C'est celle de Lauren, non ?

— Lauren pense que son oncle a envoyé ce panier ? répétai-je incrédule. Qu'il fait une sorte de dépression psychotique ?

— Oui, fit simplement Alan.

— Et elle te l'a dit ? demanda Phil.

— Non, c'est Craig. Il est passé prendre des nouvelles de Gary tout à l'heure, pendant que Lauren consultait le professeur Held.

— Oh ! Alan, soupirai-je. Tu sais combien Craig est provocateur et fanfaron...

— Craig n'avait pas le droit, grommela Vittorio. Il

n'avait aucune raison de te dire une chose pareille, Al, sinon pour te bouleverser encore plus que tu ne l'étais déjà. En plus, je suis sûr qu'il déforme les préoccupations de Lauren. Lauren aime tendrement son oncle et sa tante et s'inquiète de leur bien-être depuis sa plus tendre enfance.

— Vic, c'est fou ce que tu as des œillères quand il s'agit de tes amis, s'écria Alan. Quoi qu'ils fassent, tu leur trouves toujours une excuse. Lauren n'a pas levé les bras au ciel en hurlant : « Case doit être psychotique, c'est lui le coupable », en entendant parler des champignons. Cela fait des semaines qu'elle s'inquiète beaucoup pour lui. Il est tellement stressé, au cabinet comme à la maison. Selon elle, il est au bord de la dépression nerveuse. Peut-être que Case ne se montre que sous son meilleur jour avec toi, Ev. Mais Lauren vit à côté de chez lui. Elle le voit tel qu'il est.

— Puis je intervenir ? dit doucement Phil. Nous sommes tous effondrés. Gary est mort. Ce fait en soi est tellement dur à assimiler que nous parlons de tout ce qui nous passe par la tête pour éviter d'évoquer Gary. Nous sommes furieux. Quelqu'un a fait ça à Gary et nous voulons tendre un doigt accusateur. Mais il est 2 heures du matin. Et passer une nuit blanche ne nous rendra pas notre ami.

— Effectivement, acquiesça Vittorio en sortant une bouteille de gin de sa table de nuit. Nous devrions tous essayer de nous reposer un peu. Nous aurons tout le temps de poursuivre cette discussion demain matin. (Il versa une gorgée de gin dans un gobelet en plastique et le tendit à Alan.) Avale ça, je t'en prie, chéri. Cela va t'aider à dormir. Ev ? Phil ?

— Merci, dit Phil d'un ton las, mais je crois qu'Ev et moi allons rentrer nous saouler à la maison.

Ce que nous fîmes.

Je mangeai une pomme et quelques crackers avec du fromage, bus deux verres d'eau et trois doigts de bourbon avant de m'écrouler sur les oreillers en plume du fabuleux lit en laiton de Phil.

Grâce au bourbon, j'ai pu lâcher prise. J'étais en train d'avaler deux aspirines pour chasser la gueule de bois quand soudain j'éclatai en sanglots.

Phil me serra dans ses bras pendant que je versais toutes les larmes de mon corps. Pour Gary. Pour moi. Pour la perte d'une amitié. En proie à la culpabilité, au désespoir et à la colère.

J'eus un sommeil agité.

12

Je me réveillai tôt le lendemain matin après avoir rêvé de Claude, l'empereur romain. Sachant qu'on cherchait à attenter à sa vie, il n'acceptait de manger que les figues qu'il cueillait lui-même. Sa femme l'a empoisonné en allant, au milieu de la nuit, badigeonner d'aconit les fruits sur l'arbre.

Au temps pour les rêves divinatoires, pensai-je, groggy. Gary n'avait pas de femme.

J'allongeai le bras vers Phil. Sa place était vide. Un mot m'attendait, posé contre le réveil sur la table de nuit : « Impossible de dormir. Messe de 7 heures, puis jogging. XXX. »

Je contemplai les trois X, exactement pareils à ceux de la carte accompagnant le panier. C'était trop pour mon esprit embrumé par l'alcool. Je regardai l'heure. À peine 7 heures du matin.

Premier jour depuis la mort de Gary.

Le cœur lourd, je titubai jusqu'à la salle de bains que les frères de Phil avaient entièrement refaite en carrelage mexicain éclatant de couleurs l'été précédent. Gary s'était extasié devant ces carreaux qui révélaient selon lui un côté espiègle de Phil qu'il n'aurait jamais soupçonné.

— Qu'est-ce qui lui passe par la tête lorsqu'il entre ici ? De la musique mariachi ?

Si seulement Gary était là pour m'aider à savoir ce qui passait par la tête de Phil en ce moment ! Je me fis peur en découvrant mon reflet dans le miroir : avec mes yeux bouffis d'avoir trop pleuré et trop bu, j'avais pris dix ans en une nuit.

Gary était le seul à qui j'avais parlé de Phil et d'Elise Vanderlaende. Je lui avais dit combien elle perturbait Phil qui paniquait littéralement. Nous en avions encore discuté le mercredi précédent, le dernier jour de travail de Gary avant sa mort.

Nous nous occupions d'une petite vieille dame de quatre-vingt-dix-sept ans, pensionnaire de la maison de retraite d'en face ; on l'avait amenée aux urgences après ce qui semblait être la plus récente d'une série d'attaques qui l'avait laissée entre notre monde et l'au-delà. Il lui arrivait de bouger et de marmonner, de se dégager si on la pinçait, mais sa réaction s'arrêtait là. Elle était incapable de serrer ma main – ou elle s'y refusait – et elle ne répondait pas à son nom. Gary et moi étions en train de régler les derniers petits détails avant de l'envoyer à l'étage – où, avec un peu de chance, elle mettrait peut-être un terme à son agonie.

— J'ai réfléchi à Phil et à cette ancienne patiente, me dit Gary en vérifiant la perfusion. Tu sais, c'est très déprimant d'être aimé de quelqu'un dont tu n'as rien à faire. C'est comme si tu n'existais même pas.

Je vérifiai les pupilles de la malade : myosis extrême.

— Mais c'est juste du transfert. Ça fait partie de son métier. Qu'est-ce que Freud disait déjà ? Le patient tombe amoureux du médecin et finit par s'en dégager par le travail psychanalytique. Ce qui sonne la fin des séances.

— C'est peut-être la manière dont elle cherche à s'en dégager qui l'inquiète, dit Gary. C'est une histoire à ficher la chair de poule en tout cas. J'ai vu des mecs tomber amoureux de moi et se mettre soudain à avoir des exigences presque conjugales, alors que nous n'étions même pas encore sortis ensemble ! Cette voracité, ce besoin et toute cette colère ! Mais Ev, ce n'est pas là l'important.

— Ah bon ? dis-je en couchant la malade sur le côté pour vérifier qu'elle n'avait pas d'escarres.

— Non. L'important, c'est de savoir pourquoi Phil

n'en discute pas avec toi. Il le fait généralement, non ? Et pourquoi viens-tu m'en parler à moi au lieu de lui poser carrément la question ?

Touché.

Sous la douche, je réglai le débit genre déluge en forêt tropicale en poussant la température au maximum. Et j'attendis de retrouver le monde des vivants.

À cette époque-là, j'hésitais à aborder quoi que ce soit avec Phil parce qu'il était soupe au lait et ergoteur. Il contestait pratiquement tout ce que je disais – parfois pour le simple plaisir de discuter. Et je ne voulais surtout pas d'une dispute alors que nous étions sur un terrain aussi peu sûr ensemble. Alan avait raison : je souffrais du syndrome de l'évitement de conflit.

En plus, cela empirait.

Quand Di Clausson m'avait demandé la veille si le mot en latin ne pouvait pas avoir été envoyé par la patiente givrée de Phil, j'avais répondu non.

Parce que Phil m'avait fait clairement comprendre qu'il ne voulait pas évoquer Elise Vanderlaende. Et j'avais moi aussi pris l'habitude de chasser de mon esprit les soucis qu'elle me causait – et la contrariété qu'elle provoquait chez Phil.

Pour éviter de m'engueuler avec lui. Pour éviter de l'obliger, contre son gré, à me dire une bonne fois pour toutes pourquoi cette jeune femme le minait autant.

J'avais tellement bien réussi à me voiler la face et à jouer les autruches que le détective Ost avait dû me demander expressément s'il ne pouvait pas s'agir d'un cas de harcèlement d'admirateur trop zélé, pour que je revienne à la réalité. Et c'était après que Gary avait mangé les champignons hallucinogènes.

Eh bien, maintenant, j'étais revenue à la réalité.

Et Gary était mort.

Phil avait des explications à fournir. Et j'allais exiger qu'il me les donne.

Exactement ce que Gary m'aurait probablement conseillé de faire.

S'il n'était pas mort.

Le téléphone sonnait dans la chambre quand je sortis de la douche. J'enroulai mes cheveux mouillés dans une serviette, et décrochai juste avant que le répondeur ne se mette en marche.

— Désolé de t'appeler chez Phil, dit Case Hamilton sans préambule. Voulais te joindre le plus tôt possible. Apprendre de ta bouche ce qui s'est passé.

Il avait la curieuse habitude d'omettre les sujets dans ses phrases, laissant le soin à son interlocuteur de compléter. Avec son rythme staccato, son accent bcbg et cette manie, on avait l'impression d'avoir affaire à un George Bush en moins nasillard.

— Affreuse nouvelle, affreuse. Désolé, Ev. Sais l'ami qu'il était pour toi.

— Oh, Case ! Je suis dévastée.

— Comme moi. Il est tôt, mais on pourrait se rencontrer ? Quand ?

— Dans vingt minutes ?

— J'y serai.

Il raccrocha.

Il n'a pas du tout l'air de souffrir d'une dépression nerveuse, pensai-je en me séchant les cheveux et en m'habillant. Il a l'air exactement comme d'habitude.

Et exactement comme à l'époque où nous travaillions dans le même labo de chimie organique.

Malgré mon chagrin pour Gary et mes soucis à propos de Phil, je me surpris une fois de plus à me remémorer notre unique rendez-vous. Il était resté tellement vivace dans mon esprit.

Notre année ensemble tirait à sa fin. Nous venions de recevoir nos notes, les meilleures. Case avait été accepté dans quatre facultés de médecine dont Harvard, mais, cédant à la pression familiale, il s'apprêtait à faire son droit. L'année suivante, il serait associé, m'avait-il dit, un peu bravache. Il lui restait encore sa nuit d'ambulancier bénévole sur l'île – il faudrait qu'il s'en contente.

Il suggéra timidement qu'on dîne dans un agréable restaurant d'East Side. Il régalait. Pour fêter nos bonnes notes. Nous allions trinquer au bon vieux temps et nous souhaiter bonne chance.

Je le retrouvai dans un restaurant français populaire auprès de l'élite new-yorkaise. Je n'avais jamais mis les pieds dans un endroit pareil : j'étais éblouie. Des têtes connues, des gens riches et élégants partout. Un auteur célèbre de romans à l'eau de rose qui buvait du champagne et mangeait du foie gras avec sa petite amie. Et moi. Moi !

Et avec un homme marié, en plus. J'étais rouge d'excitation même si je prétendais vaillamment ne pas être amoureuse. Ce soir-là, Case me parut inhabituellement distingué. Si raffiné. Et non seulement il était marié, mais il était aussi plus âgé. (Quand on est en propé, une différence d'âge de onze à douze ans paraît énorme.) Nous étions assis côte à côte sur une banquette de cuir rouge. Lui dans son costume sobre mais chic, moi dans ma robe en soie achetée spécialement pour l'occasion. Si jamais quelqu'un de sa connaissance nous voyait, j'espérais passer pour une relation d'affaires.

Pour la première fois de ma vie, je me sentais dans la peau d'une femme du monde. Je me tortillais de plaisir lorsque Case commanda pour moi, m'appelant « mademoiselle » en s'adressant au maître d'hôtel. Jubilante, je mangeai avec des couverts à poisson. Je pris un sorbet pour me nettoyer le palais. Cela me parut tellement élégant de manger la salade après le plat principal, et non avant. Sans parler des trois vins dans trois verres de formes différentes. Et enfin, du fromage – selon moi, le comble de la sophistication.

Était-ce à cause de ces trois vins ? Toujours est-il qu'après Hamilton et moi avions marché jusqu'au fleuve, retardant agréablement le moment de nous séparer : et là, je l'avais embrassé à pleine bouche, même si je m'étais promis de n'en rien faire.

Il fut surpris, mais se montra à la hauteur des circonstances. Il participa pleinement à ce fougueux baiser hollywoodien, me serrant brièvement mais très fort dans ses bras. Puis il se dégagea poliment. Nous prîmes congé. Il ne fut pas question de nous revoir, et je savais que nous ne nous reverrions pas, même si nous jurions nos grands dieux que nous garderions le contact. Il m'appela un taxi. Fin de l'épisode.

Je n'avais que vingt ans à l'époque.

Il exerçait encore un certain pouvoir sur moi, me dis-je, en me mettant du collyre dans les yeux et en me maquillant un peu pour masquer les effets du chagrin et de l'alcool. Après toutes ces années.

Beaucoup se demanderaient ce que je pouvais bien lui trouver. Homme au physique banal, à la veille de la cinquantaine, un peu distrait et du genre effacé, Case passait souvent aux yeux de ceux qui ne le connaissaient pas pour un poids plume. Il avait de grands yeux noisette tachetés de vert, une fossette au menton, des cheveux auburn qu'il commençait certes à perdre, mais sans la moindre touche de gris, et bien que plus grand que moi, il était du genre mince et frêle – ce qui le rajeunissait de quinze ans et le rendait encore plus banal. Mais ses proches savaient que ce négociateur soucieux de l'équité abordait tout ce qu'il entreprenait avec une sagesse empreinte de sérénité. Une fois qu'on apprenait à le connaître, on comprenait aussi combien il pouvait être beau, charmant et sexy.

C'était du moins mon avis. Bien sûr, Alan ne serait pas forcément d'accord. Il avait détesté Hamilton au premier coup d'œil.

Comme Gary, maintenant que j'y songeais.

Cette pensée m'avait à peine traversé l'esprit que la sonnette retentit.

13

Sans un mot, Case posa son sac en toile par terre et me serra dans ses bras. La joue contre la sienne, je respirai son eau de Cologne habituelle à laquelle se mêlait l'odeur particulière de sa veste en ciré.

— Absolument affreux, répéta-t-il plusieurs fois. (Puis me tenant à bout de bras :) Dis-moi si je peux faire quelque chose. Tu as pris ton petit déjeuner ?

— Pas encore.

Nous passâmes dans le salon de Phil. Case enleva sa veste, la posa sur le dossier d'un fauteuil, regroupa plusieurs petites tables à café tibétaines entre les deux Futon et entreprit de vider son sac : une immense thermos, trois assiettes cantonaises ébréchées, de l'argenterie dépareillée, des serviettes en tissu effilochées, une ficelle au levain et une pile de Tupperware.

— Café au lait, annonça-t-il en me tendant une tasse abîmée à l'insigne de Pale.

Il me servit ensuite deux œufs durs, un gros morceau de pain, et une poignée de tomates cerises et de bâtonnets de carottes. Il avait aussi prévu des fromages italiens et du salami en tranches.

— Tu n'as pas eu le temps de dîner hier soir, me rappela-t-il en voyant mon sourire stupéfait. Bien. Choses sérieuses. Que s'est-il passé ?

Je lui résumai la situation : le mot latin : « Ce qui guérit l'un tue l'autre » ; les hallucinations de Gary, le lavage d'estomac raté. Je décrivis en détail sa lente agonie et nos tentatives infructueuses pour le ranimer.

J'omis Elise Vanderlaende. Ainsi que les accusations bizarres d'Alan après la mort de Gary. Sirotant son café, Hamilton posa quelques questions. Sans beaucoup m'interrompre. Avec lui, j'utilisais librement le jargon médical. Comme il le faisait lui-même.

Tout en discourant, je pris soudain conscience que si Case n'avait peut-être pas l'air au bord de la dépression nerveuse, il était sans aucun doute déprimé. Habituellement paisible et réfléchi, il le paraissait encore plus, malgré son élocution hachée. Il était assis sur le canapé, un bras sur le dossier, l'autre sur les genoux. Immobile. Une vraie statue. À la fin, il me demanda avec circonspection si on avait des pistes.

— Aucune pour l'instant, répondis-je avec autant de circonspection. Quelqu'un qui en voulait à Phil ou à moi. Peut-être un ancien malade. La police enquête.

— Ah ?

— Je préférerais attendre pour en parler, Case.

Sans me quitter des yeux, il posa délicatement sa tasse sur la table :

— Je comprends. Tu me diras tout ce que je pourrais avoir besoin de savoir le moment venu ?

— Bien entendu.

— En attendant, cet ancien malade... Pas une piste sûre, mais une éventualité ?

J'acquiesçai.

— Pour faire un diagnostic, il faut éliminer les plans hasardeux.

— Oui.

— Les chances de celui-là ?

— Case...

— Je vois. Pas ta clientèle. Celle de Phil. Vic n'a pas non plus fait état de théories. Mais je serais surpris qu'il n'en ait pas une.

Il avait le visage luisant de sueur et haletait un peu.

— Tu crois que Vittorio a des théories ?

— Disons des diagnostics de travail. S'il n'en trouve pas par déductions, il va en concocter par raisonnement inductif. Et tous les tester pour voir si l'un d'eux tient la route. Pas du genre à attendre les bras croisés, tu sais. Il faut qu'il agisse. Et agir, pour Vic, c'est se battre. Se battre jusqu'à la mort d'ailleurs.

— Quand lui as-tu parlé ?

— Hier soir. Lauren m'a appelé au cabinet.

— Un samedi soir ?

— Des problèmes très importants concernant le cabinet. Nous passons notre vie en réunions. Bien entendu, je me suis immédiatement rendu à l'hôpital. Fini par trouver Vic dans la salle d'attente des soins intensifs. Alan était avec Gary.

Quelle qu'ait été leur brouille, Case et Vittorio s'adressaient encore la parole, du moins dans les cas d'extrême urgence.

— Il faut que tu engages un détective privé. On en connaît de très bons qui sont clients du cabinet. Très discrets.

— Vittorio veut engager un détective privé ?

— Non. Il refuse même de l'envisager. Toi, tu devrais. Les flics sont surchargés.

— Je ne te suis pas. C'est toi qui devrais engager un détective, au nom de l'hôpital, si tu estimes que cela relève de son autorité, toi ou la sœur de Gary.

Hamilton se pencha en avant, les mains serrant ses cuisses au point de faire saillir veines et tendons. Son élocution s'accéléra encore.

— Le détective rendrait service à tout le monde. Je tiens aussi à ce que tu envisages une action juridique contre McNeely & Wang. Si...

— Case...

— Désolé. Tu sais, n'est-ce pas, que tu es l'exécutrice testamentaire de Gary...

Là j'étais complètement larguée. Je me souvenais vaguement d'avoir accepté d'intervenir à propos d'un petit fidéicommis que Gary avait constitué pour ses nièces s'il lui arrivait quelque chose.

— L'exécutrice testamentaire ? Moi ? Tu es sûr ?

— J'avais cru comprendre que Gary t'en avait parlé à l'époque.

— C'est toi qui as établi le testament ?

C'était pour le moins surprenant. Pourtant j'aurais juré que Gary détestait Hamilton. Mais pourquoi cette idée m'était-elle venue ?

— Oui. Il ne voulait pas que sa sœur gère ses affaires. Nous en parlerons dans une minute. Si nous menaçons McNeely & Wang de poursuites, ils seront obligés de nous donner les noms de leurs fournisseurs. Il faut éliminer l'éventualité que McNeely & Wang ait placé dans le panier les champignons que Gary a mangés. S'ils ont des fournisseurs dignes de confiance...

— Case !

Il sortit un mouchoir et s'essuya le front.

Pendant ce temps-là, j'essayais de me remémorer ma conversation avec Gary au sujet de son testament. Je n'arrivais même pas à me rappeler quand elle avait eu lieu. Pourquoi m'avoir désignée, moi, comme exécutrice, au lieu de faire appel à Alan ou à Vittorio ? Gary était tout aussi proche d'eux – en fait, plus – et Vic était celui qui possédait le savoir-faire financier.

Pourquoi Gary serait-il allé demander à Case de lui établir son testament s'il le détestait tant que ça ?

— Le fait maison, le produit du cru sont un des fers de lance du marketing de ces traiteurs, disait Case quand je revins à la réalité. Les produits du terroir ont plus de goût que ceux importés par les grossistes. On ne peut pas comparer des champignons venant de France ou d'Italie à, par exemple, des chanterelles cueillies... (Hamilton n'avait pas dû dormir de la nuit. Il parlait fort.) hier dans le Connecticut. Le seul point important est d'avoir des cueilleurs de toute confiance. Il faut donc vérifier les références des cueilleurs de McNeely & Wang. Je pense que ce serait une bonne idée de mener une enquête discrète, afin d'éliminer tout scénario d'employé mécontent cherchant à se venger.

Avait-il déjà engagé un détective privé ? Sans consulter personne, ni Vittorio ni moi ?

— Attends un peu. Là, tu pars du principe que Vittorio était la victime visée. Tu traites l'assassinat de Gary comme un problème relevant de l'hôpital parce que Vic fait partie du conseil d'administration.

Hamilton sursauta.

— Pas du tout. Je dis simplement qu'il est important d'envisager toutes les hypothèses possibles. De toute façon, si Phil ou toi étaient les personnes désignées, cela resterait toujours un problème relevant de l'hôpital.

Je l'écoutais bouche bée.

— Le détective privé, les cueilleurs et les employés du traiteur, c'est juste un écran de fumée. Qu'est-ce que tu me caches, Case ? Pourquoi penses-tu que Vittorio était visé ?

— Si j'ai donné cette impression, j'en suis désolé. Peut-être as-tu, toi, des raisons de penser que Vittorio était visé ? C'est ça ?

— Non. Attends. Tu ne vas pas me faire croire que tu es convaincu que quelqu'un de la faction Mount Scopus a envoyé chez moi un panier de champignons vénéneux rien que pour tirer à vue sur la faction St. Eustace en la personne de Vittorio von Laue !

— Je n'ai rien dit de tel.

— Bien entendu. Mais tu cherches à me faire croire que c'est ce que tu penses.

— Il est parfaitement impensable que l'un de mes confrères soit capable d'empoisonner quelqu'un, insista Case, la voix tendue par l'émotion. Je les juge incapables d'empoisonner qui que ce soit.

Avait-il, lui, besoin de se persuader qu'il était incapable d'empoisonner quelqu'un ? Non. Mais il avait peut-être besoin de m'en convaincre.

— Case, venons-en au fait, sans passer par la case départ, ni récolter deux cents dollars. Tu es en train de créer un écran de fumée pour détourner les soupçons de toi-même, parce que tu as raconté à qui voulait l'entendre cette histoire à propos du cuisinier de ta mère et ses célèbres champignons sur toasts. Tu as peur qu'on ne finisse par se dire : « Hum ! Quel est le lien ? »

— Ev, je t'en prie, ce n'est pas juste.

— Le problème n'est pas de savoir si c'est juste ou

non. C'est toi l'avocat, Case ; réfléchis-y. Certains vont y voir une analogie et se dire que, peut-être, tu voulais empoisonner Vittorio. Ou Alan.

La peau du visage de Case parut se tendre.

— C'est parfaitement ridicule, fit-il d'une voix égale.

— Pas plus que tout ce non-sens à propos du détective privé, des cueilleurs et des fournisseurs de McNeely & Wang, ripostai-je. Tu ferais mieux de répéter ta réfutation avec moi au lieu d'essayer de noyer le poisson.

Case me contemplait, partagé entre l'indignation et l'horreur.

— Certains disent que c'est toi qui as envoyé ce panier, Case. Que Vittorio et toi avez eu une brouille. Dont Alan est peut-être l'instigateur. De sorte que l'un ou l'autre peut être celui que tu visais. Et que comme Vic et toi avez été incapables de régler vos différends, tu as peut-être cru qu'en éloignant Alan quelques semaines tu avais une chance de trouver un terrain d'entente avec Vic.

Il y eut un long silence. Un professeur de la faculté de médecine nous avait un jour donné le conseil suivant : « Ne remplissez pas les blancs du malade. » J'appliquai cette consigne. J'attendis.

Case se leva et s'approcha des fenêtres. Les mains fourrées dans les poches de son jean, il se perdit dans la contemplation de la vue : Riverside Drive, l'Hudson et, sur l'autre rive, le New Jersey.

Soudain la mémoire me revint.

Gary ne détestait pas Case. Il le connaissait à peine. Mais il avait écouté avec sympathie les incessantes plaintes d'Alan à propos des petites mesquineries d'Hamilton. En fait, Gary avait continué à prêter une oreille compatissante alors que cela faisait longtemps que ma patience s'était émoussée. Et il avait toujours donné le même conseil : Il faut que tu amènes Vittorio à prendre ton parti. Vic ne peut continuer à trouver des excuses au comportement de Case. Pose un ultimatum : c'est toi ou Case.

Gary avait dit de Case, un jour : « C'est un homme

en colère. Il n'a jamais raté une occasion de rater une occasion. »

Ou encore : « Alan, il faut que tu arrêtes de recourir à cette sorte de communication indirecte avec lui. »

Me tournant toujours le dos, Case me demanda soudain :

— Est-ce que je te parais avoir toute ma tête, Ev ?

— Oui.

— En pleine possession de mes moyens ?

J'hésitai.

— Non. Tu me parais passif et indécis. Bloqué.

— Paniqué ?

— Euh...

— Au bout du rouleau ? Capable d'actes ignobles ?

— Je ne sais pas. Arrête de tourner autour du pot, Case. Vide ton sac.

— Ma chère madame, fit Case en se tournant vers moi, je tiens à vous informer que je suis un homme désespéré.

Alan avait raison. Case ne s'était jamais montré à moi que sous son bon jour.

Jusqu'à maintenant.

14

Vittorio von Laue avançait au pas de charge.

— Pas étonnant que le système de santé de ce pays soit un tel capharnaüm, marmonnait-il en serrant l'épaule gauche de son blazer bleu marine dont la manche vide claquait au vent. Même la foutue bureaucratie égyptienne fonctionne mieux.

— Je ne vois pas de quoi tu parles, Vic, dis-je en m'efforçant de rester à sa hauteur.

— Peu importe. Ton bonhomme sait que nous venons ? Mon bonhomme !

— Oui, il nous attend à 9 heures précises.

J'étais debout depuis à peine deux heures, et déjà la journée me paraissait interminable. Et pourtant, il faisait un temps superbe. Douceur, soleil, ciel bleu cobalt. J'avais mal au crâne à cause du bourbon de la veille. Ça, au moins, c'était en accord avec mon humeur.

J'étais encore secouée par ma conversation avec Case Hamilton.

J'avais aussi échangé deux mots avec Phil au retour de son jogging. Douche, petit déjeuner, et il était aussitôt reparti pour l'hôpital où il se proposait de réunir des renseignements sur Elise Vanderlaende pour les enquêteurs.

J'avais reçu un appel de l'inspecteur Ost qui m'annonçait qu'il plaçait deux policiers en faction devant chez moi parce que mon appartement était considéré comme le lieu du crime. Il n'arriverait qu'à 10 heures. Bien entendu, j'étais libre de pénétrer chez moi, mais peut-être préfèrerais-je attendre sa venue, puisque les deux flics étaient censés surveiller le moindre de mes gestes si je décidais d'y entrer. Enfin, c'était à moi de voir.

J'avais accepté de retrouver Ost à 10 heures.

— Comment il s'appelle déjà ? demanda Vittorio.

— Sava Hadzic.

— Origine ?

— Serbe.

— Des données sur son compte ?

— Sa femme était musulmane. Elle a été violée et tuée par des Serbes. Apparemment, le père a lancé des gangsters aux trousses de Sava pour venger sa fille. Sava s'est échappé à la dernière minute, il a failli mourir de faim dans la forêt avant de finir par rejoindre la Croatie. Il est ici depuis à peu près un an.

— Tragique. Tu crois à son histoire ?

Je comptai jusqu'à cinq.

— Nous sommes décidément dans une forme excellente ce matin.

Vittorio ignora ma remarque. Cela lui arrivait souvent. Il poursuivit son interrogatoire sur Sava. Posant des questions parfaitement hors de propos.

— Et où est-il allé hier ?

— Chez sa sœur dans le Queens.

— Où Phil l'a joint par téléphone.

— C'est ça.

Après un coup d'œil à droite et à gauche, Vittorio traversa Amsterdam Avenue, toujours au pas de charge, malgré le feu vert, en levant son bon bras pour arrêter les voitures comme un flic. Et, bien entendu, son autorité naturelle fit le reste. Les voitures pilèrent docilement.

Je continuais à courir derrière lui. Fidèle à lui-même, Vittorio était tiré à quatre épingles : blazer, chemise blanche bien repassée, foulard jaune, pantalon de flanelle grise et mocassins à pompons. Je suivais en jean, chemise bleue, pull marron bouffé aux mites et chaussures de jogging. Ma tenue de week-end. Après tout, nous étions dimanche. Mais si Vittorio possédait quoi que ce soit de décontracté, je ne l'avais jamais vu avec.

Il était toujours bien habillé, même pour une occasion quelconque.

À la résidence des médecins, Vittorio ouvrit la porte d'un coup sec et sonna à l'interphone du gardien.

— Il n'a jamais eu d'ennuis avec la justice, n'est-ce pas ? demanda-t-il quand Sava nous fit entrer. Son permis de séjour est en ordre ?

— Oui, Vic, soupirai-je.

Sava Hadzic nous attendait en bas de l'escalier du sous-sol. La vingtaine, petit brun aux paupières tombantes, il portait un jean, une chemise en flanelle et des bottes de chantier. Avec ses allures de gitan, Sava donnait l'impression d'être un roublard, ce que Vittorio n'apprécierait pas, je le savais. Je me préparai à intervenir en cas de besoin.

Hadzic était dévasté.

— Je suis vraiment désolé pour vous, docteur, dit-il en me faisant un baisemain. C'est de ma faute, pardon.

— Ce n'est pas votre faute, Sava.

— Si. Monsieur Gary a été empoisonné à cause de ce panier.

— Je suis sûre que la police arrêtera celui qui l'a envoyé. Vous n'êtes pas responsable.

— La police garde votre porte. Appartement sous scellés. Désolé.

— Il faut qu'ils fassent leur enquête. Nous les ferons entrer quand les inspecteurs arriveront. Sava, je vous présente Vittorio von Laue, l'ami de mon frère Alan.

Sava s'inclina, raide, en claquant des talons. Il écarquilla les yeux en voyant l'attelle et le fixateur externe sur le bras de Vittorio, puis détourna poliment le regard.

— Je suis désolé, monsieur, donnez-vous la peine d'entrer.

Nous pénétrâmes dans le modeste studio. Si les meubles étaient rares, une propreté scrupuleuse y régnait, et Sava venait visiblement de briquer le sol. Une banquette-lit couverte de coussins brodés contre un mur faisait face à deux fauteuils de récupération. Posée sur un tapis d'Orient effiloché, une sorte de caisse, drapée d'un châle en laine colorée, faisait office de table basse. Derrière un rideau de douche, dans une alcôve qui servait de cuisine, un réfrigérateur bourdonnait.

Quels que fussent ses défauts, lorsqu'il le voulait bien, Vittorio était courtois et respectait le savoir-vivre des autres. Il sourit poliment pendant que Sava s'agitait autour d'un plateau turc étincelant et distribuait des assiettes de confiture de cerise et de biscuits, avant de nous servir du thé brûlant et sucré. Vittorio en but une gorgée, étala de la confiture sur un biscuit, et certifia à Sava que nous ne le tenions pas pour responsable de la mort de Gary. Il s'enquit de la santé de sa sœur dans le Queens. Il admira une vue de Sarajevo scotchée au mur. Il remercia Sava de son hospitalité, chanta les louanges de sa confiture et lui demanda s'il l'avait faite lui-même. Il évoqua brièvement les récentes pluies et l'humidité ambiante.

Sava me jeta un coup d'œil, visiblement impressionné que je connaisse ce personnage important qui honorait de sa visite son humble demeure.

— Monsieur Hadzic, finit par dire Vittorio en posant son verre, courage. Décrivez-nous la suite des événements après qu'on vous a livré le panier de légumes.

— Bien sûr, répondit Sava en reposant son propre verre. J'ai déjà décrit pour la police. Un docteur de l'hôpital est venu chez moi avec panier hier matin, vers 7 heures. Le docteur était déguisé en Halloween avec perruque et lunettes de soleil, et il m'a dit un cadeau pour vous, Dr Sutcliffe et Dr Carchiollo, pour votre anniversaire. J'étais content parce que je ne savais pas que vous étiez mariés.

— Comment savez-vous que c'était un médecin ?

— Il portait blouse blanche et badge de l'hôpital.

— Un badge de l'hôpital ? Vraiment ? Il vous a dit son nom ?

— Eh bien, il a dit qu'il s'appelait le Dr Moskowicz et c'était le nom sur le badge, mais... (Sava agita la main, l'air de dire que ce n'était pas clair.) J'ai pensé que cela faisait partie du tour.

— Vous voulez dire qu'il vous a joué un tour avec le panier ?

— Non. Pour Halloween. Un tour contre des bonbons. Il apporte le panier, oui ? Pour votre anniversaire, pour les bonbons. (Il fronça les sourcils en tentant de rassembler son vocabulaire. Généralement, Sava comprenait mieux qu'il ne parlait, et il recourait souvent à des mots français ou allemands lorsqu'il ne connaissait pas l'équivalent anglais.) Je vois qu'il est bizarre. Mais difficile à comprendre pour moi parce que je suis serbe et que c'est une blague américaine. C'est pour ça que je dis tour pour Halloween. Peut-être un docteur, peut-être pas. Peut-être Moskowicz, peut-être pas. Perruque, d'accord, pour Halloween. Drôle de voix comme opéra, bien pour Halloween. Lunettes de soleil par jour de pluie : Halloween. C'est ce que je me dis. Il m'a donné cinquante dollars et j'ai mis panier dans votre frigo. Je suis vraiment désolé, conclut-il en sortant un portefeuille de sa poche. (Il compta gravement cinq billets de dix dollars qu'il posa sur le plateau.) Prenez cela, s'il vous plaît.

— Non, vous gardez l'argent, Sava. Pouvez-vous nous le décrire ?

— Pas aussi haut que vous, monsieur, mais peut-être aussi haut que vous, docteur. Pas lourd. Et comme j'ai dit, perruque et lunettes de soleil.

— Quel genre de perruque ?

— Normale. Pour les chauves. Mais pas première *stoff*.

— Pas de bonne qualité ?

— C'est ça, oui.

— Du bas de gamme ?

— Bas de gamme, répéta Sava en souriant.

Il se jetait avec voracité sur la moindre expression nouvelle pour lui.

Vittorio s'éclaircit la gorge.

— Autre chose à propos de son aspect ? continuai-je.

— J'y ai réfléchi, mais je n'ai pas regardé de trop près et à cause de la perruque bas de gamme et des lunettes de soleil, je n'ai vu qu'une partie de son visage et je ne sais pas de quelle couleur sont ses cheveux.

— Vous dites qu'il déguisait sa voix, lui souffla Vittorio. Vous pourriez nous en dire plus ?

— *Basso profundo,* dit Sava avec imitation à l'appui.

Vittorio hocha pensivement la tête.

— Je vois. Avez-vous pensé que peut-être cet homme n'était pas dans son état normal ? Fou ? Trop de vodka ? Trop de pilules ? De la cocaïne ?

Sava réfléchit :

— Peut-être de la cocaïne. Parlait vite, un peu bizarre.

— Certains troubles mentaux ressemblent aux effets de la cocaïne, dit Vittorio.

Je posai mon verre sur le plateau. Où Vic voulait-il en venir ?

— Diriez-vous un trouble mental ressemblant aux effets de la cocaïne, ou usage de cocaïne ?

— Peut-être trouble mental.

Je haussai les sourcils.

— Et ce *basso profundo*, vous pensez que l'homme déguisait volontairement sa voix ou que celle-ci était affectée par le trouble mental ?

J'allais demander s'il n'aurait pas pu s'agir d'une femme s'efforçant de se faire passer pour un homme, mais je préférai attendre la réponse de Sava qui réfléchit un instant.

— Je ne sais pas. Excusez-moi, monsieur, mais êtes-vous police spéciale ?

— Pas du tout, dit Vittorio avec un sourire en reprenant son verre de thé. Le Dr Carchiollo a des clients fous, comme vous le savez.

— Ah oui ! dit Sava, tout en continuant à contempler Vittorio avec perplexité.

Perplexité que je partageais.

C'est alors que je remarquai que Vittorio avait fermé boutique. Il avait l'art de descendre le rideau de fer lorsqu'il voulait dissimuler le fond de sa pensée ou qu'il craignait de trahir ses émotions. Un visage sans expression. Exprès.

Ce salaud, il savait qui avait envoyé le panier.

15

— Non, c'est maintenant que je veux parler, dis-je à Vittorio en le prenant par son bras valide.

Nous étions plantés sur le trottoir devant la résidence des médecins. De l'autre côté de la rue, des garçons de salle et des secrétaires faisaient des allers et retours au pas de course entre l'hôpital et le stand du vendeur de hot dogs. Des piétons nous contournaient. Un SDF, un de mes patients, faisait la manche devant la pharmacie : « À votre bon cœur ! C'est une mitzvah ! C'est bon pour votre karma ! Déductible des impôts ! » Un autre habitué du quartier, un épouvantail flottant dans une tunique et un pantalon trop larges qui s'enveloppait la tête d'un keffieh comme Yasser Arafat, passait furtivement d'une porte cochère à la suivante. Au milieu de la rue, un flic réglait la circulation des cars de touristes affluant vers la cathédrale. Un camion sanitaire émit des bip en reculant, ce qui attira momentanément mon attention.

Je revins à l'homme au keffieh. Pouvait-il s'agir d'une femme ? Elise ?

— Eh bien, parle, je t'écoute, dit Vittorio.

Je me tournai vers lui tout en surveillant le keffieh du coin de l'œil. J'attendais depuis longtemps l'occasion de dire ma façon de penser à Vic.

— Il y a plusieurs choses dont je veux discuter avec toi, lui lançai-je d'un ton sans réplique. (Je ne lui tenais généralement pas tête comme ça. Mais la mort de Gary m'enhardissait.) C'est devenu un vrai rituel entre nous de faire la paix pour Alan. Après un malentendu causé par ta brusquerie, ton manque de patience, ou encore ton absence de sensibilité. Et j'en ai assez. Pour une fois j'ai envie d'avoir une discussion franche et normale avec toi, et le moment est venu.

Le keffieh approchait. Je lui jetai un coup d'œil. J'eus l'impression qu'il me dévisageait avec curiosité derrière ses grandes lunettes genre aviateur. Il ? Non, elle. C'était une femme, sans l'ombre d'un doute. Elle poursuivit son chemin. Je sentis son regard me transpercer le dos.

— Très bien, dit Vittorio, l'air un peu déconcerté par ma proposition. On va chez Sami ?

En entrant dans la salle bondée, je me retournai. Plus de trace de keffieh. Le cœur battant, je repérai deux tables vides près de la fenêtre et m'assis à l'une d'elles. Face à l'extérieur. Pour pouvoir la guetter.

Vic commanda un expresso pour lui et un café au lait pour moi.

— Bien, au fait !

— Tu sais qui a livré ce panier.

— Non, pas du tout.

— D'accord. Tu crois savoir.

— Je ne le sais pas et je n'ai pas envie d'émettre des hypothèses.

— Vic, hier tu m'as dit que tu avais besoin de mon aide pour découvrir qui avait envoyé ce panier. Je suis prête à t'aider. En fait, ce serait bien que nous nous aidions mutuellement. Gary était un de mes meilleurs amis. Il était l'un des tiens. Pour lui, Alan et toi faisiez partie de la famille. En plus, Gary était l'un des rares à te faire rire. Tu n'es pas vraiment détendu avec les gens, tu sais, Vic. Ceux qui parviennent à te dérider devraient donc t'être précieux.

En maître de l'univers, il avait fait baisser les yeux à plus fort que moi. Il ne s'agita pas, ne détourna pas le regard, n'eut pas l'air choqué, ni nerveux. Mais ses émotions perçaient son masque comme des volutes de fumée s'échappant d'un incendie invisible.

— La personne qui a livré le panier est quelqu'un que tu connais, quelqu'un dont tu soupçonnes qu'il a besoin d'un traitement psychiatrique. Et tu es très en colère.

— Bien sûr que je suis en colère. Tu crois que si je ne tiens pas à te faire partager ma colère, je ne la ressens pas ? Depuis quand as-tu une sorte de droit sur mes émotions ?

— J'ai simplement la sensation très nette que tu me dissimules ce que tu ressens pour une raison liée à la mort de Gary, répliquai-je en élevant la voix.

— Parle plus bas.

Une jeune femme s'assit à la table voisine, dos à nous. Probablement une étudiante ; elle fit signe au garçon, ouvrit un manuel et un carnet et se mit à écrire.

— Ce que je ressens a effectivement un lien avec la mort de Gary, reprit Vittorio en se penchant vers moi. Oui, je suis en colère. Oui, je suis bouleversé. Mais tu interprètes mal. Passons à autre chose.

— D'accord, à défaut d'émotions, fais-moi au moins partager tes pensées.

Il me dévisagea.

— Je m'étonne de n'avoir encore jamais vu cet aspect de toi, Ev. Mais, bien sûr, c'est ton personnage des urgences. Fort, autoritaire. Pas mal. Je suis impressionné.

— Vic, sifflai-je entre mes dents. Qui a livré le panier ?

— Il n'est pas question que j'émette des hypothèses, répéta-t-il. Je ne pense pas que cela serve à grand-chose. Je méprise les commérages intempestifs. Des réputations sont en jeu, surtout si l'inspecteur Ost continue à prétendre que l'empoisonneur fait partie de notre cercle d'intimes. J'aimerais autant que nous agissions avec discrétion.

Je commençais à envisager sérieusement d'empoisonner Vittorio moi-même. Ou du moins à le saouler, ou à glisser un peu de scopolamine dans son café – on sait que la scopolamine a des effets de sérum de vérité – pour l'amener à baisser la garde. Qui s'exprimait ainsi ? Ce type cultivait-il l'arrogance et les airs pompeux, ou était-ce inconscient chez lui ? En le regardant déchirer un sachet de sucre de sa main valide, j'eus l'impression d'avoir affaire à un Napoléon Bonaparte maussade. Non, c'était Nelson qui avait perdu un bras. Et un œil. Un bandeau, voilà le cadeau à faire à Vittorio, cela irait bien avec sa manche vide.

Le garçon nous apporta nos cafés.

— Je trouve étrange que depuis le début tu ne m'aies pas demandé une seule fois mon avis sur l'identité du livreur de panier. À croire que c'est toi le coupable.

— Ne sois pas ridicule !

— Alors pourquoi ne proposes-tu pas de théories ? Case Hamilton en a, lui. Plein, en fait.

— Dont tu ne prends aucune au sérieux, bien sûr. Il lance des coups de sonde, dit Vittorio qui prit sa tasse et souffla sur son café avant de la reposer. Tu as étudié Shakespeare. Case ne te rappelle pas un peu Hamlet ?

— Dans quel sens ?

— Il porte tout le poids du monde sur ses épaules sans savoir trop bien qu'en faire. Un grand indécis. Et je regrette de le dire, souvent inefficace lorsqu'il finit par agir. Mais peut-être est-ce une chance pour nous.

— Pourquoi vous êtes-vous brouillés ?

— Nous ne nous sommes pas brouillés ! Nous sommes comme des frères. Et il arrive que des frères se querellent.

Il y eut un silence. Je cherchais encore un moyen de poser des questions que Vittorio avait déjà posées à Sava et à Elise Vanderlaende. Mais la comparaison de Case à Hamlet m'avait distraite.

— Hamlet avait raison, tu sais. Il a toujours su qui était l'empoisonneur.

— Seulement parce que son père lui est apparu pour le lui révéler. Il ne l'a pas découvert tout seul. Où veux-tu en venir, Ev ? Tu ferais mieux d'en parler pendant que tu me tiens.

— D'accord. Tes théories. Tu méprises celles d'Hamilton, pourquoi ne pas me faire part des tiennes ?

— Tu as déjà posé cette question. Je n'ai pas de théories.

— Si, tu en as. Tu as dit à Sava que Phil avait des patients fous.

— J'énonçais un fait. Ce n'était pas une théorie.

— Et Alice au pays des merveilles ?

Gary avait pu parler d'Elise Vanderlaende à Alan et à Vittorio. Mais je ne le pensais pas. Gary distinguait méticuleusement tous les « renseignements », comme il disait, en deux catégories : ragots et non-ragots. Il ne trahissait jamais un secret.

— Quoi, Alice au pays des merveilles ?

J'essayai de lire son expression.

— De qui tu parles ? reprit-il.

— D'une patiente givrée de Phil. Puisque tu as l'air d'en savoir si long sur sa clientèle !

— Je ne sais rien de particulier, fit-il sans chercher à masquer son exaspération. On peut passer à autre chose ? Et ensuite ?

Je décidai provisoirement que Vic n'était pas au courant pour Elise.

— Tu penses que Case a besoin d'un traitement psychiatrique ?

— Certainement pas.

— Et cette théorie d'Alan voulant que Case ait eu une sorte de dépression et...

— Alan est à bout. Les tensions entre Case et lui le préoccupent depuis quelque temps, et la mort de Gary...

— Est-il possible que Case ait envoyé les champignons dans l'intention de t'empoisonner, toi ? demandai-je doucement.

— Mais qui te met des idées pareilles en tête ? Est-ce que tu serais aussi crédule si on te suggérait un diagnostic et un traitement pour un de tes malades aux urgences ? Je ne le crois pas.

— Est-ce que Case est en colère pour ton testament ?

— Mon testament est mon affaire. Je ne vais certainement pas en discuter avec toi.

Il était temps de changer de tactique.

— Tu as reçu des menaces ?

— Comment cela ? fit-il, à présent méfiant.

— Des mots menaçants glissés sous la porte de ton appartement ? Reçus par la poste ? Déposés dans ton casier à l'hôpital ?

— Aucun.

— Et si je te dis : « ce qui guérit l'un tue l'autre » ?

— Tu me demandes qui en est l'auteur ? Ce n'est pas un vieux proverbe anglais ?

— Lucrèce. (Soudain j'explosai :) Je ne vois pas pourquoi tu voudrais que je sois plus franche avec toi que tu ne l'es avec moi. En outre, c'est tellement égocentrique de ta part de partir du principe que tu es la personne visée par l'empoisonnement, sans demander ni à Phil ni à moi si quelqu'un n'essaierait pas de nous empoisonner, nous.

Il en resta bouche bée.

— Je ne pense rien de tel ! Pourquoi voudrait-on m'empoisonner ? C'est un non-sens total. Et peu importe. C'est Gary qui a mangé les champignons hallucinogènes...

— Si, la personne visée a de l'importance.

— Parle moins fort.

— Je vais te dire quelles sont les questions à poser : un, qui a livré ce panier ? Deux, pourquoi ? Et corollaire de deux, Gary était-il celui qui devait mourir ? Je ne pense pas. Toi non plus. Donc qui ? J'ai mes idées là-dessus, seulement permets-moi de souligner que tu ne t'en es pas enquis. Ce qui m'amène à penser que tu le sais déjà.

Il avait retrouvé son impassibilité.

— Nous avons déjà parlé de ça. Ne perdons pas de temps à nous répéter ou à tourner en rond.

— Vic, tu es vraiment impossible, je t'assure. C'est incroyable que personne n'ait essayé de t'empoisonner.

— Charmant, merci. Question suivante ?

Je me tus le temps de reprendre mes esprits. Il considérait sa propre colère comme une force. Et celle des autres comme une faiblesse à exploiter. Et il venait d'exploiter la mienne.

— Est-ce que tu en sais aussi long que Lauren Sabot et Case et Jackie Hamilton sur les champignons ?

Il regardait par la fenêtre, son attention attirée par une ambulance qui passait, mais je le vis se raidir. Il se reprit immédiatement. Il se détendit et tourna la tête vers moi.

Nous jouions maintenant au premier qui céderait.

— L'histoire du cuisinier des Hamilton et des champignons sur toasts, finis-je par dire.

— Grands dieux ! Ce n'est pas la peine de revenir là-dessus !

— Je pense que si. Je vais t'expliquer. Case Hamilton m'a dit ce matin qu'il est complètement, totalement ruiné. L'année dernière, Lauren Sabot lui a racheté sa maison. Elle vivait dans les communs et versait un loyer aux Hamilton. Maintenant, Case et Jackie lui versent un loyer pour continuer à vivre dans la maison principale. Bientôt ils n'en auront même plus les moyens. Il a deux hypothèques sur l'appartement de New York. Environ vingt comptes à découvert. Et pour couronner le tout, son cabinet est en train de boire le bouillon. Jeudi soir, ces associés ont voté la dissolution du cabinet à partir du 31 décembre. Ils n'arrêtent pas de se réunir depuis. Officiellement, on parle de cessation d'activités. En fait, les associés s'attendent à se retrouver au tribunal de commerce pour faillite dès le 1er janvier. Case ne te l'a pas dit ?... Tous ceux que Case connaît ont entendu l'histoire du cuisinier et des champignons. Tu méprises les ragots intempestifs ? Des réputations sont en jeu ? Attends un peu que le bruit se répande qu'il y a encore deux ans, avant que tu ne modifies ton testament sans le prévenir, Case devait hériter de toute ta fortune s'il t'arrivait quelque chose.

— C'est un non-sens total, bredouilla Vittorio. Tu es très mal informée sur mon testament et, de toute façon, cela ne te regarde pas !

— Le poids du monde sur ses épaules sans trop bien savoir qu'en faire. Un grand indécis... souvent inefficace lorsqu'il finit par passer à l'action. Ce portrait semble convenir, à mon avis, à quelqu'un qui pourrait envoyer un panier composé de trois ou quatre sortes de champignons comestibles, une poignée d'hallucinogènes, et deux amanites phalloïdes. Malheureusement, nous n'avons pas eu de chance. Gary est mort. Tu aimerais faire des hypothèses sur les titres qu'en tireraient les journalistes du *Post* ?

Il y eut un silence étrange après cela. J'avais l'impression de ne pas avoir vraiment remporté la joute verbale. Les coudes sur la table, les mains jointes devant moi, j'attendais que Vittorio réagisse en le fixant d'un regard belliqueux.

Lorsqu'il reprit la parole, ce fut sur un ton conciliant. Comme d'habitude, sans vraiment présenter d'excuses, il réussit à faire passer l'idée qu'il regrettait de m'avoir contrariée et qu'il tenait à s'amender. En ce qui concernait Case Hamilton, Vic admettait qu'il ferait un coupable idéal aux yeux de pas mal de gens. « Mais ce que font les grands fait parler les petits. » Il avoua que Case et lui avaient été en froid et que c'était peut-être l'occasion de régler leurs différends. Case était un vieil ami qui connaissait si bien Patricia et peut-être, au début, n'avait-il pas bien pris son remplacement – mais avec le temps, ces choses s'arrangeaient, et Alan et Case étaient tous les deux des individus raisonnables qui finiraient sans aucun doute par trouver un terrain d'entente.

— Mais, ma chère Evelyn, conclut Vittorio. Rome n'a pas été construit en un jour. Il ne faut pas espérer avoir des réponses à tout en vingt-quatre heures. La mort de Gary a bouleversé tout le monde. Tu vas te rendre compte que les gens sont vulnérables et qu'ils se protègent. Tout le monde ne va pas te parler franchement.

— Toi inclus.

— Moi inclus.

Il m'accorda l'un de ses rares sourires éblouissants. Je compris soudain – ce qui m'arrivait parfois, mais pas souvent – pourquoi Alan était amoureux de lui malgré ses nombreux défauts.

— Même un médecin des urgences est parfois obligé d'attendre. Je ne pense pas que tu aies reçu tous les résultats d'analyses de Gary. Peut-être révéleront-ils un fait nouveau qui rendra cette conversation complètement caduque.

Malgré moi, je m'adoucis. Ma colère s'évanouit. Si Vittorio était aussi évasif, c'était dû à son habitude de cacher son jeu. Il n'était pas du genre à se confier. Il ne l'avait jamais été. Et je ne pourrais rien y changer.

Nous finîmes agréablement notre café. Vittorio suggéra que l'on se retrouve pour dîner chez Alan et lui, avec des amis. Un bon moyen de nous réconforter mutuellement et d'échanger des souvenirs sur Gary. Il en avait touché un mot à Alan.

— C'est très gentil, Vic.

Vittorio paya la note et nous sortîmes sur le trottoir. Il me serra la main, puis m'embrassa sous l'emprise d'une impulsion. Il arrêta un taxi et grimpa dedans. Me fit au revoir de la main.

L'étudiante qui était assise à côté de nous sortit à son tour du café. Un instant, elle me regarda d'un air perplexe, comme si elle allait m'adresser la parole. Puis elle continua son chemin.

Elle me rappelait quelqu'un. Environ de ma taille, mince, peu de poitrine. De longs cheveux blonds relevés en queue de cheval. Pantalon et col roulé noirs. Un grand sac en bandoulière où l'on peut fourrer une garde-robe de week-end complète, noir lui aussi. Une démarche légère. Un dos bien droit. Les pieds légèrement en canard. Toutes les caractéristiques d'une danseuse classique.

Elise ?

Elle se retourna et m'adressa un signe de la main juste avant de s'engager dans la 113e rue Ouest.

Je me ruai à sa poursuite. Mais arrivée à l'angle, je ne l'aperçus nulle part.

Je descendis rapidement la rue, vérifiant les escaliers des sous-sols, jetant un coup d'œil dans les entrées. Je courus jusqu'à Broadway où flânait la foule du week-end.

Pas de blonde en noir ni dans la foule, ni dans la queue devant le distributeur automatique.

Pas de keffieh.

— À votre bon cœur, plaida une voix familière.

Mon patient SDF. Je lui donnai un dollar.

À bout de souffle, jurant dans ma barbe, je rentrai à la résidence des médecins pour mon rendez-vous avec l'inspecteur Ost.

16

— Ruser pour s'introduire chez quelqu'un quel que soit le moyen employé peut toujours être considéré comme un cambriolage dans une intention malveillante, disait la voix tonitruante de Craig quand je sortis de l'ascenseur à mon étage.

Mon frère, le procureur adjoint. On l'entend toujours à des kilomètres. Toujours tiré à quatre épingles, même le week-end. Complet, chemise rayée avec col blanc, mocassins.

Son discours justement indigné au nom de la pauvre victime bafouée était très au point. Yeux bruns lançant des éclairs. Narines dilatées. Un léger tremblement dans la voix. Il jouait l'émotion tout en se maîtrisant parfaitement (pas question que la passion triomphe de la raison dans un tribunal). Quelques centimètres de moins que moi mais vingt-cinq bons kilos de plus – rien que du muscle –, il était tendu comme un arc, telle la réincarnation d'un de ses héros de cinéma préférés, Spencer Tracy. Gregory Peck. La parole est à la défense ! Et comment ! La justice aura gain de cause.

Craig était en train de discuter avec deux policiers en uniforme devant la porte de mon appartement barrée d'un ruban jaune. À leur attitude, on comprenait que l'un était à l'aise et l'autre non. Typique. Il suffisait qu'il y ait deux personnes dans une pièce pour que Craig s'en fiche une à dos.

— Objection ! m'écriai-je.

— Arrêt cardiaque ! Ouvrez-moi ce thorax, cria-t-il en retour.

Il courut vers moi et me prit dans ses bras. Comme d'habitude, il faillit m'étouffer, puis me ficha une grande claque dans le dos qui me déplaça quelques vertèbres.

Contrairement à Alan et moi, Craig était très physique. En fait, il était notre antithèse sur tous les plans. Nous étions minces, lui bien en chair. Nous étions grands, lui petit et râblé. Nous étions gentils et faciles à vivre – le plus souvent, du moins –, lui impertinent et culotté. Même ses cheveux semblaient se dresser sur sa tête. Il arborait une crinière brune qui ondulait les bons jours et frisottait de manière incontrôlable les mauvais. Mais on savait au premier coup d'œil qu'il était notre frère. Même nez, même front. Même forme d'yeux, bien que ceux de Craig fussent presque noirs, alors que ceux de Alan et moi étaient noisette.

Craig avait beau avoir cinq ans de moins que moi et un de moins qu'Alan, on le prenait généralement pour l'aîné – probablement à cause de sa tendance à la ramener.

— Comment ça va, la petite ? me demanda-t-il en me relâchant enfin. Tu tiens le coup ?

Je grimaçai.

— Couci couça.

— Oui, moi aussi. J'ai chialé comme un môme hier soir. Maintenant j'attends que l'autre chaussure tombe. Alan est un vrai zombie, tu l'as vu ?

— Pas depuis hier soir.

— Il a fichu le feu à un torchon ce matin. Il a mis une poêle vide sur le feu, l'a oubliée, après il l'a posée sur le torchon. Lequel s'est embrasé. Je lui ai dit de dégager de la cuisine, parce qu'il était frappé d'incompétence temporaire. J'ai appelé Jackie à la rescousse. La femme de Case Hamilton. (Alan haïssait peut-être Case, mais il adorait Jackie.)

— Elle est venue ?

— Oui. C'est une sympa, me dit-il en me prenant par le bras. Pas comme son imbécile de mari. Hé, messieurs, voici ma sœur, le Dr Evelyn Sutcliffe. Ev, Seth Yakir et Bud Pedersen.

Une drôle de paire, ces deux-là. Yakir était d'origine indéterminée, un mélange de plusieurs peut-être, avec des yeux bruns en amande, alors que Pedersen semblait débarquer directement du fin fond de l'Amérique. Un gosse constellé de taches de rousseur. Où la police de New York allait-elle les chercher ?

— Madame, dit Yakir gentiment.

Pedersen hocha la tête pour être poli tout en nous dévisageant de son regard de flic.

— Périmètre interdit, madame. Je ne peux pas vous laisser entrer. Il faut que vous attendiez les inspecteurs.

— J'ai parlé à l'inspecteur Ost. Il m'a dit que je pouvais entrer si je le désirais, mais que vous me suivriez pas à pas en surveillant mes moindres gestes.

— Je préfère pas, madame, fit Pedersen.

— Oh ! Pourquoi on la laisse pas entrer, Bud ? demanda Yakir. (Il m'adressa un grand sourire en me faisant signe d'ouvrir la porte.) Faites pas attention à mon collègue. Il est un peu rigide.

Je faillis leur dire que je croyais qu'il n'y avait qu'à la télé qu'on voyait le coup du gentil flic et du méchant flic.

— Fais attention au cordon, me dit Craig.

La porte de mon appartement comportait deux verrous. Celui du haut était resté ouvert, celui du bas aussi.

— La porte est ouverte, dis-je en la poussant.

Pedersen posa la main sur son arme.

— Vous êtes sûre de l'avoir verrouillée avant de partir ?

— Oui.

J'étais peut-être partie sans fermer le verrou du haut, mais la serrure du bas devait se verrouiller automatiquement.

Les deux flics se regardèrent. Yakir posa à son tour la main sur son arme. Ils haussèrent les épaules. Yakir poussa la porte du pied, passa sous le ruban, et entra. Pedersen lui emboîta le pas, suivi de Craig et de moi.

Une forte odeur de fromages trop faits et de fruits pourris nous sauta au visage. L'entrée était jonchée de vêtements et autres objets. Il y avait des serviettes par terre dans la salle de bains. L'armoire à pharmacie était ouverte. Dans le salon, des journaux, des livres et des magazines étaient éparpillés partout. On avait tiré les tiroirs de mon bureau et répandu leur contenu sur le canapé.

— Merde ! fit Craig.

Mon cœur se mit à battre sous le choc. D'abord le panier. Ensuite la mort de Gary. Et puis ça.

Que me réservait l'avenir ?

Yakir revint de la chambre. Pedersen de la cuisine, la main toujours sur son arme.

— Il n'y a personne, madame, dit Yakir.

Que dire ? Le cœur battant, je me dirigeai vers ma chambre à coucher, avec Craig sur les talons, en évitant soigneusement les piles d'objets dans l'entrée comme si elles étaient minées.

— Attention au verre, votre miroir a été brisé, on dirait, dit Yakir derrière nous.

Le cadre du miroir reposait à l'envers sur la commode : il était tombé, ou plutôt on l'avait arraché du mur. Des vêtements sortis du placard jonchaient le sol et le lit. Tout paraissait recouvert d'une sorte de talc. Je reniflai. La poudre pour les pieds de Phil.

— Notre arrière-grand-père a rapporté ce miroir d'Allemagne, soupira Craig. Grand Dieu !

— Vous pouvez y mettre une nouvelle glace, dit gentiment Yakir. Regardez, le cadre n'est qu'un peu abîmé, là dans le coin. On le remarque à peine.

— Tâchons de ne pas enfoncer des bris de verre dans le tapis, dis-je en repartant dans le salon où je trouvai Pedersen contemplant le chaos, les mains sur les hanches.

— Ce sont des choses qui arrivent. Les voisins savent que vous êtes retenu ailleurs et ils en profitent. On cambriole beaucoup pendant les enterrements. Vous êtes en train d'enterrer votre cher disparu et crac, les méchants mettent votre maison à sac.

Silencieux pour une fois, Craig examinait tout de son œil exercé de procureur adjoint.

— Il manque quelque chose, Ev ?

— Mon ordinateur portable.

— Je me demande pourquoi ils n'ont pas aussi embarqué l'imprimante, dit Yakir. Et la télé est toujours là, ainsi que la stéréo.

— Vous gardez des copies de vos dossiers, docteur ? demanda Pedersen.

Je ne voyais pas la boîte en plastique dans laquelle je conservais mes disquettes. Bien entendu, elle pouvait se trouver sous les monceaux de trucs qui traînaient partout.

Mais je ne le pensais pas. Non, le cambrioleur avait volé mon ordinateur portable et mes disquettes de sauvegarde.

— Vous n'écriviez pas un roman ou un truc de ce genre, n'est-ce pas ? demanda Yakir.

Je secouai la tête.

— Un compte rendu pour l'hôpital ? Un article pour le *New York Times* sur la grève des infirmiers, ou la fusion prochaine ?

Préoccupée par mes propres pensées, je ne l'écoutais que d'une oreille.

J'essayais de faire le point. Un type portant une perruque bas de gamme, des lunettes de soleil et une blouse blanche avec un badge de l'hôpital livrait un panier de champignons et de légumes à Sava, à qui il donnait cinquante dollars pour qu'il le place dans mon réfrigérateur.

La carte disait : JOYEUX ANNIVERSAIRE, XXX. Parmi les champignons, on en trouvait des comestibles, des hallucinogènes et des amanites phalloïdes.

Pendant ce temps-là. Phil recevait toujours des lettres d'amour d'Elise Vanderlaende. Et il était tellement perturbé, qu'il était incapable de recourir à son habituel flair professionnel pour gérer cette affaire. En fait, son flair semblait s'être fait la malle. Elise aurait-elle pu envoyer le panier ? Il était incapable de le dire.

Alan était sûr que Case Hamilton avait essayé de l'empoisonner. Les ressemblances entre ce qu'on pourrait appeler « l'histoire des champignons » de Gary et celle du cuisinier de la famille Hamilton étaient tellement flagrantes que cela en devenait ridicule. Pourtant Case Hamilton, avocat de son état, avec un mobile pour empoisonner Alan ou Vittorio, ou les deux, était encore moins capable de recourir à sa perspicacité professionnelle que Phil. Il n'arrivait même pas à se défendre.

Vittorio avait posé à Sava des questions laissant entendre qu'il était convaincu qu'un fou avait envoyé le panier. Mais à quel fou pensait-il ? À Elise Vanderlaende ou à son cher ami d'enfance Case Hamilton ?

Case et Vittorio semblaient croire que Vittorio était visé. Elise n'avait aucune raison de vouloir empoisonner Vittorio. Ce qui nous laissait Case. Il y avait visiblement un différend entre Case et Vittorio qu'aucun des deux ne paraissait disposé à évoquer. Mais quel pouvait être le lien entre ce différend, ou le fait que quelqu'un veuille empoisonner Vittorio, et le vol de mon portable avec mes disquettes ?

Et pourquoi l'empoisonneur avait-il choisi une méthode aussi bizarre, aussi empirique ? Avec tout ce que contenait le panier, rien ne garantissait que l'un de nous mangerait les champignons hallucinogènes ou les amanites phalloïdes.

Rien ne tenait debout.

Yakir se tut. Je me retournai. L'inspecteur Ost passait sous le ruban jaune de la police. Suivi de sa collègue, l'inspectrice Jude Rainey.

Ils comprirent aussitôt ce qui s'était passé en voyant le désordre.

Ost nous salua.

Rainey partit faire le tour des lieux. Femme trapue aux cheveux courts et blonds avec des mèches grises, elle arborait ce jour-là un costume pantalon indescriptible. Mais chaque fois que je la croisais, je la revoyais, cigarette au bec, bavardant avec des ambulanciers à l'entrée des urgences, vêtue d'un débardeur et d'un short : avec une sorte de tatouage de l'armée américaine sur l'avant-bras droit et, au-dessus, sur son biceps saillant, un second tatouage proclamant : JE SUIS UNE DURE À CUIRE.

À son retour, je lui demandai si elle avait des idées.

— Vous d'abord.

— Cela me donne l'impression d'une mise en scène. Pourquoi éparpiller les serviettes dans la salle de bains ? Ou saupoudrer la chambre de talc ?

— Ouais.

— Je pense que le cambrioleur cherchait quelque chose de précis mais ne voulait pas que je sache quoi. C'est pour ça qu'il, ou elle, a saccagé les lieux.

Le regard de Rainey pétilla au il *ou elle*.

— Une idée de ce que cela pourrait être ?

— Je ne suis pas encore allée dans la cuisine.

Évitant les tas par terre, les deux inspecteurs, Craig et moi gagnâmes la salle à manger, une extrémité du salon surélevée derrière des grilles en fer forgé. La table de la salle à manger était exactement comme dans mes souvenirs de la veille : elle disparaissait sous d'énormes morceaux de fromage – à l'odeur âcre à présent –, des petits tas d'herbes fraîches, des gousses d'ail, des oignons, des échalotes, plusieurs sortes de vinaigre, des œufs, du lait tourné, de la farine, une bouteille de marsala, une autre de cabernet sauvignon, des cubes de bouillon de bœuf, de bouillon de poule...

Je jetai un coup d'œil à la cuisine. Je revis Gary en train de faire revenir ses champignons dans la poêle tout en protestant contre le remplacement des infirmiers par des aides-soignants. Soudain mes yeux s'embuèrent et ma gorge se serra. Je collai ma main sur ma bouche.

— Prenez votre temps, docteur, dit Ost.

Aussi incroyable que cela puisse paraître, l'ordre régnait dans la cuisine. Des assiettes et des casseroles propres s'entassaient sur l'égouttoir. On avait nettoyé le dessus de la cuisinière et des placards. Le long tablier rouge de Gary avec sa pellicule de farine était accroché dans un coin. On avait même lavé le carrelage.

Et on avait descendu les ordures.

— Bien entendu, vous n'êtes pas revenue hier pour faire le ménage, dit Ost.

Je secouai la tête.

— Il n'y a pas eu effraction, vous avez remarqué, n'est-ce pas ? poursuivit-il gentiment. Qui a les clés ? Seulement votre frère Alan ?

Cherchant mon mouchoir, je m'essuyai les yeux.

— Alan avait les clés de Phil. Je ne sais pas s'il les lui a rendues.

— Aucun d'entre eux ne serait venu nettoyer, n'est-ce pas ?

— La nuit dernière, Alan a dormi dans la chambre de Vittorio à l'hôpital, dit Craig, d'une voix un peu trop forte. Je l'ai rencontré chez lui ce matin à 8 heures. À quelle heure sont arrivés vos hommes ?

Ost ne releva pas. Il y eut un bref silence. Je tendis la main vers la porte du réfrigérateur.

Jude Rainey me saisit le poignet au vol.

— Une seconde !

Elle enfila des gants et ouvrit avec précaution le réfrigérateur en ne touchant que la partie supérieure de la poignée.

L'étagère du haut, celle du panier, était vide. Les deux étagères du bas disparaissaient sous un grand plat recouvert de papier aluminium – probablement le canard –, des Tupperware contenant des ingrédients du dîner, et mes propres victuailles d'avant le dîner. J'aurais été bien en peine de dire si un détail clochait ou s'il manquait quelque chose.

Ce qui manquait, c'était Gary.

Et une explication rationnelle du pourquoi de ces événements.

Je secouai la tête et fis signe à Rainey de refermer la porte.

— Quand nous en aurons terminé ici, dit Ost, il faudra que vous jetiez tout ce que la maison contient en matière de nourriture. Tout, même des trucs comme des boîtes de riz qui ne paraissent pas avoir été ouvertes ou des trucs dans les placards achetés avant le dîner. Tout. Par sécurité.

— Je sais.

— Et il faut que vous fassiez venir un serrurier pour changer les verrous.

— D'accord.

— À votre place, je le ferais aujourd'hui bien qu'on soit dimanche. Cela vous coûtera probablement le prix fort, mais cela en vaut la peine.

— Merci, Ozzie.

Nous retournâmes dans le salon en nous frayant un chemin à travers le désordre.

— L'équipe de techniciens est là, inspecteur, dit Yakir.

J'allai avec Craig au bout du couloir m'asseoir sur le rebord d'une fenêtre qui donnait sur la cour. Il alluma une cigarette.

— Tu ne penses pas qu'Alan est passé en douce nettoyer la cuisine ? me demanda-t-il à voix basse.

— Pourquoi ferait-il une chose pareille ? Celui qui a envoyé le panier a dû venir laver la poêle dans laquelle on a cuit les champignons.

— Ou quelqu'un cherchant à protéger celui qui a envoyé le panier.

Je vis où il voulait en venir :

— Vittorio ne peut pas faire la vaisselle. Pas avec son fixateur externe.

— Je n'en suis pas si sûr. Réfléchis un peu. Il est droitier et c'est son bras gauche qui est cassé. Et ce n'est pas la première fois qu'il est blessé. Tu sais comme moi qu'il se débrouille très bien avec une seule main. Mais il y a une autre possibilité.

— Gary a probablement nettoyé la cuisine lui-même, Craig.

— Ce n'est pas ce que je veux dire.

Je savais que Craig avait eu le temps au bureau du procureur de découvrir exactement ce que les flics savaient de la mort de Gary et des événements la précédant. Il ne pouvait pas m'en faire part, bien sûr. Ni me dire quelles déductions lui – ou la police – pourrait tirer du saccage de mon appartement.

Mais il pouvait y faire des allusions dans les questions qu'il posait.

— Certainement pas, rétorquai-je, comprenant le sous-entendu.

— Tu es sûre, continua-t-il en me regardant droit dans les yeux.

— Oui, tout à fait.

Ost passa la tête par la porte de l'appartement.

— Docteur, vous avez des messages sur votre répondeur. Vous pourriez venir les écouter, s'il vous plaît ?

— J'arrive.

Je pris la cigarette de Craig et aspirai une bouffée de substances cancérigènes ; pourtant, cela faisait un bout de temps que j'avais arrêté de fumer.

— Va te faire fiche, Craig, lâchai-je en toussant. Tu ferais bien d'avoir tort sur ce coup-là.

— Je l'espère aussi.

17

Phil,

J'ai été effarée et profondément blessée que vous me renvoyiez mon cadeau alors que j'ai été aussi patiente et compréhensive. Franchement, je suis si bouleversée que je ne sais pas quoi dire. Cela vous ressemble si peu d'être aussi injurieux, insensible et couard. Ce n'est pas le Phil Corchiollo que je connais et que j'aime, le Phil gentil, franc et décidé. Craignez-vous qu'elle vous voie écrire avec ? Pourquoi ne pas dire que vous vous êtes acheté ce stylo ? Ou le garder dans un tiroir de votre bureau – à moins qu'elle n'ait l'habitude de fouiller vos affaires dès que vous avez le dos tourné. C'est ça ?

Je ne vois qu'une explication : vous rendez le stylo au lieu d'avouer vos vrais sentiments. Il faut que vous affrontiez la réalité. Je comprends que cela puisse être une démarche douloureuse pour vous – pourquoi ne pas en parler avec moi ? Laissez-moi vous aider.

Avec tout mon amour, XXX, Elise.

— C'était quand ? demandai-je en m'efforçant de maîtriser mon agacement.

— La première semaine de septembre, dit Phil. Après que je lui ai renvoyé le stylo Mont Blanc. Cette lettre marque un tournant. D'abord, c'est la première fois qu'elle déclare sans ambages qu'elle pense que je suis amoureux d'elle mais que je « dissimule » mes « vrais sentiments ». Ensuite, son affect a changé. Jusqu'ici elle a pu trouver des raisons à mon silence – je sauve des vies, je suis un type important avec un emploi du temps surchargé – mais là elle est en colère. Et puis, c'est la première fois qu'elle parle de toi. Sans te nommer. Avant elle restait dans le vague en se cantonnant à des réflexions du style : « Je sais que vous êtes engagé ailleurs. »

Le Dr Gina Rizzuti-James se racla la gorge. Gina, attachée au service psychiatrique, était une vieille amie de Phil. Ils avaient fait leur spécialisation ensemble et partagé un cabinet lorsqu'ils s'étaient lancés dans le privé.

— Elise semble avoir su dès le départ que Phil était engagé.

— Je ne vois pas comment, dis-je. Nous avons toujours un comportement très professionnel à l'hôpital : rien n'a pu lui laisser penser que nous étions ensemble lors de son passage aux urgences. D'autant qu'elle n'avait pas toute sa tête, ce jour-là. Sinon qu'est-ce que tu veux dire en parlant de tournant ? Qu'elle devient plus dangereuse ?

— C'est possible, concéda Phil. Et elle a pu déduire que nous étions ensemble. Tu m'as envoyé un baiser aux urgences, souviens-toi.

Je les contemplai tous les deux avec incrédulité. Peu importait le baiser. C'était le danger qui m'intéressait.

— C'est possible ? Phil, elle a écrit cette lettre il y a six semaines ! Quel genre de courrier t'envoie-t-elle maintenant ?

— Cette lettre fut une anomalie. Elle s'en est excusée et elle est revenue au discours précédent : je sauve des vies, je suis un type important, elle comprend que je ne l'appelle pas. Puis elle enchaîne avec une ou deux anecdotes drôles à propos de son cours de psycho ou de son job d'été au bureau des inscriptions pour me montrer qu'elle m'a pardonné.

Nous étions installés dans le minuscule espace alloué

à Rizzuti-James au service psychiatrique. Un bureau en métal gris, un fichier en métal noir, deux chaises, toujours en métal, et un fauteuil ergonomique que Gina enchaînait, par prudence, à un écrou soudé au sol avec un antivol à vélo. Depuis qu'on lui avait subtilisé le précédent fauteuil. Pour l'instant, personne n'avait piqué les chaises. Nous étions assis côte à côte, Phil et moi, face au bureau sur lequel s'entassaient des chemises contenant l'abondante correspondance d'Elise Vanderlaende.

C'était l'heure du déjeuner. Phil avait apporté des sandwichs et une thermos de tisane. Mais personne n'y touchait. J'avais encore la nausée à cause du cambriolage et de ma gueule de bois qui ne cessait d'empirer.

Et je commençais à me dire que si Phil et Gina ne mangeaient pas non plus, c'était parce qu'ils s'apprêtaient à me faire une révélation.

Phil jeta un coup d'œil à Gina qui l'encouragea d'un signe de tête.

— Gina est la gardienne officielle des lettres, m'expliqua-t-il. Je ne les lis plus. Je les lui donne directement. La littérature sur le harcèlement conseille de confier les lettres à un tiers, de ne pas les lire soi-même.

— La littérature sur le harcèlement ! m'exclamai-je à deux doigts de l'hystérie. Phil, tu m'as dit qu'elle ne te harcelait pas.

— Je me suis renseigné. Le harcèlement est un sujet connexe. Tu fais une recherche sur le Net autour de l'érotomanie, et on te crache tout. Je te dois des excuses, Ev. Comme je ne pouvais vraiment pas t'expliquer à quel point Elise m'angoissait, j'ai traité la chose comme un problème professionnel et non privé. Quand je t'en ai parlé, j'ai tout minimisé parce que j'avais besoin de me convaincre que cela ne valait pas le coup de s'en faire. Je me rends compte à présent que j'ai été déprimé et angoissé. Doutant de moi-même, me demandant si je n'avais pas eu une attitude susceptible de l'encourager... devenant distrait, ailleurs, égarant des trucs... C'est elle qui est folle, mais en tant qu'objet j'ai été happé par sa folie et j'ai commencé à me sentir fou à mon tour. Voilà pourquoi je t'ai dressé un tableau faussé.

— Nous autres psy, nous nous croyons tellement forts, dit Gina. C'est un des travers de la profession que de penser que nous savons ce que nous faisons, mais il nous arrive de passer à côté de certaines choses.

Je continuais pour ma part à avoir le sentiment de passer à côté de quelque chose. Gina contemplait Phil de son regard de « maman » : ferme, sensé, loyal à l'extrême et encourageant.

Avec ses cheveux noirs relevés en chignon victorien – jusqu'aux épingles style baguettes qui retenaient les mèches rebelles – et sa silhouette harmonieuse drapée d'un ensemble flou en laine et soie, Gina était l'incarnation même de la « maman ». Bien que du même âge que nous, elle donnait l'impression de sortir tout droit des années 50. En réalité, c'était une iconoclaste italo-américaine à la langue bien pendue, très actuelle, avec une capacité incroyable à aller droit au but. L'aspect était un peu un masque professionnel. « Je ressemble à leur mère quand ils avaient deux ou trois ans et je m'exprime aussi comme elle », m'avait-elle joyeusement confié un jour en parlant de ses patients, en majorité des coincés italiens et irlandais de la classe ouvrière effarés par les épouses modernes. « Cela aide le transfert. »

Pour ne pas faire de jaloux, elle me regarda de la même manière. Gina faisait beaucoup d'assistance conjugale.

— Passer à côté de quoi, par exemple ? La colère d'Elise ?

— En fait, ce n'est pas tant qu'on passe à côté de certains trucs, mais on se plante, dit Phil. Je me suis planté en ne me confiant pas à toi. Mais sinon j'ai fait tout ce que j'étais censé faire. J'ai expliqué aux infirmières des urgences que si Vanderlaende débarquait, il fallait qu'elles me préviennent pour que je ne sois pas pris au dépourvu. J'ai alerté la sécurité. Je me suis arrangé pour qu'un confrère la prenne en charge à ma place si elle se présentait à l'hôpital en demandant que je la soigne.

J'examinai la lettre d'Elise. Écrite sur le même papier bleu layette d'excellente qualité que dans mon souvenir, elle était datée du 31 août. Gina l'avait agrafée à une enveloppe assortie sur laquelle figurait un tampon rouge : reçue le 3 septembre.

— Tu ne m'en as rien dit à l'époque.

— Je sais. Je suis désolé, nous en reparlerons plus tard, me dit Phil en m'effleurant la main.

— C'est gentil de t'excuser et je tiens effectivement à ce qu'on en reparle, mais là je suis vraiment écœurée. Tu as consulté le service juridique de l'hosto ?

— Tu es en droit d'être en colère, Ev. Oui, j'ai discuté personnellement avec Sheldon Tardiff. Il m'a traité d'alarmiste. « Elle a fait des menaces directes ? – Non. – Elle est revenue à l'hôpital ? – On dépose des lettres dans mon casier. – Mais l'avez-vous vue ? – Non, mais elle sait qui sont ma famille et ma petite amie. – Les a-t-elle directement menacés ? – Non. » Tardiff craint surtout la mauvaise publicité. Il n'a pas envie de lire à la une du *Daily News* que « l'Université intente des procès à des patients », conclut Phil avec un rire amer.

— Il sera peut-être mieux disposé quand tu lui parleras de Gary lundi matin, dit Gina, d'un air sombre.

Phil expliqua qu'outre son recours au service juridique il était allé voir son chef de service qui lui avait conseillé de discuter de son contre-transfert avec son répondant ; il avait évoqué l'affaire avec les confrères qu'il rencontrait une fois par semaine et il continuait à en discuter avec Gina. Jusqu'à l'empoisonnement de Gary, il ne semblait pas y avoir de raison d'agir.

— Qu'a dit l'inspecteur Ost ?

— Il m'a demandé mon avis professionnel, et je le lui ai donné. Syndrome de Clérambeault classique, aussi connu sous le nom de délire interprétatif du type érotomaniaque : la conviction trompeuse qu'on est aimé de quelqu'un. L'érotomane tombe amoureux de l'objet, lequel ne renforce pas positivement l'attachement. Ce qui n'empêche pas l'érotomane de continuer à être persuadé que l'objet lui rend son amour.

— On ne s'accorde pas sur l'étiologie, ajouta Gina.

— Selon une théorie, l'érotomanie est un syndrome qui joue une sorte de rôle adaptatif en fournissant une source extérieure de *nurturing*, de protection et de contrôle à la suite d'épreuves. Une autre dit que le délire apporte une gratification narcissique que ne fournit pas la réalité. Ou bien Elise pourrait avoir la manie de choisir des objets d'amour qui ne veulent pas ou ne peuvent pas lui offrir la réciproque – l'attachement masochiste de Kernberg à l'objet inaccessible. En fait, je n'ai pas la moindre idée des facteurs intrapsychiques qui entrent en jeu, en l'occurrence. Je cerne mal ce sujet, sauf que je la soupçonne d'avoir eu un traumatisme que les coups de feu ont réveillé. Lequel ? Je n'en sais foutrement rien.

En tant que médecin des urgences habituée à aller droit au but, je commençais à perdre patience.

— Et ?

— Ost voulait savoir si j'avais une raison de penser qu'Elise Vanderlaende avait empoisonné Gary. J'ai dit non, à une exception près.

— Qui est ?

— Elle est incapable de mettre un terme à ses difficultés d'adaptation. C'est un problème. Il faut ajouter à cela sa perception du rejet – dont on ignore tout. Ce qui peut ou ne peut pas dresser le décor pour des violences physiques. Moins de cinq pour cent des érotomanes sont en réalité dangereux...

Nous y voilà, pensai-je.

— Mais quand c'est le cas, ils ne s'attaquent pas à l'objet aimé. Ils s'attaquent à la personne dont ils pensent qu'elle constitue un obstacle entre eux et l'objet.

Je comptai jusqu'à dix.

— Le délire d'Elise est donc que, si je n'étais pas là, tu lui avouerais ta passion pour elle et tu foncerais dans ses bras ? Génial, Phil. Depuis quand tu sais ça ?

— C'est dans les textes, dit Gina.

— Ben voyons ! C'est répertorié, donc tout va bien. Non mais vous entendez ce que vous dites ? À vous écouter raisonner calmement, on dirait que vous êtes en train de faire une communication à un colloque sur les délires, sous-type érotomaniaque. Comment se fait-il que vous ne soyez pas fous de rage que quelqu'un ait essayé de m'empoisonner et que Gary soit mort ? Vous devriez être en train de hurler, non ?

Sagement, Gina opta pour le silence.

Au bout d'un moment, Phil se leva.

— *Mea culpa, mea maxima culpa.* Bien sûr que tu as raison.

— Trop tard. C'est moi qu'elle suit maintenant.

— Quoi ? Depuis quand ?

Je lui adressai un grand sourire forcé.

— Il nous arrive de laisser passer certaines choses... En plus elle se déguise. Voilà des semaines que je croise ce maigrichon avec la tête drapée d'un keffieh qui rôde près de la résidence des médecins. Et devine un peu ?

— Oh non ! gémit Phil.

— Ce matin, elle est entrée chez Sami où je prenais un café avec Vittorio et elle s'est installée à la table voisine. Comme je ne l'ai pas reconnue, elle n'a pas perdu une miette de notre conversation. Cela fait peut-être des mois qu'elle me suit sous des déguisements différents. En outre, la personne qui a livré le panier de légumes chez Sava portait une perruque et des lunettes noires et parlait volontairement d'une voix de basse.

Phil et Gina m'écoutaient, horrifiés.

— Et on a cambriolé mon appartement.

— Quand ? s'écria Phil.

— Je ne sais pas. Entre le moment où j'ai emmené Gary aux urgences et mon retour à 10 heures ce matin, dis-je avant de résumer les faits.

— Je suis navrée. Ev. finit par articuler Gina.

— Pourquoi n'as-tu rien dit ? Pourquoi nous as-tu laissés disserter ?

Je repoussai mes cheveux en arrière et secouai la tête.

— Vous avez fait le lien entre le département de botanique et le professeur Held, n'est-ce pas ?

Gina et Phil échangèrent un regard perplexe.

— Le professeur Held ?

— Le président du département de botanique. Le mycologue à qui Lauren a apporté les champignons pour qu'il les identifie. Est-ce qu'Elise ne dit pas dans une de ses lettres qu'elle travaille au département de botanique pendant l'année scolaire ? Que son job aux inscriptions ne dure que l'été ?

— Tu as raison, dit Phil. Chérie, je suis vraiment désolé.

Je m'efforçai de me calmer. L'irrationalité me guettait, et je ne voulais pas infliger ma colère et mon angoisse à Phil. Surtout devant Gina. Je respirai profondément et fis un effort pour rester cohérente.

— Phil, tu es l'homme de ma vie et je t'aime. Cela fait des mois que je suis bouleversée de voir que cela se passe mal entre nous, et la mort de Gary me met dans un tel état... Ces derniers mois, tu as été maussade et secret, et chaque fois que j'ai essayé de t'aider, tu m'as repoussée. Je viens enfin de comprendre que tu es déprimé... Si tu as autre chose à me dire, c'est le moment. Il est facile de se laisser entraîner lorsqu'on est déprimé, quand les défenses s'écroulent...

— De quoi parles-tu ? Tu ne penses tout de même pas...

— Je croyais qu'il s'agissait de Lauren Sabot. Je croyais que tu avais une aventure avec elle. Mais ce n'est pas Lauren, n'est-ce pas ? C'est Elise.

— Non ! s'écria-t-il. Je n'ai d'aventure avec personne. Ev, comment as-tu pu songer à une chose pareille ?

— Tu étais maussade et secret. Toi et Gina vous êtes entendus pour me dissimuler ces lettres. Tu ne m'as pas prévenue qu'une parfaite inconnue amoureuse de toi savait toutes sortes de trucs perso sur moi et mes frères. Pourquoi ?

— Tu as raison. J'aurais dû.

— Cela ne suffit pas. Pourquoi ne me l'as-tu pas dit ?

Il réfléchit, le regard fixe.

— Je ne sais pas, finit-il par répondre au bout de cinq bonnes secondes.

— Tu devrais. C'est toi, le psy. Tu es passé chez moi faire la vaisselle hier ?

Phil jeta un coup d'œil à Gina pour voir si elle était aussi décontenancée que lui par cette question, mais elle affichait un air indéchiffrable.

— Non. Quand ?

— Après que Gary a mangé les champignons.

— Je ne comprends pas.

Non, il n'en avait rien fait. Je me sentis fondre.

— Tu n'as pas vu qu'Elise était dangereuse parce que tu n'as pas suivi ton intuition, Phil, et que tu t'inquiétais de ma réaction. Serrons-nous les coudes et réglons ce problème. Pour commencer, est-ce que tu peux me donner tout ce que tu as glané sur l'érotomanie pour que je puisse le lire ? Avec toutes ces lettres ?

Phil acquiesça, se leva et m'attira dans ses bras.

— Je ne sais pas ce qui m'arrive, me dit-il d'une voix nouée par l'émotion.

— Si. Tu dors mal, tu es renfermé et d'humeur morose, tu te plains d'égarer des trucs, de ne pas arriver à te concentrer, tu débranches quand tes patients te parlent, et tu es irritable et ergoteur. Tu dis toi-même que tu es déprimé. Tu es déprimé, chéri. Tu as besoin d'aide.

Il hocha la tête, le visage pressé contre mon cou. Il avait les joues trempées.

— Tu me promets que tu vas aller voir quelqu'un ?

Phil avait fait une analyse pendant plusieurs années pour sa formation, mais son analyste était décédé le printemps précédent.

— Depuis la mort du Dr Plantz, tu n'arrêtes pas de dire qu'il faut que tu trouves un autre analyste. Tu vas le faire ?

— Oui. Sur-le-champ. Merci, chérie.

Phil enleva ses lunettes et s'essuya les yeux. Gina lui sourit et lui prit la main.

— Nous t'aiderons, Phil.

J'avais toujours le sentiment que quelque chose clochait ; que Phil me cachait quelque chose à propos d'Elise. Mais je l'attribuai à sa dépression. La dépression peut jouer des tours – à ceux qui en souffrent, comme à leur entourage.

J'avais raison.

Mais pas dans le sens que je croyais.

18

Je trouvai le professeur Robert Held dans le bâtiment flambant neuf des sciences biologiques sur le campus. De l'estrade d'un auditorium plongé dans la pénombre, il animait la réunion mensuelle de la Société mycologique de Morningside. L'entrée était libre. Je m'installai discrètement au fond de la salle.

Sur un grand écran à la droite du conférencier s'affichait une diapo de champignons poussant sous un pin.

— En Russie, vous pouvez montrer ce que vous avez cueilli à la réception de votre hôtel, expliquait Held. Ils sont capables de jeter un coup d'œil dans votre sac et de vous dire : « À votre place, je n'y toucherais pas. » En Europe, il suffit d'aller chez le pharmacien du coin qui vous aidera à identifier vos spécimens. Si, dans ce pays, un grand nombre d'amateurs de champignons s'empoisonnaient régulièrement, on considérerait peut-être la chose comme un problème de santé publique. En attendant, je vous suggère de participer à l'une de nos expéditions avec des membres de la société. Ils se feront un plaisir d'examiner ce que vous avez cueilli.

Je sursautai : les champignons de la diapo étaient les mêmes que ceux que Lauren Sabot m'avait montrés la veille au soir aux urgences. Des amanites phalloïdes. Et maintenant que j'avais le temps de les observer, je les reconnaissais pour en avoir vu lors d'une balade dans l'île avec Case Hamilton.

— Pendant la saison, j'organise des séances d'identification chez moi, le lundi soir, ajoutait Held.

Il avait une manière nerveuse de s'exprimer, à feu continu, comme quelqu'un qui pense plus vite qu'il ne parle ou qui a besoin de sa dose régulière de lithium. Il ne cessait d'agiter la tête et de gesticuler.

— Vous pouvez apporter vos propres champignons, si vous le souhaitez. Bien entendu, nous avons ici le même débat éternel qu'en France : la séance d'identification devrait-elle avoir lieu le dimanche, avant qu'on mange ce qu'on a cueilli, ou le lundi, après les avoir mangés...

Le public rit. La plaisanterie m'échappa. Je regardai Held. Et les amanites.

— Voilà, c'est tout. Peut-on rallumer, s'il vous plaît ? Si vous avez des questions, venez me voir. Leslie, la secrétaire, vous attend avec des bulletins d'adhésion. C'est trente dollars pour les étudiants et les personnes âgées. Quarante pour les autres. Cela ne comprend pas la greffe du foie. Il faut compter quinze dollars de plus.

Nouveaux rires dans l'assistance. Je ris aussi, malgré moi.

Quand les lumières se rallumèrent, je vis un homme au physique agréable, frisant la soixantaine, mince comme un fil, en chemise de flanelle à carreaux, jean et chaussures de randonnée. Des lunettes à monture en fil d'acier comme Phil. Je me dirigeais vers la scène quand Held en descendit d'un bond. Nos regards se croisèrent, et il me sourit, son visage s'étoilant de rides d'expression. De beaux yeux bruns. Des cheveux bruns, un peu grisonnants et un peu ébouriffés à cause des nombreux hochements de tête. Une dentition superbe.

Une centaine de personnes se rua sur lui, parlant toutes à la fois, criant leurs questions.

— Attendez ! s'exclama-t-il en riant, ce qui eut pour effet de faire bouger sa pomme d'Adam. On forme la queue à gauche. Madame, d'abord, conclut-il en me désignant.

— Dr Evelyn Sutcliffe, Lauren Sabot...

— Oui, dit-il en serrant ma main tendue avec une

telle vigueur que je crus qu'il allait me décrocher le bras. Bien sûr. Bien sûr. Comment va votre malade ?

— Eh bien...

— Donnez-moi dix minutes. Ensuite nous pourrons parler.

— Merci.

Un peu plus tard, il m'entraînait à l'extérieur en me prenant par le bras.

— Allons dans mon bureau, dans l'ancien bâtiment.

Arrivé à destination, Held poussa les portes de l'escalier en me tirant derrière lui. Il n'était visiblement pas du genre à attendre l'ascenseur. Alors que nous montions les quatre étages au pas de charge, je commençai à lui exposer le cas de Gary comme je l'aurais fait à un grand patron pendant les visites.

— Je suis navré, dit Held en apprenant que Gary était mort après avoir aspiré le contenu de son estomac pendant le lavage. Cela a dû être affreux pour vous tous.

— C'était un ami très cher. Et un confrère sans pareil.

Il me toucha le coude.

— J'espère pouvoir vous aider.

Au quatrième étage, nous enfilâmes un couloir, toujours au même train d'enfer. Pilant enfin devant une porte rouge, Held sortit un gros trousseau de clés.

— Vous avez le résultat des analyses ?

— Oui.

Après avoir quitté Phil et Gina, j'avais retrouvé mon étudiant en médecine, Nicholson, dans la bibliothèque des médecins de l'hôpital. Il m'avait donné les résultats d'analyse de Gary, ainsi qu'une épaisse liasse de photocopies d'articles sur l'empoisonnement par les champignons.

— Ni amanitine, ni toxine phalloïde. (Gary n'avait pas mangé d'amanites.) Pas de psilocybine non plus, ce qui est pour le moins étonnant. Le radio-immuno-essai et la chromatographie sont des tests plutôt sophistiqués. Je ne comprends pas pourquoi ils n'ont pas révélé de psilocybine.

Bataillant toujours avec sa serrure, Held me jeta un coup d'œil perplexe par-dessus son épaule.

— Votre ami avait l'air ivre, dérangé, délirant ?

— Oui.

— Des mouvements saccadés ?

— Quelques-uns.

— Des convulsions des muscles de la tête et du cou ?

— Non, mais des fasciculations généralisées, oui.

— Des visions ?

— Des hallucinations, oui. Des visions, j'en suis moins sûre.

— Il a piqué un somme ?

— Piqué un somme ?

— Après avoir mangé les champignons, est-ce qu'il s'est endormi, puis réveillé ?

— Je ne lui ai pas demandé.

— Mais une grande énergie cinétique ? Désolé, la serrure résiste. C'est mieux ainsi. Cela décourage les cambrioleurs.

Au lieu du traditionnel bureau universitaire avec ses inévitables meubles en chêne disparaissant sous des monceaux de livres, de cartons et de documents, le tout généreusement couvert de poussière, j'eus la surprise de découvrir une authentique table Queen Ann en acajou, accompagnée de quatre chaises assorties, un tapis d'Orient et des bibliothèques également en acajou, mieux rangées qu'à la Morgan. Pas l'ombre d'une pile. Ni d'un grain de poussière. Dans un coin, un vieux fauteuil en cuir bordeaux. Et ce qui ressemblait à une lampe Tiffany sur un guéridon. Certaines étagères des bibliothèques étaient remplies de cartons d'archives avec des petites poignées en laiton. Pas vraiment le mobilier universitaire habituel.

Held contempla son sanctuaire avec une fierté et un plaisir non dissimulés.

— Je vous en prie, dit-il en m'avançant une chaise.

Je m'assis. Held s'agenouilla pour ouvrir un placard qui dissimulait un réfrigérateur. Il en sortit plusieurs petits sacs en plastique et s'installa en face de moi.

— Les spécimens que Lauren a apportés hier soir.

Il me tendit les champignons un par un.

— Celui-ci en forme de vase est un *Craterellus fallax*, une sorte de chanterelle, qu'on appelle aussi trompette de la mort. (On aurait dit de l'écorce noire.) Ensuite, le *Pleurotus ostreatus*, pleurote en forme d'huître. (De minuscules champignons collés comme les tentacules d'un calmar.) Celui-ci est une espèce que l'on trouve couramment dans les supermarchés. Et enfin les *Armillariella mellea*.

— Ah ! Ce que Case et Jackie Hamilton pensaient manger le jour où ils ont été empoisonnés.

— Exactement. Ils les ont confondus avec des *Galerina marginata*. Aucun de ces spécimens n'aurait pu causer les symptômes de votre ami. Ils sont tous parfaitement comestibles, sinon vraiment digestes. Non, je pense que votre ami a absorbé autre chose.

Held se carra dans sa chaise, caressant le plateau de la table de ses doigts étonnamment osseux.

— Les champignons sacrés de Mexico ont souvent un effet irrésistible, poursuivit-il presque rêveusement. Psilocybes, Stropharia et Conocybes, ces familles-là. Ils peuvent même vous plonger dans une schizophrénie temporaire. Cela ne dure pas. Mais cela s'est vu. Les gens en quête d'effets hallucinogènes ne reculent pas devant des expériences téméraires.

J'acquiesçai.

— Toutefois, vos analyses n'ont pas révélé de présence de psilocybine, et aucun de ces champignons ne contient d'agent cinétique. Ils ne produisent pratiquement pas de désir de bouger. À en juger par les symptômes présentés par votre ami, je dirais qu'il a mangé le « divin champignon de l'immortalité » : l'*Amanita muscaria*. Aussi appelé l'amanite fausse oronge. Sa consommation vous incite effectivement à courir dans tous les sens en pleurant et en délirant, ou bien en chantant et en dansant, selon les cas. Du moins si l'on en croit les nombreux comptes rendus publiés, dont votre ami a l'air d'être un exemple type. Je dois avouer que je suis perplexe. À la fin des années 60, plusieurs confrères et moi avons essayé les amanites fausses oronges sans aucun effet.

— Vous avez l'air sceptique.

— Non, pas du tout. Jaloux, peut-être. Nous avons fini par conclure que la puissance de l'amanite fausse oronge s'amenuisait vers la fin de la saison.

— C'est-à-dire ?

— En ce moment. Au mois d'octobre.

— Je suis un peu perdue. Êtes-vous en train de me dire que ce champignon ne produirait pas ces symptômes...

— Présentons les choses ainsi : le mythe et le folklore abondent de cas d'intoxication, d'euphorie, de rêverie, de prouesses physiques extraordinaires, de visions merveilleuses, de discours durant des heures comme sous l'effet d'un sérum de vérité – on ne peut littéralement pas s'arrêter. Personnellement, j'ai été incapable de parvenir à cet état d'exaltation. Il semble que le contexte joue un grand rôle, à savoir, vos propres attentes. Toutefois, il existe des cas d'empoisonnement accidentel par l'*Amanita muscaria*, où des individus sont devenus agités et désorientés. Peut-être pas autant que votre ami. Mais ce n'est pas là votre souci. Peu importe quel champignon a causé ses hallucinations. Les effets ne sont que temporaires... Mais si quelqu'un essaie de vous empoisonner, ce qui vous intéresse, c'est d'avoir une idée du genre de connaissances nécessaires.

— Merci de le présenter avec autant de délicatesse. C'est exactement la question que je me pose.

— Il n'est pas nécessaire d'en savoir très long. Par exemple, vous, en ignorant tout des champignons vénéneux, vous auriez pu venir à ma conférence cet après-midi et apprendre le minimum requis pour aller cueillir quelques amanites phalloïdes afin d'empoisonner votre cher et tendre. Je montre ces diapos à chacune des conférences que je donne pour la Société mycologique. Pour décourager les gens de les cueillir, bien entendu. Mais comment être sûr qu'il n'y a pas un empoisonneur en puissance dans la salle ? Comme vous avez pu le voir, l'entrée est libre. Et le *New York Times* annonce les conférences dans sa rubrique cuisine. Tout le monde peut venir.

— Je crains d'être arrivée un peu tard.

— Ah ! Eh bien, les amanites phalloïdes étaient jadis une espèce rare. Maintenant on en trouve pratiquement partout. Même dans une arrière-cour en pleine ville. Les accidents d'empoisonnement sont en augmentation, notamment en Californie du Nord. Surtout chez des immigrants asiatiques qui ont l'habitude d'aller cueillir des champignons dans leur pays d'origine. L'*Amanita princeps* asiatique est sûre et comestible, et ils la confondent avec l'amanite phalloïde.

— Donc tout le monde sort de vos conférences en sachant à quoi ressemble une amanite phalloïde. Et si on veut tuer, quel genre d'arme constitue-t-elle ?

— Je ne la recommanderais pas. Très peu de gens savent à quel point des champignons peuvent être vénéneux. Pour la plupart, nous n'avons même pas à nous en préoccuper : nous les achetons au supermarché. Mais mettons que vous en sachiez un peu sur les amanites. Peut-être avez-vous lu l'article du *New York Times* consacré à l'héritier du vin californien mort après en avoir mangé. Ou peut-être avez-vous vu un reportage sur CNN à propos des Laotiens. Il est probable que vous savez que si vous en mangez, vous mourrez.

— Je vois. Si vous ne savez rien, vous ignorez à quel point ils sont vénéneux. Si vous en savez un peu, vous les croyez plus vénéneux qu'ils ne le sont en réalité...

— Exactement.

— Et si vous êtes très bien informé...

— Vous sauriez que, contrairement à la croyance populaire et à ce qu'on raconte dans les polars, les amanites ne sont pas un moyen efficace de tuer quelqu'un. Elles sont responsables d'environ quatre-vingt-quinze pour cent des empoisonnements mortels dans ce pays. Mais elles ne sont fatales que quarante pour cent du temps. Certains consommateurs s'en tirent sans traitement médical. La majorité survivra avec un traitement et n'aura probablement pas besoin d'une greffe du foie.

— Donc, selon vous, l'empoisonneur sait à quoi ressemblent les amanites et où les trouver, mais guère plus. Il n'a rien d'un expert en champignons.

— Subtil, non, comme casse-tête ?

Cet homme, visiblement passionné par son travail, me plaisait. Il était un ami de Case et de Jackie Hamilton et je décidai de lui faire confiance.

— Connaissez-vous une jeune femme du nom d'Elise Vanderlaende, professeur ?

Ma question le prit de court, mais il le dissimula très bien.

— Oui.

— Puis-je vous prier de garder le secret sur ce que je vais vous dire ?

— Mes étudiants se confient souvent à moi. Je sais me taire.

Je réfléchis à la manière de m'exprimer. Et puis, flûte, il valait mieux se lancer.

— Elle harcèle mon petit ami, le Dr Philip Carchiollo. Il est psychiatre à l'University Hospital et...

— Oh ! mon Dieu, murmura Held. (Une expression étrange se peignit sur ses traits, puis il se mit à rire en secouant la tête.) Ceci expliquerait cela.

— Professeur ?

— Appelez-moi Rob. Vous et moi sommes appelés à nous connaître mieux que nous ne l'aurions cru. Evelyn, c'est bien Evelyn, n'est-ce pas ?

— Oui, fis-je, ébahie.

— Je me suis demandé pourquoi elle avait arrêté, malgré mon soulagement – vous ne pouvez savoir combien j'étais soulagé –, excusez-moi, je ne suis pas très clair, n'est-ce pas ? (Il se remit à rire.) Elle me harcelait.

19

— Selon Held, il n'est pas du tout sûr que notre livreur de panier ait cherché à empoisonner quelqu'un, expliquai-je à Phil le soir même sous la douche.

Il changea de place avec moi pour me permettre de me rincer pendant qu'il se savonnait.

— Ouais, facile à dire maintenant que c'est moi et non plus lui qu'Elise harcèle. Répète-moi sa théorie.

Je pris le shampooing, me mouillai les cheveux et nous changeâmes de nouveau de place.

— Si tu n'y connais rien en champignons, tu ne peux pas savoir à quel point ils sont vénéneux. Si tu t'y connais...

— J'ai compris cette partie-là. Et les amanites ne tuent qu'environ quarante fois sur cent.

— Bien, pendant la période où Elise a fait une « fixation érotique » sur lui – pour reprendre ses termes –, elle s'est passionnée pour les champignons parce qu'il était mycologue. Selon lui, elle devrait pouvoir identifier plus de cent espèces et il est convaincu qu'elle ne confondrait pas une amanite avec une espèce comestible. Sa théorie est donc que, soit Elise a envoyé le panier sans vraiment savoir si elle voulait vraiment empoisonner quelqu'un, soit celui qui a envoyé le panier sait à quoi ressemblent des amanites phalloïdes et où on les trouve, mais guère plus... Il n'est pas un spécialiste des champignons. Held est un intello. Il aime les raisonnements subtils.

— Subtils limite éthérés.

— Quoi qu'il en soit, à son avis, Gary a probablement mangé des *Amanita muscaria*, ce qui expliquerait pourquoi les analyses ne révèlent pas de psilocybine. L'*A. muscaria* contient de l'acide iboténique et du muscimol. Et nous n'avons pas cherché ces composants.

— Ne commence pas à culpabiliser. Un déprimé dans la famille, ça suffit. Elise n'a jamais essayé d'empoisonner Held, n'est-ce pas ?

Je me rinçai les cheveux.

— Non. Il a souligné, comme toi ce matin, que les érotomanes n'empoisonnent généralement pas l'objet aimé, mais ce qu'ils considèrent comme un obstacle entre eux et l'objet. Sa femme est morte il y a deux ans, et il n'a personne dans sa vie.

— Held sait que les érotomanes ne s'attaquent pas à l'objet de leur obsession ? Il s'est renseigné ?

— Apparemment, il a effectué les mêmes recherches que toi. Il a même fréquenté un groupe de soutien pour les victimes de harcèlement – aussi étonnant que cela puisse paraître. Les réunions ont lieu le mardi soir dans une église de la 79e rue Ouest. On y convie des spécialistes, ce qui lui a récemment permis d'entendre un inspecteur appartenant à une unité luttant contre les violences conjugales et un psychologue attaché au bureau du procureur, spécialisé dans le harcèlement. La plupart des participants sont des femmes menacées par leur ex. Held y est d'abord allé par curiosité, mais il a fini par y rencontrer près d'une dizaine de victimes d'érotomanes.

Phil me donna un baiser au savon et au shampooing et sortit de la douche.

— Quand est-ce que je peux l'appeler ?

— Il se rend à Boston pour une conférence. Il sera de retour mardi soir.

Je coupai l'eau, tirai le rideau de douche et me frictionnai les cheveux. Phil se rasait au lavabo, une serviette autour des hanches.

Même s'il restait très préoccupé, il paraissait un peu mieux dans sa peau que le matin même. Gina lui avait fait une ordonnance de Prozac et l'avait encouragé à suivre une thérapie plutôt que de reprendre une analyse.

Sur sa recommandation, il était aussitôt allé consulter un ancien jésuite du nom de James Ahearn, qui venait d'ouvrir un cabinet dans l'Upper West Side. Il le verrait dorénavant deux fois par semaine.

La tête dans une serviette et revêtue de son peignoir bleu, je déposai un baiser sur son épaule et passai dans la chambre pour m'étendre un instant.

J'étais tellement soulagée que le problème ait été nommé et réglé. Dépression. Thérapie. Prozac. Cela paraissait si simple... Bon, je savais que ce n'était pas aussi simple et que ce qui nous attendait ne le serait pas non plus, mais après une longue et triste journée, que Phil admette son état et qu'il entame une thérapie était une bonne nouvelle.

Je regrettais seulement que Gary ne soit plus là pour le lui raconter.

En voyant le flacon de Prozac dans la cuisine de Phil, j'avais imaginé que j'appelais Gary pour lui dire, tu sais... Mais j'ai interrompu ma rêverie comme on éteint la télé. Gary gisait à présent sur une table d'autopsie. Et j'étais là, à penser égoïstement que lui, qui avait toujours été là pour moi, ne le serait plus, alors que c'était moi qui n'avais pas été là pour lui. J'avais saboté le lavage.

Je n'arrêtais pas de me répéter que si Elise, ou Dieu sait qui, n'avait pas envoyé le panier, il n'y aurait pas eu de lavage. Mais je ne parvenais pas à m'en convaincre. Les « si seulement » s'accumulaient : si seulement j'avais écouté Nicholson et Ramsey qui suggéraient de le mettre sous sédatifs ; si seulement Gary n'avait pas aspiré ; si seulement j'avais réagi plus vite et mieux.

Mais maintenant que Gary était mort, je regrettais surtout de ne pas lui avoir dit, ne serait-ce qu'une fois, combien je l'aimais et quel ami il était pour moi. Si seulement je l'avais remercié, rien qu'une fois, pour tous les merveilleux conseils qu'il m'avait prodigués. Si seulement je lui avais avoué, rien qu'une fois, combien j'avais hâte d'aller au travail les jours où nous étions de service aux mêmes heures. Il ignorait que sur le chemin de l'hôpital je dressais des listes de ce que je voulais lui faire partager. Il ignorait que, lorsqu'il me confiait un souci, je le ruminais parfois pendant des heures avant de revenir lui dire : « Tu sais, j'ai réfléchi à ton problème et je pense que... »

Je n'aurais plus jamais l'occasion de lui dire combien il comptait pour moi.

Soudain, sa dispute avec Di Clausson me revint en mémoire. Di, dure et caustique : *Que ce soit bien clair. Me menaceriez-vous de chantage, infirmier Seligman ?* Puis la voix de Gary, tout aussi coupante : *Je trouve que c'est un marché équitable, docteur, pas vous ? Herrera pour Noël. Ça marche ?*

Je me rappelai tout à coup que j'avais interrogé Gary sur cet échange dès que l'occasion s'était présentée.

Que m'avait-il répondu, déjà ?

Il feuilletait le carnet de prescriptions au poste des infirmiers. Il bouillait encore de colère. Empourpré, les yeux lançant des éclairs, il haletait comme s'il venait de monter plusieurs étages au pas de course. Ce qui était peut-être le cas. Les rares fois où Gary perdait son calme, il allait se défouler dans les escaliers.

— Qu'est-ce qui s'est passé avec Di Clausson ?

— Elle ne fera pas chanter Keith Herrera. Si Herrera tombe, je m'assurerai qu'elle tombe avec lui.

— Qu'est-ce que tu entends par faire chanter Herrera ?

— Elle ne le fera pas, fit-il sans répondre à ma question. Ce serait stupide de sa part.

Je composai le numéro de Keith Herrera et laissai le message suivant sur son répondeur : « Keith, c'est Ev Sutcliffe. Il faut vraiment que je te parle. C'est assez urgent. » Je donnai la date et l'heure de mon appel et précisai qu'il pouvait me joindre chez Phil Carchiollo.

Puis, le téléphone sur les genoux, je restai quelques instants à réfléchir.

Phil sortit de la salle de bains.

— Nous ferions mieux d'y aller. Tu sais combien cela irrite Vittorio qu'on soit en retard au dîner.

— Mmm, fis-je en rentrant dans la salle de bains.

Le temps que j'en sorte maquillée et les cheveux secs, Phil attendait, habillé de pied en cap, allongé sur le lit, plongé dans la rubrique sportive du *Daily News.* Ce soir-là, il y avait du base-ball. Phil était un fan inconditionnel.

— Qu'est-ce que tu vas mettre ? Tu as réussi a sauver quelque chose après le cambriolage ? Ou est-ce qu'il faut tout envoyer chez le teinturier ?

— La plus grande partie a besoin d'un nettoyage. En fait, je vais tout envoyer. Je ne supporte pas l'idée de porter quelque chose qu'un inconnu aurait touché. Cela me fiche les boules.

— Tu as un truc bien à te mettre ici ? Et ton tailleur bleu avec ton corsage en soie rouge ?

— Ils l'ont perdu à la teinturerie, avec la jolie chemise en soie que tu m'as offerte pour mon anniversaire.

— Perdu ?

— Ils ont confondu les tickets. Quand je suis allée chercher mes affaires, ils ont essayé de me refiler celles d'une autre. Maintenant ils prétendent que je dois attendre que la fameuse cliente vienne faire l'échange.

J'enfilai un pantalon en flanelle grise et une chemise en coton rose. En fouillant dans l'armoire, je trouvai ma veste et la mis pour la retirer aussitôt et vérifier l'étiquette.

— Ce n'est pas ma veste non plus. Qu'est-ce qui se passe, enfin ?

— Tu es sûre ? Elle te va bien.

— Oh ! c'est la bonne taille. Mais c'est un double boutonnage contrairement à la mienne. Et la marque est différente.

— Il serait peut-être temps que tu aies une conversation sérieuse avec ton teinturier. Je n'aime pas ça. J'ai l'impression d'être cerné par des esprits malfaisants.

— Peut-être est-ce le cas, fis-je en frissonnant.

— Ev, comme c'est gentil d'être venue. Entre, je t'en prie, dit Vittorio en me prenant par la main et en m'embrassant sur la joue. Merci pour ce que tu as dit ce matin, me glissa-t-il dans un murmure. Très utile.

— Vic, tu es adorable, répondis-je en lui rendant son baiser. Et moi qui croyais que nous nous disputions comme d'habitude !

— Allons ! fit-il en se tournant vers Phil.

Je pénétrai dans la salle à manger. Un endroit toujours aussi impressionnant. Murs peints d'un rouge profond. Un Gainsborough représentant un jeune garçon en costume bordeaux avec son setter anglais. Une table en acajou accompagnée de chaises peintes tapissées de brocart céladon. Un lustre en cristal. Ce soir-là, des hortensias lavande flanqués de deux chandeliers XVIIIe siècle formaient un chemin de table au milieu de sets en dentelle de Madère.

Je me préparai mentalement à manger dans la porcelaine dorée faite en France par une fabrique de Dresde pour les membres de la famille royale russe au XVIIIe siècle, à manier de lourds couverts en argent et à boire dans un verre en cristal ancien. Je redoutais toujours de casser quelque chose.

Alan poussa les portes battantes de la cuisine. Sans un mot, nous nous enlaçâmes.

— Comment te sens-tu ? lui dis-je sans relâcher mon étreinte.

— Je ne sais pas ce que je vais faire, soupira-t-il. C'était mon meilleur ami.

— Je sais. Moi aussi, je l'aimais.

Avec un rire triste, Alan se dégagea.

— Tu sais ce qu'il dirait s'il était là. Très bien, foin de baratin. Tu veux un verre de vin ?

Sans attendre ma réponse, il me versa un verre de vin rouge, me le tendit et se servit à son tour.

Nous entrâmes dans le bureau de Vittorio, une petite pièce sans prétention meublée d'héritages familiaux. Après l'imposante salle à manger, le tapis persan un peu éculé, le mobilier en acajou éraflé et le canapé en velours élimé étaient un vrai soulagement.

Après avoir enlevé une pile de dossiers – le travail

de Vic pour le conseil d'administration de l'hôpital – Alan s'écroula à un bout du canapé. Je pris place à l'autre.

— À Gary ! dit-il en trinquant avec moi.

Je repensai à ce soir du bal de l'hôpital, quand Alan avait ouvert une demi-bouteille de champagne dans le taxi. Il était alors espiègle et éblouissant. Maintenant il n'était plus que l'ombre de lui-même, avec de grands cernes dus aux larmes et au manque de sommeil.

— Tu as l'air d'un veuf éploré.

— Je suis le veuf éploré. Il y a des crues en Chine, tu as entendu les informations ? Shirley et Judy Seligman sont coincées dans la province de Hu Bei. Elles m'ont désigné comme plus proche parent afin que je puisse traiter avec le bureau du légiste et faire prendre... le corps par les pompes funèbres.

D'une voix sans timbre, il m'énuméra ses activités de l'après-midi. Il était allé chez Gary ramasser le courrier et arroser les fleurs. Il avait vidé son casier à l'hôpital. Il s'était demandé, brièvement, s'il devait annuler tous ses abonnements ou s'il valait mieux les faire suivre chez Shirley dans le New Jersey. Mais la majorité des magazines était en français. Et il ne pensait pas que Shirley parlât cette langue.

Il y eut un long silence. Le cœur lourd, je lui pris la main.

— Vic et moi sommes allés voir mon gardien, ce matin.

— Oui, il m'a raconté, répondit distraitement Alan. Un type se dissimulant sous une vilaine perruque et derrière des lunettes de soleil, portant une blouse blanche... Impossible qu'il s'agisse de Case, gloussa-t-il.

— Tu penses toujours que c'est lui qui a envoyé le panier ?

— Quelle importance ? Il est venu me présenter ses excuses en grande pompe cet après-midi et implorer mon pardon pour tout le mal qu'il avait pu me faire. Il voulait me faire comprendre qu'il savait que je l'accusais d'avoir envoyé le panier et il a juré ses grands dieux qu'il n'en avait rien fait. Tu l'as téléguidé ?

— Je l'ai effectivement encouragé à te parler.

— Merci infiniment. Maintenant il faut que je sois agréable avec lui. Il fallait vraiment que tu convainques Vic de ne plus croire que Case avait livré le panier ?

— J'ignorais que je l'avais convaincu.

— Qu'importe ! Rien ne pourra nous rendre Gary.

Je lui pressai la main. Il retourna à ses pensées.

— Je n'ai jamais vraiment compris pourquoi vous aviez rompu Gary et toi.

Alan contempla son verre vide et le posa par terre.

— C'est difficile à expliquer. Gary était jaloux de moi de façon étrange et il me reprochait mon ambition. Il y a deux ans, j'ai voulu suivre une formation de chef dans la perspective d'ouvrir un jour mon propre bistrot. Gary m'a dit : « Tu vas faire des semaines de cent heures, à ce compte-là, je pourrais aussi bien sortir avec un interne. » Mais un interne finit par devenir attaché, ce qui lui permet d'avoir des horaires plus normaux. Alors que moi, j'allais ouvrir un restaurant et travailler comme un dingue jusqu'à la fin de mes jours. Je l'ai quitté non parce que je ne l'aimais pas, mais parce qu'il refusait de soutenir mes projets de carrière. Et regarde ce que je suis devenu. Je n'ai pas de bistrot, mais j'ai une cuisine fabuleuse et une salle à manger superbe. Je peux donner tous les dîners que je veux, et sans travailler à un rythme d'enfer !

— Tu le regrettes ?

— Oui, cela m'arrive. (Le chagrin le rendait visiblement sans complaisance. Il jeta tout de même un coup d'œil vers la porte, comme pour s'assurer qu'on ne l'écoutait pas.) Quand les choses sont difficiles avec Vic, je songe parfois à démissionner.

— À démissionner ?

— Vic me verse un salaire, tu sais.

Je l'ignorais. Même si j'avais toujours pensé que Vic entretenait Alan.

— Je suis son assistant. Son majordome. Je gère la

maisonnée. C'est un peu comme de posséder un bistrot. Dîner pour douze, par exemple. Je décide du menu, je parle aux traiteurs si on fait appel à eux, je commande le vin, je fais imprimer les invitations, je les envoie, je fais nettoyer la maison par l'équipe de ménage, je commande de nouvelles housses ou de nouveaux rideaux si besoin est... et si nous ne recourons pas aux services d'un traiteur, je me charge des courses et de la cuisine. Je m'occupe de toute la paperasserie financière – cet appartement, la maison de Westchester et la maison de l'île. Je supervise les jardiniers, les charpentiers, les peintres, les plombiers, les électriciens, etc. La semaine dernière, j'ai eu une conversation passionnante avec le responsable des écuries à propos de l'alimentation des chevaux de Vic pour cet hiver. Je dois gagner à peu près le même salaire que le valet de Doris Duke quand elle vivait encore.

— Sarcastique ?

— Non, dit-il avec de nouveau ce rire creux. J'aime ma vie. C'est ce que je veux faire. Bon, si tu veux bien m'excuser, on doit avoir besoin de moi en cuisine.

Il se leva et sortit.

Je finis par suivre son exemple.

En traversant la salle à manger, je ne savais quoi penser.

20

Comme souvent après un décès, la conversation ce soir-là à table fut un peu décousue.

Nous parlâmes de Gary, de son travail, de ses amis, de nous, pour enchaîner sur un autre sujet avant d'en revenir à Gary. Errances encore accentuées par le vin généreusement servi.

Quelqu'un évoqua Mark Ramsey, qui ne s'était jamais remis d'avoir perdu son meilleur ami dans un accident de voiture.

— Gary disait que Mark Ramsey était constamment en état de choc, parce que sa vie n'avait été qu'une série de mélodrames, dit Alan qui avait surmonté son accès d'ironie amère et qui paraissait galvanisé par la tristesse partagée par ses convives – dont celle de Case Hamilton, assis à sa droite. À douze ans, il perdait sa mère emportée par un cancer et, deux ans après, l'avion de son père s'écrasait en Alaska lors d'une expédition de pêche.

— Un bloc de glace quand on l'a retrouvé, dit Case Hamilton. Cela me rappelle que Batty Coleman...

— Tu connais un type qui s'appelle Batty ? demanda Craig. Case, dis-nous la vérité, tu connais des Bob, des Fred ou des Jim ?

— Bartholomew Coleman, disons. Mon coéquipier d'aviron à Yale. Exécuteur testamentaire des biens du père de Mark. Il m'a appelé pour...

Soudain ce fut un éclat de rire général. Un rire presque hystérique, le rire coupable du survivant.

— Assez avec tes relations de Yale ! s'écria Lauren Sabot.

— Laisse Alan terminer avant de te lancer dans l'évocation de tes anciens condisciples, chéri, dit Jackie.

Un rire passionné, affectueux, incongru, doux-amer.

Je regardai autour de moi. Vittorio présidait à une extrémité de la table somptueusement décorée, Alan, à l'autre, près de la cuisine, d'où il pouvait surveiller les allées et venues du personnel de service. J'étais assise à la gauche de Vittorio et faisais face à Jackie Hamilton, Phil et Craig. La chaise voisine de la mienne était vide ; la table avait été dressée pour neuf couverts bien que nous ne fussions que huit. Lauren Sabot avait été placée près de Case Hamilton, de l'autre côté de la chaise vide.

Le dîner qu'Alan avait commandé chez le traiteur se composait de saumon poché à la sauce verte, de riz pilaf et d'un mélange de légumes. Alan ne l'avait pas dit expressément, mais lorsqu'il avait donné ses instructions en cuisine, j'avais compris qu'on avait préféré un repas préparé par des gens extérieurs. Un sommelier servait le vin généreusement. Les plats présentés par un serveur repartaient directement en cuisine. Je n'en revenais pas ! À qui était destinée cette chaise vide ? À Gary ou à Hercule Poirot ?

— Je ne crois pas connaître l'histoire de Ramsey, dit Craig. Du moins pas dans ses détails.

Il voulait dire qu'il ne supportait plus de parler de Gary, qu'il était temps de passer à Mark.

J'expliquai donc que Mark s'était retrouvé orphelin à l'âge de quatorze ans après la mort de son père dans un accident d'avion. Comme il n'avait pas d'autre famille, il avait été envoyé en pension par l'exécuteur testamentaire de son père, Batty Coleman, l'ami de Hamilton. Là-bas, Mark s'était lié d'amitié avec un autre garçon du même âge et orphelin, lui aussi ; cet autre garçon, Scott quelque chose, avait perdu ses parents dans un incendie lorsqu'il avait neuf ans. Ils étaient devenus inséparables jusqu'à l'entrée à l'université : Ramsey était allé à Yale, où il avait fait médecine. L'autre s'était retrouvé dans une autre faculté, je ne savais plus laquelle.

— Saint John's University, dit Case. Une excellente école de pharmacie.

Quoi qu'il en soit, les deux jeunes gens ne s'étaient pas perdus de vue. Ils se voyaient régulièrement et passaient leurs vacances ensemble.

Puis, le soir de l'obtention du diplôme de Ramsey, Mark et Scott étaient partis de New Haven pour se rendre en voiture à Greenwich dans le Connecticut. À dix minutes de la maison de Ramsey, ils avaient quitté l'autoroute pour se retrouver face à une voiture qui roulait à contresens. Ramsey avait donné un coup de volant pour l'éviter et perdu le contrôle du véhicule. Leur voiture était partie en tonneau dans un ravin avant de s'écraser contre un arbre.

Ramsey s'en était sorti commotionné, défiguré et avec une double fracture à la jambe.

Scott était mort sur le coup.

— Affreux accident, dit Case. J'ai parlé à Batty Coleman à l'époque, qui m'a dit avoir à peine reconnu Mark à l'hôpital, tant son visage était abîmé et enflé. Mark n'a pas encore récupéré son aspect normal, après toutes ces opérations. Et d'après lui, il doit encore en subir.

L'assemblée tomba dans un silence méditatif. La perte de l'ami de Mark nous avait ramenés au point de départ : la mort de Gary. On n'allait pas tarder à sombrer dans la veillée funèbre.

— Et cette aventure torride avec Supergarce ? s'exclama Craig avec un entrain forcé.

Je repris donc mon récit. Après avoir retardé son internat d'un an, Ramsey avait débarqué à l'University Hospital le 1er juillet pour être immédiatement happé par une aventure torride avec Diane Clausson.

— Et cela a créé de sacrés remous, je vous prie de me croire, dit Jackie. Cette pauvre Di Clausson s'est retrouvée sur la touche. Quand un médecin de sexe masculin a une aventure avec une interne de quinze ans sa cadette, personne ne bronche. Mais qu'une femme l'ose...

— Mais, chère, c'était si flagrant.

— Et elle était mariée, souligna Phil. Et son fou d'arts martiaux de mari a provoqué Ramsey en duel...

— Invitation que Ramsey a déclinée, bien sûr, parce qu'il ne tenait pas à ficher en l'air les fruits de la chirurgie plastique.

— Le Dr Hans-Albrecht Clausson, le mari, reprit Case, un éminent immunologue et spécialiste du sida, a eu sa vengeance. Il a demandé le divorce en nommant Ramsey.

— Le pauvre garçon était tellement bouleversé qu'il a passé tout le week-end de Labor Day chez nous, sur l'île, ajouta Jackie avec un rire. Nous avons eu un mal fou à le faire sortir de la maison.

L'ambiance commençait à s'améliorer. Nous étions comme des touristes parcourant les Alpes. Nous ne cessions de monter et de redescendre. Toujours sur notre déviation Mark Ramsey.

— Mark a tout arrêté avec Diana après, dit Case en prenant son verre de vin.

— Je n'en jurerais pas, intervint Lauren. Je parie qu'ils sont simplement passés dans la clandestinité. L'autre soir, j'étais là quand Mark a appelé son répondeur pour écouter ses messages. Disons que lorsqu'il a raccroché, il était dans tous ses états, conclut-elle avec des airs de conspirateur.

— Quand était-ce ? s'enquit Craig.

— Vendredi soir. Vous étiez en ville tous les deux, poursuivit Lauren en se tournant vers Case et Jackie, et Mark était chez vous dans l'île. Il devait être environ minuit : je suis entrée dans la maison pour faire une razzia dans votre réserve d'alcool. Mark était dans le bureau en train d'écouter ses messages...

Lauren s'interrompit, soignant son effet. Nous étions tous littéralement pendus à ses lèvres.

— Il a refusé de me dire quoi que ce soit.

Éclats de rire, grognements, huées.

— Là, tu exagères ! beugla Case.

— Le voyant bouleversé, après m'être excusée de débarquer sans prévenir, continua Lauren quand les rires se furent calmés, j'ai essayé de le consoler un peu. Je lui ai rappelé que la semaine précédente, il m'avait confié que les feux d'artifice de Diana étaient trop pour lui. Réponse : « Oh ! tu sais combien il est difficile de résister à ce genre d'excès. » Fin de la conversation.

— Et la chute ? fit Craig. Je n'écouterai plus tes histoires qui se terminent en queue de poisson. Ev, nous t'avons interrompue.

— Je me souviens qu'un jour où Ramsey évoquait avec Gary sa tumultueuse aventure, il a fini par lui dire : « Est-ce que ce genre de choses arrive à tout le monde ou seulement à moi ? Il y a quelque chose qui cloche dans mon horoscope ? M'aurait-on jeté un sort à la naissance ? Est-ce parce que je suis riche ? » Et Gary lui a répondu : « Je crois qu'il y a une explication à tous tes problèmes. C'est de famille. Le mélodrame est dans tes gènes. Tu n'as jamais remarqué que sous un certain éclairage, tu ressemblais à John-John Kennedy ? Qu'est-ce que tu sais de la vie sexuelle de ta mère avant ta naissance ? »

Nous rîmes à en perdre le souffle. Mais nous ne tardâmes pas à atteindre les sommets enneigés de notre hystérie. Et nous entamâmes une nouvelle descente.

— Tu sais, dit Case tristement, c'est Gary qui m'a suggéré que Mark Ramsey aurait bien besoin d'une famille pour les fêtes. Le pauvre garçon était seul au monde, il ne s'était jamais bien entendu avec Batty, ce qui n'a rien d'étonnant : Batty peut être un vrai emmerdeur. Et comme Vittorio et moi avions été à Yale avec Dan Ramsey, le père de Mark, et que Geoff (l'aîné des Hamilton) avait été en pension avec Mark, enfin, quelques années plus tard...

— Cela semblait une bonne idée, dit Jackie. Nous avons reçu Mark plusieurs fois pendant l'été, et maintenant il vient presque tous les week-ends.

— Parfois même en notre absence, sourit Case. *Mi casa es su casa.*

Jackie posa affectueusement la main sur le poignet de son mari.

— Et vous savez tous, bien entendu, que nous l'avons encouragé à acheter un appartement dans cet immeuble.

Tout le monde parut soupirer en même temps. Nous redescendions dans la vallée. Notre tristesse pour Mark nous ramenait à Gary. Nous pouvions toujours essayer de nous changer les idées avec des ragots, la soirée restait celle de Gary. Nous étions tous au bord de la crise de larmes. Je glissai un coup d'œil à ma montre. Il était plus de 22 heures.

— Peut-être bénéficieras-tu de la proximité de Mark, dit Jackie à Vittorio. Tu as ton spécialiste des urgences sous la main.

Vic était sorti de l'hôpital avec un cathéter au bras qui lui permettait de s'injecter par voie intraveineuse la dose d'antibiotiques quotidienne dont il avait besoin.

— Pour l'instant, j'en ai une autre sous la main, dit-il en me souriant. Pourrais-je te prier de me tenir compagnie après le dîner, Ev ?

— J'en serais ravie, répondis-je, heureuse de cette diversion.

Vittorio me fit signe de rester assise.

— Dans un instant, Ev. Un dernier hommage.

Il fit un signe de tête à Alan qui appuya sur la petite sonnette placée à côté de son assiette. Le personnel débarrassa et apporta les verres pour le dessert.

Le sommelier déboucha une bouteille de sauternes.

— Ev, dit Jackie. Pourquoi ne pas montrer à Case comment procéder ? Comme ça, il pourra aider Vic si ni Mark ni toi n'êtes disponibles.

— C'est très simple, en fait. Vic peut le faire tout seul. Mais si Case veut donner un coup de main, il est le bienvenu.

Vittorio se leva en brandissant son verre.

— J'aimerais porter un toast à notre cher défunt, qui

est présent par l'esprit avec nous ce soir, dit-il en désignant discrètement la place vide. Gary, tu étais un infirmier et un administrateur de talent. Tu as imposé des normes en matière de soins qui ont été une source d'inspiration pour ceux qui travaillaient sous tes ordres, pour ceux qui collaboraient avec toi, et pour ceux qui te dirigeaient. Tu as pris des étudiants en médecine et des internes tout frais émoulus sous ton aile et tu leur as appris à voler. À atteindre des sommets, pour certains. Et tu as accompli tout cela avec dévouement, patience, persévérance et humour. Tu as convaincu tes collègues de protester d'une seule voix lorsque tu as vu que les soins aux malades étaient compromis et d'élever suffisamment la voix pour se faire entendre des administrateurs les plus réfractaires. Je te promets que ta voix sera écoutée. À toi, Gary.

Nous levâmes tous notre verre. Vittorio se rassit. Je sentis mes yeux s'embuer. À l'autre bout de la table, Alan réprima un sanglot.

— Oh, Alan ! dit Lauren en lui prenant la main. Tu te rappelles combien il était drôle ? Son imitation de Case et de Vittorio ?

Alan sourit à travers ses larmes, mais secoua la tête.

— Chéri, ramène-le-nous, rien qu'un instant, dit doucement Vittorio.

— D'accord.

Alan s'essuya les joues avec sa serviette, croisa les mains sur ses genoux, ferma les yeux, respira un grand coup et souffla. Puis il rouvrit les yeux et, se tournant vers moi, il se métamorphosa en Gary avec une exactitude qui me prit à la gorge. Les épaules. L'inclinaison de la tête. L'ombre de sourire. Gary venait de ressusciter dans son imitation de l'expression pensive de Case.

— Quand j'étais à Lakeville, je sortais avec une fille, Muffy quelque chose, dit Alan-Gary avec la voix de Case, une Forbes, en fait. Elle a fini par épouser un Saltonstall et son beau-frère, Bink, ou Jock peut-être ? – qui était un Cadwallader –, a été le skipper du bateau de Win Huxley Bagley dans la course des Bermudes en

1963 et, après avoir divorcé de sa première femme Bootsie – une Forbes elle aussi, d'ailleurs –, il a épousé Katherine Dunwhistle Ingersoll, et ils ont eu une fille Caroline. Caroline a épousé un Bloggs et son mari Kyle Adams Wickersham Bloggs était en faculté de médecine avec toi, Ev. Le monde est petit, n'est-ce pas ?

Puis s'adressant au mur, Alan poursuivit, dans une parfaite imitation de l'accent de Vittorio.

— N'était-elle pas la cousine de Buffy Bowne Livingstone, qui est devenue la comtesse de Manuelos y Gonzalez ? Non, ça, c'était Biffy Bowne Auchincloss. Buffy Bowne Livingstone a épousé le septième Argyle de Bradford.

En regardant Alan, j'en avais des frissons dans le dos. Je jetai un coup d'œil à Vittorio. Il riait, mais il était visiblement agité par d'autres sentiments.

Oh, mon Dieu ! pensai-je.

Alan leva son verre.

— À Gary.

Je vidai le mien. De l'autre côté de la table, Craig, qui avait l'air bouleversé, fit de même.

Était-ce possible ?

21

Je partis d'un pas incertain m'isoler dans la salle de bains d'Alan et de Vittorio.

Quelle quantité d'alcool avais-je ingurgitée ? Difficile à dire avec le sommelier qui n'arrêtait pas de remplir mon verre.

Pourquoi prendre toutes ces précautions pour que personne ne puisse toucher ni aux plats, ni au vin si, comme le prétendait Alan, j'avais convaincu Vittorio que Case n'avait pas tenté de les empoisonner ? Vic soupçonnait-il Lauren ou Jackie ? Ou Craig ? Ou encore Phil ou moi ? Qu'est-ce qu'il s'imaginait ? Qu'il allait tous nous saouler jusqu'à ce que l'un de nous s'effondre ? Tout ce que vous direz peut être et sera retenu contre vous dans un tribunal.

Alan était-il encore secrètement amoureux de Gary ?

Vittorio soupçonnait-il depuis toujours Alan d'être encore amoureux de Gary ? Chéri, ramène-le-nous, rien qu'un instant. Voyons si tu es toujours amoureux de lui.

Non, cela ne tenait pas debout. Si Alan était encore amoureux de Gary...

J'allumai la lumière dans la chambre d'Alan et de Vittorio. Contrairement aux salles de réception guindées, elle était confortable et sobre, à l'image du bureau de Vittorio. Des tapis usés. Le grand lit imitation Louis-Philippe en merisier blond et laque noire, qui dominait la pièce, était drapé d'une couverture en coton vert pâle disparaissant sous un monceau de coussins. L'un, brodé, annonçait : JE NE SUIS PEUT-ÊTRE PAS PARFAIT, MAIS JE LE

SUIS POUR TOI. Deux commodes assorties, ainsi que deux tables de nuit ornées de têtes de lions en laiton avec plateaux en laque noire. Sur celle d'Alan, à gauche du lit, s'entassaient des polars et des vieux numéros écornés du magazine *Gourmet.* Vittorio, quant à lui, lisait une biographie de Disraeli, *La Mort à Venise* de Thomas Mann, *Anna Karénine*, une Bible et, Dieu sait pourquoi, le *Merck.* Chacun disposait d'une chaise basse : des vêtements en vrac sur celle d'Alan ; un pantalon plié et une ceinture sur celle de Vic.

J'entrai dans la salle de bains et fermai la porte.

Comme beaucoup d'hommes de son « milieu », comme il disait, Vittorio réservait ses photos les plus intimes à cette pièce de la maison. Au-dessus du carrelage couvrant la base des murs, se pressaient des dizaines de photos, cadre contre cadre. Vittorio à l'âge de trois ans en blazer et short avec son père. Vittorio et Case le jour de leur arrivée en pension, le premier faisant la grimace à l'objectif, le second retenant courageusement ses larmes. Les mêmes en tenue de hockey. Leurs propres pères dans la même pension une génération plus tôt, également en tenue de hockey. Vittorio à la Harvard Business School. Case à la fac de droit de Yale. Pat von Laue et Jackie Hamilton, bras dessus, bras dessous, devant la tour Eiffel. Alan et Jackie Hamilton, exactement au même endroit vingt ans plus tard – qui cherchait à être drôle ?

Je trouvai la photo que je cherchais sous une applique à côté du miroir.

Gary et Alan sur les marches du Sacré-Cœur.

On frappa légèrement à la porte.

— Ev ? dit Craig.

Je le fis entrer.

— Oh ! Nom de Dieu, quelle ambiance ! grogna-t-il en refermant la porte derrière lui. On dirait un mauvais Agatha Christie doublé d'une séance de spiritisme. Je m'attends à tout instant à voir débarquer un type de mon bureau pour enregistrer des aveux, ou deux flics en uniforme venant procéder à l'arrestation. Est-ce que Vic va nous abreuver d'alcool jusqu'à ce que quelqu'un craque et hurle : « Oui, je l'avoue, c'est moi le coupable ! » Tu noteras qu'il ne boit pas une goutte, sinon une petite gorgée lorsqu'on porte un toast.

— Il est sous antibio. Il ne devrait pas boire du tout.

Craig aperçut alors la photo d'Alan et de Gary à Montmartre.

— Cela ne t'a jamais paru étrange ? me demanda-t-il en cherchant la photo d'Alan et de Jackie devant la tour Eiffel. Regarde, Alan porte exactement la même chose sur les deux photos.

— Je sais.

— Ce séjour à Paris fut une sorte de voyage de noces pour Alan et Vittorio. Une façon de marquer la fin du deuil d'un an que Vittorio a observé pour Pat. Vic a été tellement correct à ce propos... Pas une fois de l'année il ne s'est affiché publiquement avec Alan. Et puis crac, ils filent à Paris...

— Je ne sais pas si le terme de voyage de noces convient, Craig. Case et Jackie les accompagnaient.

— Case et Jackie, c'est une chose. Gary Seligman en est une autre. Qu'est-ce qu'il fichait à Paris pendant qu'Alan y était avec Vittorio ? C'est comme si tu allais à Paris avec Phil en emmenant Richard. (Mon petit ami à la fac de médecine.)

Depuis l'enfance, mes discussions avec Craig suivaient un schéma immuable. Quoi que dise l'un, par pur esprit de contradiction, l'autre prenait le contre-pied. Il suffisait que je me lève le matin en annonçant qu'il pleuvait pour que mon cher frère riposte : « Non, il fait soleil », et nous passions le reste de la journée à nous envoyer des horreurs au visage avec une ténacité qui aurait surpris Dieu lui-même – pendant qu'à l'extérieur, il pleuvait suffisamment pour rendre notre discussion complètement absurde.

Après des années passées à nous disputer, nous avions fini par comprendre que Craig me provoquait en espérant secrètement que je le fasse changer d'avis, alors que moi, j'avais besoin d'avoir le dernier mot.

Je respirai un grand coup. Cette joute-là, j'allais la remporter.

— Craig, Gary se rendait en France deux fois par an dans la mesure du possible. Il adorait tout ce qui était français : le pays, la langue, les films, la cuisine. Mais admettons qu'il soit allé en douce à Paris pendant qu'Alan s'y trouvait avec Vic. Et admettons qu'Alan l'ait rencontré en douce. Est-ce qu'Alan irait mettre cette photo dans la salle de bains qu'il partage avec Vittorio, où ce dernier peut la voir tous les matins en se rasant ?

— Allons, Ev, si je voulais convaincre Vittorio qu'il n'y a rien entre Gary et moi, je ne me cacherais pas : « Oh ! à propos, Vic, Gary vient dîner. » « Oh ! j'ai oublié de te dire, Vic, Gary va passer une semaine à Paris pour la Convention internationale des infirmiers des urgences juste au moment où nous y serons avec Case et Jackie ! » Je demanderais à Vittorio de prendre cette fichue photo de Gary et moi à Montmartre et je l'accrocherais justement sous son nez !

Je m'assis sur le rebord de la baignoire. Craig s'appuya contre le lavabo et croisa les bras.

— Tu penses vraiment qu'Alan est hypocrite à ce point-là ? lui demandai-je, redoutant sa réponse.

Craig soupira.

— Écoute, je suis en plein divorce parce que ma femme m'a trompé. Elle est déjà enceinte de l'autre type. C'est du moins ce qu'elle prétend – comment sait-elle qui est le père ? J'ai presque envie de faire tester l'ADN du gosse pour être bien sûr qu'il n'est pas de moi. Maman n'a pas arrêté de cocufier papa. Quand ton histoire a commencé avec Phil, sa petite amie était à Londres. Eh bien oui, je crois à la duplicité des gens. Tu penses vraiment qu'Alan est amoureux de Vittorio ?

Craig et moi avions déjà eu cette conversation. Je prenais toujours la défense d'Alan. Pas ce soir. *J'ai quitté Gary non parce que je ne l'aimais pas, mais parce qu'il refusait de soutenir mes projets de carrière.* Ses projets de carrière étaient apparemment passés à la trappe. Mais l'amour ?

Silence. Craig ruminait. Je m'abîmais dans la contemplation de la photo de nous trois prise à la remise de diplôme de Craig. Ce dernier souriait d'un air épanoui.

— Alan est le gigolo de Vittorio, Ev.

— Nous avons déjà eu cette conversation aussi, Craig.

— Cela ne te gêne pas ? Qu'est-ce que c'est que cette vie ? Alan était si ambitieux. Il allait travailler pour Bouley, ou Vongerichten. À la place, il court porter les pantalons de Roméo chez le teinturier. Il discute au téléphone de rideaux avec le décorateur. Il organise des dîners de dix couverts avec bisque de homard...

— Alan aime s'occuper de la maison de Vittorio, répliquai-je, avec moins de conviction que d'habitude. Il aime organiser des dîners pour dix avec bisque de homard.

— Peut-être qu'Alan va encore plus apprécier, maintenant que Gary est hors circuit.

— Qu'est-ce que tu racontes ? Que Vittorio voulait empoisonner Gary ? Tu ne crois pas que si Vittorio voulait se débarrasser de quelqu'un, il choisirait une méthode imparable ? En outre, si Vic a effectivement tenté d'empoisonner Gary, je ne vois pas pourquoi il aurait pris toutes ces précautions lugubres pour le dîner de ce soir.

— C'est ce qu'il veut nous faire croire, riposta Craig. Il suffit à Vic d'attendre que nous nous reprochions tous nos petits péchés et il obtient tous les renseignements qu'il veut pour piéger l'un de nous. Peu importe si les preuves ne sont pas concluantes. Case et Jackie n'ignorent rien en matière de champignons vénéneux. Mettons qu'ils veuillent empoisonner Alan parce qu'ils craignent que Vic ne les raye de son testament et qu'ils tuent Gary par erreur. Pareil pour Lauren. Elle figure sur le testament de Vic, elle aussi. Elle empoisonne donc Gary par erreur alors qu'elle visait Alan. Peut-être sommes-nous censés penser que Alan a empoisonné Gary, parce que ce dernier allait montrer à Vittorio des photos compromettantes d'Alan et lui si Alan ne plaquait pas Vittorio.

Voyons, peut-être que c'est toi qui as empoisonné Gary. Peut-être que j'ai empoisonné Gary et qu'ensuite je m'attaquerai à Vittorio parce que, comme je ne peux pas supporter que mon frère préfère les hommes, j'ai l'intention de dessouder tous ceux qu'il fréquente. Donne-moi une minute et je te trouve un mobile pour Phil.

— Prends ton temps, je t'en prie.

Ma colère montait, sans que je sache vraiment contre qui elle était dirigée. J'ouvris la porte.

Sur le seuil, Phil s'apprêtait à frapper.

— Un petit conclave familial dans la salle de bains ?

— On essaie juste de deviner lequel d'entre nous Vittorio tente de piéger.

— Ah ! Probablement toi, Ev. Mais en bon rusé qu'il est, il tient encore à ce que tu lui installes sa perf avant de partir.

— Non, c'est toi qu'il essaie de piéger, dit Craig en enfonçant un doigt dans la poitrine de Phil. C'est toi qui as fait le coup. Tu essayais d'empoisonner Ev, mais tu as empoisonné Gary par erreur.

— Oh ! vraiment ? Et pour quel mobile ?

— Tu veux filer avec une de tes patientes.

Phil blêmit.

— Je t'interdis de plaisanter à ce sujet.

22

C'était un mauvais lundi matin typique à la puissance N.

— Premier jour, première heure de la grève des infirmiers en hommage à Gary Seligman, annonça Mark Ramsey en observant les résidents et les attachés qui tournaient en rond, l'air soucieux, et les infirmiers intérimaires, engagés pour la circonstance, qui allaient et venaient, en affichant des airs affairés. Avez-vous la moindre idée de ce que font vraiment les infirmiers ? Eh bien, je vais vous le dire, continua-t-il en nous offrant une imitation assez réussie de Stan Laurel : « Je sais, Ollie ! Ils nettoient les patients pour nous éviter de patauger dans cette masse de sang, de pisse, de vomi et de guacamole ! »

Je tentai d'attirer son attention pour le faire taire.

Trop tard. Le Dr Michael Wells, l'un des attachés des urgences, leva le nez d'une pile de dossiers.

— Je vais vous dire ce que devraient faire les infirmiers, marmonna-t-il. Ils devraient coller du sparadrap sur la bouche de l'interne et l'enfermer dans un placard. Docteur Sutcliffe, je vous confie la charge de vérifier la qualité des soins, conclut Wells en désignant discrètement Mark pour s'assurer que je comprenais bien le message.

— Oui, mon général.

Ramsey partit voir un malade qui se plaignait de douleurs à la poitrine en salle d'examen B.

— Il a l'esprit dérangé ? reprit Wells.

— Je crois que c'est sa manière d'évacuer l'angoisse.

— Bien, faites en sorte que cela cesse. Comment peut-il continuer comme ça après ce lavage raté ? Vous étiez dans la salle avec lui à ce moment-là, docteur ? demanda Wells en me regardant par-dessus ses lunettes de lecture.

Mon petit déjeuner se mit à cailler dans mon estomac.

— Quand Gary a aspiré ? Oui.

— J'ai entendu dire que c'était Ramsey et cet étudiant en médecine, Nicholson. Que Ramsey...

— Non, docteur Wells. Ramsey m'assistait.

— Vraiment ? J'ai cru que c'était la faute du Dr Ramsey, mais votre responsabilité.

— Non, répondis-je en m'efforçant de maîtriser mon irritation. Ramsey préconisait le recours aux sédatifs, mais j'ai refusé de l'écouter. C'est ma faute et ma responsabilité.

— Qui était l'attaché ?

— Le Dr Hollister. Il était occupé. Un car de police appelé en renfort pour l'incident du métro avait heurté un bus et fait un tonneau.

— En fait, vous n'étiez pas de garde.

Je secouai la tête. Non, avais-je envie de lui dire et vous non plus, alors pourquoi me cuisinez-vous ?

— Non, c'était le Dr Kubota.

— Mais vous avez estimé que vous deviez vous occuper vous-même de Gary parce qu'il avait été empoisonné sous votre toit ?

— Non, je l'ai pris en charge, parce que le seul autre médecin disponible était un interne.

À en juger par l'expression de Wells, il classait ce que je venais de lui dire sous la rubrique *Version officielle des événements* tout en continuant à chercher des indices sur ce qui s'était réellement passé.

— Vous n'essayez pas de couvrir le Dr Ramsey ? Il n'a pas tué Gary à cause d'une négligence grossière ?

— Non. Quelle négligence grossière ?

— Sanglage du malade en position couchée, absence d'usage de sédatifs...

— Gary était assis, docteur Wells. Et je viens de vous le dire, c'est moi qui suis responsable de l'absence de mise sous sédatifs. C'était ma décision, pas celle de Ramsey. Où voulez-vous en venir ?

— Où je veux en venir ? aboya Wells. Un de nos infirmiers est mort ! Et en plus, un représentant syndical !

Bon, il valait mieux éviter de contrarier Michael Wells. En revanche, comme il n'était pas homme à mâcher ses mots, il arrivait qu'en employant la même méthode, on parvienne à s'en tirer avec lui. Je risquai le coup.

— Est-ce que Ramsey et moi allons être convoqués par la Commission de contrôle de la qualité des soins ?

— Voilà comment les choses se présentent, répondit-il après un silence. Existe-t-il une chance que vous ayez été trop bouleversée pour soigner Gary, mais que vous ayez refusé d'admettre que vos émotions vous empêchaient d'avoir les idées claires ?

— Avec le recul, peut-être. Mais sur le moment, non.

— Avez-vous envisagé de prier une personne moins impliquée sur le plan émotionnel de prendre le relais pour le lavage d'estomac ?

— Tout le personnel des urgences était impliqué émotionnellement. Gary était l'un des nôtres.

— Vous vous estimiez donc compétente.

— Oui.

— Aviez-vous des doutes sur les compétences du Dr Ramsey pour vous assister ? Il faut que je vous pose cette question. Au bout de trois mois aux urgences, le Dr Ramsey continue à marmonner dans sa barbe.

— C'est vrai. Mais il est honnête. (C'était le plus beau compliment qu'un médecin en spécialisation puisse faire à un interne.) Vous lui demandez : « Alors, docteur Ramsey, qu'a donné l'analyse d'urine ? » Il va vous répondre : « Désolé, j'ai oublié d'envoyer le flacon. Je m'en charge sur-le-champ. » Il ne bluffe jamais. Il ne vous raconte jamais qu'il a procédé à un examen si ce n'est pas le cas. Il ne commet jamais deux fois la même erreur, ce qui veut dire qu'il apprend. En outre, il passe tous ses loisirs à se documenter à la bibliothèque. Et il a un excellent diagnostic. Je lui accorde donc le bénéfice du doute.

— Si vous tenez à continuer comme ça, docteur, dit Wells, glacial, ne vous gênez pas. Mais je vous conseillerais de revoir vos priorités.

Visiblement je n'avais pas choisi la bonne tactique. Mais je n'eus pas le temps de réfléchir à un moyen de rectifier le tir, une voix sèche m'interrompit :

— Michael, seriez-vous de nouveau en train de terroriser les médecins en spécialisation ?

Je me retournai. Diana Clausson nous contemplait en souriant.

— Docteur Supergarce, dit Wells en s'inclinant légèrement. Quelle joie de vous voir. Bien sûr que je les terrorise.

— Et pourquoi ?

Wells ne voulait pas perdre la face devant moi. Il retira ses lunettes et les fourra dans sa poche avant de répondre :

— Tout médecin devrait réfléchir aux conséquences de ses actes et je suggérais juste au Dr Sutcliffe ici présente...

— De ne pas prendre la défense d'un interne honnête ?

Wells fouilla dans sa poche et se remit ses lunettes sur le nez.

— Puis-je vous demander pourquoi vous intervenez, docteur Clausson ?

— Tout médecin devrait réfléchir aux conséquences de ses actes, docteur Wells. C'est une excellente maxime. Je ne vous le fais pas dire.

Ils se défièrent du regard. Diana Clausson, un mètre soixante dix-sept, soixante-cinq kilos toute mouillée (nous étions allées nager ensemble une fois à la piscine et elle en avait profité pour se peser dans les vestiaires), yeux bleus étincelants d'intelligence, cheveux bruns tirés en queue de cheval. Son adversaire, le Dr Michael

Wells, un mètre soixante-dix-sept lui aussi, dans les cent kilos (à vue de nez), yeux marron assombris par la méchanceté, cheveux bruns hirsutes ayant grand besoin d'un shampooing.

Devinez qui a détourné le regard le premier et abandonné la partie ?

— Bien joué ! fis-je après le départ de Wells. Qu'est-ce que tu sais sur son compte ?

Clausson sourit.

— Je sais quelque chose sur tout le monde.

— Je l'avais remarqué. Herrera pour Noël. Gary Seligman t'a battue à ton propre jeu ?

Elle était douée. Son sourire ne flancha pas.

— Personne ne me bat à mon propre jeu, fit-elle d'une voix douce.

Soutenant mon regard le temps de me faire comprendre que j'avais perdu, elle fouilla dans le casier des dossiers, trouva celui qu'elle cherchait et s'éloigna d'un pas léger.

— Je veux en savoir plus à propos de Noël ! lui lançai-je.

— 25 décembre, fêté par toute la chrétienté. La naissance de Notre Seigneur Jésus-Christ.

Le Dr Christopher Cabot, directeur du service des urgences, s'était bombardé infirmier-chef officieux pour les prochaines vingt-quatre heures.

— Qui est-ce ? demanda-t-il en désignant un gamin allongé sur un chariot sous le tableau du poste des infirmiers.

— L'étudiant bambochard du week-end venu pour un petit réglage électrolytique, répondis-je en prenant en pleines narines l'odeur âcre de vomi, d'alcool et d'urine que dégageait notre malade.

— Quand est-il arrivé ?

— Il est là depuis 2 heures du matin, à absorber les rayons cicatrisants du tableau.

— Bien ! fit Cabot en partant avec le chariot. Voyons

s'il peut aussi en absorber autant en salle de transit, d'accord ?

— Ev ?

— Une seconde, je termine. Oui ?

Les sourcils froncés, Mark Ramsey étudiait un dossier.

— Que se passe-t-il ?

— Tu vois qui est Thomas Kennaugh ?

— Rafraîchis-moi la mémoire.

— Arrivé samedi matin, se plaignant de faiblesses, de nausées et de vertiges ? Nous avons cru qu'il avait pris de l'héro trafiquée. Naloxone et sortie ?

— Ça y est, je vois. Pourquoi ? Il est de retour ?

— Il dit qu'il ne veut pas consulter son médecin de famille.

— Tu parles, il tient à protéger sa réputation d'homme d'affaires respectable. Pourquoi est-il ici ?

— Il se plaint de problèmes pour déglutir, de difficultés d'élocution, de vision trouble et de faiblesse des extrémités. Difficultés pour respirer. Du mal à se redresser sur son séant. Nie souffrir ou avoir d'autres symptômes.

— Quand se décideront-ils à publier le manuel du médecin pour l'usage de la coke, du crack et de l'héroïne ? soupirai-je. Dieu seul sait ce qu'ils mettent dans cette merde. OK ! Je m'en occupe.

Thomas Kennaugh reposait sur son brancard en position surélevée. La trentaine, beauté banale, brun aux yeux bleus. Il portait une blouse d'hôpital et avait une canule à oxygène dans le nez. Il tourna mollement la tête vers moi.

Son problème était évident : il avait l'air terrifié.

— Monsieur Kennaugh, désolée de vous revoir. Cela ne va pas mieux ?

Ramsey avait noté ses fonctions vitales sur le tableau : pression artérielle 150/80 (un peu élevée) ; fréquence cardiaque 120 (rapide pour un homme au repos) ; respiration, 28 (rapide) et température 37° 7 (légère fièvre).

— Mal à respirer, dit Kennaugh en articulant comme un ivrogne s'efforçant de se faire comprendre.

— Oui, je vois ça.

— Peut rien avaler. Je vois mal.

— Bon, voyons cela, dis-je en prenant mon stétho. Vous voulez bien vous asseoir ? Attendez, je vais vous aider. Respirez profondément. Voilà. Encore.

Il avait les poumons dégagés, comme l'avait dit Ramsey, mais ils ne semblaient pas déplacer beaucoup d'air.

Je vérifiai ses pupilles avec ma minitorche.

— Un peu de paresse d'accommodation.

— Combien de doigts voyez-vous ? dis-je en lui en montrant deux.

Il semblait avoir du mal à distinguer.

— Deux ?

— Vous dites ça au hasard ?

— Non, deux.

— Vous avez des troubles de la vision ?

— Oui.

— Décrivez.

— Flou.

— Vous voyez double ?

— Non, flou.

Je terminai mon examen neurologique de base. Il avait du mal à suivre mon doigt sans bouger la tête. Quand je lui demandai de me montrer ses dents, il ne réussit qu'à produire un faible rictus et son réflexe pharyngé était absent.

— Monsieur Kennaugh, quand en avez-vous pris pour la dernière fois ?

Il jura qu'il ne se droguait qu'occasionnellement, et que sa dernière piqûre remontait à près de deux semaines et la précédente, à plus d'un mois.

— Deux semaines ? Vous êtes sûr ? J'avais cru comprendre samedi que c'était bien plus récent, insistai-je en jetant un coup d'œil à Ramsey qui rougit. Le Dr Ramsey et vous avez parlé de l'héro trafiquée de Mott Haven.

— Deux semaines.

Cela modifiait considérablement le tableau clinique.

Je le priai de me montrer où il s'était piqué : à l'intérieur de la cuisse. La marque de l'aiguille n'était plus visible. Il ne présentait ni boule d'œdème d'injection, ni abcès. Il prétendait être globalement en bonne santé et il avait effectivement l'air robuste. Je ne mis donc pas sa parole en doute.

— Vous vous sentez encore nauséeux ?

— Un peu, oui.

— Vous vomissez ?

— Non.

— Des crampes, de la diarrhée ?

— Non.

D'après mes souvenirs, Kennaugh et son frère, qui possédaient une société de placement en valeurs mobilières, travaillaient ensemble au World Trade Center. Célibataires tous les deux, ils partageaient un appartement et se nourrissaient presque exclusivement de plats préparés. La semaine précédente, ils avaient pris tous leurs repas ensemble.

— Votre frère est malade ?

— Non.

— Et vous n'avez mangé qu'à l'extérieur – rien chez vous ?

— Qu'à l'extérieur.

— Vous n'avez pas consommé de conserves ? Pas de jus de tomates, de pêches au sirop, de trucs dans ce genre ?

— Non.

— Des crustacés ?

— Allergique.

— Vous êtes allergique aux crustacés ?

— Oui.

— Bien. Vous souffrez de migraines ?

— Non.

Je revins à l'héroïne.

— Bon, je vais être franche, lui dis-je le plus gentiment possible. Je ne cherche pas à vous alarmer et je suis désolée d'avoir à vous dire ça. Mais quand quelqu'un se drogue par voie intraveineuse, il faut toujours envisager le sida.

Un éclair de peur passa dans son regard.

— Je ne partage jamais, s'écria-t-il.

— Pas même la première fois où on vous a montré comment vous y prendre ?

À son expression, je compris que j'avais visé juste.

— Vous avez déjà fait un test du VIH ?

Il ferma les yeux et secoua la tête.

— Bien, dans ce cas, je crains de devoir vous demander l'autorisation de procéder à ce test.

— S'il ne s'est pas piqué depuis deux semaines, ce n'est pas de l'héro trafiquée, s'exclama Mark une fois que nous nous retrouvâmes dans le couloir. Je lui ai demandé quand il s'était piqué pour la dernière fois – si seulement les patients pouvaient coopérer !

— Certains ont la mémoire qui flanche. Il a visiblement des problèmes respiratoires, mettons-lui un masque. Tu as envoyé du sang pour la gazométrie sanguine ?

— Oui.

— Communique-moi les résultats dès que tu les reçois. Il pourrait avoir besoin dune intubation.

— D'accord, fit Ramsey, encore irrité que le patient l'ait ridiculisé devant moi. Tu penses qu'il s'agit d'une infection à VIH ?

Je réfléchis une minute. On parle de séroconversion quand une personne, séronégative d'après les analyses sanguines, devient positive et souffre de sa première infection à VIH. On sait que le VIH se tapit dans le corps pendant des mois, voire des années, avant de surgir dans les analyses sanguines comme le monstre du Loch Ness.

— Je ne sais pas de quoi il s'agit. La séroconversion peut provoquer tout et n'importe quoi, il faut donc être en mesure d'éliminer cette hypothèse. Il n'a pas mangé de conserves et il dit ne pas souffrir de double vision... Il ne présente pas de troubles de la conscience, mais il y a manifestement un problème de nerf crânien. Ses fonctions motrices sont faibles. Si ce n'est pas une infection liée à la séroconversion, je tablerais sur une lésion à la base du cerveau. Mais c'est juste une hypothèse. Il a vraiment besoin d'un bilan. Il faut envisager une ponction. Donc, test du sida, imagerie par résonance magnétique, consultation en neurologie et admission. Ils peuvent éliminer des trucs comme le syndrome de Guillain-Barré là-haut. En attendant, tâche de le convaincre de prévenir son médecin personnel. Il aura besoin d'un soutien là-haut. Et installe-le dans un coin où on peut l'avoir à l'œil au cas il s'évanouit.

Il acquiesça et tourna les talons.

Je soupirai. Mark aurait vraiment dû insister pour connaître la dernière prise d'héroïne de Kennaugh dès sa venue, le samedi. Nous nous étions fourvoyés parce que nous étions partis du principe que l'héroïne trafiquée était la cause des problèmes. Pour la énième fois je me posais la question qui revenait chaque fois que Ramsey faisait une boulette : comment avait-il réussi à sortir diplômé de Yale ? Il n'était pas stupide. Il ne commettait jamais deux fois la même erreur. Mais le plus souvent, il avait l'air d'en savoir à peu près autant qu'un étudiant de troisième année.

Et quelque chose me tracassait à propos du tableau clinique de Kennaugh sans que j'arrive à mettre le doigt dessus.

— Docteur Sutcliffe ?

— Oui, Julio.

— Le Dr Carchiollo au téléphone pour vous.

— Merci.

— L'inspecteur Ost est ici, annonça Phil. Il a interrogé Elise Vanderlaende. Tu peux monter dans mon bureau ?

— Phil, c'est la folie ici. Même Chris Cabot met la main à la pâte.

— Cela ne prendra pas plus de dix minutes.

Je laissai donc les choses entre les mains de Mark Ramsey.

Kennaugh s'effondra quelques minutes après mon

départ. Il cessa carrément de respirer. Heureusement, le service respiratoire arrivait justement pour l'intuber. Il fut admis en cardio, parce qu'il n'y avait plus un seul lit vacant en soins intensifs.

Comme je n'étais pas là, Cabot prit la décision de l'admission.

À cause de la maison de dingues qu'étaient les urgences, Mark oublia de me le dire.

Et à cause de mes propres préoccupations, j'oubliai de demander.

23

L'inspecteur Ost attendait dans le couloir devant le bureau de Phil.

Échange de civilités.

— Votre appartement a retrouvé une apparence normale ? me demanda-t-il avec un sourire crispé.

— Mon frère Alan a proposé de s'en occuper, Dieu merci. Son petit ami et lui disposent d'une véritable armée d'assistants de toutes sortes pour la maison. Ils reçoivent beaucoup.

— Il y en a qui ont de la chance.

— N'est-ce pas ? Votre équipe a trouvé quelque chose ?

— Pas encore. Mais ne vous attendez pas à des miracles. Est-ce qu'on vous a volé autre chose ?

— Non. Juste l'ordinateur et mes disquettes de sauvegarde.

Il y eut un silence gênant. J'avais l'étrange impression que Ost était furieux contre moi.

— Où est Phil ?

— Il nous rejoint dans une minute. J'aimerais vous poser une question : Gary Seligman vous a dit qu'il était allé à sa réunion des anciens élèves, n'est-ce pas ?

— Oui, pourquoi ?

— J'ai appelé le lycée. Ils n'organisent pas de réunions. Ils donnent seulement une fête annuelle, mais à une autre date. Pourquoi, à votre avis, Seligman vous aurait-il raconté cela ?

— Je ne sais pas, fis-je en fronçant les sourcils. Vous

êtes sûr ? Il a dit qu'il s'était éclipsé de bonne heure parce qu'ils commençaient à sortir les photos des mômes. Pourquoi irait-il inventer un truc pareil ?

— C'est ce que je vous demande, docteur.

L'arrivée de Phil m'empêcha de répondre.

— J'ai prié l'inspecteur Ost de revenir sur cette affaire en ta présence, dit-il, l'air furieux lui aussi.

Quelle mouche les avait donc piqués ?

Phil nous fit entrer dans son minuscule bureau et ferma la porte.

Silence dans les rangs. Je regardai Ost. Il contemplait Phil avec un air manifestement soupçonneux et un petit sourire méprisant. Phil soutenait crânement son regard.

— Je n'aime pas ça du tout, dis-je.

Phil nous invita à nous asseoir.

— Si je ne vous connaissais pas tous les deux, je n'y comprendrais rien, dit Ost en réussissant à sous-entendre qu'il comprenait très bien au contraire. Comme je le disais au Dr Carchiollo, si vous avez une histoire avec cette Elise V., il est temps de me le dire. Parce que je dois vous avouer qu'en discutant avec elle, c'est l'impression que j'en tire. Que vous couchez avec elle.

Je pris un vieux coup dans le plexus.

— Je n'ai pas d'aventure avec elle, Ev, dit Phil qui luttait pour contenir sa colère. Tu sais que je ne l'ai pas vue depuis que nous l'avons croisée tous les deux, il y a six semaines, en traversant le campus.

— Docteur, permettez-moi de vous planter le décor, dit Ost en se tournant vers moi. Je vais la voir. Appartement sur Claremont Avenue. Je me présente, je montre mon insigne, j'explique que j'ai besoin de m'entretenir avec elle d'une enquête en cours. Elle m'invite à entrer. Je pénètre dans la salle de séjour et que vois-je ? Des photos du Dr Carchiollo partout. Pas des photos officielles, pas du genre de celles qu'elle aurait pu découper dans le journal de l'hôpital. Non. De vraies photos. Des instantanés.

« Bien. Le Dr Carchiollo m'a averti à son sujet, elle est amoureuse de lui et elle croit qu'il l'aime aussi, mais, en fait, il ne se passe rien. Et moi je me dis aussitôt : Ah oui ? Et comment a-t-elle eu ces photos ?

« J'explique à Vanderlaende qu'il y a eu un empoisonnement chez le Dr Sutcliffe et que j'interroge les amis et les malades du Dr Sutcliffe et du Dr Carchiollo pour voir si quelqu'un peut m'apprendre quelque chose. Elle réplique aussitôt : “Qui vous a donné mon nom ? Le Dr Sutcliffe ou le Dr Carchiollo ?” Je pige aussi sec que je n'ai pas affaire à une gourde. “Le Dr Carchiollo.”

« Je m'attends à ce qu'elle déballe tout et qu'elle se vante de coucher avec lui – enfin, si elle est aussi dingue que le prétend Carchiollo. Ou encore qu'elle comprenne que les jeux sont faits, qu'il va falloir qu'elle avoue qu'il n'y a rien entre eux, que cela se passe seulement dans sa tête. Ce faisant, je l'observe. C'est une très belle femme. Un long cou de danseuse, la grâce incarnée. Pour être honnête, si le Dr Carchiollo ne m'avait pas dit qu'elle était complètement givrée, je n'aurais pas été insensible à son charme, bien qu'elle ne soit guère plus âgée que ma propre fille. Mais j'essaie de ne pas me laisser distraire.

« “Et qu'est-ce que le Dr Carchiollo vous a dit de nos rapports ?” “Je préférerais que ce soit vous qui m'en parliez, miss Vanderlaende.” “Je veux bien faire mon devoir de citoyenne et vous aider de mon mieux. Mais mes rapports avec le Dr Carchiollo sont notre affaire et je n'ai pas l'intention d'en parler avec vous.” “Pardon, mais je crois qu'il est justement de votre devoir de citoyenne de le faire. Parce que quelqu'un a essayé d'empoisonner le Dr Sutcliffe. Vous connaissez les champignons vénéneux grâce à votre travail au secrétariat du département de botanique, donc vous en avez les moyens. Et si vous êtes amoureuse du Dr Carchiollo, vous avez un mobile. Cela suffit pour que je vous emmène au commissariat afin de vous y interroger. Mais je préférerais ne pas en arriver là, à moins que vous ne m'y obligiez.”

« Elle est très forte. Elle ne tique même pas : “Qui dit que je suis amoureuse du Dr Carchiollo ?” Je me tourne vers les photos. “J’admire énormément le Dr Carchiollo, continue-t-elle. Cela ne signifie pas que je suis amoureuse de lui. C’est vrai que je m’y connais un peu en champignons, pas beaucoup, mais un peu. J’ai assisté une ou deux fois à la conférence du Dr Held, celle qu’il donne pour la Société mycologique de Morningside. Mais j’ai croisé le Dr Sutcliffe dans la rue hier. Elle n’a donc pas été empoisonnée. Peut-être pourriez-vous me dire qui l’a été, inspecteur. Pour que je puisse vous aider.”

Interrompant son récit, Ost éclata de rire en secouant la tête, admiratif devant le cran d’Elise Vanderlaende.

— Vous savez qu’un moyen de coincer quelqu’un est de voir s’il sait quelque chose que vous ne lui avez pas dit. Un autre est de l’amener à admettre les hypothèses contenues dans la question. Mais elle ne tombait dans aucun piège. Je n’arrivais à rien avec elle.

Mon cœur battait la chamade.

— Vous pensez que c’est elle ? demandai-je le plus calmement possible.

— Elle est assez intelligente pour l’avoir fait, répondit Ost d’un ton moins agressif. Et elle ne peut pas justifier son emploi du temps de samedi. Elle prétend être restée chez elle : elle a réglé des factures, lu et s’est détendue. Pas de coups de téléphone.

— Donc vous pouvez l’arrêter ?

— Nous pourrions la convoquer pour interrogatoire. Mais nous serions obligés de la laisser repartir au bout de quelques heures.

— Pourquoi ?

— Pour l’instant on ne peut rien retenir contre elle. Nous n’avons que des données indirectes. Il nous faudrait établir un lien entre le panier et elle. Elle n’est pas de ceux qu’on amène à avouer, ça c’est évident. Elle est suffisamment intelligente pour s’en tenir à la version des faits qu’elle nous a fournie sans en rajouter.

Ost se tourna vers Phil comme s’il pouvait apporter les pièces manquantes permettant de relier Elise au panier.

— Je vous ai raconté tout ce que je savais, s'écria Phil, hors de lui.

Sans se départir de son air impassible et neutre, Ost réussit tout de même à me faire comprendre que, selon lui, Phil dissimulait quelque chose.

— Tu as dit à Ost que Vanderlaende a harcelé Held ? Et que, d'après lui, elle s'y connaît en champignons ?

— Oui, marmonna-t-il entre ses dents.

— Elle n'est pas aussi intelligente que ça, lançai-je à Ost. Ni aussi cohérente. Pourquoi ne s'est-elle pas assurée que c'était bien moi qui serais empoisonnée ? Et pourquoi prendrait-elle le risque de tuer Phil ? Son mobile, c'est de se débarrasser de moi et de le récupérer, non ?

Ost me regardait avec intérêt.

— Convainquez-la de vous aider à résoudre l'affaire. Elle a laissé entendre qu'elle pourrait peut-être faire quelque chose si elle savait qui avait été empoisonné. Eh bien, prenez-la au mot. Caressez son ego dans le sens du poil. Puis soulignez ses incohérences : « Vous êtes trop intelligente pour l'avoir fait, mais peut-être pouvez-vous nous donner un coup de main. Je sais bien que vous auriez eu le bon sens de vous renseigner d'abord, de vous procurer une arme plus fiable, que vous auriez agi avec davantage de méthode. Apparemment, celui qui a empoisonné Gary Seligman n'a pas votre talent. » Et continuez à l'asticoter jusqu'à ce qu'elle dise quelque chose de compromettant.

Ost eut une ombre de sourire.

— Peut-être que le fait de nous envoyer ces champignons était un geste, dit Phil, parti dans une tout autre direction. Un geste suicidaire, par exemple. Elle doit être furieuse contre moi parce que je ne lui rends pas son amour. Elle me protège de sa colère en la déversant sur toi, Ev. Mais au fond, elle ne doit pas trop bien savoir qui elle veut tuer. L'envoi de ce panier nous renseigne sur l'enjeu. Ou tu m'abandonnes à elle, ou sinon...

— Vous pensez donc que je devrais la convoquer pour interrogatoire, me dit Ost.

— Nom de Dieu ! Elle a essayé de m'empoisonner et elle a tué l'un de mes plus chers amis ! Oui, je pense que vous devriez.

Ost se tourna vers Phil.

— Et vous, docteur ? Vous partagez cet avis ?

— Bien sûr que oui, cria Phil. Qu'est-ce que c'est que ce délire ? Depuis quand demandez-vous à de simples citoyens s'ils pensent que vous devriez convoquer quelqu'un pour interrogatoire ?

— Je voulais juste m'en assurer.

Je compris soudain le pourquoi de l'attitude des plus étranges d'Ost. Il essayait de nous monter l'un contre l'autre.

De voir si Phil garderait son calme pendant qu'il résumerait, en ma présence, son entretien avec Vanderlaende.

De voir si je croyais Phil lorsqu'il niait avoir une aventure avec Elise.

De voir si j'étais favorable à ce qu'on convoque Vanderlaende au commissariat, mais si Phil serait contre.

Manifestement, Ost ne savait pas s'il devait croire ou non Phil.

Mon Dieu !

Ost fit mine de ne pas remarquer que je venais de percer son jeu. Il tira une photo de la poche intérieure de son veston et me la tendit.

Une photo de Phil et d'Elise Vanderlaende. Ensemble. Assis sur une serviette à la plage. En maillots de bain. Phil souriait à l'objectif ; Elise contemplait Phil en souriant.

Je fixai Phil d'un air incrédule.

— Ce n'est pas ce que tu penses, Ev.

24

— Ev, regarde bien cette photo, bredouilla Phil. C'est ta serviette de plage, ton sac de plage, et ta biographie de Charles Dickens. Celle que tu lisais le mois dernier. Si je devais aller à la plage avec une nana, tu crois que j'emporterais ta biographie de Dickens ? Qui, à part toi, irait lire une biographie de Dickens à la plage ?

Je ne savais plus quoi penser. Mon cœur partait d'un côté, ma tête de l'autre.

M'implorant littéralement, Phil se pencha vers moi.

— Tu ne vois donc pas qu'elle a fait truquer cette photo ? Qu'elle a fait insérer sa photo à la place de la tienne.

— C'est possible maintenant, concéda Ost. On vous met sur les lieux du crime alors que vous n'étiez même pas dans les parages. Peut-être pas dans la boutique de photographe du quartier. Mais dans des labos professionnels... c'est l'affaire d'une minute.

La jeune femme que j'avais vue la veille au café s'était donné du mal pour se rendre transparente – je lui avais à peine jeté un coup d'œil lorsqu'elle s'était assise à la table voisine. Mais là on ne voyait qu'elle. Élancée, fine, toute en longueur, elle était agenouillée à côté de Phil. Fière et provocante, elle portait un bikini aux couleurs vibrantes si révélateur que je n'aurais jamais osé l'essayer, même dans l'intimité de la cabine d'essayage d'un grand magasin. La douce brise venant de la mer gonflait ses cheveux blonds qu'elle repoussait d'une main de son visage. Et quel visage ! Un profil aristocratique.

Assise sur ma serviette de plage, avec mon sac de plage, mon livre et mon petit ami.

Par une journée ensoleillée de la mi-septembre, Phil et moi nous étions joints à un pèlerinage de la famille Carchiollo à Jones Beach, où Sal, un des frères de Phil, avait passé la matinée à mitrailler tout le monde. Et j'avais consacré une grande partie d'août et de septembre à lire une biographie de Dickens, que j'avais emportée avec moi à la plage ce jour-là.

En regardant la photo, je n'arrivais pas à dire si elle avait été trafiquée ou non. Pourtant, on avait manifestement enlevé mon image pour la remplacer par celle d'Elise Vanderlaende.

Ce qui m'ennuyait le plus, c'était le mélange d'émotions qui agitait Phil. Indignation, fureur. Plus autre chose.

Et la neutralité étudiée de l'inspecteur Ost semblait encore souligner cette autre émotion moins visible.

— Où est l'original de cette photo, celle où je suis ? demandai-je à Phil.

— Je ne sais pas. Tu ne t'aimais pas sur ces photos de plage, tu te souviens ? Il est même possible que je les aie jetées.

— Elle fouillerait tes poubelles ? m'exclamai-je, incrédule.

— Allons ! Quelqu'un la verrait. De toute façon, les poubelles se trouvent dans une impasse fermée par une grille cadenassée.

— Tu disais que tu avais égaré des objets, lui rappelai-je. Tu es sûr de ne pas avoir montré ces photos de plage à Faith ? Tu les lui auras confiées, ou alors peut-être les as-tu laissées sur son bureau ? Où Elise aura pu les voir en venant apporter une nouvelle lettre.

— Je ne me rappelle pas, soupira Phil en se passant la main dans les cheveux. Cela expliquerait comment Elise aurait pu se les procurer. Faith est la secrétaire du service de psychiatrie, précisa-t-il pour Ost. Elle a deux filles de l'âge de mes nièces et nous nous montrons souvent nos photos de famille.

Très calme, Ost nous regarda.

— Si l'un de vous a quelque chose à me dire, c'est le moment ou jamais. Il ne s'agit plus d'une simple blague de Halloween. Gary Seligman est mort.

— Phil ?

Il y eut un long silence. Debout derrière son bureau, les mains dans les poches, Phil se balançait d'avant en arrière.

— J'ai effectivement un aveu à faire. Je n'ai pas eu les idées très claires en l'occurrence. Cela fait plusieurs mois que je suis très déprimé et furieux. Et me coltiner Elise n'a pas arrangé les choses. Mais le problème est surtout que je suis blessé et furieux que tu refuses de m'épouser, Ev. Pour moi, c'est une question de confiance. Tu ne me fais pas assez confiance pour m'épouser. C'est la seule explication que je trouve et je sais que cela n'a rien de rationnel, mais c'est à cause de ma colère que je ne t'ai pas parlé d'Elise. Inconsciemment je devais me dire que si tu ne me faisais pas suffisamment confiance pour m'épouser, Ev, je n'allais pas te faire confiance au point de te parler d'elle. Un prêté pour un rendu.

J'en restai sans voix. Je savais que Phil était blessé et furieux que je ne sois pas prête à passer devant M. le maire. En général, il exprimait sa colère en lâchant de petites remarques sarcastiques, comme celle de la veille : « Ce serait bien si un jour nous pouvions fêter notre anniversaire de mariage. » Mais je ne l'avais encore jamais entendu parler de confiance, ni a fortiori de manque de confiance.

— Je suis désolée, dis-je lorsque je retrouvai ma voix. Je ne m'étais pas rendu compte que tu te sentais aussi trahi et rejeté.

— J'avais besoin de te cacher quelque chose d'important. Et en attendant, j'étais de plus en plus déprimé parce que j'étais trop en colère pour me confier à toi.

Cela me paraissait parfaitement clair.

— Oh ! Chéri, ce n'est pas de ta faute. C'est la mienne. Je t'épouserai un jour. C'est juste une sorte de... phobie. Il suffit que tu me dises « épouse-moi » pour que je panique.

Je jetai un coup d'œil à l'inspecteur Ost. Depuis que je le connaissais, jamais je ne l'avais vu perdre les pédales. Mais là, il était bouche bée.

— Docteur, ne me dites pas que vous le croyez !

— Mais si, dis-je, les yeux fixés sur Phil. Je le crois.

De retour aux urgences, je n'eus guère le temps de penser. J'étais ravie d'être débarrassée des zones d'ombre qui nous gâchaient la vie à Phil et moi depuis quelque temps. Mais Elise Vanderlaende courait toujours en liberté. Et il fallait que je mette la main sur Di Clausson. Keith Herrera ne m'avait jamais rappelée ; il fallait aussi que je lui parle. Et je voulais savoir s'il existait un Dr Moskowicz dans le personnel de l'hôpital. Le nom que Sava avait lu sur le badge.

Et, bien entendu, j'avais des malades à soigner.

— Ah ! Dieu soit loué, te voilà ! s'écria Ramsey. On attend un accident de voiture. Nous ne savons rien sinon que la blessée est brûlée et que les autres occupants du véhicule sont morts. (Il regarda sa montre.) Troubles de conscience sur deux minutes.

— Qu'est-ce que tu racontes ? Nous n'accueillons pas les traumas de niveau 1 pendant toute la durée de la grève.

— En principe, oui. Mais St. Eustace a fermé il y a une demi-heure après avoir récupéré seize blessés dans un accident de chantier et Mount Scopus a une sorte d'accident toxique sur les bras.

Je me harnachai en grommelant – blouse, tablier rayons X, bouclier contre les éclaboussures, gants –, agrippai une infirmière intérimaire et appelai Nicholson.

Les sirènes devenaient assourdissantes dehors. Au bip-bip des ambulances qui reculaient, nous fonçâmes sur le parc. Les ambulanciers étaient déjà à l'œuvre. « Anonyme, Asiatique, environ trente-cinq ans, elle conduisait le véhicule, trois morts », annonça l'un d'eux en poussant le chariot dans les urgences. Pression sanguine 180/90...

Tandis qu'il poursuivait sa litanie, je regardai la blessée. Le visage noirci de fumée, elle gémissait et se tordait, bien qu'elle fût immobilisée, sanglée des pieds à la tête à une longue planche pour l'empêcher de bouger au cas où elle souffrirait de blessures spinales.

— Non, non, non. Aidez-moi. J'étouffe, criait-elle.

Quel que soit le malade, on s'assure avant tout de certains détails : est-ce que les voies aériennes sont libres ? Le blessé respire-t-il ? Son cœur bat-il ? Tout malade qui parle a probablement les voies aériennes libres, il respire et son cœur bat. Ensuite on cherche une menace possible pour la respiration – des côtes cassées, par exemple – et toute hémorragie mettant la vie en danger. Et on fait tout cela en essayant de faire parler le malade.

— Madame, je suis le docteur Sutcliffe. Regardez-moi ! Comment vous appelez-vous ?

— Je vais mourir !

— Mais non. Vous êtes aux urgences et nous allons vous soigner. Comment vous appelez-vous ?

— Non, non.

Je me tournai vers les ambulanciers.

— Pas de pièce d'identité ?

— Son sac a brûlé dans la voiture. Les flics essaient de l'identifier.

— Bien. Madame, pouvez-vous rester tranquille ? Ne bougez pas, d'accord ?

Elle était grande et mince, comme moi. De mon âge aussi. Cheveux coupés court mais drus. Parfois, c'est plus facile quand on s'identifie au patient. Parfois, c'est le contraire. En l'occurrence, dans mon état de fragilité et de paranoïa latente, c'était plus dur.

Ramsey, lui, donnait visiblement dans la « suridentification ». Il était livide. Pour le sortir de son état de choc, je lui récitai mes instructions, comme je l'aurais fait avec un étudiant en médecine.

— Il faut qu'elle reste immobile pour protéger sa colonne vertébrale. Avec ce genre de délire, elle doit être blessée à la tête. Rayons X, ultrasons pour vérifier si elle ne fait pas d'hémorragie interne, on la stabilise et direction scanner.

Imperturbable, Nicholson entreprit de faire le point sur les fonctions vitales de la blessée et termina par une prise de sang.

— JE VAIS MOURIR !

— Non, vous n'allez pas mourir. Regardez-moi. Regardez-moi, enfin ! Vous avez été victime d'un très grave accident, mais vous êtes aux urgences de l'University Hospital maintenant. Nous allons découvrir ce qui ne va pas et nous allons vous soigner.

— Non, non.

Ramsey reprit enfin ses esprits. Armé de son stéthoscope, il se pencha vers la blessée et lui parla doucement. Il réussit à retenir son attention.

— Regardez mon visage, lui dit-il. Vous voyez ces cicatrices ? J'ai eu un accident, tout comme vous. Faites-moi confiance. Nous allons vous tirer de là. Respirez profondément, d'accord ? Bien. Encore.

Quelques secondes plus tard, il l'avait calmée.

— Mark, ce n'est pas le moment de douter du bien-fondé de ta spécialisation en médecine des urgences. Je comprends que la vue d'une accidentée de la route puisse te bouleverser et te rappeler ton propre accident. Mais tu t'es servi de cette expérience pour établir le contact avec elle. Tu as été génial. Tu l'as apaisée en un clin d'œil.

— Je n'arrivais pas à réfléchir.

— Tu t'es très bien débrouillé. Et je serai ravie de t'emmener prendre une bière pour t'aider à en parler, à vider ton sac, mais après la grève des infirmiers.

Ramsey arpentait de long en large le parc des ambulances. En bruit de fond, des rugissements qui provenaient du piquet de grève des infirmiers au coin de la rue : « NOUS VOULONS UN CONTRAT JUSTE. QUAND ? MAINTENANT. »

— Je n'ai pas la pathologie nécessaire pour ce job, Ev, siffla Ramsey entre ses dents serrées. Je ne suis pas un accro de l'adrénaline. Je suis incapable de réfléchir debout. Je ne peux pas gérer un défilé d'ambulances. J'entends une sirène et j'ai aussi sec la nausée. Est-ce aujourd'hui qu'ils vont amener quelqu'un que je vais tuer parce que je ne suis pas fichu de mâcher du chewing-gum et de parler en même temps ?

— Ramsey !

Ses yeux s'embuèrent de larmes.

— Non, tu ne comprends pas ! Gary me couvrait. Kathy Haughey me couvre. Toutes les infirmières me couvrent. Même ce con de Nicholson le fait en se chargeant de me le rappeler, ce petit salaud. Tu sais à quel point c'est humiliant ? Je vais craquer ! Tu crois que les infirmiers intérimaires vont me rattraper si je tombe du trapèze ? Je ne pense pas.

— Oh ! Nom de Dieu ! (Maintenant c'était moi qui faisais les cent pas.) Mark, nous passons tous par là. L'année de mon internat, je m'enfermais dans les toilettes pour pleurer et m'asperger la figure d'eau tellement j'avais la trouille. J'ai perdu cinq kilos parce que je ne pouvais rien garder sinon du cottage cheese. J'ai puisé dans mes réserves intérieures et je me suis endurcie. Et c'est ce qu'il faut que tu fasses.

Il passa un doigt tremblant sur la cicatrice qui lui barrait le front.

— Je sais que tu as des ressources. Il a bien fallu que tu puises quelque part pour survivre à cet accident, après la mort de ton ami Scott. Écoute. Je te soutiendrai de mon mieux. Mais rentre maintenant. Nous avons besoin de toi.

— SANS INFIRMIERS, C'EST LA MORT ASSURÉE ! BAISSER LES EFFECTIFS DE L'HÔPITAL, C'EST TUER !

— Oh, bon Dieu ! dit Ramsey en s'essuyant les yeux. Gary doit être furieux de rater cette grève.

— Mark, pourquoi as-tu choisi cette spécialisation ?

— Je ne l'ai pas choisie. C'est elle qui m'a choisi. Tu sais ce qu'on disait à la fac de médecine ? « Celui qui choisit la médecine des urgences court vers quelque chose ou fuit quelque chose. » Cela me ressemblait. Je ne savais pas si je courais ou si je fuyais, et j'ai pensé que si je m'inscrivais en spécialisation de médecine des urgences, je trouverais la réponse.

— Et tu l'as trouvée ?

— La plupart du temps, on dirait que je fuis.

— Bon, eh bien, pour aujourd'hui, ne fuis pas.

— D'accord.

Il se redressa et rentra d'un pas décidé dans les urgences.

Une heure plus tard, notre accidentée était stabilisée, mais nous ne connaissions toujours pas son nom.

— À son arrivée, elle parlait, mais elle tenait des propos assez incohérents, expliquai-je à Chris Cabot. Puis elle a sombré dans la stupeur, si bien que nous l'avons intubée et l'avons envoyée à l'étage pour un scanner. L'ultrason de l'abdomen était négatif. Brûlures au second degré aux deux mains. Les ambulanciers racontent que des témoins l'ont sortie de la voiture en feu, mais qu'elle est repartie en courant secourir ses amies. Plutôt héroïque quand on sait qu'elle a probablement le pied droit cassé.

— Bien, demandez à Julio de lui attribuer un numéro d'anonyme, dit Cabot en se frottant pensivement le menton. Voyez si vous pouvez mettre un aumônier ou une assistante sociale sur le coup pour faire la liaison avec les flics. Qu'est-ce qui se passe avec Ramsey ?

— Les nerfs.

— Notre inconnue a plusieurs lacérations à la cuisse, non ? Confiez-les-lui. Cela lui remettra les idées en place.

J'acquiesçai. Je n'allais pas dire à Cabot que Ramsey était infoutu de faire des sutures et qu'il faudrait que je le surveille jusqu'à ce qu'il ait terminé l'opération.

— Qui est-ce ? reprit Cabot en désignant un chariot garé en face du poste des infirmiers.

— Ah ! Un professeur d'université, le révérend Dr David Keller. Il est arrivé en se plaignant d'avoir un rythme cardiaque irrégulier. Nous avons écarté l'insuffisance mitrale, mais il n'est pas rassuré pour autant. C'est un patient de Diana Clausson. Elle arrive.

— Ah ! Diane chasseresse. (Cabot qui avait eu une formation classique émaillait son discours de références à la mythologie grecque. Il posa une main sur mon épaule.) Je peux autre chose pour vous ?

— Je pense que cela ira. Merci.

— Je sais que cela ira, docteur. C'est toujours le cas avec vous. (La main toujours sur mon épaule, il m'éloigna doucement de l'agitation du poste des infirmiers.) J'ai lu votre rapport sur Gary Seligman. Très clair et complet, comme d'habitude. Je sais combien vous étiez amis et je ne veux pas que vous culpabilisiez. Des soucis que vous aimeriez me faire partager ?

— Merci, docteur Cabot, c'est très gentil. Avez-vous des questions à me poser ?

— Je pense que tout est clair. À l'exception, bien sûr, des circonstances troubles dans lesquelles il en est venu à manger ces champignons.

Cabot était au courant pour Elise Vanderlaende. Ce matin-là, Phil avait remis un rapport au chef du service psychiatrique, avec copie à Cabot. J'ignorais ce que Cabot savait de Case Hamilton et de ses champignons.

— De nouvelles idées, en l'occurrence ?

— Nous explorons toujours des pistes, comme disent les flics. Avons-nous un Dr Moskowicz dans notre personnel ?

Cabot réfléchit un instant.

— J'ai récemment rencontré un médecin de ce nom à une réception. Un Israélien sympathique, Ilan de son prénom. Pathologiste, je crois.

Je lançai un coup de sonde au hasard.

— Et un Dr Noël ?

— Luc Noël ? Je le connais bien. Il dirige la médecine à Mount Scopus.

25

Je courus au briefing du matin en repensant aux propos acerbes échangés par Gary et Di Clausson en début de semaine : *Je trouve que c est un marché équitable, docteur, pas vous ? Herrera pour Noël. Conclu ?*

Et la volée de Di en réponse.

— *Il faudra d'abord me passer sur le corps. Ou sur le vôtre.*

On aurait dit une de ces analogies exaspérantes dans un test de QI. Gary refusait que Di fasse chanter Herrera avec le poste d'ORL qu'il guignait. Di refusait que Gary... fasse chanter le Dr Noël avec... la direction du nouveau centre de chirurgie ORL que Mount Scopus ouvrirait si la fusion avec l'University Hospital se matérialisait, ce que souhaitait Di.

Je n'en étais pas loin, mais ce n'était pas encore ça. Je repris tout à zéro. Herrera était censé annoncer pendant les visites que les internes et les médecins en spécialisation avaient le droit de soutenir les infirmiers en grève, mais il ne l'avait pas fait parce que Di lui avait dit : « Tu veux ce poste en ORL l'année prochaine, tu la fermes. »

Di avait le pouvoir de priver Herrera de ce poste en ORL qu'il voulait obtenir.

Mais Gary n'avait pas le pouvoir de priver Di de la direction qu'elle convoitait. C'était Noël qui détenait ce pouvoir.

Herrera pour Noël.

Si tu ne mets pas la pression sur Herrera, je ne mettrai pas la pression sur Noël.

Me menaceriez-vous de chantage, infirmier Seligman ?

Gary tenait Di d'une manière ou d'une autre.

Mais comment ?

— Les infirmiers intérimaires débordent de bonne volonté, mais nous ne les connaissons pas et ils ne nous connaissent pas, disait le Dr Abby Kubota quand j'arrivai au briefing matinal. Ils ne savent pas non plus où est rangé le matériel.

Il y eut un gloussement d'acquiescement dans le salon des médecins. Repérant Mark Ramsey, je me glissai sur le siège vide à côté de lui.

Comme les autres matins, la principale raison d'être du briefing était le petit déjeuner, sinon quand le personnel surmené trouverait-il le temps d'engloutir sa ration quotidienne de bagels, beignets et boissons caféinées ? Généralement, nous discutions d'un cas intéressant et écoutions Kubota, notre chef à la voix douce, nous donner ses instructions. Aujourd'hui, le sujet de discussion était : comment survivre à la grève sans tuer de malades.

— Je sais que tous les étudiants en médecine renâclent à l'idée de prendre davantage de responsabilités, continua Kubota en souriant à ceux d'entre eux qui étaient présents. Sachez que les internes ont l'ordre de vous surveiller étroitement. Peu m'importe le nombre de patients tués dont vous avez besoin pour vos carnets.

Huées et sifflets. Les étudiants en médecine devaient effectuer certains actes – ponctions lombaires, insertion de voies artérielles, etc. – pendant leur externat ; ces actes étaient inscrits dans de petits carnets, appelés carnets d'actes, signés par les médecins en spécialisation, et les carnets rendus à la fin de la rotation.

Je fis signe à Kubota.

— Oh ! Et le Dr Sutcliffe tient à rappeler à tous que vous devriez rejoindre le piquet de grève pendant votre pause-déjeuner pour montrer votre soutien aux infirmiers. Apparemment Keith Herrera aurait dû faire cette annonce pendant les visites samedi, mais il a oublié. Des questions ?

Tous les regards se braquèrent sur Ramsey et moi. Kubota avait ouvert la réunion en précisant que les administrateurs de l'hôpital l'avaient priée de ne pas évoquer la mort de Gary pendant la réunion. Bien entendu tout le monde voulait savoir pourquoi, mais Kubota refusait d'en dire plus.

Je jetai un coup d'œil autour de moi. Je croisai des regards curieux, d'autres gênés, quelques-uns accusateurs. Je refoulai de nouveau mes larmes et mon sentiment latent de culpabilité. Je haussai les épaules, fis le geste de me sceller les lèvres. Cela provoqua des rires.

— D'autres questions ? demanda Kubota qui arborait un badge disant : CERTAINES COUPURES NE CICATRISENT JAMAIS. Permettez-moi de vous rappeler les problèmes en question. Réduction des effectifs, absence de progrès dans les discussions contractuelles, et la volonté de l'hôpital de confier à des agents non habilités les tâches effectuées à présent par les infirmiers diplômés. Que ceux qui pensent encore que la grève des infirmiers ne les concerne pas appliquent donc le critère de « ma propre mère ». S'il s'agissait de votre propre mère, préféreriez-vous la voir entre les mains d'un infirmier diplômé ou d'un agent non habilité ?

— Donc, si vous aimez votre mère, joignez-vous au piquet de grève à la pause-déjeuner, suggéra l'un des étudiants en médecine.

— C'est de la partialité pure, cria un attaché du fond de la salle. Certains d'entre nous ont des patients, des mères, si vous préférez, dont les soins seront gravement compromis par la grève d'aujourd'hui. Que les infirmiers règlent leurs différends à la table des négociations, pas sur le trottoir.

— Et épargnez-nous le pathos, Kubota, reprit un autrc. Laissez la presse populaire jouer la carte de l'émotion.

— Exact, et vous devriez être la première à rester neutre. Un senior n'a pas à prendre parti dans une affaire pareille.

Ce fut un brouhaha de voix en colère. Rouge comme un coq, Kubota retira rageusement son badge et me le tendit. Je l'épinglai à ma blouse. Quelques personnes m'acclamèrent. On courait au chaos.

Soudain, quelqu'un entonna notre version de *Let it be* des Beatles, où « Mère Gary » venait nous voir en cas de problème. Tout le monde se tut. D'autres voix se joignirent à la première. Bientôt la plupart d'entre nous chantaient à tue-tête.

Les médecins opposés à la grève des infirmiers grognèrent, l'air écœuré. Un à un ils quittèrent la salle. Ceux qui restaient terminèrent la chanson.

Après cela, il n'y avait plus un œil sec dans nos rangs.

Dehors, dans le piquet de grève, les infirmiers profitaient d'une chaleur rare pour la saison, du soleil et d'une douce brise d'été. Il devait faire dans les vingt degrés. La plupart avaient quitté leurs vestes près de la porte d'entrée de l'hosto, beaucoup portaient des lunettes de soleil sous la visière de leurs casquettes rouges du syndicat des infirmiers, et certains arboraient même des tee-shirts sans manches en se passant des flacons d'ambre solaire. L'ambiance était à l'exubérance goguenarde.

La journée et la grève venaient juste de commencer.

Un journaliste de la télévision tournait le dos au piquet de grève. Sous mes yeux, il prit l'expression qu'il réservait aux directs : une vraie métamorphose, passionné, indigné, grave.

« Question : vous êtes malade. Vous allez à l'hôpital. L'hôpital vous confie aux soins de quelqu'un qui n'a bénéficié que de trois semaines de formation. Pas un infirmier. Pas même un technicien habilité. Sans même un diplôme universitaire. Un agent non habilité avec seulement son bac en poche. Vous diriez que l'hôpital se soucie de ses patients ? Les infirmiers de l'University Hospital répondent non. »

J'attendis derrière le cameraman. « La pause-déjeuner » était un pur produit de l'imagination et une vraie plaisanterie : je disposais royalement de quinze minutes pour déjeuner et me joindre au piquet. Mais je n'avais pas trop envie de passer à la télé. Je grignotai des carottes et des brocolis froids, puis mordis dans mon sandwich au fromage suisse.

Le journaliste de la télévision entonna sur un ton pontifiant :

« Cette grève ne concerne ni les salaires, ni la protection sociale. Mais la défense de soins de qualité. Selon les infirmiers, la direction de l'hôpital cherche à faire passer les profits avant les malades. Un concierge peut s'initier au maniement d'un tensiomètre – mais est-ce sans risque pour le patient ? »

Je repérai Keith Herrera.

— Salut, Sutcliffe, me dit-il quand je me glissai près de lui.

En jogging bleu sous sa blouse blanche, cet homme râblé d'environ un mètre soixante-douze courait à la calvitie malgré son jeune âge.

— Je t'ai appelée ce matin chez ton ami, mais tu étais déjà partie. Qu'est-ce qui se passe ?

— Est-ce que Di Clausson a fait pression sur toi pour que tu n'annonces pas à la réunion que les toubibs avaient le droit de manifester avec les infirmiers ?

— Pourquoi cette question ? fit-il, aussitôt méfiant.

— Juste un truc que Gary Seligman...

— Pas ici, m'interrompit-il. (Me prenant par le bras, il m'éloigna du piquet.) Maintenant, écoute-moi. Je sais ce que tu penses. Et ce sont des conneries.

Je me libérai d'un coup sec.

— Keith, tout ce que je veux savoir, c'est si...

— Si je monte en grade en couchant, c'est ça ? (Les mains sur les hanches, il se pencha vers moi comme un adjudant-chef en pétard.) Je ne baise pas cette bonne femme, bordel, et si Seligman t'a dit le contraire, qu'il aille se faire foutre. Je me bats pour ce poste en ORL d'une façon juste, comme tout le monde. Personne ne va remettre ma morale en question. Ni toi, ni Seligman, et certainement pas Diana Clausson.

Tournant les talons, il repartit d'un pas décidé vers les grévistes.

Au temps pour la théorie de Gary selon laquelle Di Clausson tenait Herrera. Ce dernier n'était pas du genre à se laisser intimider.

Je rentrai aux urgences. Le médecin en devenir Nicholson m'attendait derrière les portes du parc des ambulances. Impatient de prouver que lui, le modeste externe, pouvait se charger du travail d'un interne et ce, avec compétence, pardon, distinction, pendant qu'un interne qui resterait anonyme se vautrait dans le désespoir, à peine capable d'accomplir les devoirs d'un étudiant en médecine. Nicholson me fit son rapport sur tous ses patients.

— Anonyme, accidentée de la circulation, scanner de la tête clair, Ramsey recoud ses lacérations. David Keller, rythme cardiaque irrégulier, patient du Dr Clausson qui arrive. Marie Powers, probablement appendice enflammé.

— Attendez ! Quel appendice probablement enflammé ?

— Afro-Américaine de vingt-cinq ans se plaignant de douleurs abdominales, défense musculaire, mais pas de douleur à palpation appuyée. Le chirurgien descend.

— Bien. A-t-on réussi à identifier notre inconnue ?

— L'aumônier a retrouvé la trace du propriétaire de sa voiture, un dénommé Jhang. Jhang dit qu'il y avait quatre filles dans la voiture, ses deux filles et deux nièces. Elles se rendaient à l'enterrement de la grand-mère. Jhang vient identifier la survivante.

— Songez un peu ce qui doit passer dans la tête de ce pauvre homme, ne pas savoir qui est celle qui a survécu. Je lui parlerai à son arrivée. Le professeur, le patient de Clausson, pourquoi le voit-elle ?

— Dysphonie spasmodique. (Difficulté à parler due à un spasme des cordes vocales.)

— Vous savez quelque chose là-dessus ?

Cela n'aurait pas été le cas de la plupart des étudiants en médecine, mais Nicholson avait, lui, une réponse toute prête. Et très impressionnante de surcroît. Mais délivrée sur un ton de défi, comme si j'avais posé la question pour l'humilier.

Je me dis en passant que si Ramsey m'avait fourni la même réponse, je l'aurais chaleureusement félicité. Mais féliciter Nicholson, même s'il le méritait, paraissait tout simplement trop compliqué. Les externes – des étudiants en médecine en rotation à l'hôpital – étaient pour la plupart soit obséquieux, soit arrogants et toujours prêts à la ramener. Nicholson relevait de la seconde catégorie mais avec un truc tordu en plus : il semblait poursuivre une sorte de projet caché que je n'avais jamais réussi à percer et je le détestais pour cela. Je n'arrêtais pas de me trouver de bonnes raisons : en fait, c'était sa faute si je ne pouvais pas le sentir. Il me rendait folle. Pourquoi était-il aussi provocant – et aussi inadapté ? Pourquoi ne pouvait-il pas trouver sa place dans la hiérarchie des urgences et faire un effort pour s'y tenir ?

— Je vous pose la question, repris-je le plus calmement possible, parce que Di Clausson va vous arracher la tête si vous ne savez pas tout ce qu'il faut savoir sur son patient et ses problèmes. (Et la mienne avec, songeai-je *in petto*.) Bien, et si nous évoquions brièvement son arythmie ? Vous avez évacué l'insuffisance mitrale. Quel est l'écart ?

J'écoutai d'une oreille Nicholson m'énumérer, méprisant, les différents ennuis dont l'arythmie pouvait être un symptôme et ce qu'il fallait en conclure. Comme d'habitude, il était parfaitement au point et n'avait pas besoin de mon aide.

Lorsqu'il se tut, je m'obligeai à le féliciter. Mais cela ne me valut qu'un regard soupçonneux, comme si j'essayais de le coincer. Je laissai tomber. Prenant une pile de dossiers, je m'installai au bureau des médecins dans le poste des infirmicrs. Michael Wells m'avait confié la responsabilité de vérifier la qualité des dossiers, ce qui signifiait que je devais tous les lire, vérifier les protocoles et les annotations des médecins et m'assurer que tous ceux qui devaient signer l'avaient fait, et lisiblement. Surtout pendant l'absence des infirmiers, quand quelque chose pouvait mal tourner.

À la fin de ma lecture, j'allai chercher Ramsey. Je le trouvai au bloc 3 en train de préparer un plateau pour les sutures de l'inconnue Jhang de retour du scanner.

La patiente gisait inconsciente sur son chariot. Elle respirait bien ; mais elle restait intubée et nous lui avions laissé sa minerve. On avait soigné ses mains brûlées avec de la pommade avant de les bander, et plâtré sa jambe gauche. Comme personne ne lui avait nettoyé le visage – un boulot qui revenait normalement au corps infirmier –, je décidai de m'en charger. J'allai humidifier un linge au lavabo.

— Deux vilaines lacérations, observa Ramsey en fouillant dans des boîtes rangées dans les placards de fournitures pour choisir ses fils et ses aiguilles. Je suis le docteur Mark Ramsey, enchaîna-t-il après avoir trouvé ce qu'il cherchait. Je vous ai soignée à votre arrivée, vous vous rappelez ? Vous avez des estafilades sur la jambe, à cause de l'accident. Je vais les recoudre.

Il se pencha pour voir si elle l'avait entendu. Aucun indice dans ce sens. Mais on ne savait jamais, et c'était toujours bien de faire preuve de la plus grande courtoisie à l'égard d'un patient.

— Je suis le docteur Sutcliffe, ajoutai-je. Je vais vous nettoyer le visage. Pour enlever la suie.

Ramsey s'assit sur un tabouret à côté du brancard. Il chaussa une paire de lunettes de protection, enfila des gants et disposa des draps chirurgicaux verts autour de la première blessure. Pendant ce temps-là, je lavai le visage de la blessée avec la plus grande douceur ; elle avait la peau rougie par l'incendie, comme après une trop longue exposition au soleil. Ensuite, je remplis une seringue de lidocaïne et la tendis à Ramsey à l'instant même où il s'exclamait ! « Merde, j'ai oublié la lidocaïne. » Il me remercia d'un sourire.

Il injecta la lidocaïne en dehors du périmètre de la blessure pour éviter d'y enfoncer des saletés avec l'aiguille. Jusque-là, tout allait bien. Quand il eut terminé, je l'aidai à rincer la plaie.

— Utilise du nylon monobrin. Et fais très attention à t'adapter au derme.

— On ferme avec de la soie ?

— Non. Le taux d'infection avec la soie est de dix à quinze pour cent. Avec le nylon, cela tombe à deux à trois pour cent.

Je me mordis la langue pour ne pas poursuivre : Ramsey, bordel, cela fait trois mois que tu travailles ici et tu ne sais pas encore qu'il ne faut pas utiliser la soie pour fermer des blessures aux urgences ?

— Tu sais, Mark, toi et moi n'avons pas eu le temps de parler de la mort de Gary. Tu as des théories, tu en as entendu ?

— Pour le lavage d'estomac ? L'éventualité qu'il ait mangé des champignons contenant des cyclopeptides justifiait...

— Attends. Je ne te demande pas de justifier le lavage, ce n'est pas une répétition pour la Commission de contrôle de la qualité des soins.

— Nous allons être convoqués devant la Commission ? dit-il, blême.

— Pour ce que j'en sais, non.

— Mon Dieu ! On s'expose à des sanctions ?

— Non. Écoute ma question. Je te demande des ragots. As-tu entendu des hypothèses sur la manière dont Gary en est venu à manger ces champignons chez moi ?

Il reprit son nettoyage.

— Je ne voulais pas être celui qui te le dirait, lâcha-t-il d'un ton soudain affolé.

Mais il poursuivit sans reprendre son souffle :

— La patiente du Dr Carchiollo – celle dont il a dit aux infirmières qu'il ne voulait pas la voir si elle venait aux urgences –, elle travaille à l'Université pour ce mycologue, celui à qui Nicholson a parlé quand Gary a été empoisonné, le type qu'a recommandé le centre antipoison. Le professeur Held. On raconte que cette Eliza a eu une aventure avec Carchiollo et que lorsqu'il a essayé de rompre, elle a envoyé le panier avec les champignons vénéneux.

Travailler dans un hôpital ou vivre dans une petite ville, c'est du pareil au même : tout le monde sait tout de votre vie privée et croit tous les bruits qui courent – sans jamais songer à venir vous demander si les rumeurs sont fondées.

— Elise Vanderlaende, dis-je le plus calmement possible. Autre chose ?

— Je suis navré, Ev. Tout le monde est vraiment gêné qu'il te trompe comme ça. Voilà pourquoi personne ne t'a rien dit. Sans compter qu'avoir des rapports sexuels avec une malade...

— Il ne me trompe pas, dis-je avec toute l'assurance que je pus réunir. (Du moins, j'espérais dire vrai.) Et elle n'est plus sa patiente. C'est une érotomane. Comme cette femme qui harcelait David Letterman et qui prétendait être sa femme. Elle délire. Vanderlaende peut effectivement penser que Phil a une aventure avec elle...

Je m'interrompis devant l'expression de Ramsey.

De la pitié.

Elise Vanderlaende n'était pas celle qui délirait.

De l'avis de Ramsey, c'était moi.

— Mon Dieu !

— Je suis vraiment navré, répéta-t-il pour la troisième fois. Personne ne pensait que tu étais au courant. Nous ne savions pas comment te le dire. Et puis quand l'inspecteur est venu aux urgences avec cette photo d'Elise machin et que Kathy Haughey l'a reconnue...

— Kathy connaît Elise Vanderlaende ?

Nouvelle vague de pitié, plus dense cette fois.

— Mark, il faut que tu me dises tout ce que tu sais. Peu m'importe si c'est dur à entendre. Je t'en prie.

Pendant un instant, il resta coi. Il prit un porte-aiguille et examina la blessure.

— Eh bien, voilà. Kathy a connu Vanderlaende au gymnase de l'Université. Elles suivent les mêmes cours d'aérobic. Il y a environ deux semaines, Kathy entre dans les vestiaires pour se changer avant le cours et elle trouve cette fille en larmes dans la douche. Elle lui demande ce qui se passe. La fille lui explique entre deux sanglots que son petit ami vient de rompre avec elle. Il s'apprêtait à quitter son autre petite amie pour elle mais il a changé d'avis. Et le pire, c'est qu'il est son psychiatre. La fille ne donne pas de nom. Mais il est clair pour Kathy qu'il s'agit d'un psychiatre de cet hôpital. Elle le voyait pour un stress posttraumatique après avoir été impliquée dans une sorte d'attaque à main armée, ce qui lui donnait des cauchemars, et ce médecin lui avait apparemment fait valoir qu'une relation sexuelle avec lui la guérirait. En d'autres termes, que les cauchemars cesseraient si elle couchait avec lui.

« Bien entendu, Kathy était folle de rage. Elle a conseillé à la fille de prendre un avocat, d'appeler l'ordre des psychiatres et de porter plainte. Je me souviens que ce jour-là Kathy l'a raconté à une des autres infirmières en arrivant au travail. Elle était tellement furieuse qu'elle criait. J'ai tout entendu. Mais comme pour la plupart des trucs qui se passent ici, j'ai oublié.

— Puis, quand l'inspecteur Ost a montré la photo à Kathy...

Ramsey secoua la tête. Il avait l'air affreusement peiné.

— Après son entretien avec l'inspecteur, Kathy est ressortie blanche comme un linge. Elle n'a rien dit. Mais j'ai eu l'intuition qu'il s'agissait de la fille des cours d'aérobic. Celle qui pleurait à cause d'une aventure avec un psy. Et quelqu'un venait juste d'essayer de vous empoisonner le Dr Carchiollo et toi, sauf que c'était Gary qui avait mangé les champignons hallucinogènes. J'ai additionné deux et deux. Malheureusement tout le monde en a fait autant. Depuis, c'est le sujet à la mode.

J'acquiesçai. Je ne m'étonnais plus que personne n'ose me regarder en face. Non seulement j'avais raté le lavage d'estomac de Gary, mais ils pensaient que mon petit ami sautait une patiente.

— Ça va, à ton avis ?

— Ça m'a l'air très bien, dis-je en examinant son travail. Écoute, tu sais ce que faisait Gary les tout derniers jours ?

— Ce qu'il faisait ? dit Ramsey, le visage soudain vide d'expression.

— Il ne travaillait ni jeudi, ni vendredi, ni samedi. Il t'a parlé de ses projets ?

— Qu'est-ce qu'il faisait généralement de ses jours de liberté ? Il lisait des livres en français ? Regardait des films français ? Cuisinait ? De quoi tu parles ?

— Il m'a dit qu'il se rendait à sa réunion d'anciens élèves, mais il n'y est pas allé.

Mark eut l'air perdu.

— Il n'y est pas allé ?

— Non. Il n'y avait pas de réunion à son lycée ce week-end-là.

Encore ce regard vide ; je crus un instant que Mark avait perdu l'usage de la parole. J'eus une autre idée.

— Mark, tu as dit que tu avais vu Elise dans le quartier et qu'elle t'avait parlé ?

Il acquiesça.

— Elle connaît ton nom ?

Ramsey haussa les épaules.

— J'étais là le jour où on l'a amenée aux urgences.

— Elle te salue au passage, ou elle engage la conversation ?

Toujours ce regard vide.

— Je ne savais pas pour Carchiollo et elle, protesta Mark en élevant la voix. Je suis allé chez Sami, un matin, et elle est venue vers moi, s'est présentée et m'a demandé si elle pouvait m'offrir un café. Nous avons parlé du hold-up à la banque. Ensuite elle m'a demandé pourquoi j'avais opté pour la médecine des urgences. Puis elle a posé des questions sur toi. J'étais loin d'imaginer qu'elle se renseignait sur ton compte, Ev, sinon je ne lui aurais rien dit.

— C'était quand ?

— Je ne sais pas. Fin juillet, peut-être début août.

— Et qu'est-ce que tu lui as raconté à mon sujet ?

— Je ne me rappelle pas. Elle m'a posé des questions sur Gary aussi. Et Kathy Haughey. Et Phil. Ce que je pensais de lui. Elle semblait s'intéresser à tous ceux qui s'étaient occupés d'elle ce jour-là aux urgences, à tout le personnel. Elle voulait savoir l'effet que cela faisait d'être confronté à ce genre de choses jour après jour.

— Kathy Haughey n'était pas de garde ce jour-là. C'était Gary. Tu n'as pris un café qu'une fois avec elle ?

— Non, peut-être trois ou quatre fois. Ce n'était pas des rendez-vous, Ev, mais le pur hasard, j'allais chez Sami, elle était là et je m'asseyais à sa table, ou l'inverse. Ou quelquefois je tombais sur elle en faisant mon jogging. Nous avons fini par plaisanter de ces rencontres fortuites.

— Et tu ne te doutais pas une seconde qu'elle était amoureuse de Phil ?

— Pas jusqu'à ce que l'inspecteur débarque avec la photo. Ev, je suis vraiment navré...

Je l'interrompis.

— Tu sais quelque chose sur la brouille entre Case et Vittorio, son origine ?

Il parut soulagé que je change de sujet. Puis il s'assombrit de nouveau ; je ne faisais que passer d'un sujet désagréable à un autre.

— C'est une querelle à propos d'argent, soupira-t-il. Je n'en connais pas les détails.

— Aiguë ou chronique ?

— J'ai l'impression que c'est chronique. Case gère mal ses finances, Vic le sort d'affaire. Case devrait laisser Vittorio s'occuper de son argent, payer toutes ses factures et lui verser une pension. Jackie l'a souvent suggéré. Vittorio est partant. Mais Case est trop orgueilleux. En outre, ce que Case désire en fait, c'est être Vittorio. Vittorio fait ce qu'il veut. Case n'a jamais fait ce qu'il voulait. Il a toujours fait ce qu'on voulait qu'il fasse.

— Ils te traitent vraiment commc un membre de la famille, n'est-ce pas ? murmurai-je.

Ramsey eut un rire triste.
— Ouais, vous êtes de la famille à présent, alors ne faites pas attention si on s'engueule devant vous ! (Il secoua la tête.) Case et Vic ont un vrai rapport d'amour-haine. Vic ne cesse d'humilier Case. Et Case est tellement envieux qu'il n'a pas les idées claires. Ils se bourrent de coups de poing, comme le feraient des frères de sang. Puis ils se pardonnent mutuellement et recommencent à zéro.
— Il s'est produit un événement particulier récemment ?
— Ils ont eu une grosse engueulade il y a deux week-ends. J'ai pris le train le dimanche matin pour passer la journée avec eux. À mon arrivée, Jackie m'a dit que Case et Vic étaient sortis cueillir des champignons pour le dîner et m'a suggéré de les rejoindre dans les bois. J'ai donc pris le chemin, tu sais, celui qui passe derrière la grange. J'ai entendu leurs voix. Comprenant qu'ils s'engueulaient, j'ai tourné les talons.
— Mais tu as entendu quelque chose avant de partir.
Ramsey me regarda en se mordant la lèvre.
— Je me suis demandé s'il fallait que j'en parle à quelqu'un.
J'attendis.
— Garde ça pour toi, Ev. Si tu le répètes aux flics et qu'ils viennent me voir, je le nierai.
— Je comprends.
— Case et Jackie me traitent effectivement comme un membre de la famille... Et merde, voilà ce que j'ai entendu. Case a dit que c'était une chose que Vic veuille vivre avec Alan, mais que c'était un affront à la mémoire de Pat que Vic modifie son testament pour laisser à Alan l'argent que Pat lui avait légué.
Il resta silencieux si longtemps que je faillis meubler. Puis il reprit :
— C'est là que Vic a répliqué : « Et qu'est-ce que tu vas faire contre ça, Case – envoyer un plateau de champignons sur toasts à Alan ? »

26

— Oh ! Sutcliffe, hurla une voix du parc des ambulances. Attention. Une larguée du trottoir.

Cela voulait dire qu'une voiture s'était arrêtée devant l'entrée des urgences sur la 113e rue Ouest, le temps d'ouvrir la portière pour balancer un malade dehors.

Poussant les portes du parc des ambulances, je vis une femme recroquevillée par terre. Deux ambulanciers couraient déjà vers elle avec leur matériel.

— Je vais chercher un chariot !

Le temps que je m'agenouille à côté de la blessée, les ambulanciers lui avaient déjà inséré une canule bucco-pharyngée.

— Elle respire, mais à peine, dit l'un en accrochant un Ambu à une bouteille à oxygène pour la ventiler.

— Tension 120, pouls 80, annonça sa collègue. Myosis extrême. Vêtements chers, bijoux, maquillage. Selon moi, ces chaussures doivent valoir dans les quatre cents dollars. Mais où allons-nous !

La patiente était sans aucun doute fort belle et fort élégante. Âgée d'une vingtaine d'années, elle pouvait être une femme d'affaires, une femme trophée, ou une riche oisive... prenant un peu d'héroïne à ses heures perdues. Je lui enfonçai un poing dans le sternum. Pas de réaction. Je cherchais du regard un sac sur le trottoir. Rien.

— Elle a des papiers d'identité sur elle ?

— Non. Qu'cst-cc que vous pariez que ses copains agents de change espèrent qu'elle bénéficiera de soins anonymes à l'insu de son employeur ? Je lui installe une perf de Narcan ?

— Amenons-la aux urgences.

— Comme vous voudrez.

L'ambulancière, une jolie femme bien en chair avec des cheveux noir corbeau et une coupe très branchée – Oliveri d'après son badge –, fit un signe du menton à son collègue, un roux genre grassouillet du nom de Tsach. Ils soulevèrent la patiente sans efforts et la sanglèrent au chariot. On aurait dit une poupée de chiffon.

— Voilà la trace de la piqûre, dit Oliveri en désignant un minuscule point rouge derrière le genou gauche de la patiente. Qu'est-ce qui ne tourne pas rond chez ces gens-là ? Je pourrais m'offrir une robe comme ça, j'irais pas me piquer, je vous jure.

Je poussai le chariot dans le bloc 1, Ramsey venait juste d'enlever ses gants. Il tira le chariot de l'anonyme pour faire de la place à sa nouvelle colocataire.

Oliveri lâcha sa sacoche par terre.

— Mon offre de perf tient toujours, doc.

— Merci, ce n'est pas de refus.

— C'est la larguée du trottoir ? demanda Ramsey.

— Oui, une autre yuppie héroïnomane, on dirait.

Je sortis un sac de soluté et une boîte de tubulure de perfusion du placard pendant qu'Oliveri se mettait à l'ouvrage. Elle travaillait vite et bien. Le temps que je sois prête avec le Narcan, Oliveri avait déjà fait une prise de sang et installé la perf.

J'envoyai la dose et nous reculâmes tous d'un pas. Le Narcan, qui inverse les effets de l'héroïne et autres opiacés, a un effet si rapide qu'on a vu des malades se redresser et balancer un coup de poing dans la mâchoire du médecin avant que ce dernier ait le temps de dire ouf.

La malade ne broncha pas.

— C'était quoi comme dose, deux milligrammes ? demanda Ramsey.

— Oui.

Après avoir consulté ma montre, je préparai une nouvelle dose. Tsach pressait toujours l'Ambu. La patiente était une vraie beauté, même inconsciente et bleue à cause du manque d'oxygène. À l'annulaire gauche, elle portait un solitaire qui aurait certainement pu me payer cinq ans de loyer.

— Deux milligrammes ne vont pas servir à grand-chose si elle a pris du Fentanyl qu'on vend dans la rue ou du mélange trafiqué de Mott Haven, lança Mark à la cantonade pendant que j'injectais la seconde dose dans l'intraveineuse.

— Oui, tu as raison.

Nous reculâmes tous de nouveau.

Rien.

Ramsey se mit à marmonner dans sa barbe.

— Le Fentanyl vendu dans la rue peut être des centaines de fois plus puissant que l'héroïne et la morphine. C'est très liposoluble et cela va droit dans le cerveau en franchissant la barrière hémato-encéphalique. L'effet est si rapide que cela tue parfois le drogué avant qu'il ait le temps de retirer l'aiguille.

— Au moins, elle reprend des couleurs.

Après avoir consulté ma montre, je préparai une troisième dose de Narcan.

Pendant ce temps-là, Oliveri découpait la robe de la patiente avec force claquements de langue et hochements de tête :

— De la lingerie fine en soie, voyez-vous ça, marmonna-t-elle.

Ramsey vérifia de nouveau les fonctions vitales, annonça les chiffres et tendit les tubes de sang à la stagiaire qui les porterait au labo.

— Vous savez, une étude effectuée au milieu des années 80 à l'Université de Californie du Sud a démontré que le Fentanyl était l'une des deux drogues dont abusaient le plus les médecins, notamment les anesthésiologistes.

Oliveri cessa de marmonner devant la lingerie déchiquetée de la patiente. Elle regarda Ramsey de l'air de dire, mais qui c'est ce type ? Comme si elle n'avait pas soliloqué autant que lui.

Soudain, la patiente tenta de bouger la tête. Quelques secondes plus tard, elle se passa la main sur le visage. Ses paupières s'ouvrirent.

— Contents de vous revoir, la môme.

La patiente nous regardait d'un air fixe et dément. Repoussant l'Ambu, elle se redressa d'un bond, cracha la canule à l'autre bout de la pièce et hurla :

— Mais qui êtes-vous ? Qu'est-ce que vous fabriquez ?

Prenant conscience de sa nudité, elle se croisa les bras sur la poitrine.

— Où diable sont mes vêtements ?

— Vous êtes à l'University Hospital. Vous avez fait une surdose d'héroïne et vous avez été amenée ici inconsciente.

— C'est ridicule. Je ne vois pas de quoi vous parlez. Pourrais-je au moins avoir un drap pour me couvrir ? Où sont mes affaires ?

Je lui tendis une blouse de malade et l'aidai à l'enfiler.

— Je crains qu'on ne vous ait amenée ici sans vos affaires. Vos amis vous ont jetée inconsciente sur le trottoir devant les urgences et sont repartis en voiture.

— Vous délirez. Où est ma serviette ?

— Pas ici.

— Pas ici. (Soudain son regard s'éclaira : nous n'avions pas de papiers d'identité ; nous ignorions qui elle était.) Vous ne pouvez pas me garder ici contre mon gré. Je pars. Donnez-moi mes vêtements.

— Je ne vous le conseille pas.

— Qui êtes-vous donc pour me donner des conseils ? s'exclama-t-elle avant de lire mon badge. Eh bien, donnez-moi mes vêtements, docteur.

— Le mot que vous cherchez aussi désespérément est « merci », intervint Ramsey.

La patiente le regarda avec incrédulité.

— On vous a sonné ? Vous n'avez pas non plus l'air d'être venu de votre plein gré, on dirait !

— Vous avez raison. J'ai eu un accident, c'est pour ça que mon visage est dans cet état. Des inconnus m'ont tiré de ma voiture, ils ont arrêté mon hémorragie, m'ont sanglé à un chariot, hissé en haut d'une colline et m'ont mis dans une ambulance pour me conduire à l'hôpital. Je suis resté trois jours dans le coma. À mon réveil, d'autres inconnus prenaient soin de moi. Vous pouvez parier que le premier truc que j'ai dit quand j'ai pu parler de nouveau a été : merci.

La femme le fixait, bouchée bée.

— Permettez-moi de vous expliquer quelque chose, continua Ramsey. La durée d'action de la plupart des opioïdes excède celle du Narcan, le médicament que nous vous avons injecté. Cela signifie que, même si le Narcan vous a réveillée et que vous vous sentez bien, cette sensation va durer au mieux une demi-heure. Ensuite, l'héroïne, ou le Fentanyl, ou Dieu sait ce que vous avez pris, va triompher du médicament que nous vous avons donné, et vous pourriez très bien resombrer dans l'inconscience et cesser de respirer à nouveau. Il faut que vous restiez à l'hôpital où nous vous injecterons une dose de Narcan pour garantir que cela n'arrivera pas. Pigé ?

La femme dévisagea longuement Ramsey, puis son badge.

— Qui êtes-vous ? Le pharmacien de l'hôpital ? finit-elle par demander. Non, attendez... je vous connais ! Vous étiez l'étudiant en médecine quand je me suis cassé le bras il y a deux ans ! Vous sortez de Yale, non ?

Ramsey plissa les yeux.

— J'ai été tellement impressionnée en voyant que vous connaissiez les réponses à toutes les questions de l'interne. Vous désigniez les radios en disant des trucs du genre « fracture de Pouteau-Colles » et « déplacement de ceci ». Vous ne vous souvenez pas de moi, c'est ça ? Pas grave. J'aime autant. J'aurai de sacrés ennuis si on sait que je suis venue ici. Merci, docteur Ramsey, pour alors et pour maintenant. Et vous aussi. Pardonnez-moi mon agressivité. (Elle se retourna vers Ramsey.) Bon, puisque c'est vous le malin ici, pourquoi ne pas m'expliquer comment je peux avoir une autre perf du médicament dont j'ai besoin d'après vous, régler en liquide et partir sans révéler mon vrai nom de sorte que mon patron ne découvre pas mes petits passe-temps.

— Bien, dit Oliveri à son collègue. On y va. Je crois qu'on n'a plus besoin de nous.

Je leur emboîtai le pas.

— Là, je me sens dans la peau d'un vrai médecin, me dit Ramsey quelque temps plus tard. Une patiente à tomber qui m'appelle docteur bien que je marmonne dans ma barbe. Et qui écoute mes conseils.

— Qui étaient ?

— Eh bien, je l'ai convaincue de me révéler son nom.

— Bien. Très important.

— Mais j'ai précisé qu'elle pouvait éviter que son patron soit au courant en réglant en liquide, ou en demandant à un ami de faire un chèque à sa place.

— Tâche de récupérer son vieux dossier.

Cela permettrait de vérifier l'identité de la femme.

— Bien entendu. (Il soupira, mimant l'énamouré.) Tu crois que je devrais l'épouser ?

— Je ne sais pas, Ramsey. Comment se fait-il que tu ne l'aies pas épousée quand tu as soigné son bras cassé ? Tu n'es même pas fichu de te souvenir d'elle, alors qu'elle est belle comme un camion.

— Ouais... J'ai oublié beaucoup de choses depuis l'accident. Cette femme, comment lire une radio... (Il rit et secoua la tête.) Cela me préoccupe vraiment parfois... Des semaines entières d'événements importants se sont littéralement évaporées. Je sais que j'ai passé les dernières vacances d'hiver avec Scott... J'ai des photos pour le prouver. Mais je n'ai pas la moindre idée de l'endroit où nous étions. On dirait les Caraïbes, mais je ne me rappelle pas y être jamais allé !

Je lui tapotai la main.

— Elle t'a dit ce qu'elle avait pris ?

— Héroïne de synthèse. Du Fentanyl vendu dans la rue. Elle prétend que c'était la première fois.

— Peut-être. Si tu dis à ton dealer que c'est la première fois, il te file parfois de la superbonne qualité, plus puissante.

— Peut-être que je pourrais de nouveau jouer les médecins avant son départ. Pour la convaincre d'intégrer un programme de désintoxication.

— Bonne idée.

Je regardai ma montre : près de 15 heures.

— Tu vois toujours Di Clausson ? demandai-je l'air de rien à Mark.

— Eh oui ! gloussa-t-il. La chair est faible.

Nous étions en train de monter l'inconnue Jhang aux soins intensifs. Avec son respirateur, ses perfs et ses machines portables, il fallait bien être deux pour la transporter.

— Elle s'est querellée avec Gary mercredi dernier et je me demandais si tu savais quelque chose à ce sujet.

— Non, elle ne m'a rien dit.

Ramsey redescendit pendant que j'attendais l'infirmière intérimaire pour lui faire mon rapport.

Cette dernière, une matrone ronde avec des cheveux gris tirés en chignon, était au téléphone.

— Oui. Oui, docteur, fit-elle en me souriant pour me faire comprendre qu'elle allait bientôt être tout à moi. Docteur Healy, le frère de M. Kennaugh, a demandé à vous parler.

Kennaugh ! Je l'avais complètement oublié. Je cherchai son dossier.

— Je peux vous aider, docteur ? dit l'infirmière en raccrochant.

— Oui, ce Kennaugh ? Comment va-t-il ?

— Il va rester ici un moment branché sur un respirateur.

— Qu'est-ce qu'il a ?

— Comment ! Vous n'êtes pas au courant ? Des étudiants en médecine, des résidents, des patrons – tout le monde est passé lui jeter un coup d'œil. Botulisme.

— Botulisme ?

— Eh oui !

— Son frère n'est pas malade, n'est-ce pas ?

— Oh non, docteur. Il est dans les parages si vous voulez lui parler.

— Kennaugh est allergique aux crustacés. Il nie avoir mangé des conserves. Et son frère et lui ont partagé tous leurs repas ces dernières semaines, mais le frère va bien. Comment a-t-il attrapé ce botulisme ?

— Héroïne.

— On peut attraper le botulisme avec l'héroïne ? Je l'ignorais.

— Mmm. Les médecins ici n'avaient pas la moindre idée de ce qu'il avait, pas même le Dr Sachs. C'est alors que le Dr Clausson est arrivée pendant la visite. Elle sait tout du botulisme parce qu'elle utilise cette toxine dans sa clinique. Elle a expliqué le botulisme d'inoculation. Il paraît qu'on n'a recensé que quarante-cinq cas depuis la Seconde Guerre mondiale. C'est donc très rare. Mais dans quelques cas, les victimes l'ont contracté par de l'héroïne contaminée, et dans un ou deux cas, par la cocaïne. Le Dr Sachs va donc présenter le dossier devant la réunion plénière des médecins jeudi. (Elle regarda mon badge.) Oh ! vous êtes le docteur Sutcliffe. Le Dr Sachs veut en discuter avec vous.

— Je n'en doute pas une seconde.

Merde. Cela aurait été un sacré beau coup de diagnostiquer le botulisme d'inoculation aux urgences. J'étais un peu envieuse de ne pas présenter le dossier moi-même.

— On lui a donné de l'anatoxine ?

— Hum, oui, madame. Je sais plus qui ils ont dû appeler pour l'obtenir, l'armée, le ministère de la Santé ou le centre épidémiologique d'Atlanta. C'est une maladie à déclaration obligatoire, vous savez. Mais le Dr Sachs dit qu'il faudra bien trois mois avant qu'ils puissent le débrancher du respirateur et le renvoyer chez lui.

— Trois mois !

— Mmm. Ce pauvre M. Kennaugh va grimper aux rideaux.

En repartant aux urgences, je réfléchis aux questions que j'avais posées à Kennaugh et aux réponses qu'il m'avait données. N'ayant jamais rencontré de cas de botulisme, je ne voyais pas comment j'aurais pu y songer. J'avais posé les bonnes questions : Faites-vous de la double vision ? Avez-vous mangé des conserves ? Des crustacés ? C'était non. J'avais vaguement le souvenir d'avoir entendu parler du botulisme d'inoculation. Mais j'avais cru que c'était un truc dont les soldats mouraient dans les tranchées pendant la Première Guerre mondiale.

Je le mis sur ma liste de questions à poser à Clausson.

27

À mon retour aux urgences, le téléphone des ambulances spécialisées sonnait.

— *Notificación*, hurla une secrétaire à l'instant où je récupérais un paquet de résultats d'analyse au poste des infirmiers.

Les secrétaires utilisaient toujours le mot espagnol qu'elles soient ou non latinos pour des raisons qui m'échappaient. Par solidarité avec leurs collègues latinos, peut-être. Mais cela ne manquait pas de piquant venant de la bouche d'une dénommée Agafea Fedorovna Petritskaya.

— Je le prends. Le Dr Sutcliffe à l'appareil, parlez.

— Cycliste de sexe masculin de trente-cinq ans avec trauma crânien, perte de conscience, intubé, arrivée dans cinq minutes.

— Vous touchez une prime pour les cyclistes aujourd'hui ? On en a déjà un.

— Pour vous, je vous fais les deux pour le prix d'un.

J'allai voir le cycliste numéro un.

— C'est vraiment étrange, dit-il lorsque j'entrai dans la chambre. Que s'est-il passé ?

Allongé sur son chariot, il portait encore sa minerve. Un côté de son visage égratigné disparaissait sous des croûtes de sang séché.

— Vous êtes tombé de vélo, monsieur Telsey.

— Oui, je sais. Combien de temps je suis resté dans les vapes ?

— Environ une minute.

— Où suis-je tombé ?

— À l'angle d'Amsterdam et de la 116ᵉ rue, devant la fac de droit.

— Je portais mon casque ?

— Oui.

— Où suis-je ?

— Aux urgences de l'University Hospital.

— Aux urgences ? Eh bien !... C'est vraiment étrange. Que s'est-il passé ?

Jazz Washington entra sur ces entrefaites.

— Il ne se rappelle toujours rien.

— C'est ce que je vois. Vous êtes tombé de vélo, monsieur Telsey.

— Oui, je sais. Combien de temps je suis resté dans les vapes ?

— Nous en reparlerons dans une minute.

— Où suis-je tombé ?

— Je vais voir un autre patient. Je reviens. On lui a fait un scanner ? demandai-je à Washington.

— Oui. Il n'y a rien.

— Je portais mon casque ? nous cria le patient quand nous sortions.

J'arrêtai Nicholson et une jeune femme portant une blouse de stagiaire.

— Trouvez-moi un infirmier. Dites-lui qu'on a une notification, trauma crânien, réa commencée.

Aux vestiaires, je trouvai Case Hamilton en train de se laver les mains.

— J'ai pensé que j'allais laisser mon cabinet faire le plongeon sans moi. Je devrais pouvoir donner un coup de main ici pendant la grève.

— Merci, dis-je en me lavant les mains à mon tour. Tu ne seras pas de trop. Tu connais une jeune femme du nom d'Elise Vanderlaende ?

— Mon Dieu ! Pas celle qui poursuivait Bob Held ?

— Celle-là même. Malheureusement, maintenant c'est Phil qu'elle poursuit. Il l'a soignée une fois aux urgences il y a un ou deux mois. Tu l'as rencontrée ?

— Et comment. Elle s'est présentée à moi lors d'une

réunion de la Société mycologique de Morningside. Held qui m'a vu lui parler m'a conseillé ensuite de ne jamais plus lui adresser la parole.

— Qu'est-ce qu'elle sait à ton sujet, Case, selon toi ?

— À mon sujet ? Attends que je réfléchisse. Je lui ai peut-être raconté que Jackie et moi avions mangé des *Galerina marginata*.

— Et l'histoire du cuisinier de la famille ?

— Je ne crois pas. Je n'ai pas discuté avec elle assez longtemps. Mais de nombreux membres de la Société connaissent cette histoire. On la raconte assez souvent. Où veux-tu en venir ?

— Je te le dirai plus tard. On a une urgence.

Je rejoignis Washington et Nicholson dans le parc des ambulances.

— Où en sommes-nous avec Telsey ? On l'admet ou quoi ?

— Je n'arrive à joindre personne aux admissions, dit Washington. On n'arrête pas de me mettre en attente.

— Déplace-toi.

Une douce brise apportait le parfum délicieux des feuilles mortes chauffant au soleil. Je fermai les yeux un instant pour m'imaginer à des kilomètres de là. À Paris, peut-être. J'y étais allée une fois à la mi-octobre, et je me rappelais très bien le jardin des Tuileries et le bruissement du vent dans les feuillages orangés et rouges.

Paris. Gary. Tout à coup, je revis l'inspecteur Ost s'étonner que Gary m'ait dit se rendre à une réunion d'anciens élèves alors qu'il n'y en avait pas. Non seulement ça, mais Gary avait également raconté qu'il était parti au moment où tout le monde sortait les photos des enfants. Si Gary n'était pas allé à sa réunion, ce n'était pas seulement un mensonge, mais un mensonge caractérisé.

En plus, je n'en voyais pas l'utilité. Je connaissais bien Gary. Je l'aurais su s'il m'avait menti, non ? Plus tard, au moment où je partais, j'avais remarqué que quelque chose n'allait pas et je l'avais interrogé là-dessus. La grève des infirmiers, c'est tout. Juste un petit mensonge pieux, mais j'avais vu clair, je ne l'avais pas cru. Quelque chose le préoccupait. Je n'avais simplement pas eu le temps de le faire parler. Une sirène interrompit le cours de mes pensées.

Puis un grand fracas. Des froissements de tôle et des bris de verres.

Et des cris.

Je me ruai avec Nicholson en direction du bruit. Des gens couraient vers nous, une vague floue de blouses bleues, vertes et blanches. Quelqu'un venant en sens inverse me heurta de plein fouet. J'allai rebondir contre le mur de l'hôpital, trébuchai, me redressai, continuai.

— Des voitures ont foncé dans le piquet de grève, il y a au moins une douzaine de blessés !

— Des chariots ! Il nous faut des chariots.

— Un médecin, un médecin, tout de suite !

Un taxi et une Jeep rouge étaient ratatinés contre un feu à l'angle d'Amsterdam Avenue. La charrette du vendeur de hot dogs gisait sur le flanc. Par terre, des barrières de police marquaient l'endroit où s'était tenu le piquet de grève. De petits groupes étaient agenouillés près des blessés tels des musulmans à La Mecque. La portière arrière du taxi était ouverte. Un homme au teint basané, le visage ensanglanté, hurlait : « Bébé arrive ! Bébé arrive ! »

J'entendis une autre voix qui criait, la mienne.

— Qu'est-ce que vous avez ? Qu'est-ce que vous avez ? tout en tentant de compter les blessés et de voir qui respirait ou non.

L'avant du taxi était replié en accordéon entre la Jeep et le feu. À l'intérieur, le chauffeur, une femme, était affalée sur le volant. Dans la Jeep, deux personnes à l'avant parlaient et bougeaient. Sauvés par les airbags, apparemment.

Il y avait quelqu'un sous le taxi.

Kathy Haughey.

— Ça va ! Ça va ! criait-elle, hystérique. Occupez-vous de lui.

Une forme immobile gisait sur le ventre à côté d'elle, la tête contre sa cuisse, le reste du corps sous le taxi, le bras en travers de sa poitrine comme celui d'un amant endormi.

— Il respire, son pouls bat, dit Helen Yannis, une autre infirmière des urgences, à genoux près du blessé. Monsieur ! Monsieur ! Vous pouvez ouvrir les yeux ? Comment vous appelez-vous ?

L'homme gémit et remua.

Les pompiers de l'entreprise de moteurs d'en face accouraient. Du coin de l'œil, je vis Ramsey et les ambulanciers Oliveri et Tsach surgir à fond de train.

— Laissez les ambulanciers et les pompiers le sortir de sous la voiture, Helen, j'ai besoin de vous au triage.

— D'ac !

Elle se redressa et entreprit de compter les blessés.

— Kathy, tu as du mal à respirer ?

— Non.

— Bien, pas un geste jusqu'à ce qu'on te bouge.

Du taxi jaillirent des cris de « Poussez ! Poussez ! » et : « Voici le bébé ! ».

Case Hamilton lui-même était en train de mettre un bébé au monde sur le siège arrière – et en français, de surcroît : « J'ai le gosse. Aspiration ! J'ai besoin d'aspiration ! »

Je plaçai le pied droit à côté de l'épaule gauche de Kathy, et en prenant garde de ne pas me couper, passai bras, tête et épaules par la vitre cassée du côté du chauffeur. Je glissai un bras sous la femme et, en lui tenant la tête, la redressai sur son séant. Elle gémit. Ses yeux s'ouvrirent.

— Essayez de ne pas bouger. Nous allons nous occuper de vous.

— Qu'est-ce qui s'est passé ?

— Vous avez eu un accident. (Je me mordis la langue avant d'ajouter :) Et vous ne portiez pas votre ceinture de sécurité. Je suis le docteur Sutcliffe. Vous pouvez me donner votre nom ?

— Mila Pena. (Se touchant le visage, elle sentit le sang.) Aïe, gémit-elle en crachant deux dents. *A la gran puta !*

Elle tenta de regarder par-dessus son épaule pour voir ce qui se passait derrière mais je l'en empêchai.

— Madame, ne tournez pas la tête. Que s'est-il passé ?

— Ce salaud m'est rentré dedans ! *Me cago en la puta virgen !*

Un ambulancier debout derrière Case lui tendit un scalpel. Case coupa le cordon ombilical et tendit le bébé à l'ambulancier.

— Stimulez-moi ce gosse ! Trouvez quelqu'un pour le ressusciter ! Vite ! Vite !

L'ambulancier passa le bébé à Mark Ramsey qui partit au pas de course vers les urgences. Hamilton revint à sa parturiente et moi à mon chauffeur de taxi.

— Vous avez du mal à respirer ? lui demandai-je en me décalant un peu pour permettre aux pompiers de sortir plus facilement Kathy et l'homme coincés sous la voiture.

— Fait mal.

— Cela fait mal quand vous respirez ?

— Ouais. J'entends pas le bébé pleurer.

— Je suis sûre que le bébé ira bien. Essayez de ne pas bouger.

Je pressai doucement sa cage thoracique. Elle ouvrit la bouche de douleur. Je m'excusai et pressai l'autre côté.

— Qu'est-ce que vous me faites ?

— Vous avez des côtes cassées. Il faut que j'écoute vos poumons. (Je l'auscultai avec mon stétho : respiration superficielle. Son pouls battait fort.) Nous allons vous sortir d'ici dès que possible, mademoiselle Pena. (Je m'extirpai de la vitre cassée. Un pompier attendait derrière moi avec un pied-de-biche.) Elle a des côtes cassées. Il lui faut de l'oxygène.

— D'ac !

— Sortez-la le plus vite possible. Faites attention, elle risque de perdre conscience. Si vous avez besoin d'un toubib, hurlez.

Le pompier acquiesça et s'attaqua à la portière qui s'ouvrit dans un grincement. Il se pencha vers la blessée.

— Excusez-moi, madame, dit-il en se penchant au-dessus du chauffeur de taxi pour s'assurer que le moteur ne tournait plus.

Pendant ce temps-là, Oliveri et Tsach plaçaient avec précaution le blessé sur une planche avant de le tirer à l'air libre. L'homme gémit et battit des paupières.

— Monsieur, comment vous appelez-vous ? demanda Tsach.

Marmonnements inaudibles.

— Il a les deux pieds à l'envers. Les jambes en bouillie.

— C'est Ryan Rivera, dit Tsach. Le journaliste TV. Il avait un cameraman et un producteur avec lui, ils devraient être dans le coin.

— Tâchez de les trouver.

En jetant un coup d'œil alentour, je vis qu'il y avait suffisamment de médecins, d'infirmiers, d'ambulanciers, de techniciens, de pompiers et de flics pour s'occuper d'un crash de jumbo-jet – qui accueillait les blessés aux urgences ? Je me mis à appeler Helen Yannis en hurlant.

— J'ai besoin d'infirmiers pour ce type, lui dis-je quand elle se matérialisa à côté de moi. Et il va nous falloir du sang.

À genoux sur le trottoir à côté des deux ambulanciers, je vérifiai les voies aériennes de Rivera, écoutai ses poumons pour être sûre qu'il respirait et le palpai pour voir s'il avait des côtes cassées.

— Amplitude thoracique convenable, mais tout juste. Donnez-moi quelques chiffres.

Oliveri débita la tension, le rythme cardiaque et le taux respiratoire. Elle colla un masque à oxygène sur le visage de Rivera et tripota la canule. Tsach terminait de découper le pantalon du blessé.

— Nom de Dieu !

À partir des genoux, les jambes de Rivera n'étaient plus qu'une bouillie de muscles hérissée d'os.

— Sa tension baisse, dit Oliveri.

— On y va.

En un éclair, nous lui mîmes une minerve, soulevâmes la planche de Rivera sur un chariot et fonçâmes aux urgences. En courant, je demandai si quelqu'un savait ce qui s'était passé.

— Le taxi a grillé le feu et viré sec. Elle avait une femme en train d'accoucher derrière, elles essayaient d'arriver à temps aux urgences. Elle a viré juste sous le nez de la Jeep et paf ! Elle a rebondi contre le feu, renversé la charrette de hot dogs avant de rentrer dans le piquet de grève. Heureusement qu'elle a d'abord heurté le feu, ce qui a donné juste le temps de s'éloigner aux infirmiers.

— J'allais chercher un hot dog, dit Oliveri. Trois secondes de plus, et j'étais bonne.

— Les hot dogs sont mauvais pour la santé, dit Tsach. Je n'arrête pas de te le dire.

De retour aux urgences, nous faillîmes rentrer dans Mark Ramsey qui courait dans tous les sens, toujours avec le bébé dans les bras.

— Le bébé crie, détends-toi ! lui lança quelqu'un.

Nous poussâmes Rivera dans le bloc 1. Une des intérimaires était en train de préparer le chariot d'urgence.

— Des perfs, dans les deux bras. Mais commençons par lui retirer sa planche. Il faut qu'on vérifie l'état de son dos.

— Je ne sais pas où est la mère. Où est ce putain de pédiatre ? disait Ramsey dans le couloir.

Puis nous entendîmes un halètement et un bruit de chute.

À la vue des jambes de Rivera, l'intérimaire venait de tourner de l'œil.

— Adjugé, vendu, fit Oliveri. C'est tellement dur de trouver du bon personnel de nos jours.

— Bon, on y va : un, deux...

Nous soulevâmes Rivera pour retirer la planche. Oliveri entreprit d'installer les perfusions, de faire des prises de sang. Elle travaillait avec son propre matos qu'elle avait lâché par terre à ses pieds. L'intérimaire semblait avoir eu son compte.

— Assurez-vous qu'elle ne s'est pas cogné la tête, demandai-je à Tsach.

— KO ! annonça ce dernier gaiement.

Il attrapa l'intérimaire par les pieds et la tira dans un coin de la pièce. Elle se réveilla en grognant.

Je regardai de plus près les jambes mutilées de Rivera.

— Vous pouvez aller me chercher un infirmier ? Un que vous reconnaîtrez ? Et dites au secrétaire d'appeler Intervention, nous aurons besoin d'une angio bilatérale. En attendant, il me faut une radio et un traumatologue. Vite !

Tsach sortit. Helen Yannis arriva avec plusieurs poches de sang.

— Dieu soit loué ! On lui envoie ça en rapide.

Helen installa la perf et contempla longuement les jambes de Rivera. Le technicien radio entra en poussant sa lourde machine et nous préparâmes Rivera. Du coin de l'œil, je vis l'intérimaire se relever avec le plus de dignité possible et se glisser dehors. Helen, Oliveri et moi sortîmes à notre tour quand la radio se mit à bourdonner. Je tendis le portefeuille de Rivera à la secrétaire, pour qu'elle puisse lui ouvrir un dossier.

— Qu'est-il advenu du cycliste avec traumatisme crânien, celui qu'on attendait avant l'accident ?

— Détourné, dit-elle sans lever les yeux de son écran. Conduit dans un autre service d'urgences.

— Bien. Je m'inquiétais pour lui.

— Où est Kathy Haughey ?

— À la radio.

— Mila Pena, le taxi, côtes cassées ?

— Bloc 1.

— Et la femme qui vient d'accoucher ?

— Je ressemble à un aiguilleur, à votre avis ? dit-elle avec son accent russe à couper au couteau. Votre train est sur quel quai ? (Elle imprima une feuille de résultats d'analyse et me la tendit.) Mère là-haut, à la maternité. Pédiatrie a récupéré le bébé – heureusement, le Dr Ramsey a failli tomber dans les pommes. Père en bloc 3, besoin de points de suture.

Je me frayai tant bien que mal un chemin au milieu des chariots. Je passai une tête dans le bloc 2 où deux toubibs et deux infirmiers s'occupaient du taxi aux côtes cassées. On maîtrisait la situation. Apparemment, à part Rivera, personne n'avait été grièvement blessé. Je repérai Case Hamilton dans la foule. Son stétho dans les oreilles, il prenait la tension de quelqu'un. Son costume dégoulinait de sang et de placenta, mais il avait l'air radieux.

Le traumatologue fit irruption dans les urgences, un type mince, genre cow-boy vieillissant, avec des cheveux grisonnants. Potter avait fait deux passages au Vietnam dans une unité digne de *M.A.S.H.* et il n'arrêtait pas d'en entendre parler – comme de bien entendu, nous le surnommions « Colonel ». Colonel Potter écouta poliment mon topo. Il regarda les jambes de Rivera, étudia ses radios et prit un téléphone.

— Et on est parti !

Potter, Yannis et moi montâmes dans l'ascenseur avec Rivera. Une infirmière de trauma aguerrie qui travaillait régulièrement avec Potter s'était jointe à nous. Elle s'était portée volontaire pour l'aider à opérer Rivera. Le corps infirmier semblait considérer Rivera comme un membre honoraire. En tant que l'un des leurs, il aurait droit aux meilleurs soins, ils y veilleraient.

— Qu'est-ce que vous en pensez ? demandai-je à Potter.

Il fit la moue. Il avait une réputation de laconique et il aimait bien en rajouter.

— Il a des bouts d'os en liberté et des fractures comminutives. (Des os pratiquement réduits en poudre.)

Mais rien n'est sectionné. Bons pouls des deux côtés sur jambe inférieure. Tissu en quantité raisonnable, peut-être quelques greffes. Je ne pense pas qu'il faille amputer.

En arrivant en chirurgie, je m'attardai un instant, regardant à travers une vitre les médecins préparer Rivera en salle d'op. Yannis me passa un bras autour du cou.

— Ne t'attarde pas trop. On a besoin de toi en bas.

Je m'attardai une minute de plus.

En partant, je croisai une infirmière – ou un médecin – en harnachement de salle d'op.

J'eus une drôle d'impression en la croisant, dont le souvenir ne me reviendrait que bien plus tard. Je fis un arrêt aux toilettes ; quand vous travaillez aux urgences, il ne faut jamais laisser passer une telle occasion, elles sont trop rares. En me lavant les mains, j'eus de nouveau cette drôle d'impression. Cette femme qui venait de me frôler en habits chirurgicaux – qui était-ce ? Pourquoi avait-elle l'air si déplacée ?

Sortant des toilettes, je poussai la porte donnant sur l'escalier. La porte s'était à peine refermée derrière moi que je l'entendis se rouvrir ; j'étais encore sur le palier. Je vis comme un éclair bleu et sentis qu'on me poussait violemment.

Suffisamment fort pour me faire perdre l'équilibre.

28

J'allai m'écraser contre le montant métallique de la rampe de l'escalier et tombai à quatre pattes. J'entendis un claquement, et la lumière sur le palier s'éteignit. Je tentai de me relever quand un genou s'enfonça dans mon abdomen. Mon agresseur me retourna violemment, m'attrapa par la ceinture, me souleva et me projeta contre la rambarde en bois qui me rentra dans le ventre et les côtes : je me retrouvai courbée en deux au-dessus du vide. Mes lunettes s'envolèrent. Tout arriva si vite que j'eus à peine le temps de réagir. Instinctivement, je m'agrippai, ce qui m'évita de faire un plongeon et balançai un coup de pied à mon agresseur. J'entendis un cri étouffé. Une fois les pieds de nouveau par terre, je réussis à rester debout suffisamment longtemps pour entrevoir une silhouette en harnachement de salle d'op. Puis un poing atterrit sur ma mâchoire, un autre sur mon nez, et un troisième sur ma tempe. D'autres coups s'abattirent sur mes avant-bras que j'avais relevés pour me protéger. Puis je me sentis de nouveau décoller.

Le temps parut s'arrêter. Je tendis le bras gauche pour amortir ma chute et tombai brutalement dessus. Puis je roulai dans l'escalier.

Quand je m'arrêtai enfin à plat sur le dos, j'avais un goût de sang dans la bouche. J'étais complètement dans les vapes. Puis un patient se pencha au-dessus de moi pour me demander si cela allait bien. Non, ce n'était pas un patient – une blouse, lui c'était le toubib, moi, j'étais le malade... Non, cela ne collait pas non plus. La femme que j'avais vue en chirurgie...

J'ouvris les yeux. Case Hamilton était à genoux à côté de moi. Il me tenait le visage d'une main et me giflait.

— Ev ? Ev !

— Pourquoi m'as-tu poussée dans l'escalier ? demandai-je d'une voix pâteuse.

— On t'a poussée ? Tu es sûre ?

J'essayai de lever la main vers ma bouche qui semblait avoir la taille d'un pamplemousse. Une douleur me traversa le bras et tout devint noir. Puis la lumière me parut très, très éblouissante. Je fixais l'ampoule nue d'une applique sur le palier. Pourtant mon agresseur avait brisé une ampoule... Je devais me trouver un étage plus bas. J'avais réussi à ne pas passer par-dessus la rampe. Mais je n'avais pas pu empêcher qu'on me pousse dans l'escalier.

Case me palpait le crâne.

J'eus soudain les idées claires.

— Je ne me suis pas évanouie.

— Hum hum.

Il me palpa les côtes, les bras et les jambes, avec une efficacité toute professionnelle. Puis il vérifia mes pupilles avec une minitorche.

— Tu sais que tu te débrouilles très bien.

— Heureux d'entendre que je suis bon à quelque chose. Fais ah !

— Ah !

— Serre les dents.

Je m'exécutai prudemment.

— Combien de doigts vois-tu ? dit-il en m'en montrant deux.

— Deux.

— Montre tes dents. Bien. Regarde mon doigt. Suis-le sans bouger la tête, dit-il en traçant un H en l'air.

— Où as-tu appris à faire un examen neurologique ?

— Pas difficile. Bouge les pieds. Bon, les mains, maintenant.

La droite marchait. Quand j'essayai de remuer la gauche, une douleur me transperça le bras.

— Tu as une lèvre fendue et tu as quelque chose qui cloche au poignet gauche. Tu veux te redresser ?

— Oui.

Il m'aida à me remettre debout. Une bouffée des sentiments que j'avais pour lui à l'époque du labo refit surface. Apparemment cela lui fit de l'effet aussi : je sentis son nez effleurer mon oreille.

Ou peut-être était-ce le fruit de mon imagination.

— Comment te sens-tu ?

— Mal à la bouche.

Je me passai la langue sur les lèvres ; fendues en haut et en bas. Du sang sur ma blouse. Et aussi sur ma chemise. Je me tâtai le visage de la main droite. Poisseux. Du sang sur la main.

— Je dois avoir l'air de Dracula après une orgie de bouffe.

— Exactement.

— Je suis dans un sale état, non ?

— Faut toujours voir le bon côté des choses. Il y a des femmes qui sont prêtes à dépenser des fortunes pour avoir des lèvres aussi pulpeuses. Sans le sang, bien sûr. On t'a vraiment poussée dans l'escalier ?

— Oui.

— Qui ?

— Je ne l'ai pas vraiment vu. Il portait un harnachement de chirurgien.

Puis je me souvins de l'infirmière ou du chirurgien croisé dans le couloir. Quelqu'un de ma taille, mince, peut-être était-ce une femme finalement.

Merde. Elise Vanderlaende. La femme aux mille et un déguisements. Pas étonnant que personne ne l'ait jamais vue déposer de lettre dans le casier de Phil au service de psychiatrie. Quand elle venait à l'hôpital, elle s'habillait en médecin. On lui avait donné une blouse le jour des coups de feu à la banque et elle pouvait donc rassembler à loisir tout l'attirail voulu : blouse blanche, blouse de trauma, bottes de bloc-op, masques, calottes. On devait la prendre pour une étudiante en médecine.

Ce qui lui permettait de me pousser dans les escaliers en toute impunité.

— Repartons aux urgences. Il faut que je montre mon poignet.

Il ne me vint pas à l'idée de demander à Case où il se trouvait quelques minutes plus tôt, ni ce qui l'avait conduit dans l'escalier où il m'avait découverte.

Ni pourquoi il portait, au lieu de vêtements de ville ou de sa blouse de bénévole, un harnachement bleu de chirurgien.

Aux urgences régnait une atmosphère de triomphe après la bataille – la bataille étant l'accident du piquet de grève. Personne n'était mort, il n'y avait qu'un blessé grave et un bébé était né. On ne sablait pas exactement le champagne, mais l'adrénaline rendait tout le monde un peu pompette. Drôle de scène : la moitié des blessés semblait porter des blouses bleues, vertes ou marron, leurs bras abîmés ou cassés contre le ventre, le sang leur coulant du menton pour s'étaler sur leurs chemises – et pourtant ils racontaient tous avec animation ce qui s'était passé, chacun y allant de sa version. Seules trois personnes me demandèrent ce qui m'était arrivé. Je leur dis que j'étais tombée dans l'escalier.

Hamilton partit me chercher de la glace.

Maintenant, j'étais sûre qu'Elise m'avait poussée. Une petite voix dans un coin de mon esprit me disait que non, mais j'étais lasse de l'écouter et je laissais ma colère la faire taire. Cette femme essayait d'avoir notre peau, à Phil et moi, et il n'était plus question de lui trouver des excuses. Peu importait qu'elle n'ait que vingt et un ans et un cou de cygne – elle avait exploité son physique avantageux une fois de trop, convainquant tout le monde qu'elle n'était qu'une belle jeune fille inoffensive, névrotique et impuissante. Comment une fille aussi ravissante pouvait-elle faire du mal à quiconque, hein ? Eh bien si, les mecs : elle le pouvait et elle venait de le faire.

Ma colère m'envahit comme un brusque incendie et une poussée d'adrénaline à retardement attisa le feu comme si je venais de l'asperger d'essence. Ma poitrine brûlait. Je revécus la scène du couloir avec quelques aménagements : j'agrippais Elise par le bras, la balançais contre la vitre de la salle d'op et lui arrachais son masque et sa calotte. Je hurlais qu'on appelle la sécurité. Elise se débattait méchamment, me filait des coups de pied, m'égratignait, tentait de m'échapper. Je lui envoyais un coup de poing dans sa jolie bouche, et le sang se mettait à gicler. « Ça t'apprendra à harceler mon petit ami ! »

— Docteur Carchiollo à l'appareil, dit la voix de Phil dans mon oreille.

J'avais un téléphone à la main. J'avais composé son numéro sans m'en rendre compte.

— Elise Vanderlaende vient juste de me pousser dans l'escalier. Préviens la sécurité et fais-la éjecter. Elle portait un costume de chirurgien.

Je raccrochai sans lui laisser le temps de répondre.

Case revint avec plusieurs sacs de glace. Je vidai la glace dans trois gants en caoutchouc, les nouai serrés et m'en collai deux autour du poignet en les maintenant avec de la gaze. Je gardai le troisième pour mes lèvres. Repoussant les offres d'assistance de Hamilton, je partis à la radio.

Je dus attendre un moment ; avant moi il y avait les blessés du piquet de grève. Je m'assis sur l'une de ces chaises en plastique dur, inconfortables, qu'on trouve dans tout l'hôpital, appuyai la tête contre le mur et fermai les yeux. Je bouillais intérieurement. Cette garce. Mon bras n'avait pas intérêt à être cassé, sinon...

Mais comme une môme de dix ans, je me retrouvai vite à court de menaces. Ma colère commença à retomber. Me venger. Il me fallait un plan. Pour Dieu sait quelle raison, l'inspecteur Ost ne pouvait pas ou ne voulait pas arrêter Elise. Bien entendu, Ost devait respecter les règles. Il avait peut-être les mains liées, mais moi non.

Comment procéder pour faire mettre cette femme derrière des barreaux ?

Je regardai autour de moi. Kathy Haughey sortait de la radio en retirant sa minerve.

— Je m'en fiche. Pas question que j'attende toute la nuit qu'un toubib regarde mes radios et me dise ce que je sais voir de mes propres yeux. Bon Dieu ! Ev, qu'est-ce qui t'est arrivée ?

— Tombée dans les escaliers. Tu permets ?

Je me levai, pris ses radios et les collai contre la boîte lumineuse.

— Ben voyons, et moi je suis l'ange Gabriel. Tu ressembles à ma sœur Mary quand son mari s'est décidé à la lâcher. Il ne te bat pas, en plus, si ?

— Qui ? demandai-je, perdue.

— Phil Carchiollo. Qu'est-ce qui s'est passé, tu as appris qu'il sautait la petite et tu l'as mis au pied du mur ? (Elle présenta aussitôt ses excuses en prenant conscience de ce qu'elle venait de dire.) Je suis désolée, j'exagère. C'était très méchant de ma part.

Je regardai ses radios du crâne et du cou, rien.

— Il y a de fortes chances pour que la petite m'ait mis toute seule la tronche dans cet état, lui expliquai-je en étudiant les radios de son poignet fracturé. Qui est de garde en ortho ?

— Manny Hernandez. Que se passe-t-il ?

Je lui parlai de mon agresseur dans l'escalier. Ensuite je lui résumai brièvement ce que Ramsey m'avait appris, à savoir qu'Elise Vanderlaende lui avait confié que son psychiatre l'avait séduite. Je lui fis comprendre que je soutenais Phil : la fille était une érotomane qui cherchait sa ruine et il n'avait jamais eu de rapports thérapeutiques avec elle.

— Il l'a vue une fois aux urgences.

Je ne quittai pas Kathy des yeux, j'attendais sa réaction. Je respectais son opinion presque autant que celle de Gary.

Kathy eut l'air perdue, puis incrédule.

— Elle a tout inventé ? Tu te moques de moi ? Et c'est elle qui t'a mise dans cet état ?

— Les fous peuvent avoir une sacrée force.

Mais Kathy secoua la tête.

— Elise n'invente rien, Ev. Peut-être qu'elle enjolive un peu. Mais pas tant que ça, à mon avis. Non, Phil est là-dedans jusqu'au cou. Je suis navrée.

Je remis les radios dans leur enveloppe et les lui rendis. Que Mark Ramsey pense que Phil avait une aventure avec Elise Vanderlaende, soit, cela pouvait passer. Mark était jeune et naïf. Mais que Kathy Haughey y croie, c'était une autre paire de manches. Infirmière en chef aguerrie, Kathy était l'une des femmes les plus fines que je connusse. On ne la roulait pas dans la farine facilement.

— Écoute-moi au moins.

Je lui racontai comment Elise m'avait suivie. Combien elle était intelligente. En se renseignant sur l'emploi du temps de Mark Ramsey, elle avait pu tomber accidentellement sur lui suffisamment souvent pour nouer des liens d'amitié avec lui – et lui pomper des renseignements sur Phil et moi et le personnel des urgences. Je ne doutais pas une seconde qu'elle avait également suivi Kathy pour finir par devenir son amie – ce qu'elle avait réussi en s'inscrivant au même cours d'aérobic. Et une fois qu'elle avait gagné la confiance de Kathy, elle avait pu lui débiter ses âneries. Elise était visiblement décidée à faire copain-copain avec tous les amis de Phil et moi et à les tourner tous systématiquement contre nous.

— Cela fait des années que tu connais Phil, Kathy. Comment peux-tu mettre sa parole en doute et faire confiance à une gamine ? Phil a fait tout ce qu'il était censé faire, dans les règles. Il t'a prévenue ainsi que tes collègues des urgences à son propos. Si elle venait, vous deviez l'en avertir aussitôt – il ne voulait pas être pris au dépourvu. Il a alerté la sécurité. Il s'est assuré que si elle venait à l'hôpital demander qu'il la soigne, un de ses confrères la recevrait. Agirait-il ainsi s'ils étaient amants ?

— Peut-être, s'il venait juste de la larguer.

Je soupirai et me rassis.

Kathy s'installa à côté de moi.

— Pardonne-lui si tu veux, mais...

— Mais quoi ?

— Ne te voile pas la face.

— Mon Dieu, Ev !

J'ouvris les yeux. Kathy avait disparu. Phil était agenouillé devant moi. Il retira le sac de glace pour examiner ma bouche meurtrie et ensanglantée. Il vérifia qu'aucune de mes dents ne bougeait et me palpa la mâchoire.

— Quand est-ce arrivé ?

Je lui racontai. Brève conversation de médecins. Des faits, rien que des faits. Ni mea-culpa, ni sentimentalisme du genre je suis un psy est-ce que je réagis bien ? Cela ne voulait pas dire que Phil n'était pas en colère. Il l'était. Mais une colère que je connaissais : froide, calme. Je me sentais tellement proche de lui.

— Tu te sens bien ?

— Oui.

— Tu as des tampons d'alcool ?

Je lui en tendis deux, pêchés au fond d'une poche. Il m'essuya doucement le visage. L'alcool piquait.

— Nous allons régler ce problème.

— Bien. Tout l'hôpital est convaincu que tu as une aventure avec Elise Vanderlaende, Phil.

Je lui résumai mes conversations avec Mark Ramsey et Kathy Haughey.

Phil blêmit de rage.

— Je vais tuer cette bonne femme. Comment ose-t-elle envahir ma vie ainsi ? (Il me serra dans ses bras.) Oh, mon Dieu, Ev, je suis tellement navré pour ce qu'elle t'a fait subir. Tu crois que tu pourras me pardonner ?

Dans un flash, je songeai à ma jalousie à l'égard de Lauren Sabot, ma crainte que Phil n'ait une histoire avec elle. Et si j'avais senti depuis le début – avec raison –

que Phil avait une aventure – à cela près que je m'étais trompée de cible ?

Peut-être y avait-il effectivement quelque chose à pardonner ?

Non. Elise pouvait peut-être mener tous mes amis en bateau, leur faire avaler un paquet de mensonges...

... Mais je n'allais pas la laisser me mener en bateau.

— Il n'y a rien à pardonner, glissai-je à l'oreille de Phil.

Phil appela la sécurité et expliqua qu'Elise se faisait passer pour un médecin et qu'elle m'avait poussée dans les escaliers. Le gardien promit de faire le nécessaire.

Les radios de mon bras étaient négatives ; rien de cassé. Juste une entorse. Chris Cabot me posa personnellement une attelle en plastique. Il n'y avait rien de précis à faire pour ma lèvre fendue et les contusions sur mon visage. J'aurais simplement l'air de m'être battue aux poings – ce qui était le cas. Je tâtai ma joue droite qui avait encaissé le coup le plus dur. Heureusement, mon agresseur frappait comme une fille. Mais il me restait encore assez de colère et d'adrénaline pour reprendre le collier. J'avalai quatre aspirines avec une bouteille de jus de tomate et repartis travailler.

Travailler d'une seule main n'avait rien d'aisé. Avec mon usage limité des doigts de la main gauche, je ne pouvais ni saisir ni tenir quoi que ce soit. Pas question de faire des points de suture, ce qui m'empêchait d'aider à soigner les infirmiers blessés. Je me fixai donc la tâche de m'occuper des patients qui risquaient d'être oubliés à cause des remous provoqués par l'accident.

J'examinais mon troisième étudiant saoul de la journée quand Nicholson vint se poster à côté de moi. Il venait visiblement se plaindre.

— M. Jhang est arrivé ?

— Cabot lui a parlé et l'a escorté personnellement .à l'étage. Notre anonyme est une de ses filles, mais il est incapable de dire laquelle – des vraies jumelles, même taille, même poids, et elle a le visage tellement enflé qu'il ne sait pas.

— Oh ! Le pauvre.

— Ouais, une vraie saloperie.

Malgré son cœur sec, Nicholson lui-même semblait ému.

Nous allâmes voir Telsey, le cycliste qui n'avait plus de mémoire immédiate. Il n'avait toujours pas été admis. J'annotai son dossier.

— Et l'arythmie cardiaque, le patient du Dr Clausson ?

Nicholson rougit.

— Clausson voulait qu'on l'admette et elle l'a emmenée elle-même.

— Elle vous a fait passer un sale moment ?

Si c'était le cas, Nicholson se garderait bien de l'avouer. Je laissai couler.

29

Je fis de mon mieux pour accorder toute mon attention à mes patients, mais ce ne fut pas facile. Malgré l'aspirine et le jus de tomate (auquel j'attribuais secrètement des vertus curatives), mon poignet ne cessait de palpiter et, au moindre heurt, une douleur fulgurante me traversait le bras. En plus, mes contusions et mon attelle distrayaient les malades qui semblaient plus enclins à m'interroger sur mon état qu'à répondre à mes questions sur le leur.

Chris Cabot mit un point d'honneur à rendre visite à chacun des blessés de l'accident, qu'ils appartinssent ou non au personnel de l'hôpital. Bien que gréviste, Helen Yannis accepta de rester aux urgences en sa qualité d'infirmière-chef jusqu'à ce que le dernier blessé soit ou admis, ou renvoyé chez lui. Le patron du service de chirurgie plastique descendit voir si quelqu'un avait besoin de points de suture. Deux chirurgiens généralistes firent aussi leur apparition pour proposer leurs services. Cela permit aux médecins des urgences de se consacrer à la foule arrivée dans les heures suivant l'accident.

En milieu d'après-midi, le nombre de nos malades était retombé à un niveau gérable de dix-sept. Mais il ne fallait pas pour autant espérer prendre une pause. Nous étions toujours à court de personnel, les médecins et les étudiants se chargeant de la plupart des soins infirmiers.

Vers 18 heures, on apprit que le conseil d'administration de l'University Hospital venait, à une majorité écrasante, de voter en faveur de la poursuite des pourparlers de fusion avec l'hôpital St. Eustace.

Les urgences retentirent d'acclamations et de huées. Les membres de la faction St. Eustace se congratulèrent. Ceux de la faction Mount Scopus se réconfortèrent. Le personnel, dont le programme de titularisation ne risquait plus à présent d'être remis en cause par une fusion avec Scopus, sauta de joie. Je savais que les infirmiers du piquet de grève seraient aux anges, eux aussi – leurs collègues de St. Eustace appartenaient au puissant syndicat des infirmiers de New York qui, deux mois plus tôt, avait réussi à faire abandonner à la direction d'Eustace toute velléité de nuire à la sécurité de l'emploi, ainsi qu'à négocier une clause empêchant l'hôpital de muter impunément les infirmiers d'un service à un autre.

Si seulement Gary était là pour voir ça !

Je cherchai Case Hamilton pour lui présenter mes regrets, mais il restait introuvable. Je me demandai s'il était allé voter en blouse.

Je me rappelai enfin avec une joie mauvaise que la nouvelle ne réjouirait pas Di Clausson. Gary m'avait dit samedi après-midi que, fort de son propre service prestigieux d'ORL, St. Eustace fermerait certainement celui de l'University – ce qui mettrait Supergarce au chômage.

Vers 21 heures, je sortis mon second sandwich au fromage que je dévorai en annotant des dossiers. Vers 22 heures, je pus boire une tasse de thé sans me brûler. Triomphante, je trouvai même le temps d'aller aux toilettes pour la deuxième fois de la journée. J'en profitai pour me laver la figure, me brosser les dents et me remettre de l'eye-liner. Je laissai tomber le rouge à lèvres. Je ressemblais à une figurante de *Rocky VI : le retour*.

À 22 h 15, mon frère Alan téléphona pour savoir si je n'avais pas besoin de vivres.

— Merci, mais j'ai mangé. De toute façon, c'est tellement la folie ici que je n'aurais probablement pas deux secondes à te consacrer si tu venais. Mais si tu pouvais m'apporter un ou deux en-cas demain, ce ne serait pas de refus. Comment vas-tu ?

— Mieux quand j'ai quelque chose à faire. Si tu as besoin de quoi que ce soit, dis-le. À propos, ton appartement est de nouveau habitable. Berta a nettoyé les lieux du sol au plafond. Nous avons lavé les vêtements qui pouvaient passer à la machine et envoyé le reste chez le teinturier. J'en ai profité pour en rapporter ta robe en soie jaune.

— Ma robe en soie jaune ?

— J'ai trouvé tes tickets de teinturerie sur ton réfrigérateur : une robe en soie jaune et deux tailleurs. Ils t'attendent dans ton placard.

Je ne possédais pas de robe en soie jaune ; encore une bourde du teinturier. Mais je n'allais pas passer ma colère sur Alan.

— Merci, c'est vraiment gentil.

— Remercie Berta, c'est elle qui a fait tout le boulot.

— Je lui glisserai une enveloppe la prochaine fois que je la verrai.

— J'ai pleuré en jetant toutes ces victuailles, craqua-t-il soudain. Je regrette de ne pas savoir ce qui préoccupait Gary samedi. Il était tellement soucieux. Pas du tout lui-même.

— Il n'est pas allé à sa réunion, tu sais.

Il y eut un long silence. J'entendis un bruit de porte qu'on ferme.

— Cela va te paraître délirant, reprit Alan à voix basse. Mais je suis pratiquement sûr que Gary s'est bien rendu à une réunion d'anciens élèves – seulement pas à la sienne.

— À celle de qui alors ?

— À celle de Case et de Vic. Vic devait y aller avec Case, Jackie et Geoff Hamilton. Et puis comme Vic s'est cassé le bras et que le cabinet de Case a bu le bouillon, ils ont annulé. Je pense que Geoff y a assisté. Mais mardi dernier, quand Gary est venu dîner, Vic projetait toujours de s'y rendre. Gary l'a bombardé de questions à propos de la pension, où elle se trouvait, comment on y allait, le genre de réjouissances qui étaient prévues, si tout le monde venait... J'ai fini par lui demander s'il envisageait d'y faire un tour. Il m'a répondu en riant que sa propre réunion était tellement barbante que, pour une fois, il pensait assister à une autre. Mais il avait la voix étrangement tendue. Même Vic a remarqué que quelque chose clochait. Mais nous n'avions pas la moindre idée de ce que cela pouvait être. Vic a passé l'après-midi au téléphone. Je crois qu'il appelle ses anciens condisciples.

— Tu peux me dire la raison de la querelle de Case et de Vic ?

Long silence.

— Bon, d'accord, mais que cela reste entre nous. Case est devenu le tuteur des biens de Lauren à la mort de ses parents. Il a détourné des fonds – il appelle ça « emprunter ».

— Quoi ?

— Je te dirais bien que je vous avais prévenus, mais je sais que tu aimes bien Case. Je suis vraiment désolé.

Je tirai une chaise pour m'effondrer dessus.

— Mon Dieu ! Depuis combien de temps es-tu au courant ?

— Deux mois environ. Quand Lauren s'en est rendu compte, elle est venue voir Vic, en mai ou juin, je ne sais plus. Vic a obligé Case à vendre sa maison à Lauren pour cinq cents dollars : la véritable valeur de la maison correspond à peu près à la somme détournée. Ensuite il l'a obligé à lui confier officiellement la tutelle. Lauren a pardonné, mais Vic ne décolère pas parce que Case refuse de mettre de l'ordre dans ses finances. En plus, avec la fermeture du cabinet, Vic craint qu'on ne découvre que Case a détourné d'autres fonds. Il en est malade d'inquiétude. Jackie aussi.

— C'est vraiment affreux. On ne peut pas convaincre Case d'aller chez les Débiteurs anonymes ?

— Lauren le tanne pour qu'il le fasse. Mais elle n'a guère de succès.

J'entendis la porte s'ouvrir et la voix de Vittorio.

Puis un léger déclic : Alan venait de raccrocher.

Je restai figée sur ma chaise, essayant d'assimiler la nouvelle.

Elle expliquait sans aucun doute les regards pleins de sous-entendus que Lauren lançait à Phil. Elle avait dû essayer de convaincre Case d'entreprendre une thérapie et consulter Phil sur la meilleure manière de s'y prendre. Et, bien entendu, Phil ne pouvait m'en souffler mot. Secret médical.

Mais cela n'expliquait pas pourquoi Gary voulait assister à la réunion d'anciens élèves de Case et de Vic.

Je retournai travailler. Je finissais juste de rédiger une ordonnance pour un patient quand je tombai sur Geoff Hamilton, l'aîné de Case et de Jackie. Contemporain de Mark Ramsey, directeur du marketing dans une grosse boîte de pub, il était habituellement vif, drôle et plein de vie. Mais ce soir-là, il avait l'air lugubre et épuisé.

— Geoff, qu'est-ce que vous faites ici ?

— Je viens d'amener ma mère. Je crains qu'elle n'ait fait une attaque.

— Oh non ! Où est-elle ?

Geoff désigna une salle d'examen en face du poste des infirmiers. Des ambulanciers poussaient le chariot de Jackie à l'intérieur. Elle était blême et paraissait léthargique.

— Je n'ai pas réussi à joindre papa. Vous sauriez où il est ?

— Quelque part par ici. On va vous le trouver. Geoff, je vais m'occuper personnellement de votre mère. Pourquoi n'iriez-vous pas vous chercher un soda ou autre chose ?

Il secoua la tête. Il avait autre chose à me dire.

— Sa glycémie déconne aussi – son haleine sent la pomme. Quant à sa tension, elle doit avoir battu tous les records, avec tout ce stress.

Il se passa une main dans les cheveux. Ce grand gaillard d'un bon mètre quatre-vingts, avec les grands yeux noisette mouchetés de vert et la fossette au menton de son père et la solide carrure de sa mère, n'était plus que l'ombre de lui-même.

— J'y vais tout de suite.

— Je n'aurais jamais dû la laisser seule cet après-midi. Elle disait qu'elle ne se sentait pas bien. Mais il fallait que j'aille chercher les chiens sur l'île, je ne pensais pas en avoir pour longtemps.

— Elle prend l'insuline par voie intraveineuse ou orale ?

— Piqûres. J'ai mis son insuline dans son sac avec le nécessaire qu'elle utilise pour faire ses analyses. Elle a un carnet aussi. Je me suis assuré qu'elle l'apportait. (Il respira un grand coup.) Il faut que je vous dise que nous n'avons pas réussi à la convaincre d'arrêter de boire. Elle aime bien prendre un ou deux verres de vin au dîner et une goutte de cognac avant de se coucher. Elle s'imagine qu'elle peut se le permettre si elle note exactement ce qu'elle prend. Je n'arrête pas de lui répéter qu'elle n'a le droit de boire que très exceptionnellement, une flûte de champagne à un mariage une fois par an, au grand maximum. Vous pourriez lui parler ? Peut-être qu'elle vous écoutera.

Geoff se moucha et s'essuya les yeux.

Agrafant une stagiaire qui passait, je lui confiai le soin de prévenir Case.

Geoff me tendit le carnet et le sac à main de sa mère.

— Elle allait plutôt bien jusqu'à ce que la catastrophe frappe le cabinet – vous savez que les associés ont voté sa dissolution, jeudi soir ? Ils étaient quatre-vingts, et soixante sont déjà passés chez Bennet Archer. Et samedi, on a empoisonné Gary Seligman. Papa était bouleversé. Il a foncé à l'hôpital dès qu'il a su.

Cela me rappela vaguement quelque chose. Sans que je puisse mettre le doigt dessus.

— J'étais à la réunion des anciens élèves de notre pension, continua Geoff. Papa et maman n'y sont pas allés cette année, à cause de la fracture de Vittorio et des problèmes du cabinet. Papa a pratiquement passé les nuits de jeudi et de vendredi et la plus grande partie de samedi et dimanche à travailler, jusqu'au dîner avec vous hier soir. Quoi qu'il en soit, à mon retour en ville, hier, maman ne se sentait pas bien, mais elle a insisté pour aller chez Vic. Je lui ai déconseillé de boire, et elle m'a promis de m'écouter. Je suis donc parti pour l'île. Puis aujourd'hui les flics... (Il s'interrompit.) Il faut que je voie mon père. Sa secrétaire dit qu'il est ici mais qu'il n'a pas appelé de la journée pour prendre ses messages.

— La police est venue chez vous, complétai-je comme s'il ne m'apprenait rien. Votre mère ne se sentait déjà pas bien et c'est alors que les flics ont débarqué. Le stress a bouleversé sa glycémie.

À son expression, je compris qu'il prenait la décision de se confier à moi. Geoff m'était toujours apparu comme l'enfant de la couvée Hamilton qui prenait tout en charge, portant depuis toujours le poids des ennuis de ses parents sur ses épaules. Il n'avait pas l'air mécontent de pouvoir pour une fois se reposer un peu sur quelqu'un d'autre.

— Ils ont fouillé la maison cet après-midi, admit-il. Vous connaissez la serre, là où mon père fait sécher ses champignons ? Ils ont pris tous ses spécimens, plus ses carnets. Il va en être malade lorsqu'il le saura. Ils ont aussi fouillé l'appartement de West End Avenue. En fait, ils se sont organisés pour que les perquisitions aient lieu simultanément – quand maman m'a appelé pour me prévenir qu'ils étaient à l'appartement, ils fouillaient la maison. Et je n'ai pas pu m'y opposer. Ils ne m'ont même pas laissé le temps de lire le mandat, comme ils sont censés le faire – et pendant ce temps-là, maman était toute seule à l'appartement avec d'autres flics. J'ai essayé de joindre mon père, mais en vain. Dès le départ de la police, je suis rentré en ville. Pour trouver maman avec un grand verre de whisky à la main. Pas vraiment ivre, mais désorientée... Elle ne regardait pas du bon côté quand je lui parlais. Je sais que le diabète peut provoquer une attaque. Peut-être qu'elle est simplement saoule. Mais je ne voulais pas prendre de risques. C'est pour cela que je l'ai amenée ici. Je suis désolé de vous mettre ça sur les bras.

— Je vous en prie.

— J'ai songé à appeler Vittorio et Alan. Mais vous connaissez Vic – il ferait la leçon à tout le monde. En l'occurrence, papa a besoin d'un ami, d'un soutien. Pas d'un accusateur. (Soudain, Geoff remarqua mon visage amoché.) Que vous est-il arrivé ? Vous vous êtes fait agresser ?

— Je suis tombée dans les escaliers. Nous ferions mieux de trouver votre père.

— Oui, dit Geoff avant de m'agripper le bras. Papa est le dernier à admettre qu'il ait besoin qu'on l'épaule. Pourriez-vous l'aider malgré lui, même s'il ne fait pas appel à vous ?

— Je ferai de mon mieux. Mais je peux vous poser une question ? Cette histoire du chef de votre grand-mère qui lui donnait des champignons hallucinogènes lorsqu'il estimait qu'elle avait besoin d'une cure en maison de repos...

Geoff détourna les yeux.

— Ce n'était pas le cuisinier, n'est-ce pas ?

Geoff secoua la tête. Il finit par me regarder en face.

— C'est votre père qui donnait les champignons à votre grand-mère, n'est-ce pas ?

— Oui.

— Elle abusait de l'alcool et il savait qu'ils la désintoxiqueraient dans cette maison de repos, n'est-ce pas ?

— Oui.

— La police est au courant ?

— Je ne sais pas.

30

— Nous avons éliminé l'attaque, annonçai-je à Case et à Geoff.

Case passa le bras autour du cou de son fils :

— Dieu soit loué !

— Une diabétique en crise peut donner l'impression de faire une attaque : la léthargie, la confusion. Mais c'est simplement le cerveau qui a du mal à métaboliser le glucose parce qu'il manque d'insuline. Nous lui avons fait une piqûre, et son état de conscience est déjà bien meilleur. Nous allons lui faire des analyses.

— Elle a subi tant de stress, murmura Geoff.

— Exact. Et la réaction au stress déclenche de grosses quantités d'adrénaline, ce qui libère du glucose dans le sang. Mais le corps est incapable de gérer tout ce glucose sans insuline. La glycémie de votre mère est donc montée en flèche. C'est très perspicace de votre part d'avoir remarqué que son haleine paraissait fruitée. Vous avez eu raison de l'amener ici.

Geoff paraissait immensément soulagé de savoir sa mère entre de bonnes mains et d'avoir son père auprès de lui.

— Et pour la suite des événements ? Maman passe la nuit à l'hôpital ?

— Oui. Elle devra peut-être rester un ou deux jours.

— J'ai parlé avec l'endocrinologue, dit Case. Elle la verra demain, et nous allons soigner son diabète.

Comme j'avais des dossiers à compléter en attendant

qu'ils soient prêts à admettre Jackie à l'étage, je pris congé. J'attrapai Nicholson au vol :

— Marie Powers, l'appendicite possible... le chirurgien l'a envoyée en gynécologie ?

— Exact.

— Et ensuite ?

— On lui a fait une radio du bassin et on l'a renvoyée chez elle.

— Très bien, mais il faut que vous expliquiez ça noir sur blanc. Regardez ce que vous avez dans le dossier. Vous avez vu la patiente, le gynéco aussi, la patiente rentre chez elle. Qu'est-ce que vous allez faire si elle revient à 3 heures du matin avec une péritonite et que Cabot vous demande pourquoi vous n'avez pas consulté un chirurgien ?

— Mais *j'ai* consulté un chirurgien.

— Vous ne lui avez pas fait signer le dossier. Pour moi, cette femme n'a pas été auscultée par un chirurgien. Il faut aussi que vous obteniez la signature de Mark Ramsey. Il est l'interne, vous l'étudiant en médecine. Question à vingt dollars : quel est le moyen le plus fiable d'éliminer l'hypothèse d'une appendicite ?

— Pas de douleur à la palpation appuyée ?

Je secouai la tête en souriant :

— Non, vous demandez au patient : « Si je pouvais vous apporter votre plat préféré, le mangeriez-vous ? » S'il dit oui, ce n'est pas une appendicite. S'il dit non, on l'envoie illico au bloc opératoire. Vous avez réussi à mettre la main sur le dossier de Seligman ?

— Selon les soins intensifs, il est aux admissions. Ce doit être le cas puisque les archives ne l'avaient pas. En revanche, elles avaient celui de la larguée du trottoir de Ramsey, répondit-il en me passant le dossier.

— Nom de Dieu ! m'exclamai-je en reconnaissant le nom d'une famille américaine riche et célèbre. Pas étonnant qu'elle n'ait pas voulu qu'on sache qu'elle avait atterri ici avec une surdose d'héroïne. Et quand elle disait s'inquiéter pour son patron, elle devait vouloir dire papa.

Je feuilletai le dossier. Il y avait les notes de Ramsey sur la fracture du bras deux ans avant : fracture de Pouteau-Colles inversée.

Et ma propre signature figurait en dessous de celle de Ramsey.

J'éclatai de rire :

— Quand je pense à quel point j'ai pu charrier Mark parce qu'il ne se souvenait pas de cette patiente... et que j'avais moi-même tout oublié !

Mais, bien sûr, à la vue de son nom, les souvenirs revenaient. Je revis Ramsey devant une radio. À l'aise avec la patiente, alors qu'il était plutôt timide avec moi. Parce qu'elle venait de son milieu.

Timide. Ce n'était pas le mot que j'aurais utilisé pour qualifier Ramsey aujourd'hui. Sociable, extraverti, plein d'énergie nerveuse, excentrique peut-être, mais certainement pas timide.

Tout me revenait à présent : Ramsey, la patiente et moi en train d'examiner les radios. Je posais des questions à Ramsey, il y répondait, et la patiente nous taquinait en nous bombardant de commentaires. Ensuite, je les avais entendus évoquer les gens qu'ils connaissaient : des condisciples de pension et des copains de Yale, de Harvard, de Columbia, des proches qui passaient l'été au même endroit que la famille de Ramsey quand ses parents vivaient encore.

— Malheureusement, cette femme est partie depuis des heures, disait Chip Nicholson. Un type en Lincoln est venu la chercher. La classe. Il était accompagné d'un médecin auquel Ramsey a expliqué son traitement. Ils ont réglé en liquide. Les archives ont un temps de retard. Je vais vérifier auprès des admissions pour le dossier de Seligman.

Je lui rendis le dossier en souriant : Ramsey, timide ? Plus maintenant. L'accident n'avait pas modifié que son physique.

Jackie Hamilton se reposait quand je vins l'avertir qu'on l'emmenait à l'étage. Ouvrant les yeux, elle m'adressa un faible sourire. Vingt-cinq kilos en trop, à la veille de la cinquantaine, épuisée par ses soucis, affaiblie par sa maladie, sans une once de maquillage – et elle restait belle. Les délicates pattes d'oie aux coins de ses yeux vert mousse avaient l'air d'un ornement, les rides autour de sa bouche, un symbole de bonne humeur. Ses cheveux miel coupés au carré étaient retenus en arrière par un serre-tête en velours noir. Elle aurait pu passer pour un membre d'une famille royale, une mondaine, une présidente d'université, ou encore un modèle de prédilection pour Titien, Rubens ou Rembrandt.

Si Jackie buvait suffisamment pour inquiéter son fils, cela ne se voyait pas.

— Quelle journée ! soupira-t-elle avec humour.

— Effectivement.

Je vérifiai son IV et m'assurai que son sac à main était bien sur le chariot.

— Votre taux de glycémie battait tous les records à votre arrivée. Comment vous sentez-vous maintenant ?

— Je me fais l'effet d'une gourde. Comme si Case n'avait pas suffisamment de soucis sans moi ! Où est mon carnet ?

— Dans votre sac. Je l'y ai rangé moi-même.

— Faites-moi plaisir : prenez-le et brûlez-le. Si j'avais eu toute ma tête quand Geoff m'a amenée ici, je ne l'aurais jamais laissé prendre ce fichu carnet. J'y note mes données médicales – et aussi des tas de choses personnelles qui ne regardent que moi. Je ne tiens pas à ce qu'il fasse le tour de l'hôpital sous prétexte qu'on a besoin de connaître mes taux de glucose. Et il n'est pas question que les flics mettent la main dessus.

— Je vais le ranger dans mon casier ; je vous le rendrai à votre sortie.

Je poussai le chariot jusqu'aux ascenseurs.

— Attendez ! fit Jackie. Arrêtez donc cette chose qui grince un instant. Nous n'aurons peut-être pas de nouvelle occasion de parler. Quelqu'un essaie de faire accuser mon mari de la mort de Gary. Vous le savez, je le sais. Celui qui est derrière connaît très, très bien Case. Ses points faibles, ses déceptions dans la vie, ses échecs.

Case est un homme amer et en colère qui ne se confie à personne. Quand il était petit, son père l'humiliait s'il avait le malheur d'exprimer un besoin, ou encore de demander de l'aide, ou de montrer une émotion quelconque. Si bien que maintenant Case se dévoue pour autrui, ce qui lui permet de faire comme si lui-même n'avait absolument pas besoin d'aide. C'est la raison de sa présence ici pendant la grève des infirmiers. Et, pendant ce temps-là, la police fouillait notre maison. Où est mon carnet ?

Je fouillai dans le sac et posai son carnet sur ses genoux.

— Il ne se confie pas à moi, poursuivit-elle, et cela fait des années que c'est comme ça. Sa grande confidente était Pat von Laue. C'est la seule dont il ait jamais accepté l'assistance. Elle est morte depuis près de deux ans maintenant et, sans elle, Case est comme une Cocotte-Minute sur le point d'exploser. Si ce n'est déjà fait.

Elle ferma les yeux.

— Qu'est-ce que vous attendez de moi exactement ?

— Je vais passer plusieurs jours à l'hôpital, répondit-elle d'une voix lasse. Je ne suis pas en mesure d'assurer ses arrières.

Les portes de l'ascenseur s'ouvrirent.

— Qui essaie de le faire accuser à votre avis ?

— Je ne sais pas. J'espérais que vous me le diriez.

— Encore une chose, Jackie. Quand avez-vous vu Gary pour la dernière fois ?

— Mercredi soir. Vittorio était en chirurgie. Alan a appelé de l'hôpital : il cherchait Case. Mais Case participait à une réunion d'urgence au cabinet. Alan m'a appris l'accident de Vic et je lui ai demandé s'il voulait que je lui apporte quelque chose. Alan m'a donné la liste – la trousse de toilette de Vic, son pyjama, des trucs de ce genre – et je suis descendue dans leur appartement. J'ai trouvé Gary assis au bureau de Vittorio. La serviette de Vittorio était ouverte, et Gary lisait des dossiers.

— Des dossiers ? Quel genre ?

— Des dossiers d'hôpital, à vue de nez. Comme il ne m'avait pas entendue arriver, il a bondi jusqu'au plafond. J'étais tout aussi surprise de le voir. Il m'a immédiatement bombardée de questions sur Vittorio pour détourner mon attention. L'opération était-elle terminée, que disaient les médecins, comment allait Alan... Il m'a expliqué qu'il faisait cuire du pain pour Alan et Vic, mais qu'il s'apprêtait à appeler Alan sur son portable. Sous-entendu : il était venu dans le bureau pour se servir du téléphone. Il y a un poste dans la cuisine, mais je n'allais pas chercher la petite bête – pourquoi l'aurais-je fait ? Je n'ai jamais compris qu'Alan ne coupe pas les ponts avec Gary. Si Vittorio préfère se voiler la face, c'est son affaire. Qui sait quel est leur arrangement ? De toute façon, l'odeur du pain flottait dans l'appartement, et Gary a appelé Alan et lui a parlé. J'ai donc laissé faire. J'ai pris les affaires de Vic et je suis partie.

Les portes de l'ascenseur s'ouvrirent au rez-de-chaussée et je poussai le chariot de Jackie dehors. Le couloir, la galerie entre les bâtiments. Un nouveau couloir... Parfois j'ai l'impression de faire des kilomètres en poussant des chariots. Autre ascenseur. Cette fois pour redescendre.

— Alan pense que Gary est allé à la réunion de Case et de Vittorio, vendredi soir.

— Vraiment ? Geoff a dit qu'il y avait vu quelqu'un qui lui ressemblait. Mais pourquoi Gary y serait-il allé ?

L'ascenseur arriva.

— Quand Geoff l'a-t-il vu ?

— Vendredi. Certaines classes, dont celles de Geoff et de Case, se réunissaient dans un bar en ville. Quand Geoff est entré, il a vu un homme qui ressemblait à Gary partir par la porte de derrière.

— Est-ce que Geoff l'a revu samedi ?

— Non. Pourtant, il l'a cherché. Parce qu'il n'arrivait pas à comprendre ce qu'il pouvait bien faire là.

Je fis un rapide calcul. La pension se trouvait dans le nord-ouest du Connecticut, à quatre bonnes heures de route de New York. Gary était chez moi en train de cuisiner quand j'étais passée manger un morceau. S'il avait quitté la pension de bon matin, c'était faisable.

Les portes de l'ascenseur s'ouvrirent. Ultime couloir. Nous étions arrivées à destination. Mais il n'y avait personne au poste des infirmiers.

— Je me fous de ce qu'a dit la maison de repos, dit une voix excédée, ils racontent toujours des histoires à dormir debout.

— Très bien ! docteur. Alors parlez-leur.

Une infirmière en blouse blanche surgit d'une chambre. Une intérimaire. Elle vint vers nous, nous pria de l'attendre une minute et s'engouffra dans les toilettes pour dames.

Après divers bruits d'eau, elle refit son apparition. Une grande femme avec des cheveux orange et rouge à lèvres assorti, elle vint vers nous avec un sourire de bienvenue :

— Qu'est-ce qui se passe, mon petit ? demanda-t-elle à Jackie avec un accent du Sud à couper au couteau. Vous êtes là pour une admission ?

— Mon diabète fait des siennes, répondit Jackie.

— Oh ! je sais ce que c'est, je suis diabétique moi-même. Ne vous en faites pas, on va vous remettre d'aplomb en un clin d'œil. (Elle plissa les yeux en me regardant :) J'espère que vous n'êtes pas du genre enquiquineur.

— Je n'oserais pas.

— Vous avez tout compris.

Je lui fis mon topo. Elle écouta très attentivement, jeta un coup d'œil au dossier et posa deux ou trois questions extrêmement pertinentes. Nous poussâmes Jackie dans une chambre particulière et l'aidâmes à s'installer.

— Comment avez-vous appris que Gary avait peut-être été empoisonné ? demandai-je à Jackie après le départ de l'infirmière.

— Lauren m'a appelée à l'appartement. Vers 19 heures, samedi soir. Je lui ai précisé que Case se trouvait encore au cabinet et elle l'a joint là-bas. Case m'a téléphoné vers 23 heures pour me dire qu'il avait fait un saut à l'hôpital, mais qu'il venait de rentrer au cabinet où il pensait rester jusqu'à l'aube. Il avait parlé avec Vic aux soins intensifs et avait brièvement vu Gary.

Je sentis un frisson passer le long de ma colonne vertébrale.

— Cela m'étonne que vous ne l'ayez pas vu. N'étiez-vous pas aux soins intensifs avec Phil ?

— Nous étions dans la salle d'attente. Case n'a pas dû rester bien longtemps.

— Non. Pas avec cette crise au cabinet...

J'acquiesçai et pris congé.

En rentrant aux urgences, je ne cessai de me répéter, Case a rendu visite à Gary... et ensuite Gary est mort...

Jackie prenait de l'insuline, et Case y avait accès.

Il fallait que je mette la main sur ce dossier.

31

— À l'aide ! me lança un Mark Ramsey plaintif à mon retour aux urgences.

— Que se passe-t-il ?

Il colla deux radios sur la boîte lumineuse à côté du bloc 3.

— Mme Geller. Elle s'est levée au milieu de la nuit pour aller aux toilettes, elle s'est cognée contre sa commode, elle est tombée et s'est cassé le poignet. Voilà la fracture. Extrémité inférieure du radius, déplacement postérieur ?

— Exact.

— Comment on appelle ça déjà ?

— Une fracture de Pouteau-Colles. Si le radius était déplacé vers la face antérieure, il s'agirait d'une fracture de Pouteau-Colles inversée ou fracture de Goyrand.

Je jetai un coup d'œil en coin à Ramsey. Il fixait les radios.

— Mark, ta patiente larguée sur le trottoir...

— Oui.

— Elle a eu une fracture de Goyrand il y a deux ans.

Il leva les mains en un geste d'impuissance.

— Je ne me souviens pas du tout d'elle. J'ai perdu des cellules cérébrales quand j'ai balancé la voiture dans le ravin. Qu'est-ce que je peux dire ?

C'était difficile d'en vouloir à quelqu'un qui admettait humblement son ignorance. Une fracture de Pouteau-Colles ? Qu'est-ce que c'st que ça ? J'avais déjà eu des internes incompétents sous mes ordres, dont deux avaient en fait été renvoyés du programme de spécialisation en médecine d'urgence. La différence, c'était qu'au lieu d'avouer leur incompétence, ils mentaient et bluffaient pour se couvrir. C'est pour cette raison qu'ils avaient dû prendre la porte.

— Tu te sens capable de plâtrer cette patiente ?

— Je crois. Mais si j'ai un problème, je peux venir te chercher ?

— Bien entendu, mais tâche de le faire avant que le plâtre ne prenne.

Il éclata de rire.

— Ramsey, tu as du rouge à lèvres sur la bouche.

— Oh !

Rougissant, il s'empressa de se frotter les lèvres du dos de la main.

Les portes du parc des ambulances s'ouvrirent violemment. Tsach et Oliveri amenaient une frêle jeune femme qui gémissait doucement, recroquevillée en position fœtale sur son chariot.

— Retour à l'envoyeur, annonça Oliveri. Vous l'avez laissée sortir il y a environ deux heures. Marie Powers, vingt-six ans, de race noire, douleurs dans la partie inférieure gauche de l'abdomen, nausées, vomissements, douleur à la palpation appuyée, douleur en toussant. Difficile de trouver plus classique comme cas... Même ma mère pourrait vous dire qu'elle fait une appendicite. Elle dit qu'elle a vu un médecin, un chirurgien et un gynéco-obstétricien. Qu'est-ce qui vous est arrivé, docteur ?

— Je suis tombée dans les escaliers. Ms. Powers, je suis vraiment désolée. Nous allons vous admettre en chirurgie sur-le-champ.

Je posai une main sur son front. Elle était brûlante.

Tirant son chariot dans la salle d'examen 2, j'entrepris rapidement de lui prendre sa température, sa tension artérielle, sa fréquence cardiaque et sa fréquence respiratoire. Pendant ce temps, le secrétaire était chargé de mettre la main sur le dossier de la patiente et de biper Nicholson.

— Qui est le chirurgien ? demandai-je à Nicholson lorsqu'il surgit tout fripé, le cheveu hirsute.

Il venait visiblement de piquer un somme. Je regardai ma montre. 2 heures du matin. La nuit promettait d'être longue.

— Oh non ! gémit-il en voyant la malade. J'ai dit au Dr Russell qu'elle faisait une appendicite... il n'a pas voulu m'écouter.

— Appelez-le. Dites-lui qu'on monte.

Nicholson et moi poussâmes notre chariot jusqu'aux ascenseurs. Dans la cabine, Nicholson feuilleta frénétiquement le dossier.

— Il n'a pas signé. Docteur Sutcliffe, je l'ai appelé comme vous me l'avez demandé en lui expliquant que j'avais besoin de sa signature.

— Bon, faites-le signer avant qu'il n'entre en salle d'op.

Les portes de l'ascenseur s'ouvrirent et nous fonçâmes dans le couloir.

Nous confiâmes notre malade à une intérimaire avec topo à l'appui. Nicholson coinça le Dr Russell et exigea de lui qu'il rédige une note. Russell s'exécuta. Retour aux urgences.

En descendant l'escalier où l'on m'avait poussée, je demandai à Nicholson s'il avait réussi à mettre la main sur le dossier de Gary Seligman.

— Oui, répondit-il avec une étrange lueur dans le regard et une moue sinistre. C'est le Dr Durbin qui l'a.

Le Dr Allison Durbin était la vice-présidente des affaires médicales de l'hôpital. En bref, le grand patron : elle chapeautait tous les directeurs des différents services, dont le Dr Chris Cabot, mon patron, le directeur des urgences.

— Vraiment ?

— Selon le secrétaire des admissions, elle est venue chercher le dossier en personne. Elle lui a demandé s'il avait établi une facture, entré quoi que ce soit dans son ordinateur ou photocopié quelque chose – et puis elle a attendu qu'il note qu'elle était en possession du dossier.

Elle a conclu par une mise en garde : il lui était interdit de divulguer le moindre détail à propos de Gary Seligman à quiconque, pas même aux médecins, ou sinon elle aurait sa peau. Et elle est partie avec le dossier sous le bras.

— Eh bien !

— Et il y a un code d'accès pour tous les résultats d'analyse. Impossible de les récupérer non plus. Mais, fit-il en souriant, par le plus grand des hasards, le Dr Sachs avait une copie du dossier sur son bureau. Et j'ai pu photocopier ça, conclut-il en me tendant une feuille.

— Comment avez-vous fait ?

— Si on vous le demande, vous direz que vous...

— D'accord, dis-je en empochant le document. Vous avez un problème avec Russell, vous me le faites savoir. Je vous soutiendrai.

— C'est exactement comme ça que je voyais les choses.

À 3 h 30 du matin, après avoir examiné le dernier patient, j'annonçai aux secrétaires et aux infirmiers intérimaires que j'allais m'allonger un peu en salle de transit. Julio le nota en face de mon nom sur le tableau du poste des infirmiers.

— Réveil ?

— Oui, merci. À 6 h 30.

— Dormez bien, docteur.

Je trouvai un box vide. Au lieu de m'allonger, je m'assis au petit bureau à côté du chariot. Je sortis la photocopie du dossier de Gary que Nicholson venait de me remettre. Je respirai un grand coup et fermai les yeux.

Il fallait que je m'éclaircisse les idées. Pour lire le dossier avec un œil neuf, sans diagnostic de travail ni *a priori*. Sans angoisse, ni culpabilité, ni émotivité, ni colère.

On pouvait toujours rêver. Je serrai les dents, rouvris les yeux et me mis au travail.

J'avais personnellement rédigé toute la partie urgences du dossier, à l'exception des notes de l'étudiant en médecine, celles de Nicholson et un commentaire très bref de l'infirmière, Kathy Haughey. Il y avait cinq signatures : la mienne, celle de Ramsey, celle de Nicholson, celle de Haughey et celle de l'attaché.

Nicholson avait rédigé un assez long résumé de sa conversation avec le centre antipoison, décrivant en détail le protocole pour les amanites phalloïdes, que nous avions suivi. Son diagnostic : « Ingestion de champignons contenant de la psilocybine ? ou ingestion de champignons contenant des cyclopeptides ? »

Le professeur Held pensait que Gary avait mangé des champignons contenant de la muscarine, « le champignon divin de l'immortalité » ; l'*Amanita muscaria*. J'étudiai les examens de routine. Je ne remarquai rien de particulier.

Je m'obligeai à lire mon topo du lavage d'estomac raté de Gary. Mes yeux s'embuèrent de larmes.

Me maîtrisant tant bien que mal, je passai aux notes des soins intensifs.

Une note d'admission écrite par David Ulrich, cosignée par l'attaché. L'écriture d'écolière précise de Nuncie Thomasson qui avait aligné des colonnes de chiffres : la tension artérielle, la fréquence cardiaque, la fréquence respiratoire, la température, différentes données du respirateur, les tracés du cardiographe, etc. Je les étudiai tous. Des chiffres normaux pour un patient sous sédatifs, branché sur respirateur, et souffrant d'une lésion pulmonaire due à une aspiration.

Le temps de me moucher, je passai aux notes de l'arrêt cardiaque. Pendant l'intervention, une infirmière est chargée de tout noter : l'heure de l'administration de chaque médicament, les faits et gestes des médecins, comme un greffier au tribunal. Cela permet de tout reconstituer. Les admissions allaient facturer la moindre procédure effectuée, chaque analyse de sang, chaque administration de médicament.

Dimanche soir, après le dîner chez Vittorio, j'avais lu la pile de photocopies d'articles sur les champignons toxiques et hallucinogènes que Nicholson avait rassemblées pour moi. On y trouvait plusieurs études de cas de patients qui s'étaient présentés aux urgences après avoir consommé des champignons ensuite identifiés comme des *Amanita muscaria.*

Mais, en étudiant le dossier, il m'apparut que rien de ce que j'avais pu lire sur les *Amanita muscaria* ne répondait aux questions que je me posais encore à propos de la mort de Gary. J'avais beau prendre la chose dans tous les sens, la muscarine n'aurait pas pu provoquer la mort de Gary. Un type de champignon contenant de la muscarine mentionné dans les articles avait des effets anticholinergiques susceptibles de provoquer une accélération de la fréquence cardiaque, mais pas au point de dégénérer en fibrillation ventriculaire.

Il fallait regarder les choses en face : Gary était bien mort des complications pulmonaires d'un lavage d'estomac raté. L'aspiration avait provoqué des lésions pulmonaires. Ce qui avait entraîné une oxygénation insuffisante. Puis une chute de la tension artérielle. État de choc et mort.

À moins que...

À moins que Case Hamilton n'ait injecté à Gary une dose énorme d'insuline.

Cette idée n'avait cessé de me tarabuster pendant que je lisais le dossier. J'avais tout fait pour l'ignorer. Mais là il fallait se rendre à l'évidence.

Le cœur battant, j'entrepris d'étudier les sorties imprimantes des résultats du labo. Trouvant l'analyse effectuée normalement deux heures avant l'arrêt cardiaque de Gary, je la comparai à celle qui avait été envoyée pendant.

La première montrait que la glycémie de Gary était dans la fourchette normale. Deux heures et demie plus tard, selon la seconde, elle était de 6.

Les larmes que je versais à présent étaient des larmes de soulagement et de colère : Mark Ramsey et moi n'avions pas tué Gary Seligman. Quelqu'un s'en était chargé pendant que Gary était dans le coma. En lui injectant une énorme dose d'insuline. C'était cela qui avait provoqué l'arrêt cardiaque. Ni les champignons, ni le lavage raté.

Mais je n'arrivais pas à me convaincre que le coupable puisse être Case Hamilton.

J'enlevai mes lunettes et m'essuyai les yeux.

Normalement, quand un patient fait des dysrythmies cardiaques comme Gary, les médecins vérifient s'il n'y a pas un dérèglement métabolique – une glycémie faible – pour voir si le patient est diabétique. Mais nous connaissions tous Gary personnellement. Nous savions qu'il n'était pas diabétique. Alors nous n'avons pas vérifié. Et les autres signes physiques qui auraient pu nous mettre sur la piste d'une glycémie dangereusement basse étaient masqués par le fait que Gary était sous sédatifs et branché à un respirateur.

Nous étions partis du principe que la dysrythmie de Gary était provoquée par une oxygénation insuffisante due aux lésions pulmonaires de l'aspiration.

Celui ou celle qui avait donné de l'insuline à Gary savait qu'il y avait de fortes chances qu'on ne remarque pas que le dérèglement métabolique était la cause de la dysrythmie de Gary.

Et si cette personne essayait de faire accuser Case Hamilton, elle s'y prenait drôlement bien.

— Ev.

Je me redressai d'un bond. Dieu sait comment, j'étais passée de la chaise au chariot et au royaume des rêves. Je ne savais plus du tout où j'étais.

Case Hamilton était penché sur moi.

— Désolé de te réveiller. Voulais être sûr de te parler avant que... euh... je voulais être sûr que tu saches combien j'apprécie tout ce que tu as fait pour moi et ma famille.

Il déglutit.

Je descendis du chariot.

— Que se passe-t-il ? Jackie va bien ?

Sans rien ajouter, il me prit dans ses bras. Je sentis son visage contre mon cou.

— Mais qu'est-ce que tu racontes ? m'exclamai-je, soudain parfaitement réveillée.

Nom de Dieu, il va se suicider. Pourquoi ces adieux ?

C'est alors que l'inspecteur Ost et son associée repoussèrent le rideau du box.

Je devais rêver ! Deux flics en uniforme se tenaient derrière eux. Armes dégainées. Pointées vers le plafond. Comme à la télé.

Case me serrait toujours contre lui, immobile. Je lui tapotai le dos.

— Case !

Malheureusement cela parut convaincre l'inspecteur Ost que Case me serrait contre mon gré. Voire qu'il m'agressait ou me maltraitait. Ost le tira sans ménagement.

— Julian Case Hamilton, aboya-t-il en croisant mon regard avec indifférence. Je vous arrête pour le meurtre de Gary Seligman.

Bruits de menottes.

— Vous avez le droit de garder le silence. Tout ce que vous direz pourra être retenu contre vous dans un tribunal. Vous comprenez ?

— Je suis avocat. Je connais mes droits.

— Vous avez la possibilité de faire appel à un avocat, continua machinalement Ost, s'acquittant de son obligation légale de lire ses droits au suspect, que ce dernier les connaisse ou non. Si vous n'avez pas les moyens de payer un avocat, on en...

— Qui dois-je appeler ? demandai-je.

— Vittorio.

— Quelqu'un d'autre ?

Mais la police l'entraînait déjà.

— Ev, je te le jure, je n'ai jamais envoyé ce panier ! cria Case.

Je leur courus après.

— Vous faites une erreur. Quelqu'un essaie de le piéger. Ozzie, je vous en prie !

— Pas maintenant, docteur.

— Elise Vanderlaende connaît l'histoire du cuisinier de la famille Hamilton et des champignons sur toasts. Elle l'a entendue à la Société de mycologie de Morningside. Comme elle voulait m'empoisonner pour avoir Phil rien que pour elle et qu'elle avait besoin de faire accuser quelqu'un, elle s'est inspirée des champignons sur toasts du cuisinier. Ensuite elle s'est infiltrée dans les soins intensifs déguisée en médecin et elle a fait une piqûre d'insuline à Gary. Gary n'est pas mort d'une intoxication aux champignons, ni d'une lésion pulmonaire – mais d'une surdose d'insuline.

Cela retint l'attention d'Ost, mais sans pour autant le détourner de sa mission.

— Allez raconter ça à son avocat.

Ils firent sortir Case par le parc des ambulances, afin de lui épargner l'humiliation de passer menotté devant le poste des infirmiers. Dehors il faisait encore nuit. Pas un chat dans la rue, à part deux ambulanciers qui levèrent la tête à notre passage, ébahis.

— Ozzie, attendez, je vous en prie.

Ost passa Hamilton à Jude Rainey, qui l'installa à l'arrière de la voiture de police, en lui appuyant sur la tête pour lui éviter de se cogner.

Ost me lança un regard vide d'expression. S'il remarqua ma bouche enflée, il ne fit pas de commentaires.

— J'ai peur qu'il ne se fasse du mal. Pouvez-vous lui confisquer sa ceinture, du moins prendre les mesures habituelles en cas de risque de suicide ?

— D'accord.

— Où allez-vous, au 26e ?

— Oui.

Sans un mot de plus, il tourna les talons et monta dans la voiture de police.

32

Mardi matin à 7 heures, les médecins qui soutenaient les infirmiers grévistes leur firent une haie d'honneur dans le parc des ambulances. La grève de vingt-quatre heures était techniquement terminée.

Mais tous ne purent pas reprendre le travail. En effet, afin de pouvoir recourir aux services du personnel intérimaire, l'hôpital avait dû l'engager pour un minimum de trois jours. Cela signifiait que les infirmiers remplacés – environ deux tiers des effectifs – ne pourraient revenir à leur poste que le jeudi matin.

— Nous acceptons de nouveau des traumatismes de niveau 1, annonça Chris Cabot à 7 h 05. Les urgences de l'University sont ouvertes. Bonne ou mauvaise nouvelle, à vous de décider, ajouta-t-il avec un grand sourire.

Avec les traumatismes de niveau 1, on pataugeait dans l'hémoglobine : accidents de la circulation avec blessures multiples, blessures par balle, blessures à l'arme blanche, sauts du quatrième étage sans parachute, et j'en passe.

— Ouais ! Du sang ! Du sang ! hurla un membre de l'équipe de trauma.

— Il y en a toujours pour regretter de ne pas avoir fait le Vietnam ! lâcha Jazz Washington quand nous nous dispersâmes.

— Docteur Sutcliffe, un appel pour vous, me dit le secrétaire.

— Le QI de la dénommée Elise Vanderlaende ?

C'était Vittorio. À 5 h 30, je l'avais appelé pour l'informer de l'arrestation de Case :

— Les flics viennent d'arrêter Case, qu'ils accusent du meurtre de Gary.

— Quand ?

— Il y a deux minutes.

— Tu es sûre qu'il est inculpé ?

— Ils lui ont lu ses droits.

— Où l'ont-ils emmené ?

— Au 26e.

— Il a précisé qui il souhaitait comme avocat ?

— Non. Il m'a demandé de t'appeler.

— Autre chose que je devrais savoir ?

— Oui, quelqu'un a injecté suffisamment d'insuline à Gary quand il était en soins intensifs pour provoquer un arrêt cardiaque.

— Merci, Evelyn.

Clic.

La seconde conversation téléphonique s'était résumée à deux phrases :

— Où est Jackie ?

— Chambre 208. Poste 2439.

— Merci, Evelyn.

Clic.

À sa question sur Elise Vanderlaende, je répondis :

— Très élevé. Appelle Phil.

— Merci, Evelyn.

Clic.

La journée promettait d'être fort longue. Avec seulement deux heures de sommeil à mon actif, elle me paraissait déjà trop longue. Je décidai de me débarrasser de mon attelle. Inutile d'espérer travailler avec ça.

— *Notificación !*

J'entendais déjà la sirène.

— Je prends, dis-je en essayant d'assouplir mon poignet raide. (Douloureux, mais supportable.)

La journée allait devenir encore plus longue.

— Blessure par balle au thorax, dit l'ambulancier

lorsqu'il descendit le chariot. Dernière PA 80/40 ; absence de bruits de respiration à gauche.

Nous fonçâmes à l'intérieur des urgences.

— Bloc 1. Julio ! Appelez le service respiratoire, bipez le service thoracique ! Helen !

L'infirmière-chef se matérialisa à côté de moi, saisit une intérimaire par le bras et nous précéda au pas de course dans le bloc 1. Chip Nicholson fit son apparition, une tasse de café à la main. Il s'empressa de la poser sur le comptoir du poste des infirmiers.

— Où est Ramsey ?

J'attrapai un masque et enfilai des gants. Les ambulanciers avaient déjà intubé le blessé qui n'avait pas l'air bien vaillant ; l'un d'eux le ventilait à l'aide d'un Ambu. Cinquante-cinq ans, poivre et sel, bien sapé, genre homme d'affaires.

— Vous connaissez son nom ?

— David Al-Sharif.

— Monsieur Al-Sharif, vous m'entendez ?

Il acquiesça faiblement.

— Bien, je suis le docteur Sutcliffe. Nous allons nous occuper de vous.

L'équipe travailla de concert, rapidement. Pendant qu'Helen reprenait les fonctions vitales du blessé en annonçant les chiffres, l'intérimaire découpait son pantalon, Nicholson vérifiait les IV du blessé et je l'auscultai.

— Tachycardie. Pas de bruits à gauche. Hémothorax ; on intube à gauche.

Une jeune Latino du service respiratoire prit le relais de l'ambulancier, qui partit avec son collègue. Pour être aussitôt remplacé par des flics. La salle se remplissait.

— Julio ? Où est Ramsey, bordel ?

— Désolé, désolé, fit ce dernier en arrivant si vite qu'il bouscula un flic au passage. J'étais monté parler avec M. Jhang.

— Mets le tube pleural. Je vais t'aider. Monsieur Al-Sharif, je suis désolée, mais cela risque d'être douloureux. Vous avez du sang dans le poumon et il faut l'évacuer, sinon vous ne pourrez pas respirer.

Saisissant un masque et des gants, Ramsey tendit la main vers le plateau pendant que Nicholson et Helen immobilisaient le blessé. Après une seconde d'hésitation, Ramsey lui plongea le scalpel dans la poitrine pour pratiquer l'incision. Le dénommé Al-Sharif bondit de douleur et Ramsey s'excusa frénétiquement. Mais quelques secondes plus tard, le tube était en place et rattaché à un appareil d'aspiration. Du sang glougloutait bruyamment dans l'absorbeur. Le poumon du blessé se regonfla.

— Ha ! s'écria Ramsey, triomphant.

Je lui fis un topo rapide de la situation.

— Qu'est-ce que tu préconises ?

— Six culots globulaires. Radio du thorax. Hémogramme. Groupe sanguin et cross-match, hurla joyeusement Ramsey.

— C'est ça, lui dis-je avec un sourire tout en lui faisant signe de se calmer.

— T'as encore du chemin à faire, Ramsey, marmotta Helen dans sa barbe.

Mais deux minutes plus tard, le blessé piquait du nez.

— Tension à 60, m'informa Helen. Jugulaires distendues. Pas de bruits du cœur.

— Tamponade, dis-je en jetant un regard nerveux vers la porte. (Je pouvais compter sur les doigts d'une main le nombre de fois où j'avais assisté à une thoracotomie et je n'en avais jamais pratiqué seule.) Trouvez-moi le Dr Hollister, s'il vous plaît. Que fait Thoracique ? Qu'on prépare un plateau.

Soixante secondes plus tard, ni l'attaché ni le chirurgien thoracique ne s'étaient montrés, mais je ne pouvais plus attendre. Murmurant une prière, je me lançai. Scalpel, incision sur quarante centimètres du corps du sternum à gauche jusque sous l'aisselle. Écarteur en métal pour les côtes (un appareil effrayant qu'on dirait sorti tout droit d'un garage), le cœur du blessé à nu. Le péricarde avait enflé à cause du sang qui s'était infiltré dedans.

— Beau boulot, Ev, fit une voix familière derrière moi.

Le Dr Alex McCabe, chef de la chirurgie thoracique. Tournant la tête, je vis entrer l'attaché, le Dr Jack Hollister. Les renforts étaient arrivés.

Avec des ciseaux chirurgicaux, je pratiquai une minuscule incision dans le péricarde. Le sang jaillit à flot. Débarrassé de cette pression, le cœur se remit à battre plus facilement. Sur le moniteur, la pression artérielle remonta à 90.

— Très bien, dit McCabe. Emmenons-le là-haut.

J'haletais comme si je venais de monter six étages en courant, mes genoux tremblaient tellement que je sentais les jambes de mon pantalon claquer au vent, et je n'entendais plus que les battements de mon propre cœur.

— Bravo ! Sutcliffe, me dit le chef en m'assénant une grande claque dans le dos.

— Merci. Ramsey a fait l'intubation.

Il fallait que Ramsey ait sa part de gloire ; il avait l'air heureux comme un roi.

— Docteur Sutcliffe, téléphone pour vous !

C'était Alan.

— Vic m'a demandé de t'appeler pour te prévenir que l'avocat de Case est enfin arrivé au commissariat. Mais il n'a pas encore été inculpé. Ils attendent le procureur.

— Craig sait quelque chose ?

À côté de moi, on parlait toujours du glorieux sauvetage de M. Al-Sharif, et l'inspecteur chargé de l'affaire s'apprêtait à expliquer les circonstances du coup de feu. Nicholson venait de demander à Ramsey comment allait M. Jhang et s'il avait reconnu sa fille. Je voulais entendre ça aussi.

— Craig a appris que la police a trouvé des empreintes de Case sur certains champignons du panier cadeau. Je n'en sais pas plus pour l'instant.

— Et Jackie ?

— Lauren et Geoff sont avec elle. Et le clan se

rassemble. Tous les autres enfants arrivent, par la route ou par la voie des airs. Je vais installer le camp Hamilton à la maison et nourrir tout ce petit monde. Berta et moi sommes en train de réfléchir à des menus. Oh ! un truc que je voulais te demander. Où est la serviette de Gary ? Tu l'as cachée quelque part ?

— Quelle serviette ?

— Il l'avait quand il est arrivé samedi, mais Berta et moi ne l'avons pas trouvée quand nous avons fait le ménage hier.

Je réfléchis.

L'inspecteur chargé d'Al-Sharif faisait de grands moulinets avec les bras.

— Peut-être était-ce ce que le cambrioleur cherchait, finis-je par dire. Peut-être qu'il n'a pris mon ordinateur et éparpillé mes affaires partout que pour faire croire à un cambriolage.

— Écoute, vérifie en rentrant chez toi, d'accord ?

Quand je sortis en titubant de l'hôpital en fin de soirée mardi, j'avais l'encéphalogramme complètement plat. Je me retrouvai sous une pluie battante que je pris pour une simple averse. Au carrefour, j'attendis bêtement au feu alors qu'il n'y avait pas l'ombre d'une voiture en vue.

Arrivant dégoulinante de pluie à la résidence des médecins, j'attendis comme un automate que les portes de l'ascenseur s'ouvrent. Une fois chez moi, je me débarrassai de tous mes vêtements dans l'entrée.

Déjà couché, Phil ronflait bruyamment. Je pris une seconde pour admirer l'ordre ambiant et deux pour m'envelopper les cheveux dans une serviette avant de m'effondrer sur le lit.

La serviette de Gary !

Trop tard. Je sombrais déjà.

Le radio-réveil me tira de ma torpeur à 6 h 10. Comment les animateurs pouvaient-ils avoir une telle pêche à une heure pareille ?

À côté de moi, Phil grogna. Il tendit mollement un bras dans ma direction.

— À quelle heure es-tu rentrée ? Je devais vraiment être dans le coltard.

— Effectivement. Moi aussi.

— Pourquoi cette serviette ?

— Il pleuvait des cordes. J'étais trop crevée pour me sécher les cheveux.

Je l'embrassai, me levai et partis d'un pas chancelant en direction de la salle de bains. Le téléphone se mit à sonner.

— Je ne pourrai pas y être avant 7 heures, lançai-je en fermant la porte.

Bon Dieu ! Je ne pouvais même plus prendre une douche ? Qu'est-ce qu'ils voulaient ? Ma peau ?

Je dormais debout sous le jet d'eau quand Phil me rejoignit.

— C'était Vittorio. Ils ont fini par accuser Case à 2 heures du matin et ils l'ont laissé partir sous caution : cinq cent mille dollars.

— Mon Dieu... Qui a payé, Vittorio ?

— Apparemment. Vic veut savoir si la serviette de Gary est ici.

— Ah oui ! j'allais la chercher.

Je me lavai les cheveux, me douchai. En petite tenue, séchoir à la main, j'ouvris le placard pour y prendre une chemise propre : les sacs du teinturier qu'Alan avait rapportés la veille m'y attendaient. La robe en soie jaune qui ne m'appartenait pas. Dès que l'hôpital aurait retrouvé un niveau de folie normale, il faudrait que je m'occupe d'éclaircir cette histoire. Où étaient mes affaires ? Pourquoi s'obstinait-on à me refiler celles d'une autre ?

Bon, la serviette de Gary.

Phil et moi fouillâmes l'appartement. Rien. Nous allions sortir quand, instinctivement, je regardai derrière le canapé du salon. La serviette était là.

Nous jetâmes un rapide coup d'œil à son contenu. Deux vidéos : *Trop belle pour toi* et *Le Retour de Martin*

Guerre. Gary adorait les films français. Mais pourquoi se baladait-il avec ça ?

Deux grosses chemises marron. La première, étiquetée « Syndicat », contenait des documents sur la grève, des photocopies d'articles de presse, ainsi que le dossier d'une infirmière prétendant avoir été injustement congédiée des soins intensifs.

La seconde renfermait des mémos adressés à Vittorio et des copies des dossiers personnels des internes et des résidents. En le feuilletant, je vis des noms familiers Kubota, Herrera, Washington, Ramsey, et le mien. J'ouvris celui de Mark. Des copies de sa candidature initiale au programme de spécialisation ; une correspondance demandant un report d'un an, trois articles de journaux : UN MORT, UN BLESSÉ : DEUX AMIS DANS UN ACCIDENT DÛ À L'ABUS D'ALCOOL. CHAUFFEUR INCULPÉ DANS ACCIDENT DÛ À L'ALCOOL. LE DR MARK RAMSEY SORT DE L'HÔPITAL. Le rapport que j'avais adressé à Chris Cabot après que Ramsey eut perdu le guide souple ; un article que Mark avait écrit pour la lettre des anciens élèves de sa pension.

— Qu'est-ce que Gary fiche avec ça ? dit Phil. Ce sont les papiers de Vittorio, non ?

— Exact. Jackie Hamilton m'a dit qu'elle l'avait surpris en train de fouiller dans les papiers de Vic le soir où ce dernier est passé sur le billard.

Je rangeai le dossier de Mark, et tirai de la serviette une grande enveloppe de l'hôpital. Elle débordait de coupures de journaux.

— Regarde-moi ça... Toute la boue à propos du divorce de Di Clausson.

Le futur ex de Clausson, chercheur et spécialiste du sida, était un personnage en vue. Mais il n'y avait rien de nouveau sous le soleil, en l'occurrence, tout le monde à l'hosto avait tout lu quand l'affaire était sortie en août.

Je renversai la serviette pour voir s'il restait quelque chose dedans. Rien. Dans la poche intérieure, je trouvai les clés de Gary.

— Eh bien, cela ne nous a pas appris grand-chose, dit Phil.

— Attends.

La poche extérieure contenait une lettre d'information sur papier glacé de la pension de Vittorio et de Case, accompagnée d'un calendrier des activités pour la réunion des 11, 12 et 13 octobre. La lettre était adressée à Julian Case Hamilton.

— Encore moins éclairant, dit Phil.

En dépliant la lettre, je fis tomber un carton de correspondance bleu :

— Gary, lis-je tout haut, je ne saurais vous dire à quel point j'apprécie nos rencontres autour d'un café pour parler français ! J'ai vraiment besoin d'un peu de pratique et votre français est tellement fabuleux !

— Donne-moi ça, cria Phil en m'arrachant le carton : « Oh là là ! quel boulot cette langue ! Avec mes sentiments chaleureux, Elise Vanderlaende. » Nom de Dieu ! est-ce que cette femme va s'insinuer dans les bonnes grâces de tous ceux qui me connaissent ?

— Je ne pense pas que ce soit la bonne question. Tu devrais plutôt demander : qui sera le prochain mort ?

Nous posâmes la serviette près de la porte d'entrée où Alan la verrait.

— Demain, je demande une injonction officielle.

Je fermai la porte à clé.

— J'espère qu'il n'est pas trop tard.

Cela n'aurait peut-être pas été trop tard si nous n'avions pas décidé, sur l'impulsion du moment, de passer la nuit de mercredi dans l'appartement de Phil.

Généralement, le lundi soir, Phil recevait des patients en groupe. Il rentrait tard, épuisé, et aimait bien récupérer tout seul. Il restait donc chez lui et moi chez moi.

Le mardi soir, j'essayais d'aller au yoga. Phil s'attardait à l'hôpital pour terminer la paperasserie, puis rencontrait le psy qui le chapeautait. Il rentrait tard, épuisé et préoccupé, mais restait encore une heure ou deux debout à réfléchir à ce qui était sorti de la séance. Il restait donc chez lui, et moi chez moi.

Le mercredi, après une journée entière à l'hôpital, nous passions la soirée ensemble. Je faisais un peu de cuisine, ou on allait au grec de la rue, ou à l'italien de Broadway. Ensuite, il dormait chez moi.

Le jeudi, nous dormions chez Phil. Il faisait un peu de cuisine, ou nous faisions appel à des traiteurs grecs, italiens, indiens ou chinois.

Le week-end, c'était chez l'un ou chez l'autre. Je serais bien en peine de dire pourquoi notre emploi du temps était aussi rigide en semaine et aléatoire le dimanche.

Et je serais bien en peine aussi d'expliquer pourquoi ce mercredi soir nous allâmes chez Phil. Bien sûr, la mort de Gary, le cambriolage et la grève des infirmiers nous avaient mis par terre, pour employer un euphémisme. Nous avions passé la moitié de la nuit de lundi debout, Phil avait dû annuler ses séances du mardi, nous avions décidé de passer la nuit de mardi dans mon appartement nettoyé, ce qui devait vouloir dire qu'il était temps d'aller chez lui mercredi...

C'est ainsi que nous avons découvert que la nuit du mercredi était celle que Elise Vanderlaende aimait passer chez Phil.

Avec mes vêtements sur le dos. Dans son lit.

33

Comme de bien entendu, il fallait que je tombe, nue, sur Elise.

Cela me rappelle que nous avions une autre raison de ne pas dormir chez Phil, ce soir-là : il pleuvait de nouveau à verse. Rentrés de l'hôpital à pied, nous étions trempés jusqu'aux os à l'arrivée. Je m'étais donc débarrassée de mes vêtements dans l'entrée comme je l'avais fait la veille chez moi, sauf que ce soir-là je pris le temps de les suspendre dans la salle de bains avant d'entrer dans la chambre.

La vue d'Elise fut un tel choc que je décollai littéralement. En reprenant contact avec le sol, j'étais pleine d'adrénaline, mais avec un cœur à l'arrêt. Et nue comme un ver.

Tranquillement assise sur le lit, revêtue de ma chemise en soie noire, elle me contemplait d'un air amusé. Un magazine sur les genoux, une pomme à la main, elle trouva le moyen de tourner une page et de mordre dans son fruit pendant que j'exécutais mon étrange jeté.

Je tirai un peignoir du placard et m'empressai de l'enfiler. Toutes sortes de choses me passèrent par la tête. Ne lui tourne pas le dos. Et si elle était armée ? Elle est peut être assise sur son arme. Et : Bon Dieu ! c'était vrai. Phil a vraiment une aventure avec cette jeune femme-enfant aux jambes interminables et belle comme une déesse.

— Vous portez ma chemise, lui dis-je d'une voix tremblante de rage. Comment êtes-vous entrée ? poursuivis je en aboyant littéralement, furieuse qu'elle me voie sortir de mes gonds.

Vanderlaende, un, Sutcliffe, zéro.

— J'ai les clés.

Elle soutint mon regard le temps de me faire comprendre qu'elle n'avait rien à cacher. Puis elle jeta un coup d'œil vers la porte de la chambre. Dans la cuisine, Phil venait d'allumer la radio. Susurrements du présentateur suivis de Chopin.

— Comment avez-vous l'intention de gérer cela ?

— Gérer cela ? répétai-je.

Mais quel aplomb ! Elle avait quoi... vingt et un ans ? À cet âge-là, j'étais timide, je me confondais constamment en excuses et je ne me lançais jamais dans rien sans avoir au préalable tâté le terrain très prudemment. Par comparaison, Elise semblait capable de faire du plongeon olympique. Comment la jeune femme hystérique des urgences pouvait-elle s'être métamorphosée en ce modèle de calme ?

Je retrouvai ma vraie voix, celle qui ne tremblait pas.

— Phil ? Tu peux venir ici, s'il te plaît ?

— Tu veux un verre de vin ?

— Pas maintenant. Viens.

— Vous êtes sûre de savoir ce que vous faites ? fit Elise. Cela ne va pas être joli, joli. (Voyant que je ne relevais pas, elle se leva, prit un jean soigneusement plié sur la chaise et l'enfila :) Il n'y a pas de raison d'avoir une confrontation violente, vous savez.

Elle glissa la chemise – ma chemise – dans son jean et remonta la fermeture Éclair. Et elle reprit sa pomme.

J'allai sur le seuil de la chambre.

— Phil ! Oublie le vin une seconde et viens ici... tout de suite !

Chopin s'arrêta net. Une porte s'ouvrit et se referma. Phil fit son apparition au bout du couloir. Il tenait sa batte de base-ball à deux mains en travers de la poitrine, comme un bâton de police.

— Tout va bien ? demanda-t-il sur le ton de la conversation.

Levant les sourcils, il désigna la chambre du menton. Je secouai la tête. Il se ramassa sur lui-même. Genoux pliés, il entra dans la chambre à grandes enjambées.

— Jésus, Marie, Joseph !

— Bonjour, Phil, dit Elise en croquant sa pomme.

Phil nous contempla tour à tour, l'air complètement éberlué. Puis il céda à la colère. Lâchant sa batte, il se rua sur Elise :

— COMMENT ÊTES-VOUS ENTRÉE ? rugit-il en la secouant comme un prunier. Sale petite garce !

— Phil ! m'écriai-je.

Elise le repoussa :

— AVEC LES CLÉS QUE TU M'AS DONNÉES, QU'EST-CE QUE TU CROIS ?

Elle balança sa pomme dans la salle de bains. Les mains sur les hanches, pieds écartés, elle défia Phil. Sa colère était aussi impressionnante que la sienne.

J'en eus le souffle coupé. Phil reprit vite ses esprits et recula. C'est alors qu'il endossa sa personnalité de psy : le Dr Philip Carchiollo, médecin attaché et maître-assistant de psychiatrie.

— Ev ? Tu veux bien appeler la police ? dit-il aussi tranquillement que s'il s'adressait à Faith, la secrétaire du service psychiatrie.

— Pour lui dire quoi ? cracha Elise. Que tu as une bataille de chiffonnières sur les bras ? Que tu as ramené une petite amie à la maison en oubliant que l'autre t'y attendait ?

— Ne l'écoute pas, Ev. Elle vit dans son délire. Je ne lui ai pas donné les clés de l'appartement. Je ne sais pas comment elle est entrée.

— Pitié ! fit Elise. Si vous gobez ça, Ev, vous êtes encore plus bête que je ne l'aurais cru.

Je décrochai, composai le numéro et tendis le combiné à Phil. Il se nomma, donna son adresse et expliqua qu'une ancienne patiente à l'esprit dérangé était entrée par effraction chez lui.

— Ben voyons, dit Elise. C'est fou ce que j'ai l'esprit dérangé.

— Je ne crois pas, dit Phil à son interlocuteur. Mais je n'en suis pas sûr.

Elise leva les yeux au ciel :

— Et maintenant je suis censée être armée, c'est ça ?

— Et elle est peut-être un suspect dans une enquête en cours. C'est l'inspecteur Ost du 26e qui s'occupe de l'affaire.

— Salaud !

— Merci, j'apprécierai, conclut Phil en me tendant le combiné.

Je raccrochai.

— Pourquoi fais-tu cela ? demanda Elise.

— À votre avis ? riposta Phil.

— Si nous passions au salon ? suggérai-je. Vous d'abord, précisai-je en désignant Elise.

Elle fit le tour du lit de sa démarche de danseuse, droite comme un i. Elle lança un regard provocant à Phil et en passant devant moi, elle rejeta la tête en arrière, l'air triomphant.

Je lui emboîtai le pas, avec Phil sur les talons. Elise s'assit sur un canapé, moi sur l'autre. Après un détour par l'entrée pour prévenir le portier de l'arrivée de la police, Phil vint s'installer à côté de moi. Une lueur de colère et de surprise passa dans le regard d'Elise. Elle s'attendait visiblement à ce que Phil prenne place à côté d'elle.

Devant cette situation de plus en plus kafkaïenne, je pris le parti de ne trahir aucune émotion. Du moins de m'y efforcer. Après tout, c'était Phil le psy. Qu'il se débrouille. Une fois que les flics auraient embarqué notre visiteuse, nous aurions tout le temps de discuter.

— J'attends des explications, reprit Elise. Tu as raconté partout que j'avais envoyé ce panier de champignons vénéneux chez Ev. Tu sais que c'est faux.

Phil la contemplait avec intérêt. Avec son air de Dites-m'en-donc-davantage :

— Vous pouvez prouver que vous ne l'avez pas fait ?

Il réussit à donner l'impression qu'il la croyait. En bon défenseur de sa patiente, il était à cent pour cent de son côté – et impatient de l'aider à soutenir sa version devant ses détracteurs.

Mais ce n'était pas ce que souhaitait Elise.

— Tu peux prouver le contraire ? riposta-t-elle.

— Ce n'est pas à moi de le faire. Le problème est entre les mains de la police.

Elise digéra cela. Visiblement sa colère montait. Elle ne voulait pas de Phil en mode psy. Elle voulait qu'il s'engage émotionnellement, qu'il lui hurle dessus en la secouant comme un prunier.

— Ce que tu peux être bête en croyant que je ne peux pas t'aider.

Je me rappelai soudain ce qu'elle avait déclaré à Ost : « Pourquoi ne pas me le dire, que je puisse vous aider. »

— Comment pouvez-vous m'aider ?

— Commence par venir t'asseoir à côté de moi. Tu verras.

— Vous savez que c'est hors de question, répondit patiemment Phil. Mais j'écouterai ce que vous avez à dire.

— C'est bien ton problème, Phil. Toujours prêt à écouter, jamais à agir. Surtout quand il faut s'engager sur le plan émotionnel.

Phil tiqua. Ce dut aussi être mon cas – je ne comptais plus les fois où je lui avais fait le même reproche.

— Je sais que vous voulez offrir votre aide, Elise, répliquai-je, sans lui laisser le temps de réagir. Vous pouvez le faire. En nous disant ce que vous avez vu.

Elle parut à deux doigts de mordre à l'hameçon.

Si elle avait envoyé le panier et si elle avait été suffisamment maligne pour mettre ça sur le dos de Case Hamilton, elle tenait sa chance de l'achever. Il ne lui restait qu'à inventer une histoire sur ce qu'elle avait « vu ». Et dans sa volonté de nous éblouir par sa capacité de nous aider à résoudre le meurtre, elle pouvait se trahir en racontant quelque chose qui nous permettrait de la coincer.

Elle était impatiente de se rendre utile. Offrir son aide était une façon d'avoir du pouvoir. Si Phil acceptait son aide, il était faible, et elle, forte. S'il avait besoin de son aide, il avait besoin d'elle. Et, si c'était le cas, cela voulait dire qu'il l'aimait.

Mais pour l'instant, elle savourait le pouvoir que lui donnait le fait de savoir quelque chose que nous ignorions.

— Tu vois à quel point la police te prend au sérieux ? Pourquoi ne sont-ils pas déjà ici ? (Elle se leva et s'approcha de la fenêtre qui donnait sur Riverside Drive :) Quelle jolie vue. Le parc. Le fleuve.

Elle nous tournait le dos. Dis-lui que tu as besoin de son aide, articulai-je en regardant Phil. Il eut l'air perplexe ; il ne comprenait pas.

— Elise, Phil a besoin de votre aide, finis-je par dire. C'était vous qui portiez le keffieh, n'est-ce pas ? Vous traînez autour de la résidence des médecins à surveiller les allées et venues. À quoi ressemblait l'homme au panier ?

Phil secoua la tête : je faisais le jeu d'Elise.

— Elise ? insistai-je doucement.

— Comment est-il entré dans votre immeuble ?

Languide, elle s'éloigna de la fenêtre en étendant les bras. Puis elle tourna la tête et, lançant une jambe, se mit en « archer », une position de yoga. Une position que j'aurais bien été incapable de prendre et encore plus de tenir – surtout en jean moulant. Mais avec son corps de danseuse, Elise pouvait tout se permettre.

J'entendis une sirène de police dans le lointain.

— Voilà la police, dit Elise à Phil. Pour t'aider à choisir entre tes femmes. Puisque tu n'es pas capable de le faire toi-même. Trop faible pour ça.

Elle se redressa, leva les bras en l'air, puis se pencha jusqu'à ce que son front touche ses genoux et que ses mains reposent à plat par terre.

— Vous devriez essayer. Je parie que vous en êtes incapable.

— Vous avez raison. Elise, je ne sais pas comment cette personne s'est introduite dans mon immeuble. Vous le savez, manifestement. Une fois que la police sera ici, nous ne pourrons plus parler en tête à tête. C'est l'occasion ou jamais de nous raconter ce que vous savez.

— Le garage, lâcha-t-elle en enchaînant les positions de yoga.

Les sirènes se rapprochèrent, se turent. Un claquement de portière, puis trois autres.

— Le garage du Pavillon Storrs ?

— Il avait une clé.

— Une clé de la porte de la résidence des médecins ? La porte du garage ?

— Oui.

Phil se leva pour aller ouvrir.

— Qu'est-ce qu'il portait ?

Elle plongea sur une jambe, puis se releva. Elle chercha Phil du regard, puis l'air satisfait, se replia en deux.

— Une perruque vraiment épouvantable, dit-elle à ses genoux. Des lunettes de soleil. Une blouse blanche de médecin – longue comme celle des attachés, à mi-mollet.

— Il est arrivé à pied ou en voiture ?

— Un break Volvo. Pas neuf – dans les six ou sept ans. Marron, un peu malmené. Des plaques de New York, KPR quelque chose. À l'arrière il y avait ce truc, vous savez, ce genre de cage qu'on met pour empêcher les chiens de sauter du coffre à l'avant.

La voiture de Case et de Jackie Hamilton dans l'île.

— Vous pensez toujours que je peux vous aider ? demanda-t-elle en s'étirant.

— Je n'ai jamais prétendu le contraire, Elise. Phil non plus. Vous pouvez manifestement beaucoup nous aider. M'avez-vous poussée dans l'escalier ?

Elle se redressa.

— Je n'ai aucune raison de vous pousser ni de vous empoisonner, Ev, dit-elle le regard clair. (L'exercice semblait l'avoir soit stimulée, soit calmée ou les deux.) Je suis sûre de l'amour de Phil. C'est lui qui a un problème... Il n'arrive pas à rompre avec vous parce qu'il n'est pas prêt à admettre ses sentiments pour moi.

La porte de l'ascenseur claqua. Quatre membres de

l'élite de la police de New York firent leur entrée : deux vieux de la vieille en uniforme ; l'inspecteur Ost et sa collègue, Jude Rainey.

Ils nous regardèrent comme les flics le font généralement : avec intérêt. Tout en affichant leur force. L'un des policiers en uniforme avait la main sur son arme.

Phil expliqua clairement la situation : nous avions trouvé Elise en rentrant. Elle affirmait qu'il lui avait donné les clés, mais c'était faux. Elle prétendait qu'il était son amant, ce qui était également faux. Il l'avait soignée une fois, aux urgences en juillet – les flics se rappelaient probablement le hold-up de la banque de Broadway ? Eh bien, Elise se trouvait dans cette banque, en fait, elle se tenait à côté du gardien lorsqu'il avait pris la balle et elle s'était retrouvée couverte de sang et de bouts de cervelle. Bien entendu, elle avait souffert d'une réaction de stress aiguë, et les flics l'avaient conduite en toute hâte aux urgences. Phil ne l'avait vue qu'à cette occasion. Elle souffrait de l'illusion érotomaniaque d'être aimée de Phil. Elle l'avait suivi, harcelé, et il était même possible qu'elle ait tenté de l'empoisonner.

— Ce dont l'inspecteur Ost peut témoigner, conclut Phil. En rentrant, nous l'avons trouvée dans mon lit.

Pendant le discours de Phil, Elise était restée debout, bras croisés, les yeux baissés. Un sourire sardonique aux lèvres, elle secouait de temps en temps la tête, l'air de dire « les hommes ne changeront donc jamais, quelles gourdes ils font quelquefois ».

— Phil sait pertinemment que je n'ai tenté d'empoisonner ni lui, ni personne, enchaîna-t-elle doucement. Et j'ai les clés parce qu'il me les a données. Le problème n'est pas qu'il m'ait trouvée en rentrant. Le problème, c'est qu'il s'emmêle dans son emploi du temps. Il a oublié que je serais ici ce soir et il a ramené Ev par erreur, et il vient de concocter cette histoire à dormir debout et de vous appeler pour sauver la face. Comme ça, il n'est pas obligé d'avouer à Ev qu'il me voit.

— Vous voyez à quoi j'ai affaire, coupa Phil. Elle

est très convaincante. Mais j'ai des documents à l'hôpital qui retracent le cours de sa maladie.

— Oui, il les a gardés au cas où il serait forcé de nier nos rapports. Pour se couvrir. Imbécile. Tu ne brilles décidément pas par ton courage.

Il était facile de voir que Phil n'aurait pas le dernier mot. Les deux policiers en uniforme le contemplaient avec un mélange d'admiration, de pitié, de sympathie et d'envie. Ils avaient l'air impressionnés par Elise.

En revanche, ils ne m'accordaient pas un regard. J'étais la femme bafouée et, gênés, ils préféraient détourner les yeux. Jude Rainey me jetait un coup d'œil de temps en temps, imperturbable comme d'habitude. Je la soupçonnais d'avoir remarqué ma lèvre fendue.

— Vous avez quelque chose à dire, Doc ? me demanda Ost.

— Elle fait du harcèlement en série. Avant, elle poursuivait le professeur Robert Held de l'Université. Il vous parlera. Il dit qu'elle s'y connaît en champignons. Elle s'est probablement procuré les clés d'ici en volant le trousseau de Phil à l'hôpital afin d'en faire une copie. Vers la fin de l'été, Phil a égaré ses clés pour les retrouver environ six heures après. Elle entre à l'hôpital vêtue d'une blouse blanche. Elle a apparemment aussi fait des incursions dans mon appartement – mes clés sont dans le trousseau de Phil – où elle a remplacé mes tickets de teinturerie que je pose sur le réfrigérateur par les siens. Comme ça, quand je vais à la teinturerie, je repars avec ses vêtements, et elle, avec les miens. En ce moment même, elle porte ma chemise.

— Vous vous flattez, ricana Elise. Pourquoi ferais-je une chose pareille ? Vous croyez que j'ai envie de porter vos vêtements ? Non, c'est Phil qui m'a donné cette chemise. Si j'avais su que c'était la vôtre, je ne l'aurais jamais touchée. Je vous le garantis. (Elle fusilla Phil du regard et se dirigea vers la porte. Jude Rainey la retint par le bras :) Puis-je aller aux toilettes ?

— Je vous accompagne, répondit Rainey.

— Et je pense toujours qu'elle a tué Gary Seligman,

déclarai-je après leur départ, bien que je n'en fusse plus si sûre.

— Nous enquêtons, répondit Ost. Mais je ne peux pas en parler. Qui vous a frappée ?

— On m'a poussée dans l'escalier à l'hôpital. Et, juste avant, j'ai vu Elise harnachée comme un chirurgien près de la cage d'escalier en question.

— Je veux porter plainte pour coups et blessures et entrée par effraction dans mon appartement, dit Phil.

— Difficile à prouver, Doc, fit Ost en secouant la tête. Le Dr Sutcliffe vient justement de préciser qu'elle n'a pas vu qui l'avait poussée. Et si cette femme a des clés...

— Je m'en fous ! Je ne lui ai pas donné ces clés et je veux que justice soit faite. Si le juge ne me croit pas, qu'il classe le dossier.

Ost secouait toujours la tête.

— Il va falloir passer le cap du procureur avant de vous retrouver devant un juge, et cela m'étonnerait qu'un procureur gobe ça. Que cela vous plaise ou non, Vanderlaende est aussi convaincante que vous. Mon conseil ? Nous la faisons sortir et vous appelez un serrurier. Ensuite vous obtenez une injonction contre elle, et, la prochaine fois, nous l'embarquons pour harcèlement aggravé... Si nous le l'arrêtons pas avant pour une affaire liée, ajouta-t-il dans un souffle.

— Merci, Ozzie. Phil, ne laisse pas Elise te mettre dans tous tes états. C'est exactement ce qu'elle cherche.

— Tu as raison.

Il me prit par le cou et m'embrassa. Elise revenait des toilettes. Elle en resta bouche bée :

— Mais quel hypocrite ! Je n'en reviens pas. Quand vas-tu te décider à tout lui avouer ?

Elle s'était changée ; elle avait remis ses vêtements : un T-shirt en coton et un cardigan beige sur son jean. Et des chaussures de bateau. Comme celles que je portais aux urgences.

— Videz son sac, ordonna Ost à Rainey.

— Hé ! Vous n'avez pas le droit. Il vous faut un mandat.

— Faux, riposta Rainey qui vida l'énorme sac en bandoulière d'Elise sur la table basse.

Une avalanche d'objets en tomba. Bloc-notes, livres, stylos, carnet de chèques, nécessaire de maquillage, et un énorme trousseau de clés digne d'un geôlier. Rainey lança le trousseau à Ost qui le tendit à Phil.

— Vous reconnaissez quelque chose là-dedans ?

Sur un porte-clés en cuir tressé, Elise avait les clés de l'appartement de Phil, de sa boîte à lettres et de son bureau à l'hôpital ; une clé de la voiture de son frère Sal et une clé de la maison du père de Phil à Hicksville sur Long Island.

Et, comme je m'en doutais, les clés de chez moi.

Dont celle qui ouvrait la porte menant du garage du Pavillon Storrs, au sous-sol de la résidence des médecins.

— Ou elle a vu qui a livré le panier ou elle l'a livré elle-même. Elle vient juste de me dire qu'elle a vu un homme avec le panier entrer dans la résidence des médecins par le garage avec une clé...

— Salope ! fit Elise.

— ... portant une perruque vraiment épouvantable, des lunettes de soleil et une blouse blanche de médecin – longue comme celle des attachés.

— Vraiment ? fit Ost.

— Oui, ricana Elise, sauf qu'elle omet le plus important, le break Volvo. Marron avec des plaques KPR quelque chose. Parce que vous savez à qui appartient cette voiture, ajouta-t-elle en se tournant vers moi. Vous vous croyez intelligente, hein ? Vous croyez vraiment que les flics ne vont pas finir par remarquer à quel point vous cherchez à protéger Case Hamilton ?

34

Les flics étaient partis. Elise, aussi, pour le moment. Sans rien promettre, Ost et Rainey l'avaient tout de même embarquée pour interrogatoire. Nous étions dans la jolie cuisine de Phil tapissée du papier du Bicentenaire de la Révolution française, posé par ses frères qui travaillaient dans le bâtiment. Phil me servit un grand bourbon et se versa deux doigts d'un excellent whisky. Nous trinquâmes.

— Qu'est-ce que tu essayais de faire ? demanda Phil. De la prendre en défaut avec ses propres illusions ?

— J'essayais de découvrir ce qu'elle sait. A-t-elle livré le panier en faisant accuser Hamilton, ou bien a-t-elle vu celui qui a livré le panier ?

— Je serais incapable de le dire, et toi ?

— Moi aussi. Tu as pu parler avec Held ?

— Oui. Il ne m'a pas été d'une grande aide. Selon lui, il a compris au beau milieu de l'affaire, quand elle le bombardait de mots étranges et qu'elle racontait à tout le monde qu'il était son petit ami, que le seul moyen de ne pas devenir fou était d'accepter qu'elle fasse partie de sa vie. Il ne pouvait rien faire contre elle. Mais il pouvait modifier sa façon de réagir.

— Très judicieux. Ne pas essayer de guérir l'autre, se guérir soi-même.

— Quoi qu'il en soit, Held ne m'a rien appris de nouveau, dit Phil en me prenant la main. Merci de m'avoir soutenu et de ne pas t'être laissé asphyxier par Elise.

— Je t'en prie, fis-je en l'embrassant.

Quand le téléphone sonna, nous faillîmes ne pas répondre.

— Oh ! Dieu soit loué ! souffla Alan quand je décrochai. Tu es là. Je crois que Vic fait une attaque.

— Explique-moi très exactement. (Mettant la main sur le combiné, j'ajoutai à l'adresse de Phil :) C'est Alan. Il pense que Vittorio fait une attaque.

— Oh non ! s'écria Phil en courant dans la pièce voisine pour suivre la conversation sur l'autre appareil.

— Ou peut-être que ce sont les moules. On peut se retrouver paralysé, non ? Tu ne penses pas qu'il fasse une attaque, non ? Tu te rappelles quand Bubbeh Hazel a titubé et que ses paupières sont tombées.

— Au diable, Bubbeh Hazel. Parle-moi de Vittorio.

— Il a des troubles de la vision et des problèmes d'élocution ! hurla Alan.

— Et mentalement, il est clair ?

— Mouais.

— Ces problèmes durent depuis combien de temps ?

— Il avait l'air très bien cet après-midi. Je suis allé chez Zabar et Citarella. À mon retour, j'ai préparé le dîner, son plat préféré, des moules marinières. Il a mangé en buvant un seul verre de vin. Je n'ai pas remarqué tout de suite que quelque chose clochait, il a fallu qu'il commence à se cogner dans les meubles. Je lui ai demandé ce qui se passait.

— Et qu'est-ce qu'il a dit ?

— « Fiche-moi la paix, je suis bourré. » Puis il est allé lire des journaux, et j'ai remarqué qu'il plissait les yeux comme s'il y voyait mal. Il bafouillait, mais j'ai mis ça sur le compte du vin. Ensuite, il s'est levé et il a trébuché contre le pouf. Là, je me suis dit, attends, je l'ai déjà vu boire deux litres de vin. Avec sa carrure, il tient bien l'alcool. C'est alors que j'ai remarqué que sa paupière gauche tombait, comme celle de Bubbeh Hazel...

La peur d'Alan envahit mes artères.

— Il a souvent des migraines ?

— Non.
— Il a mal à la tête ?
— Il prétend que non. Je lui ai demandé.
— Il vomit ?
— Non.
— Des nausées ?
— Je ne crois pas.
— Diarrhée ?
Alan réfléchit :
— Non.
— De la fièvre ?
Pendant que je parlais, Phil revint dans la cuisine avec le téléphone du salon.
— Je lui ai tâté le front. Il n'est pas brûlant. Ev, tu peux venir ? Il a la paupière qui tombe ! Il se cogne dans les meubles !
Comme sur un signal, il y eut un bruit de chute à l'arrière-plan. Vittorio jura.
— Je te retrouve aux urgences dans dix minutes ! N'appelle pas d'ambulance, prends un taxi.
— Mais il refuse d'y aller, Ev ! hurla Alan qui craquait. Il dit que quelqu'un va le tuer comme on a tué Gary ! Pourquoi crois-tu que je t'appelle ? Il faut que tu viennes le convaincre.
Vittorio prit le combiné :
— Tout va bien. Bourré.
— Écoute-moi, lui dis-je en prenant mon ton de médecin-chef. Je sais que tu détestes les soins médicaux, mais ce n'est pas le moment de rouler des mécaniques ! Il faut que tu ailles aux urgences ! Tu présentes des symptômes d'atteinte des nerfs crâniens. Je crains une embolie. Ou peut-être s'agit-il d'une attaque ; ce serait de ton âge. Je t'en prie, retrouve-moi aux urgences dans dix minutes.
— Pas hôpital. Ras le bol hôpital.
— Tu as entendu ce que je t'ai dit ? Ta vie est en danger !
— Non. Bourré.
— Vic, cela pourrait être grave.

Il raccrocha sans répondre.

— Il est ivre, dit Phil, en attendant qu'Alan rappelle. Qu'en penses-tu ?

— C'est l'embolie que je crains le plus. Ou une sorte d'accident cérébral. Peut-être une intoxication ciguatérique à cause des moules...

— Alan a peut-être raison. Il a une excellente intuition.

— Ou il est empoisonné. À cause de Dieu sait quoi.

Le téléphone sonna.

— Nous arrivons, annonçai-je à Alan.

Phil et moi arrivâmes douze minutes plus tard, après avoir arrêté une voiture de police à défaut de trouver un taxi. Et nous avons eu de la chance – celui qui conduisait, un ancien du Vietnam, devait être un des seuls à New York à pouvoir conduire sous un déluge de mousson sans avoir d'accident. Avec un taxi, nous aurions fini noyés dans le caniveau après cinq tonneaux.

Je bondis de la voiture de patrouille avec Phil sur les talons. Nous nous abritâmes sous l'auvent de l'immeuble de la Seconde Guerre mondiale où habitait Vittorio. La pluie martelait le trottoir. Prévenu de notre arrivée, le portier nous fit entrer, l'air inquiet. Ascenseur. Neuvième étage.

Alan nous attendait sur le seuil de l'appartement.

— Où est-il ?

— Salon. Donnez-moi vos cirés que je les accroche dans la salle de bains.

— Foutaises ! cria Vittorio du salon. On ne peut même plus boire un verre de vin tranquille.

Il était effondré dans un des fauteuils en chintz, le menton sur la poitrine, comme s'il somnolait. Il se redressa à notre entrée.

Il n'avait pas l'air mal en point. Tiré à quatre épingles, comme d'habitude. Pantalon de flanelle grise, chemise en coton bleu, ouverte. Chaussettes en cachemire rouge. Mocassins à pompons. Il nous jeta un regard impérieux, en rejetant le menton en arrière pour voir malgré sa paupière tombante, comme s'il était né avec ce handicap. Il serrait son bras cassé sur son ventre, un vrai Napoléon. Il avait le souffle court, indiscutablement. Je n'aurais pas été au courant, j'aurais attribué ses halètements à un emportement passionné. Le roi se réveille. Le lion rugit.

— Salut, Vic, dit Phil en s'asseyant en face de lui. Alan nous a appelés. Il craint que vous n'ayez besoin de soins.

— Ivre, c'est tout.

— Vous savez, vous pourriez être ivre tout en ayant autre chose, poursuivit Phil de sa voix raisonnable de psy. Peut-être quelque chose de grave, une attaque, ou une embolie, ou un accident cérébral. Voire une intoxication ciguatérique à cause des moules. Pourquoi ne pas laisser Ev vous examiner ?

— C'est peut-être un empoisonnement, Vic. J'aimerais prendre ta tension.

— Pas le choix, hein ? D'accord, fais de ton pire.

Il parlait lentement en s'efforçant d'articuler.

— Tu as des problèmes d'élocution. Tu en es conscient ?

— Raillerie dans le vin...

— D'où vient cette citation, Vic ? demandai-je en ouvrant ma « sacoche noire », en réalité un sac en toile fermé par une fermeture Éclair – pourquoi tenter des criminels en quête de drogues ? – pour y prendre mon tensiomètre et mon stétho.

— Bible. Proverbes.

— Hum. Tu peux t'allonger sur le canapé ?

Je l'observai quand il passa du fauteuil au canapé. Difficultés de coordination, qu'il tentait de dissimuler. Il s'assit avec précaution sur le canapé, retira ses chaussures et s'allongea.

— C'est quoi, ce problème de coordination ?

— Irai bien demain.

— Je l'espère. Tu as pris tes antibios ?

— Ce matin.

— Tu prends d'autres médicaments ?

— Non.

— Pas de comprimés contre l'hypertension, d'aspirine, d'antihistaminiques ?

— Non.

Levant le nez, je vis Phil et Alan s'éclipser. Probablement pour aller jeter un coup d'œil dans l'armoire à pharmacie de Vittorio.

— Il faut que tu me dises exactement ce que tu as mangé dans ces dernières vingt-quatre heures.

Je notai la tension (140/80, normale pour Vic), lui fourrai un thermomètre dans la bouche, pris son pouls (78, élevé pour un sportif accompli), et comptai ses respirations (22, légèrement inquiétant). Température, 37°. Je lui demandai de se lever pour reprendre sa tension. Même résultat.

Vittorio se rassit. Je m'installai à côté de lui. Il avait le visage étrangement impassible, vide d'expression.

— Dîner, moules, dit-il lentement. Déjeuner, fromage, carottes, pomme, biscuit fait par Alan. Petit déjeuner, œuf, toast. Café.

— Et le dîner d'hier soir.

— Demande Alan. Souviens pas.

Il avait un mal fou à articuler. Impossible de dire si c'était dû à l'ivresse ou à une symptomatologie des nerfs crâniens ou les deux.

— Combien de doigts ? demandai-je en lui en montrant deux.

— Deux.

— Suis mon doigt des yeux sans bouger la tête, lui dis-je en dessinant un H en l'air.

Il obéit lentement et avec application.

J'examinai sa bouche. Langue et muqueuses sèches.

— Pendant que tu te cognais dans les meubles, est-ce que tu t'es heurté la tête ?

Je lui palpai le crâne, en quête de bosses. Rien.

— Non.

Je vérifiai ses pupilles avec ma torche, regardai ses yeux avec mon ophtalmoscope, lui examinai le cou et écoutai son cœur et ses poumons.

— Tu as le souffle court et tu siffles en respirant.

— Allergie.
— À quoi ?
— Chat.
— Tu as un chat ? Depuis quand ?
— D'accord, chien.
— Bon Dieu, marmonnai-je dans ma barbe. Ferme les yeux et dis-moi où je te touche.
Je frôlai du doigt le côté gauche de son visage.
— Joue.
— Bien. Et maintenant ?
— Bras droit.
Je lui demandai de froncer le front, de fermer les yeux et de sourire. Je lui collai un abaisse-langue dans la bouche et il fit « Ah ». Mais lorsqu'il s'agit de tirer la langue et de la remuer rapidement d'un côté à l'autre de la bouche, il eut du mal. Et il y avait cette chute de paupière inquiétante.
— Baisse de mobilité de la langue et ptôsis. Ce sont des données neurologiques qui indiquent que cela déconne du côté des nerfs crâniens. Maintenant il faut que je te pose une question. De quand date ton dernier test pour le sida ?
— Septembre. Négatif.
Il semblait avoir de plus en plus de mal à articuler.
Je m'assis.
Il présentait les mêmes symptômes que Thomas Kennaugh, le yuppie héroïnomane.
Kennaugh était à présent sur respirateur aux soins intensifs, ses muscles respiratoires temporairement paralysés par le botulisme.
Vittorio souffrait-il de botulisme d'inoculation à cause de sa blessure au bras souillée par la terre ?
Si c'était le cas, tous les antibiotiques du monde ne pourraient rien pour lui. D'une minute à l'autre, la paralysie progressive du botulisme atteindrait son diaphragme. Elle avait déjà touché ses nerfs crâniens.
— Vic, il faut que tu ailles à l'hôpital. Il est possible que tu souffres d'un botulisme d'inoculation à cause de ton bras cassé. Dans très peu de temps, tu ne pourras

plus respirer. Mais on te donnera des anatoxines à l'hôpital.

— Pas hôpital.

— Alors je vais t'hospitaliser contre ton gré. Ce n'est pas à toi de décider.

La surprise se peignit sur son visage. Il me jeta un regard impuissant, se redressa tant bien que mal en se tenant la gorge et tomba à genoux.

Je hurlai à Phil et à Alan de venir.

— Vic ! s'écria Alan en déboulant dans la pièce.

— Pas respirer, dit Vic en s'effondrant par terre.

35

J'appelai une compagnie d'ambulance privée ; je savais qu'ils réagiraient plus vite. Et en cas d'arrêt respiratoire, quelques minutes de différence peuvent être fatales.

— Docteur Sutcliffe, à l'appareil ! hurlai-je dans le combiné en regardant ma montre et en notant l'heure sur un petit carnet à spirale. Je suis médecin. J'ai un malade qui ne respire plus et j'ai besoin d'une voiture au...

Derrière moi, Phil et Alan allongeaient Vittorio par terre et commençaient le bouche-à-bouche. Alan possédait un diplôme de secouriste. À genoux près de la tête de Vittorio, il repoussa son menton en arrière, lui pinça le nez et lui souffla dans la bouche. Phil se mit à compter tout haut pour lui.

Je prévins le portier de l'imminence de l'arrivée des ambulanciers.

Je téléphonai aux urgences pour les informer de notre venue.

— Le patient est Vittorio von Laue. Membre du conseil d'administration de l'hôpital. Qu'un pneumologue l'attende.

Le temps que je raccroche, les ambulanciers entraient en poussant un chariot pliable avec bouteille à oxygène, trousse ventilation, et une boîte en plastique orange à couvercle blanc – la boîte à médicaments qu'ils avaient eu la bonne idée de monter.

Je jetai un rapide coup d'œil à leur badge. Le technicien était un jeune dieu israélien du genre fanfaron. J'avais travaillé quelquefois avec lui et je ne l'aimais pas – mais je devais admettre qu'il paraissait doué. Quant à l'aide-soignant, je le connaissais bien : un vieux de la vieille, expérimenté sans être blasé, doté d'un sang-froid à toute épreuve. J'en pleurai presque de soulagement.

— Salut, docteur, dit doucement Frank Kuperstein. (Calvitie naissante, visage allongé. Il était du genre calme, capable de travailler très, très vite en donnant encore l'impression de traîner.) Que se passe-t-il ?

Il entra dans le salon.

— Allons, monsieur von Laue, voyons si nous pouvons vous aider à mieux respirer, dit-il comme si Vittorio était tranquillement en train de lire assis sur le canapé et non allongé par terre. Continuez le bouche-à-bouche une minute, reprit Kuperstein en s'adressant à Alan.

Tout en parlant, il brancha l'oxygène au masque attaché à un Ambu.

Il s'agenouilla, plaça le masque sur le visage de Vittorio et pressa l'Ambu.

Pendant ce temps-là, je leur faisais mon topo :

— Vittorio von Laue, quarante-huit ans, pas d'antécédents de problèmes cardiaques ou respiratoires, en arrêt respiratoire depuis trois minutes, bouche-à-bouche depuis. Peut-être un cas de botulisme.

Ce pauvre Vittorio suivait nos mouvements des yeux. S'il était incapable de respirer, il n'était pas inconscient. Il avait toute sa tête, bien qu'il continuât manifestement à avoir des troubles de la vision. Il s'efforça de déchiffrer les badges des ambulanciers. Incroyable ! Il ne pouvait plus respirer, mais il tenait tout de même à savoir à qui il avait affaire.

— Vous vous sentez un peu mieux avec l'oxygène, monsieur von Laue ? demanda Kuperstein.

Vittorio le regarda et leva faiblement un pouce.

Alan était blanc comme un linge. Maintenant que

Kuperstein avait pris le relais, il n'avait rien à faire. Il ne pouvait pas même tenir la main de Vittorio.

Ben-Dov avait en charge l'oxymètre de pouls, une sorte de petite pince qu'on met sur le doigt et qui, faisant passer une lumière infrarouge à travers le lit de l'ongle, affiche sur un petit écran le taux d'oxygène dans le sang :

— 90, annonça-t-il.

— Vic, il va falloir qu'on t'intube. D'accord ?

Ben-Dov ouvrit la trousse d'intubation. Il me la présenta ouverte avec ses manches et ses lames de laryngoscope, ses sondes endotrachéales de différentes tailles. Écartant les doigts de la main droite, je mesurai la distance bouche-oreille de Vittorio pour déterminer la taille de la sonde nécessaire et pris ce dont j'avais besoin.

Après avoir envoyé de l'air à Vic, Frank lui retira le masque. Je relevai aussitôt la mâchoire du malade pour lui glisser la lame du laryngoscope entre les dents, puis la sonde dans la gorge. En l'occurrence, son absence de réflexe pharyngé n'était pas inutile. Vic se mit à agiter frénétiquement la main pour m'inviter à me dépêcher. Je m'empressai de terminer. Tout en regardant la poitrine de Vittorio se soulever, j'écoutai ses poumons avec mon sthéto. Mais j'aurais pu me fier à Vittorio pour me dire si la sonde était bien en place. Posant la main sur mon bras, il leva le pouce.

L'atmosphère se détendit un peu. Mais ce n'était que le calme avant la tempête ; il restait encore un travail urgent à faire. Ben-Dov annonça les fonctions vitales de Vittorio ; j'installai une IV en cas de besoin.

— Qu'est-ce qui lui est arrivé au bras ? demanda Kuperstein en appuyant sur l'Ambu.

En écoutant mes explications, il jeta un regard approbateur autour de lui. Mais son attention ne vagabonda qu'une seconde.

— Nous allons vous mettre sur le chariot maintenant, monsieur von Laue, reprit-il. Nous allons vous installer confortablement, vous sangler, et nous partirons.

Phil me tendit mon ciré. Je demandai à Alan de prendre le portefeuille et les bijoux de Vic.

Alan avait tenu le coup jusque-là, mais en retirant la montre de l'armée suisse et la chevalière en or et onyx de Vic, son visage se contracta.

— Pardon, dit-il, gêné de craquer alors que Vittorio était si courageux.

Vittorio leva une main, peut-être pour lui effleurer la joue.

Mais nous sortions déjà de l'appartement. Kuperstein, Ben-Dov et moi roulâmes le chariot dans l'ascenseur.

Dehors, sous l'auvent de l'immeuble, nous fûmes accueillis par un vent violent et une pluie horizontale, comme si le monde venait de basculer. Courbés en deux, nous poussâmes le chariot jusqu'à l'ambulance. J'étais la corde de sécurité de Vittorio à présent, son souffle était entre mes mains, sous la forme de l'Ambu. Les portes arrière de l'ambulance s'ouvrirent. Ho ! hisse ! Les roues du chariot atterrirent à l'intérieur et roulèrent.

Nous étions à l'abri. Je fis le tour du chariot et m'effondrai sur le siège, derrière le chauffeur, en retenant mon souffle. Je remis le masque de Vic en place, pressai l'Ambu et nous respirâmes de concert. Nos regards se croisèrent. Je vis de la peur dans le sien. J'espérai que le mien lui paraîtrait plus serein.

La sirène hurla, et nous démarrâmes sous la pluie battante. Du coin de l'œil, je vis Kuperstein se déplacer dans l'habitacle, la main sur le rail fixé au toit. Entre deux hurlements de sirène, j'entendais l'eau gicler sous les roues et le ronron des essuie-glaces. La pluie giflait le véhicule. Nous étions dans un autre monde, un utérus dans lequel nous flottions avec Vittorio. Kuperstein fixa le chariot au sol. Détachant le sac d'IV de mon col, il l'accrocha à un crochet au plafond. Il retira la bâche dont nous avions couvert Vittorio pour le protéger.

— Plus que quelques minutes, dis-je à Vic.

— 02, 96 %, fréquence cardiaque 100, annonça Kuperstein.

Il venait de s'asseoir sur le banc et se penchait pour vérifier la bouteille d'oxygène placée entre les genoux de Vic quand l'ambulance fit une embardée vers la gauche, puis vers la droite. Mon épaule heurta violemment la paroi, et Kuperstein se retrouva allongé en travers des genoux de Vittorio. On eut la sensation effrayante de décoller avant que les pneus n'adhèrent de nouveau à la chaussée.

— *Yoter l'art !* hurla Kuperstein à Ben-Dov en hébreu. (Puis il se reprit, présenta ses excuses à Vittorio et se remit à s'activer tout en marmonnant dans sa barbe :) J'aurais dû prendre le volant. J'ai fait le Vietnam. Ari n'a jamais conduit que des chars dans le Sinaï... Pas très utile par un déluge pareil.

Avec le recul, je ne saurais dire si j'eus une prémonition. Mais mon cœur battait la chamade et je m'aperçus soudain que je respirais plus vite que je ne pressais l'Ambu. Qui de nous deux avait le plus besoin d'air ? Tout à coup, j'eus l'impression de me dédoubler : une main continua à presser l'Ambu, tandis que l'autre lâchait le masque le temps de sortir de ma poche mon carnet à spirale que je lançai sur la poitrine de Vittorio avant de lui passer un stylo.

Je m'entendis lui dire horrifiée :

— Il faut que tu me dises au cas où l'occasion ne se représente pas. Qui a empoisonné Gary selon toi ?

Je sentais le regard perplexe de Kuperstein fixé sur moi. Je vivais un rêve. Qui se déroulait au ralenti. Vittorio tendit une main vers le carnet. Kuperstein se pencha pour l'aider.

Il y eut alors un bruit horrible de froissement de métal.

Des voix.

— Oh, mon Dieu ! Quelqu'un a appelé les flics ?

— Il est mort ?

— Ne le touchez pas. Il y a du sang partout.

De la pluie poussée par le vent. La sirène qui avait gémi tout près parut s'éloigner.

Non, elle se rapprochait.

Où étions-nous ?

Une douleur me transperça le dos et les épaules. J'ouvris les yeux... Qu'est-ce que c'était que cette odeur ?

De l'essence.

Chaussée mouillée.

J'avais encore mes lunettes sur le nez, un miracle. Les jambes en l'air, j'étais coincée tête en bas contre la paroi. Le siège sur lequel j'étais assise me dominait. Un accident. Nous étions couchés sur le flanc. J'étais appuyée contre la porte du passager.

— Vittorio ! Frank ! Frank ! hurlai-je en essayant de me dégager.

La douleur me fit gémir. Je tentai de me redresser, puis ce fut le trou noir. Vertiges. Repoussant une trousse de secours, j'effleurai l'Ambu. Mon Dieu, non, qui ventilait Vittorio ? J'appelai Vittorio, Frank. À l'aide ! Dieu sait comment, je réussis à me remettre d'aplomb et à me relever très lentement.

Vittorio était toujours sanglé à son chariot. Le chariot, arrimé au sol, pendait dans le vide. Vittorio reposait dans ses sangles comme dans un hamac, les bras et la tête immobiles.

— Il y a des gens à l'arrière ! On peut ouvrir cette porte ?

— Oh, mon Dieu ! Vic.

Des sirènes. Des claquements de portières. Le martèlement de la pluie. Frank Kuperstein gisait contre les placards qui auraient dû être au-dessus du banc. Il gémit et bougea. À présent à genoux, je tendis la main pour tâter le cou de Vittorio, en quête d'un pouls, un pouls à tout prix. Là. Voilà. Ses paupières s'ouvrirent.

Je saisis l'Ambu et rebranchai l'oxygène. Je soufflai bruyamment en me remettant à pomper. Vic me jeta un regard éteint et ferma les yeux.

Les portes de l'ambulance s'ouvrirent. Des flics et des aide-soignants sortirent Vittorio sous la pluie, le sanglèrent à un autre chariot qu'ils fourrèrent dans une autre ambulance.

— Faites une recherche de botulisme ! leur hurlai-je. Appelez le Dr Clausson, elle est au courant !

Ils s'occupèrent ensuite de Kuperstein. À demi conscient, il gémissait quand on le pinçait et qu'on s'adressait à lui. On le sangla sur une planche pour l'immobiliser au cas où il souffrirait de blessures spinales. Comme je marchais et que je parlais, ils me sanglèrent debout sous la pluie, parce que me coucher risquait de me paralyser à vie si ma colonne vertébrale avait souffert. Puis ils me placèrent sur un chariot et me poussèrent à l'arrière d'une autre ambulance.

Et pendant tout ce temps-là, je n'arrêtais pas de leur dire que quelqu'un essaierait d'empoisonner Vittorio à l'hôpital.

Mais personne ne semblait vouloir m'écouter.

36

Les lumières aux urgences me parurent affreusement éblouissantes. Abby Kubota était de garde, une chance. Elle m'examina d'un air inquiet, me parla doucement et travailla avec efficacité. L'attaché, un ancien militaire à la retraite qui ressemblait à Colin Powell, passait de salle en salle, donnant ses instructions. Frank Kuperstein était toujours inconscient ; on le conduisait au scanner.

Phil finit par arriver.

— Où est Vittorio ?

— Scanner. Il est sur respirateur. Conscient. Di Clausson va venir l'examiner, comme tu l'as demandé. Puisqu'elle est la spécialiste du botulisme sur site.

— Alan ?

— À l'étage avec Vittorio.

— Dis à Alan de ne pas le quitter des yeux. Vic a peur que quelqu'un mette quelque chose dans sa perf comme on l'a fait à Gary.

Kubota sursauta ; Phil partit au pas de course.

— Reviens !

Maintenant j'avais peur qu'on m'injecte aussi quelque chose. Il fallait que je reste sanglée à ma planche jusqu'à ce qu'on m'ait fait des radios pour éliminer l'éventualité de blessures spinales.

Cela faisait au moins quarante-cinq minutes que j'étais immobilisée.

J'avais eu le temps de réfléchir.

Et de comprendre ce que nous n'avions pas su voir.

Je vis défiler le plafond quand Kubota me poussa en personne à la radio.

— Tu ne peux pas me laisser sanglée comme ça, Abby, lui répétai-je pour la quatrième ou cinquième fois.

Elle commençait à avoir l'air soucieux. Elle pensait manifestement que je devais souffrir d'une blessure à la tête pour être aussi paranoïaque.

— Je vais te donner un peu de Valium, si tu veux.

— Non, pas de Valium. Je veux que tu restes avec moi. Ne me laisse pas seule. Avec qui que ce soit. Écoute. Pourquoi ne me détaches-tu pas ? Je resterai parfaitement immobile, promis.

— La radio ne va pas prendre beaucoup de temps, me dit-elle en garant mon chariot devant les salles de radio avant de partir en quête d'un technicien.

J'attendis en songeant combien j'étais vulnérable ainsi sanglée, avec ma perf dans le bras gauche, le cou prisonnier d'une minerve en plastique et la tête coincée entre de gros blocs de mousse orange. Mon champ de vision était limité au plafond.

Je me faisais l'effet d'une de ces demoiselles en détresse dans les vieux films muets, attachée aux rails par le méchant qui ricane derrière sa grosse moustache noire.

Combien de temps faudrait-il à l'empoisonneur pour apprendre ce qui était arrivé, où je me trouvais et venir me rejoindre ?

Qui considérait-il comme le plus dangereux : Vittorio ou moi ?

Qui essaierait-il de tuer le premier ?

Nom de Dieu ! Il fallait que Kubota me détache.

J'entendis un craquement de chaussure.

— Qui est là ? hurlai-je.

— Comment ça va, Ev ? me demanda doucement quelqu'un. Je suis venu dès que j'ai su.

— QU'ON ME LAISSE TRANQUILLE ! beuglai-je en m'efforçant de me libérer. LAISSEZ-MOI !

Je sentis qu'on tirait sur ma perf.

— KUBOTA ! À L'AIDE !

Bruits de course. Le visage de Kubota apparut. Inquiet.

— Qui était là à l'instant ? Qui était là ?

— Il n'y a personne, Ev. Rien que moi. Essaie de te calmer.

— Écoute. Quelqu'un essaie de me tuer. Promets-moi que si je sombre dans l'inconscience, tu me soigneras pour coma hypoglycémique.

— Ev, laisse-moi te donner quelque chose. Vraiment. Un peu de Valium.

— Ne me donne rien, Abby. JE NE VEUX PAS de Valium. Rien, tu comprends ?

— Alors il faut que tu te calmes, tout de suite.

— D'accord. Je suis calme.

Son visage disparut de mon champ de vision. Je l'entendis desserrer le frein du chariot.

Elle me poussa dans les salles de radio.

Le chef du service de radiologie, alerté par l'alarme botulisme que j'avais déclenchée pour l'arrivée imminente de Vittorio à l'hôpital, étudia mes radios.

Finalement, il me déclara en pleine forme.

Le radiologue et Kubota me détachèrent.

Kubota me tendit un bout de coton et m'enleva ma perf.

— Merci, les gars, vous n'allez peut-être pas comprendre, mais vous venez juste de me sauver la vie.

— Je ne t'aurais jamais crue aussi portée au mélodrame, Ev, me déclara Kubota en souriant.

Je fonçai sur le téléphone des médecins au poste des infirmiers. On répondit à la première sonnerie.

— Où es-tu, nom de Dieu ? Que se passe-t-il ? Vittorio a fait une intoxication alimentaire ? Une attaque ? Quoi ?

— Je pense que quelqu'un a injecté quelque chose dans son IV. Mais nous l'avons amené à temps aux urgences. Maintenant il faut nous assurer qu'on ne va pas lui injecter autre chose. Il va rester des semaines en soins intensifs. Dans combien de temps peux-tu être ici ?

— Je fais au plus vite.

— Attends. J'ai une faveur à te demander avant, dis-je en décrivant ce que je voulais.

Il y eut un long silence. Un bruit de pas qui s'éloignaient et qui revenaient.

— Mon Dieu, mais tu as raison. Comment avons-nous pu être aussi aveugles ? C'était sous notre nez... Mais seul Gary l'a remarqué, c'est ça ?

— Oui.

Je raccrochai et composai un autre numéro.

— Allô ?

— Ev Sutcliffe, à l'appareil. Il faut qu'on parle.

— Maintenant ?

— Oui.

— Quelle heure est-il ?

— 2 heures du matin.

— Où ?

— Chez Sami.

Je pris un scalpel avant de sortir. Au cas où. Qu'allait-il faire ? C'était un couard de première. Je lui dirais ce que je savais, nous discuterions et il s'avouerait vaincu. Nous serions dans un lieu public, un restaurant.

Je finis par m'en convaincre.

Mauvais calcul.

Il pleuvait toujours, mais moins fort. Je nouai mon foulard en soie autour du cou et remontai la capuche de mon ciré. M'immobilisant un instant sous l'auvent du parc des ambulances, je contemplai Amsterdam Avenue.

Puis je me lançai dans cette froide nuit d'automne en pensant : Attention, j'arrive !

37

Cette nuit-là, Morningside Heights ressemblait à un plateau de cinéma. Avec un appareil à fabriquer de la pluie complètement détraqué. C'était une alternance de bruine et de trombes d'eau.

Rideau baissé, le café était plongé dans l'obscurité, avec un mot d'explication sur la porte :

DÉSOLÉ. FERMÉ DE 2 À 5 HEURES DU MATIN PARCE QUE LE FRÈRE DE SAMI EST MALADE.

Le cœur battant, je me demandai comment j'allais m'en sortir à présent. Je refermai la main sur le manche du scalpel dans ma poche.

Je regardai l'étrange statue de l'autre côté de la rue, près de la cathédrale. Une statue joyeuse, destinée aux enfants, avec des animaux et des personnages de contes de fées. L'ennui, c'était qu'on avait l'impression que la licorne montait l'animal devant elle. Une licorne ou une antilope ?

Je palpitais d'adrénaline, mon esprit tournait à vide. Un taxi s'arrêta. Il en descendit, vêtu d'en trench avec le col relevé et un chapeau des années 40 incliné comme celui de Bogart. Me voyant devant le café, il traversa la rue en courant, la tête rentrée dans les épaules pour se protéger de l'averse.

Le taxi redémarra. Ses feux arrière se reflétèrent sur la chaussée luisante. Merde.

Mark Ramsey me rejoignit sous l'auvent.

— Quelle nuit !

Il me prit dans ses bras. Je le laissai faire ; je posai même la main sur son dos trempé.

Il lut le mot de Sami.

Histoire de gagner du temps, je racontai l'attaque de Vittorio. Je dissertai sur le botulisme d'inoculation qui s'attrapait dans les tranchées, quand on avait des blessures souillées, ou qu'on contractait avec de l'héroïne contaminée. Mark attribua le botulisme de Vittorio à son bras cassé. Je ne le contredis pas. Pas encore.

Nous aurions déjà pu avoir une conversation à ce sujet à cause de Thomas Kennaugh, notre yuppie héroïnomane. Si j'avais pensé à en parler à Mark.

Cela n'avait guère d'importance que j'aie oublié.

Ce qui importait, en revanche, c'étaient les conclusions que j'avais tirées en réfléchissant à la question.

Diana Clausson se servait d'une forme injectable de toxine botulinique de type A dans sa clinique ORL pour soigner des gens comme son malade le Dr David Keller. La voix de Nicholson tintait encore à mes oreilles : *traitement de choix d'injection locale de toxine botulinique de type A, qui convient à beaucoup de dystonies, dont le blépharospasme, la dystonie spasmodique, et les troubles de la déglutition. La toxine agit en affaiblissant la force des contractions involontaires, sans interférence avec les mécanismes nerveux fondamentaux.*

Vittorio présentait des symptômes de botulisme. Il pouvait faire du botulisme d'inoculation à cause de saletés piégées dans son bras après l'opération, mais je ne le pensais pas. Et Vittorio avait peur que quelqu'un n'injecte quelque chose dans sa perf s'il allait à l'hôpital.

Et si quelqu'un lui avait déjà injecté quelque chose ?

Qui avait accès à la toxine botulinique de type A injectable ?

Diana Clausson.

Qui avait accès à la perf de Vittorio ?

Après le dîner chez Vittorio dimanche soir, j'avais montré à Case Hamilton comment brancher l'IV de Vittorio et y injecter d'abord un soluté, puis de l'héparine et enfin les antibiotiques dont il avait besoin. Mais l'idée était que Vittorio demande son aide à Mark, puisqu'il habitait le même immeuble – et qu'il était médecin.

Donc ou Mark ou Case avait pu injecter de la toxine botulinique de type A à Vittorio. Et, connaissant Vittorio, j'aurais parié qu'il n'avait pas regardé de trop près ce qu'ils fabriquaient.

Case aurait pu se procurer cette toxine auprès de Diana Clausson. Mais je ne le pensais pas. Ramsey était celui qui avait une aventure à rebondissements avec elle.

Deux jours avant, je l'avais vu avec du rouge à lèvres sur la bouche.

Lauren Sabot avait raconté qu'après avoir écouté ses messages vendredi soir, Mark était bouleversé.

C'était le soir où Gary était allé à la réunion d'anciens élèves de la pension de Case et de Vittorio. Le soir où Geoff Hamilton avait assisté à sa propre réunion d'anciens élèves. Dans la même pension.

La pension que Mark Ramsey avait fréquentée avec son ami Scott machin. Scott, tué ensuite dans un accident. Alors que Ramsey et lui rentraient du bal de remise des diplômes chez Ramsey, à Greenwich, dans le Connecticut.

Le bal de remise des diplômes. Des soirées généralement bien arrosées. Ce qui pouvait expliquer pourquoi l'un des deux hommes conduisait peut-être la voiture de l'autre. Parce qu'il était le chauffeur sobre désigné.

— Tu ne vas jamais aux réunions d'anciens élèves de ta pension, n'est-ce pas ? demandai-je à Mark sous l'auvent de chez Sami.

— Non, c'est insupportable. Je n'y suis pas retourné depuis la mort de Scott. Généralement, certains de mes anciens condisciples m'appellent pour prendre de mes nouvelles. Ils savent que c'est difficile pour moi.

— L'un d'eux t'a-t-il appelé vendredi soir ?

— Qu'est-ce que tu veux dire ?

— Tes messages téléphoniques. Quand Lauren Sabot est entrée chez Case et Jackie – chez elle, en fait – pour faire sa razzia dans le placard à alcools. Tu lui as fait croire que tu venais d'avoir un message torride de Di Clausson.

Ramsey fronça les sourcils :

— Je ne vois pas de quoi tu parles, Ev.

— Je crois que si, Mark. Je pense qu'un de tes anciens condisciples t'a laissé un message te prévenant qu'un dénommé Gary Seligman assistait à la réunion. Et qu'il posait des questions à ton sujet. Et sur ton ami Scott.

Ramsey jeta un coup d'œil à la statue sur le trottoir d'en face.

— En fait, tu es Scott, n'est-ce pas ?

— Non. On nous confondait tout le temps. Je ne suis pas surpris que tu aies fait cette erreur. Quand Scott était vivant...

Il s'étrangla.

— Tu es tellement doué pour les prescriptions. Nous n'arrivions pas à comprendre. Comment quelqu'un pouvait-il être pratiquement incapable de lire une radio et de faire des sutures, mais être aussi bon en pharmacologie ?

Il pleurait à présent sans retenue.

— J'ai eu des internes sous mes ordres qui ont eu du mal à s'y mettre. Il leur a fallu un moment pour s'adapter. Pour certains, on les a mis à l'épreuve ou on les en a menacés. Il a fallu qu'on en vire carrément deux ou trois qui avaient merdé et menti pour se couvrir.

« Tout le monde n'arrêtait pas de dire que tu ne savais peut-être pas ce que tu faisais, mais qu'au moins tu ne mentais pas pour couvrir tes erreurs. La fois où tu as perdu le guide souple, tu es venu me prévenir immédiatement. Le patient a dû passer sur le billard, mais on a échappé au pire parce que tu as avoué ton erreur tout de suite. Si tu avais menti, le patient serait mort. Si bien que, quand tu faisais une connerie, nous disions : oui, mais il est honnête.

Il sortit un mouchoir, s'essuya le visage et se moucha.

— Bien sûr que tu ne pouvais pas lire une radio ou faire des points de suture. Tu n'es jamais allé en fac de médecine. Ça, c'était le vrai Mark Ramsey. Tu es doué pour les médicaments parce que tu as fait pharmacie.

— Scott Renfrew est mort. Il est mort dans l'accident. Je suis Mark Ramsey. Tu le sais.

— J'ai demandé à Case Hamilton de regarder les annuaires de la pension de son fils.

— La pension a mélangé les photos. Ils n'arrêtaient pas de nous confondre. Nous étions amis, nous avions la même silhouette, la même couleur de cheveux. Nous venions du même milieu. Pas de familles. Des orphelins. Seuls au monde. Mais nous avions notre amitié. Nous allions partout ensemble.

— Vous n'êtes pas allés à Yale ensemble. Mark Ramsey y est allé. Tu étais inscrit à l'université St. John. Case reçoit tous les ans l'annuaire de Yale – il en a plein sa bibliothèque. Ta photo ne figurait pas dedans.

— Tu m'as connu quand j'étais étudiant en médecine. Tu sais que je suis Mark Ramsey.

— Tu sais combien d'étudiants en médecine et d'internes je vois défiler par an ? Oui, je me rappelle Mark Ramsey lors de son premier passage aux urgences : vaguement ! Et tu lui ressemblais juste ce qu'il fallait quand tu t'es présenté à moi sous le nom de Mark Ramsey cette année. Je n'y ai vu que du feu. En plus, tu avais déjà subi plusieurs opérations de chirurgie plastique destinées à accentuer encore ta ressemblance avec Mark Ramsey. Effectivement, j'ai cru que tu étais Mark Ramsey. Mais maintenant je sais que c'est faux. Gary a dû avoir des soupçons depuis le début. Et lorsqu'il s'est renseigné – lorsqu'il s'est rendu à la réunion de ta pension pour poser des questions et que ton condisciple t'en a parlé dans son message, il a fallu que tu agisses. Immédiatement. Tu as agi avant même de réfléchir à un plan cohérent. Tu as pris une poignée de champignons dans la serre de Case Hamilton, tu es venu en ville au volant de sa voiture, samedi matin, tu as enfilé ce déguisement ridicule et tu as livré le panier.

— Non, Ev, je t'assure. Je t'ai offert un panier de bons légumes parce que tu avais pris la résolution de manger sain. Je ne sais pas comment ces champignons... Ils portaient les empreintes de Case Hamilton, conclut-il d'une voix ferme.

— Autant nous empoisonner tous. Nous étions ceux à qui Gary risquait le plus de se confier s'il décidait de faire partager ses soupçons. Que s'est-il passé ? Ils t'ont pris à tort pour Mark Ramsey à l'hôpital après l'accident et tu n'as pas démenti ? Ou tu as fait l'échange des portefeuilles sur les lieux avant l'arrivée des secours, une fois que tu as compris qu'il était mort ?

— Je ne me rappelle pas l'accident ! Je ne sais pas ce qui s'est passé ! Je suis Mark Ramsey ! C'était ma voiture ! Je conduisais !

C'est là que j'ai compris que Scott Renfrew avait vraiment besoin de croire qu'il était Mark Ramsey.

Parce que c'était Scott Renfrew qui conduisait. Sa responsabilité dans la mort de Mark Ramsey lui était insupportable : il ne pouvait pas vivre avec. Il était donc devenu Mark Ramsey.

Ainsi Scott Renfrew était « mort » pour s'être rendu coupable de tuer Mark Ramsey, et Mark Ramsey, innocent, « vivait ».

J'eus soudain peur.

L'homme qui se tenait face à moi était aussi fou qu'Elise Vanderlaende.

À la différence près qu'Elise ne s'était pas montrée prête à tuer pour défendre ses illusions.

Lui, si.

— Dis-moi que tu sais que je suis Mark Ramsey. Dis-le-moi maintenant.

Il bougea légèrement le bras et j'entendis un déclic. Je sus ce que c'était.

Mais avant que je puisse réagir, il me serrait le bras comme un étau. En appuyant la pointe d'un couteau à cran d'arrêt contre ma gorge.

Il me fit traverser la rue jusqu'aux jardins de la cathédrale. Nous passâmes sous la statue avant de nous enfoncer dans l'ombre.

Il pleuvait toujours. Je ne savais pas si l'humidité sur mon cou était du sang ou de la pluie. Il pressait la lame contre ma peau et il me piqua plusieurs fois pendant notre progression difficile. Ma main se referma sur mon scalpel, mais je n'osai pas m'en servir. Je priai le ciel pour que nous ne trébuchions pas.

Il y avait eu plusieurs viols suivis de meurtres dans le quartier, et on avait retrouvé les corps dans Morningside Park, à une rue de là. Si on trouvait mon cadavre dans les jardins de la cathédrale...

— Écoute.

— Plus question que je t'écoute.

— Pourquoi as-tu injecté de la toxique botulinique à Vittorio ?

— Et quand aurais-je fait ça ? J'ai passé toute la journée avec toi à l'hôpital. Tu n'as pas remarqué ?

— Tu n'as pas passé toute la journée avec moi. Le soir, tu devais assurer le service de nuit. Tu es donc rentré chez toi pour dormir.

Je n'arrivais pas à croire que nous avions cette conversation. Qu'il me menaçait d'un couteau ! Il fallait que je réfléchisse à un moyen de m'en sortir.

Je ne pouvais pas lui faire un croche-pied. Il m'aurait entraînée dans sa chute et je serais tombée en plein sur la lame.

Solution ?

— Je suis désolée d'avoir dit tout cela. Tu es manifestement Mark Ramsey, sinon tu ne te conduirais pas comme ça. Tu te sens tellement coupable que Scott soit mort alors que tu conduisais que tu ne supportes pas les accusations que je porte contre lui. Je suis navrée si j'ai mis son honneur en doute. Je sais combien il comptait pour toi.

Il hésita un peu. Une seconde je sentis la lame s'éloigner de mon cou. Pour revenir aussitôt.

— Il était mon meilleur ami.

— Je sais. Je sais combien il te manque.

Il y eut un mouvement dans les buissons.

— À votre bon cœur. C'est déductible des impôts !

La diversion suffit. Repoussant le couteau, je me retournai et enfonçai de toutes mes forces le pouce dans la gorge de Mark-Scott. Le cartilage délicat de la trachée céda.

Il y eut un sifflement aigu ; Mark cherchait sa respiration. Il lâcha le couteau. Il leva instinctivement ses mains à sa gorge. Mais il ne pouvait rien faire. Il savait aussi bien que moi que, dans trois minutes, il perdrait conscience par manque d'oxygène. C'était comme s'il avait un gros bout de steak en travers de la trachée : il s'étouffait, il allait en mourir.

Mais ce genre d'étouffement ne pouvait pas être guéri avec une manœuvre de Heimlich. La seule chose qui pourrait l'aider à présent serait qu'on lui fasse une incision dans la trachée pour y insérer une sonde.

Nous étions à moins de deux rues des urgences et de la survie.

Il était à genoux, les mains toujours autour de la gorge.

Prenant ma respiration, je le remis debout et le tirai. Paniqué, il ne résista pas. La statue. Le trottoir.

Et là, il pila.

— Il faut que tu viennes avec moi, Mark. Je vais t'intuber. Tu vas t'en sortir.

Il secoua la tête avec véhémence.

— Tant pis. Pas question que je te laisse te suicider.

Avec le peu de force qui lui restait, il m'enserra de ses bras et nous nous écrasâmes par terre. Il ne devait pas peser plus lourd que Phil – dans les quatre-vingt-dix kilos – mais ce poids mort me coupa le souffle.

Et dans un dernier sursaut de conscience, il tenta de m'étouffer et s'évanouit.

Je me dégageai tant bien que mal. Le temps que j'arrive à portée de voix des urgences et que l'on vienne nous aider, son cœur s'était arrêté de battre.

38

Sur le chemin du cimetière, nous n'arrêtions pas de voir des fantômes accrochés aux branches des arbres devant les maisons.

— Tu accrochais des fantômes dans les arbres quand tu étais petite ? me demanda Phil en ralentissant à un stop.

— Non, je ne me rappelle pas, mais certains enfants se déguisaient en fantômes.

— Oui. Je me souviens qu'on découpait la citrouille et que ma mère faisait rôtir les graines dans le four pendant que nous faisions la tournée des maisons du quartier. Cette odeur merveilleuse nous accueillait à notre retour.

Nous étions le dimanche précédant Halloween. Plus d'une semaine s'était écoulée depuis la nuit de l'accident de l'ambulance de Vic et de mon agression au couteau par Mark Ramsey aussi connu sous le nom de Scott Renfrew. Et deux semaines pleines depuis la mort de Gary. Moi-même j'étais un fantôme accroché dans un arbre.

Je n'étais plus celle que j'étais avant la mort de Gary. J'avais espéré rencontrer mon nouveau moi – celle que je serais maintenant que Gary était parti – à son enterrement. Mais le service avait été tellement bâclé, la mère et la sœur de Gary tellement dévastées par le chagrin et troublées par le décalage horaire (elles arrivaient juste de Chine), le rabbin tellement plat et machinal que je n'avais pas pu dire adieu à Gary qui, à mes yeux, n'était pas là. Et, de ce fait, mon nouveau moi avait omis d'apparaître. Le service donné en mémoire de notre ami, à l'hôpital, avait été plus réussi. Mais je me sentais toujours détachée, ailleurs, pas moi et déprimée.

— Nous sommes à Post Road, dit Phil. À gauche ou à droite ?

Je consultai mon petit papier.

— À gauche.

— Greenwich, Connecticut, soupira-t-il. Le cœur du rêve américain. Fortunes anciennes, fortunes récentes, le pot de pièces d'or au bout de l'arc-en-ciel.

Je regardai par la vitre. D'autres fantômes.

Tout avait l'air d'être suspendu en l'air, de s'agiter dans le vent.

Le seul point positif, c'était que Vittorio était sur la voie de la guérison. Mais le chemin serait long. S'il n'était plus intubé – on lui avait fait une trachéotomie –, il dépendait toujours du respirateur parce que ses muscles du thorax et son diaphragme restaient paralysés. Ce qui voulait dire qu'il ne pouvait pas parler.

Grâce à l'anatoxine que Clausson lui avait administrée peu après son admission, il récupérait lentement la maîtrise de ses muscles. Il pouvait à présent écrire quelques mots sur une ardoise magique. Mais il n'était pas d'une grande aide pour reconstruire la suite des événements. La brève privation d'oxygène dont il avait souffert pendant l'accident de l'ambulance avait effacé toute sa mémoire à court terme de cette journée. Il se souvenait du petit déjeuner. Rien de plus.

Il lui faudrait trois à quatre mois, selon Clausson, pour qu'il puisse de nouveau respirer seul. Mais elle pensait qu'il guérirait complètement. Sans lésions irréversibles.

Scott Renfrew – qui prétendait toujours être Mark Ramsey – avait passé plusieurs jours aux soins intensifs dans la chambre voisine de celle de Vittorio. Lui garderait des lésions permanentes du fait de sa privation d'oxygène. Il se réveilla de son bref coma incapable de lire, incapable de s'orienter dans l'espace : il suffisait qu'il fasse vingt-cinq mètres dans le couloir pour ne plus savoir où était sa chambre. Son élocution n'avait pas souffert et il ne présentait pas de troubles de conscience. Mais il ne cessait de répéter qu'il ne se rappelait rien de ce qui s'était passé depuis son accident de voiture un an et demi plus tôt. Et il insistait pour quitter l'hôpital sur-le-champ parce qu'il devait assister à l'enterrement de Scott Renfrew.

Neuf jours après que je lui eus enfoncé le pouce dans la gorge, Ramsey-Renfrew était transféré au centre Kirby sur l'East River : un hôpital sous haute surveillance pour les fous meurtriers. Il y resterait jusqu'à ce qu'un juge décide s'il pouvait être jugé.

— Tu crois que le juge va l'estimer capable de passer en jugement ?

— Qui, Mark ?

Phil mit son clignotant et ralentit :

— Il va probablement être jugé. Techniquement, que tu te rappelles ou non ce qui s'est passé, si tu es capable de dire : « Je comprends qu'on m'accuse de meurtre, et je comprends que vous êtes mon avocat, que monsieur est le juge et que nous sommes en Amérique », tu es considéré en état. À tes avocats de plaider la folie.

Une fois dans le parking de l'église, nous nous garâmes et descendîmes de voiture. Après les brusques changements de temps de la semaine précédente, la journée paraissait plus normale pour un mois d'octobre : soleil, brise, fraîcheur. La plupart des arbres avaient changé de couleur. Le sol disparaissait sous les feuilles mortes.

— Mais comment pourrait-il avoir un procès équitable ? Il ne peut pas aider ses avocats en fournissant des détails susceptibles de servir de circonstances atténuantes – il ne sait même pas ce qui lui est arrivé. C'est du moins ce qu'il prétend.

Je me touchai le cou à l'endroit où Ramsey-Renfrew avait enfoncé le couteau dans ma chair. La petite coupure était presque cicatrisée.

— Peu importe. Il y a déjà eu une affaire comme ça... Un type qui a canardé la foule, puis la police lorsqu'elle a débarqué. Les flics lui ont tiré dans la tête.

À son réveil, il ne se rappelait rien de l'échange de coups de feu. Le tribunal a décidé que son amnésie rétrograde ne faisait pas de lui une personne frappée d'incapacité et qu'il était en état d'être jugé. L'État contre Francabandera.

Nous longeâmes la façade de l'église, comme Batty Coleman nous l'avait indiqué. Nous croisâmes un bruyant troupeau de gamins déguisés pour Halloween, cornaqués par leurs mères. Nous passâmes sous une arche du cloître et descendîmes une allée conduisant au cimetière derrière l'église. Le soleil de fin d'après-midi fendit les nuages.

— Je ne me fais pas au changement d'heure, dit Phil. Regarde, le soleil se couche déjà.

Mais j'avais d'autres chats à fouetter.

— Je n'arrive pas à croire qu'on va vraiment déterrer les parents de Mark Ramsey et de Scott Renfrew pour procéder à ce test d'ADN.

— Pourquoi pas ? Cela prouvera une bonne fois pour toutes si Mark est bien ce qu'il prétend être ou non. Et c'est la seule solution, puisque ni Mark ni Scott n'ont d'autres parents en vie.

— Tout de même. Batty dit que peu importe qu'il soit Mark ou Scott. Scott était l'unique bénéficiaire du testament de Mark. Il aurait eu l'argent de toute façon.

— Mais pas le diplôme de médecin de Yale. Batty est dans le déni total des crimes commis.

Dans le cimetière, je commençais à me dire que moi aussi je niais complètement les crimes commis. La perte de Gary ne cessait de me hanter. Je m'inquiétais de l'état de Vic et des retombées psychologiques que cela aurait sur lui – et sur Alan qui ne quittait pas son chevet. Et pourtant, cela ne m'empêchait pas de m'attacher de façon obsessionnelle aux problèmes juridiques de Mark-Scott. Je me rendais même compte que le Mark Ramsey que je connaissais, que l'interne émotif, nerveux, mais honnête qui ne bluffait jamais, me manquait. Allons ! il a tué Gary, devais-je me rappeler de temps en temps. Il a essayé de tuer Vic !

Et j'avais essayé de tuer Mark-Scott. Je lui avais enfoncé mon pouce dans la trachée en sachant fort bien que je risquais de le tuer. Bien sûr, c'était de l'autodéfense. Mais je ne cessais d'y revenir, de repenser à ce vers de *Roméo et Juliette*, après que Roméo a tué Tybalt : « Oui, Roméo l'a tué, mais lui a tué Mercutio ; Qui maintenant me paiera le prix de ce cher sang ? »

Cela ne m'avançait à rien, sinon à me ramener à la case départ. Comme pendant le dîner chez Vittorio et Alan, j'avais l'impression de suivre la déviation Mark Ramsey. Comme je ne supportais plus de parler de Gary, je parlais de Mark à la place.

Peut-être étais-je là pour ça. Pour parler de Mark et non de Gary.

— Et maintenant, on va où ?

— On suit le sentier pavé d'ardoise à droite. Batty dit qu'on peut se repérer à l'obélisque visible du sentier. Tu sais, il y a un truc que je n'arrive pas à comprendre... quand Scott s'est retrouvé en soins intensifs après la mort de Mark... Pourquoi n'a-t-il pas dit : « Je ne suis pas Mark. » Comme il n'avait pas toute sa conscience, il n'a pas pu vouloir incarner Mark. Est-ce qu'il pensait en fait être Mark ?

— J'y ai songé moi aussi. Un comportement est le fruit d'un éventail de mobiles – ce qui se passe au niveau conscient, ce qui se passe au niveau un peu moins conscient... Était-ce seulement une question d'opportunisme de la part de Scott ? Mark avait davantage d'argent, il était allé à Yale, il en était sorti médecin. Peut-être que Scott avait toujours voulu ressembler davantage à Mark. Et soudain se présente l'occasion d'avoir tout ce qu'a Mark, de devenir Mark. Scott l'a saisie.

« À un niveau moins conscient, les vies de Mark et de Scott étaient tellement liées que, dans un sens, elles étaient pratiquement devenues interchangeables. Batty raconte qu'ils se prêtaient leurs vêtements, que chacun avait les clés de la voiture et de l'appartement de l'autre. Il a dû se produire une sorte de fusion d'identité entretenue par les deuils répétés et la mort des parents – Scott et Mark n'avaient plus qu'eux au monde. Et comme ils se ressemblaient tant, ils sont devenus une même personne.

— Donc, si l'un meurt, l'autre peut avoir des doutes sur l'identité de celui qui est mort ? Je ne sais pas, Phil, cela me paraît un peu tiré par les cheveux.

— Pas vraiment. Mais tenons compte des blessures à la tête de Scott après l'accident. Un trauma crânien peut mettre quelqu'un dans un état de fuite incroyable. J'ai vu des patients qui, pendant des années, ont endossé une identité différente. Après un problème physique, ils ne savent soudain plus qui ils sont. Mais tu ne peux pas continuer comme ça toute ta vie. Quand quelqu'un te demande d'où tu viens, tu ne peux pas répondre que tu ne sais pas. Comme il faut que tu remplisses les blancs, tu inventes. Les fous font cela tout le temps. Ils se mettent à inventer des réponses, auxquelles ils finissent par croire.

Comme nous maintenant ?

— Peut-être que ce n'est pas du tout ça. Peut-être que Scott s'est retrouvé dans un état semi-conscient avec une obsession, il conduisait, il a tué Mark. Donc il gémit : « Mark, Mark. » Et il se trouve qu'il gémit ce prénom quand le toubib vient lui demander : « Comment vous appelez-vous ? » « Mark ! Mark ! » Il ne répond pas à une question, il est juste obsédé par Mark.

Phil me jeta un coup d'œil et éclata de rire :

— Le bon sens de médecin des urgences triomphe du psy en offrant une meilleure explication. Continue.

J'aperçus l'obélisque. Phil et moi quittâmes le sentier d'ardoises pour traverser une pelouse. Les feuilles craquaient sous nos pas. Le soleil disparut derrière les nuages, et la chaleur orangée et chaude de fin d'après-midi se mua en fraîcheur bleutée du crépuscule.

— Bien, disons que Scott sort de ses vapes, continuai-je en tendant les fleurs à Phil le temps d'enfiler mon pull, et plus la conscience revient, plus il comprend que Mark est mort. Et il se rend compte qu'il ne peut pas l'accepter. Mais il y a un moyen pour lui d'éviter d'avoir à l'accepter. Tout le monde le prend pour Mark, pourquoi ne pas laisser dire ?

— Oui. C'est une décision impulsive, mais une fois qu'on l'a prise, il n'y a pas de retour en arrière possible. Cela tient debout. Il peut devenir cet ami qui, selon lui, a tout, ou était peut-être tout ce qu'il souhaitait être... Il n'y a qu'un hic. Le vrai Mark Ramsey a fait un externat à l'University Hospital. Quelqu'un ne pouvait pas manquer de soupçonner que Scott n'était pas Mark.. Et ce fut le cas, Gary.

Nous savions maintenant que Gary avait fait part de ses soupçons à Vittorio la semaine avant d'aller à la fameuse réunion des anciens élèves. Vittorio avait eu une réaction prévisible. Il l'avait encouragé à mener son enquête avant de porter une quelconque accusation. Avec un peu de chance, il verrait qu'il se trompait. Et Vittorio lui avait également conseillé de jouer de prudence et de discrétion. Cela éviterait de mettre Ramsey dans l'embarras en cas d'erreur. Ce serait dommage qu'il apprenne par la bande que Gary posait des questions sur son accident.

Un excellent conseil que malheureusement Gary n'avait pas suivi, ou n'avait pas su suivre. Ramsey-Renfrew avait appris qu'il était allé là-bas et qu'il posait des questions. Et Mark-Scott avait paniqué. Il avait pris une poignée de champignons (confondant probablement les amanites phalloïdes avec les *Amanita muscaria*), était parti en ville au petit matin au volant du break des Hamilton, s'était arrêté à son appartement de West End Avenue le temps de récupérer le panier de légumes qu'il avait commandé tout spécialement pour moi la veille – comme il l'avait dit, à cause de ma résolution de manger plus sain –, avait repris le volant, était descendu dans le garage du Pavillon Storrs, était sorti de la voiture, avait rejoint l'hôpital en empruntant le tunnel, avait pris la première blouse qui passait – celle d'Ilan Moskowicz –, était revenu en courant dans le break pour mettre les lunettes de soleil et la perruque (des éléments d'un costume que Geoff Hamilton avait revêtu pour une soirée à Yale), avait pris le panier (avec son complément mortel de champignons vénéneux et hallucinogènes) et était allé sonner chez Sava Hadzic. À qui il avait donné cinquante dollars pour mettre le panier dans mon réfrigérateur.

Nous arrivâmes devant la concession de la famille Ramsey, entourée d'une grille rouillée. Au centre d'une douzaine de tombes se dressait l'obélisque de cinq mètres de haut garni d'une urne et de guirlandes de pierre.

— William Talbot Ramsey, lis-je sur un flanc de l'obélisque, décédé le 26 avril 1875, à l'âge de soixante et onze ans, huit mois et six jours.

Phil siffla :

— Il y a au moins six ou sept générations de Ramsey ici.

Ses grands-parents et les miens venaient d'Europe.

Dans un coin de la concession, il y avait un banc de marbre blanc avec l'inscription « repos et souvenir » sur le siège et RENFREW sur le côté. À un mètre de là, nous trouvâmes la pierre tombale : Scott Jason Renfrew, ami aimé et regretté.

Je commençais à avoir froid. La brise s'était transformée en vent glacial. L'extrémité du cimetière disparaissait dans l'ombre. Je posai le bouquet de fleurs sur le banc et croisai les bras.

— Tu te rends compte du nombre d'enfants qui mouraient en bas âge, murmura Phil en se penchant pour examiner une rangée de petites pierres tombales dont les inscriptions avaient été effacées par le temps.

Mais qu'est-ce que je fichais là ?

— L'impétuosité pourrait expliquer pourquoi Ramsey avait envoyé ce panier avec des champignons comestibles et vénéneux. Tout cela paraît tellement mal ficelé. Ou ambivalent, comme le pense Rob Held.

Je secouai la tête et m'assis sur le banc.

— Non, je pense que Scott ne pouvait tout simplement pas vivre avec sa culpabilité. Il a pris l'identité de Mark parce qu'il ne pouvait pas supporter l'idée de l'avoir tué dans l'accident. Donc quand il s'attaque à

Gary, il laisse une part au hasard. Ce qui lui permet de dire : « Je n'ai pas tué Gary. S'il est incapable de faire la différence entre une amanite phalloïde et un champignon toxique ou hallucinogène, c'est tant pis pour lui. »

— Pas mal, dit Phil en s'asseyant à mon côté. Les armes ne tuent pas, ce sont les gens qui tirent, c'est ça. Mais l'insuline ? Scott n'a pas laissé de place au hasard, en l'occurrence. Et il a dû voler la toxine botulinique à Di Clausson afin de pouvoir l'injecter à Vittorio. C'est de la préméditation.

— Je pense qu'à ce moment-là il avait pris sa décision. Et une fois que Gary était mort, prendre la décision de tuer Vic fut plus simple. Mais il manque encore des pièces au puzzle.

— Oui. Par exemple, comment Scott a su que Gary avait fait part de ses soupçons à Vittorio.

L'obscurité s'étendait.

Et c'est alors que je la vis.

À environ cinquante mètres, marchant à pas lents – glissant, presque – à l'autre extrémité du cimetière. Portant une robe de bure noire avec le capuchon en pointe relevé sur sa tête. Une faux au long manche à la main gauche.

J'enfonçai mes ongles dans la cuisse de Phil :

— Tu vois ce que je vois ?

— Quoi ? Où ?

— Là. Dans l'ombre.

La silhouette se tourna et s'immobilisa. Peut-être nous avait-elle entendus. Le vent gonflait sa robe. Il faisait trop noir pour qu'on distingue ses traits.

Si elle en avait.

— Où ? demanda Phil.

— Là !

Pendant un long moment, la silhouette parut soutenir mon regard. Puis elle s'enfonça dans la nuit.

— Quoi ? Ev, tu trembles !

Je doutai aussitôt de ce que j'avais vu.

— Tu ne l'as pas vue ?

— Qui cela ? Il n'y a personne là-bas.

Épilogue

À peine le conseil d'administration de l'hôpital avait-il voté la poursuite des pourparlers de fusion avec St. Eustace que la rumeur courut que ce dernier projetait de fermer l'University Hospital pour le transformer en service de consultations externes. La direction de l'hôpital, galvanisée par le Dr Diana Clausson, organisa un coup d'État réussi contre les administrateurs qui se prononçaient toujours en faveur de St. Eustace. Avant qu'on ait eu le temps de dire ouf, l'University plantait St. Eustace devant l'autel pour s'enfuir avec Mount Scopus. Ils annoncèrent dans le *New York Times* leur projet de former une société chapeautant les deux hôpitaux.

La nouvelle société ne serait pas une fusion proprement dite. Chaque hôpital conserverait son propre conseil d'administration, gérerait ses propres biens et serait responsable de ses dettes. « Comment censé marcher ? » gribouilla Vittorio sur son ardoise quand Case Hamilton lui apprit la nouvelle. « Mt. S. excédent de 25 M $ année dernière, Univ. 6 M $ dans le rouge. Mt. S. injecte argent dans Univ. – pourquoi ? »

— Nous avons besoin de remplir nos lits, expliqua Case. Ils ont besoin de l'espace.

Maintenant que St. Eustace ne faisait plus pression pour qu'on procède à une réduction draconienne des effectifs infirmiers, l'University Hospital put négocier un marché que même Gary aurait accepté. Le nombre de postes à supprimer fut divisé par deux. L'hôpital accepta une clause lui interdisant de muter sans leur consentement les infirmiers d'un service à un autre. En retour, ces derniers acceptèrent que des agents non habilités prennent en charge certaines de leurs tâches.

— Je suppose qu'il faut l'accepter, soupira Kathy Haughey. La médecine évolue.

Et comme il ne s'agissait pas d'une fusion proprement dite, notre programme de spécialisation resterait le même.

— C'est un immense soulagement, dis-je mentalement à Gary début novembre.

J'avais pris l'habitude de me glisser dans la chapelle de l'hôpital pour murmurer un Kaddish à sa mémoire, et pendant que j'y étais, je lui racontais les dernières nouvelles. La chapelle était chrétienne avec des vitraux représentant Jésus, et techniquement je n'étais pas censée réciter le Kaddish sans *minyan* – en fait, je n'étais même pas sûre qu'on récite le Kaddish pour un étranger à la famille – mais je ne pensais pas que Gary ni Dieu y verraient un inconvénient.

Depuis que j'avais vu la mort dans le cimetière, j'étais à la fois plus rebelle et plus philosophe.

Toujours prête à s'adapter au changement, Di Clausson entreprit de faire les yeux doux aux puissants de Mount Scopus. Aux dernières nouvelles, elle avait complètement séduit le Dr Luke Noël, le directeur de la médecine. Il y avait de fortes chances qu'elle soit nommée à la tête du nouveau centre de chirurgie ORL Mount Scopus-University qui devait ouvrir dans un an.

— C'était quoi cette dispute que tu as eue avec Gary Seligman un ou deux jours avant sa mort ? lui demandai-je un jour tout à trac.

— Mon aventure avec Mark, me dit-elle sans hésiter, à ma grande surprise. Le Dr Noël est un nouveau chrétien. Avant de rencontrer Jésus, il s'appelait Nathan Goldblatt. Apparemment, c'est un farouche opposant de l'adultère. Gary menaçait de lui envoyer toutes les coupures du *Post* à propos de mon divorce si je ne relâchais pas la pression sur Keith Herrera. Comme si on pouvait faire pression sur Herrera. Ou sur Noël, d'ailleurs.

On a décrété que Scott Renfrew pouvait être jugé, dis-je à Gary un matin à la chapelle. *Ses avocats ont annoncé qu'ils allaient plaider la folie. J'ai pris ma journée pour assister aux débats. Oh, à propos, j'ai complètement oublié de te parler d'Elise Vanderlaende !*

Elle a poursuivi Phil pour faute professionnelle fin octobre, arguant du fait qu'il l'avait séduite pendant plusieurs mois de psychothérapie. Phil a pu convaincre le juge qu'il ne l'avait jamais soignée, sinon une fois aux urgences, et qu'il n'y avait pas eu entre eux de contrat de psychothérapie ou de thérapie. Le professeur Held est venu témoigner qu'Elise l'avait également harcelé. Il a remis à la cour la grosse liasse des lettres qu'elle lui avait écrites, Phil a fait de même : ces lettres ont été considérées comme preuves, comme d'ailleurs le mot en latin – sur lequel la police a pu relever une empreinte, celle d'Elise. Le juge a classé l'affaire.

Mais je garde le meilleur pour la fin.

Pendant plusieurs semaines, Elise a passé suffisamment de temps avec son avocat pour décréter qu'il était amoureux d'elle.

Elle ne nous embête donc plus.

Phil paraît renaître depuis qu'Elise lui fiche la paix pour s'intéresser à un autre. Le Prozac a l'air d'avoir fait de l'effet, mais il envisage de l'arrêter. Comme il est moins déprimé, il insiste moins pour qu'on se marie. Et comme il insiste moins, je suis moins angoissée. Je suis presque prête à en parler.

J'attendis en silence dans la chapelle, imaginant la réaction de Gary. Il me serrerait probablement dans ses bras en me disant quelque chose d'encourageant à propos de Phil. Ou peut-être qu'il plaisanterait à propos d'Elise et rirait.

Attends. Quoi encore ? Alan a décidé qu'il se fichait désormais de ce qu'on pouvait penser de lui. Il aime son mode de vie et tant pis si on le traite de « ménagère » !

Tu lui manques. Beaucoup.

À moi aussi.

Vittorio est toujours sur respirateur, mais cela ne l'a pas incité à ralentir le rythme. Il passe son temps à écrire. Alan lui tape ce qui est important.

Si bien qu'un matin où Case venait lui rendre visite, Vic lui a tendu une liste, tapée et imprimée par Alan :

— Jackie & toi allez consulter un conseiller en matière de crédits ;

— Tu lui demandes de t'établir un budget et tu annules toutes tes cartes de crédit ;

— Tu me nommes ton conseiller financier ;

— Je gère toutes tes affaires ;

— Je te verse une rente ;

— Tu t'inscris en fac de médecine, c'est moi qui paie.

Case a pris cela comme une insulte, mais Jackie et Lauren s'emploient à le convaincre. Je n'arrive pas à décider si l'offre de Vic est digne de Salomon ou si elle ne fait que retourner le couteau dans les plaies de Case. Probablement les deux.

Ton rire me manque...

Je me tus pour voir si j'entendrais le rire de Gary une dernière fois. Au bout de quelques minutes, je me levai et quittai la chapelle.

Ce n'est pas grave, Gary, pensai-je en rentrant aux urgences.

Ton rire est dans mon cœur.

Achevé d'imprimer sur les presses de

BUSSIÈRE

GROUPE CPI

à Saint-Amand-Montrond (Cher)
en mai 2003

POCKET - 12, avenue d'Italie - 75627 Paris Cedex 13
Tél. : 01-44-16-05-00

— N° d'imp. : 32734. —
Dépôt légal : septembre 2002.

Imprimé en France

